华 章
传奇派

品味无限不循环的人生

画语戮

沙砚之 · 著

图书在版编目（CIP）数据

画语戮 / 沙砚之著. — 重庆：重庆出版社，2021.11
ISBN 978-7-229-16122-4

Ⅰ.①画… Ⅱ.①沙… Ⅲ.①长篇小说-中国-当代 Ⅳ.①I247.5

中国版本图书馆CIP数据核字（2021）第209880号

画语戮

沙砚之 著

出　　品：华章同人
出版监制：徐宪江　秦　琥
责任编辑：王昌凤
责任印制：杨　宁　白　珂
营销编辑：史青苗　刘晓艳
封面设计：蒋宏工作室

重庆出版集团
重庆出版社　出版
（重庆市南岸区南滨路162号1幢）
北京盛通印刷股份有限公司　印刷
重庆出版集团图书发行有限公司　发行
邮购电话：010-85869375
全国新华书店经销

开本：880mm×1230mm　1/32　印张：16　字数：350千
2022年2月第1版　2022年10月第3次印刷
定价：56.00元

如有印装质量问题，请致电023-61520678

版权所有，侵权必究

序

周浩晖

初识沙砚之是因为工作关系。2015年,他开始担任我的小说《暗黑者》系列的外文版代理。2018年,《暗黑者》英文版由出版过畅销书《达·芬奇密码》的出版社出版发行,同年被《纽约时报》《华尔街日报》等国际主流媒体报道,还被英国《星期日泰晤士报》列入"1945年后出版的全球犯罪悬疑小说100强",成为唯一上榜的中文原创作品。据说,作为一部悬疑小说,《暗黑者》的预付版税也创下了中文小说版权输出的纪录。现在,《暗黑者》日语、德语、法语、俄罗斯语等约10个语种纷纷上市。可以说,沙砚之的工作探索了中国原创悬疑小说在国际上的更多可能性,而他目前也依然在帮我打理这方面的工作。

我是后来才知道,沙砚之本身也是悬疑迷,而且在业余时间写了一些故事。虽然工作中经常和外国友人打交道,但他自身的创作却充满中国本土文化元素。看完《画语戮》后我就一个感觉:

挺有意思的。

要把一个故事写得有意思并不容易。《画语戮》有意思，首先是语言诙谐幽默，但更重要的是，它给读者开启了一扇了解传统书画的窗户，知识性、趣味性很强。沙砚之从小接触书画，此后一直没有中断学习研究。对他而言，艺术是一种爱好，而非专业，正如悬疑小说。我认为这样的状态是一种理想模式，让创作的初心和作品本身更加纯粹，也更容易创造惊喜。

就现今的悬疑创作而言，要给读者创造惊喜，或者依托时代和科技的发展编制新的诡计，或者就某个社会问题引发思考、提出见解，或者将悬疑与某种专业结合，满足读者的猎奇心理。近年来，西方推出了不少探讨家庭伦理、少数族裔问题的悬疑佳作，而国内则涌现大量结合心理、法医、科幻、盗墓、文物、历史、民族文化等专业或概念的作品，同时也极大提高了对社会问题和人性的关注程度。在这点上，《画语戮》可被定义为一部文化悬疑作品，或者更精确地说，书画悬疑。

从故事角度看，这是一部《七宗罪》式的小说。几个案件布局精巧，情节紧凑，环环相扣，还不失时机地出现反转和意外。就内容而言，《画语戮》中交织着大量艺术史、艺术鉴定、诗词等元素，却丝毫没有炫学的意味。作者努力保持着专业性和畅爽阅读体验的平衡。难能可贵的是，书中对传统书画的引入并非仅仅停留在知识和技术层面，而是结合了中国古代哲学以及作者多年来对名画的深入分析思考，许多观点角度新颖、内涵深刻，通过与密集发生的案情结合，让人眼前一亮。

《画语戮》中还出现了不少有意思的人物。书中有"社畜"和老板的日常斗法，有好哥们之间的相互扶持，有对虚伪文人的冷嘲热讽，有对贫困学子的关怀悲悯。作者把一些社会的丑陋面和艺术家的单纯放在一起，供人观览品评。读到最后令人不禁思考，一个文化创作者，乃至任何心怀理想的普通人，应该如何与现实社会接触和相处，应该选择怎样的人生道路？

作为一部出于"兴趣爱好"创作的小说，《画语戮》充满了诚意。我向读者朋友们推荐这部作品，也期待沙砚之更多的创作。

目录

楔　子 /1

第 一 章　血画 /5

第 二 章　特聘书画专家 /15

第 三 章　一首诗 /30

第 四 章　画语录 /41

第 五 章　视频 /50

第 六 章　接下来杀谁呢 /58

第 七 章　《渔庄秋霁图》/61

第 八 章　假画 /69

第 九 章　假画背后 /79

第 十 章　道德标准 /87

第十一章　《早春图》/109

第 十 二 章　第二首诗 /129

第 十 三 章　中国画的哲学 /147

第 十 四 章　离亭诗会 /159

第 十 五 章　造访的学生 /171

第 十 六 章　巷口遇袭 /177

第 十 七 章　《富春山居图》密码 /189

第 十 八 章　煮火锅 /211

第 十 九 章　山庄论技 /227

第 二 十 章　凋零的玫瑰 /236

第二十一章　破碎回忆 /246

第二十二章　"大画师"的复仇 /265

第二十三章　夏山如怒 /275

第二十四章　"大画师"的局 /285

第二十五章　朝菌敢邀万象 /307

第二十六章　案中案 /323

第二十七章　云中真假辨他无 /342

第二十八章　魂断雨夜 /350

第二十九章　又慢一步 /363

第 三 十 章　《鹊华秋色图》/373

第三十一章　大海却依旧沉默并且湛蓝 /386

第三十二章　两个被世界抛弃的人 /400

第三十三章　月有阴晴圆缺 /410

第三十四章　《雪景寒林图》/425

第三十五章　"大画师"的故事 /448

第三十六章　最后的审判 /457

第三十七章　万物归一 /467

第三十八章　画外有画 /475

尾　　声　致左汉 /489

后　　记 /496

楔子

左汉立在《富春山居图》真迹前，听着慕名而来的游客一惊一乍的赞叹。

《富春山居图》是中国十大传世名画之一，纸本，元人黄公望所作。此画前半卷《剩山图》现藏浙江省博物馆；后半卷《无用师卷》则在抗日战争胜利后，随着大量故宫文物，被国民党一并运至台湾省，现藏台北故宫博物院。

2017年下半年，坐标北京的故宫博物院展出了另一幅传世名画《千里江山图》，导致原本不大的武英殿每日堵得水泄不通。讽刺的是，看客99.9%是为了来和名画合影然后发朋友圈的。真正搞艺术的人，要么只能在人群里拉长脖子伸出脑袋瞄两眼，要么索性在家看高仿。

《千里江山图》的成功让其他手握传世丹青的博物馆蠢蠢欲动。浙江省博物馆是第一个坐不住的，马上策划了《富春山居图

（剩山图）》全国巡展。上个月，此画来到前覃省省会余东市，一时轰动全省。

"我说这艺术啊，真是越来越贱了。只要知道'笔墨''线条''气韵'，再用'高妙''朴拙''生动'之类的形容词随意排列组合，人人都是著名评论家。"被聒噪的游客挤变形的曹槟在左汉耳边嘟哝。

"这叫普及艺术。"左汉道。

"艺术已经普及到长着舌头就能瞎说了。"前覃省美院国画专业硕士、"院级思想道德标兵"曹槟道，"这和睡个失足女，把人体部位和形容词一组合有啥区别？'胸大''腿细''姿态矫若游龙'。"

前不久刚在网上声援过女权运动的左汉，对着道德标兵白眼翻到脚后跟。

标兵也不是没眼力见儿，又摇头晃脑道："不过这大痴的笔墨，确实了不得。"

"大痴的笔墨，自然可谓无上神品。但画笔墨者为小，画气韵者为大，"左汉右手摸摸下巴，盯着画上润朗绵长的线条，"大痴《写山水诀》说：'李成画坡脚，须要数层，取其湿厚。米元章论李光丞有后代儿孙昌盛，果出为官者最多。画亦有风水存焉。'"

"背挺熟啊！"

"其实古代各家《画语录》中说的'风水'，不能和封建迷信混为一谈。虽用字相同，但画论中的'风水'，指的是书画创作背后的艺术哲学。你怎么看？"

"根据我的理解，与其用'风水'这个提法，不如用艺术的语言，说成'气韵'。谢赫《古画品录》中提出的绘画六法，第一条即为'气韵生动'。所谓'画亦有风水存焉',其实是说一幅好画必定气韵畅通,生机盎然。"

左汉捋直舌头,正要继续大发议论,展厅上方却突然响起刺耳的警报。声音没延续多久,喇叭里又传来人声:"各位观众请注意,各位观众请注意!由于突发状况,我馆临时决定即刻闭馆!给您造成的不便,我馆深表歉意!恳请谅解!请尚在馆内的观众停止观看,有序离馆!"

同样的话重复了好几遍,展厅里充斥着不明真相的看客的吐槽,尤其是那些还没拍照发朋友圈的。他们虽然看到了真迹,却由于别人没有看到他们看到了真迹,也仿佛真的没看到。

左汉和曹槟面面相觑。左汉咬牙花掉半天年假看展,一片痴心错付,胸中郁闷难平。然而作为有涵养的"高知",两位还是选择随着人流默默离开。

博物馆地下储藏室门口,卢克和丁书俊立在《富春山居图》前,和现场警员、博物馆人员一起陷入沉默。

眼前这幅图算不得高仿,却是原大,丘陵、树、石、水,用淡红色的血画就,原作中披麻皴的部分,还粘着长长短短的头发丝。远远观之,气势不输原作。

"希望你们告诉我这是猪血。"市局刑侦支队队长卢克盯着眼前的长卷,右眼皮跳得欢快。作为一个不懂艺术的直男,他本看不出这是《富春山居图》,更是认为所有山水画都长一个样。但此画最近在前覃省各大媒体频频亮相,成功地让他接受了艺术的熏陶。

"鉴于这头发丝的存在,十有八九是人血。给我点时间检测一下，做这个很快。"法医丁书俊推推眼镜道。他是支队中长相最文静的一个，脸蛋干净透亮，如同浸在山泉水里的羊脂玉瓶，乌黑的瞳孔里有着几乎发光的腼腆和无辜，让人忍不住想和他推心置腹，掏心挖肺，介绍闺女，交个朋友。不过，这位知名法医的最爱，都栩栩如生地冻在冰柜里。

"什么时候发现的？"卢克问看守储藏室的大爷。

"我大概10点50分左右想去厕所拉个大号，刚开门就见这红不拉叽的东西堵在门口。当时我就是奇怪谁摆了张画在这儿，也没多想。其实用朱砂、胭脂来画画的也不是没有，我就见过不少整张红彤彤的，什么红竹子啊，红山啊。但是走近一看，好家伙，它上面居然粘着头发！"大爷似乎此时肚子还憋得不舒服，脸色分外难看，"但这画什么时候被放这儿的我就真不知道了。储藏室里都是真东西，有时候甚至上边摆着狸猫，下边摆着太子。所以我们这儿安保也很严，三道门。我的办公桌在第三道后边。说白了，谁什么时候在外面摆了什么东西，我也听不见动静。"

卢克一边听大爷絮絮叨叨个没完，一边四处张望，见走廊尽头有摄像头，便直接让调监控。

"如果真涉及恶性杀人，这儿肯定不是第一现场。我们要马上找到第一现场。"

"先要找到尸体。"丁书俊道。

"变态！"卢克气得脸红筋暴，"就算涂的是猪血也够恶心的。"

技术人员咔嚓咔嚓拍完照，刚要把这"画"收起来，卢克急忙道："等等！"他的眼睛死死盯着上方殷红的落款：

画亦有风水存焉。

第一章
血画

初春的余东市把雨水用得恰到好处，一如八大山人的花鸟杰作，多一笔或者少一笔，都是败笔。

余东市刑侦支队大会议室，众人围坐在办公桌前，幻灯片不断切换，投影仪的幽光照得二十来张人脸如同鬼魅。

"今早10点50分左右，省博地下储藏室门口发现一幅《富春山居图（无用师卷）》原大长卷仿作，纵33厘米，横636.9厘米。该画由鲜血和头发绘就，触目惊心，极有可能涉及一桩恶性杀人案件。"警员刘依守在做案情汇报，他看看一脸严肃的卢克，继续道，"画上有血书'画亦有风水存焉'七字，落款'大画师'，题款后印有五枚血指印。目前我们已调取省博监控，发现此画由一名身着清洁工服装的蒙面男子送入地下室并铺开。此人身高约1.8米，面部几乎被口罩和工帽覆盖，长相难以辨认。此人进入地下室时间为今早10点39分，离开时间为10点41分。进入监控区域后，蒙面男子镇定地铺开画卷。若确定是一起凶杀案，则此人极有可能就是凶手或其同谋。"

"省博在展览大陆的《剩山图》，他补上个宝岛的《无用师卷》，倒是挺盼着统一。"卢克冷哼。

"下面我简单汇报一下鉴定结果。"丁书俊推了推金丝框眼镜，示意助手播幻灯片，"画上血迹经种属实验，确定为人血。经DNA比对，血液、发丝均来自同一受害者。"

"希望只是某种威胁，别是真死了人。"卢克还是不愿往最坏的方面想。

"这心理素质得有多好，杀了人还能不紧不慢地作画。"刘依守撇嘴。

"我看监控的时候也有这种感觉。嫌疑人进入地下室和摆画的过程十分从容，像是在自家房间闲荡，半点没有急着逃逸的紧张。"技术员郭涛盯监控累了，边说边揉眼睛。他年过三十却没有鱼尾纹，大抵是常给眼部做这种"按摩"的缘故，只是可怜了他近视度数直逼一千的眼睛。

郭涛语毕，众人不寒而栗。尽管卢克提出的可能性的确存在，但几乎所有人都默认死人已是大概率事件。会议室随之陷入漫长的沉默。只有幻灯片的幽光，似乎要把淡淡的血迹打在每个人脸上。

"是个不好对付的家伙。"卢克打破沉默，"郭涛，叫上两个兄弟，扩大搜索范围，看看这家伙到底是从哪儿冒出来的。另外，我们再去一趟省博，找到当值清洁工。哦，对了，查那五枚指纹。"

众人刚挪了腚，却见见习警员李好非跌跌撞撞冲进来。警帽被万有引力的魔爪拽到郭涛那臭气熏天的运动鞋上,露出她那一头散装紫菜般的乱发,不知道的还以为她刚逃出山洪雪崩,又碰上恶鬼讨饭。

"卢队卢队,接到群众报案,滨湖公园假山群东侧发现一具女性尸体。"李好非捂着胸口大喘气,"而且……而且,死者长得有点像梅莎莎,就……就是那个明星!"

"好家伙,闲了半年,全给咱补回来了。"卢克弹弹衣领上似有若无的灰,"全体都有,出现场!"

卢克赶到滨湖公园的时候,假山群周围早已挤满了本欲跳广场舞的大妈。大妈们无事锻炼腿脚,出事锻炼颈椎,一边伸长脖子,一边破坏现场。

近来滨湖公园大修,以便游人夏季赏荷,假山群是重要景点,终日沙山泥海。只见那名据说很像梅莎莎的受害女子披头散发,全身埋在地里,只露出个头来。头边满是沙土落叶,想必凶手就是用这些遮住了受害者的头。

"受害者头部被砂石和树叶简单掩盖,说明凶手根本没想隐藏犯罪事实。"刘依守道。

"他不仅不想掩饰,反倒像在炫耀。"卢克道。

远远望去,这颗头颅仿佛成了假山群里的一块石头。

李好非刚跑到垃圾箱边吐完,走回来时胃部还在痉挛。卢克不想掩饰自己的白眼,接连对她翻了两次。李好非不想搬出"我是新手"这样的借口。别说此时面色不善的队长了,若真说出口,连她自己都瞧不起自己。

卢克叫来最先发现尸体的大妈,大妈道:"警察同志,我这算不算立功啊？"

刘依守觉得军功章有大妈的一半，也有凤凰传奇的一半。

"什么时候发现的？"卢克问。

"下午5点左右吧。"

"刚发现的时候周围什么情况？"

"我跳累了过来休息，看到树叶里有一缕头发，鬼使神差地就用脚拨了拨。叶子散开，头发越来越多。我感觉不对，就又用力踢了踢，沙子哗啦一下全崩了。你猜怎么着？"

"一颗人头。"

大妈把唯物主义大旗挥动得猎猎作响，丝毫不惧魑魅魍魉、牛鬼蛇神，讲得那叫一个眉飞色舞、神气活现："我一看，好家伙！这长得还有点儿像最近那个宫斗剧里的贱人王贵妃！就是那嘴……"

卢克让刘依守把大妈拉到一旁做笔录，这时丁书俊跑了过来："卢队，死亡时间大概是昨夜11点到今天凌晨1点之间。死者眼睑处有出血点，死因是机械性窒息。但死者颈部没有勒痕，口鼻处也没有被捂的痕迹。脚踝和双手有勒痕，是生前伤，死者生前显然遭到捆绑。其他信息，还要等到队里做进一步分析。"

卢克托着腮，看着这具雪白的尸体被包裹起来，不赞一词。

"这人真的太像王贵妃，哦，不，梅莎莎了。"刘依守吞了吞口水。

"该谈场恋爱了。"卢克轻哼一声，拍了拍刘依守的脑袋，"长得这么有特色，八成就是她。梅莎莎最近就在余东拍戏，前两天新闻都报了。赶紧去找她经纪人或剧组，确认是否失踪。"

交代完保护现场、仔细取证，卢克便马不停蹄奔赴省博。

省博物馆位于小金湖湖心岛,而小金湖又位于余东市中心,因此省博的位置恰在余东的心脏地带。新中国成立后,前覃省政府和余东市政府都希望定址此处,但由于文化界大佬们的争取,这座历史悠久的建筑还是成了博物馆的一部分。

从滨湖公园到省博开车不过两三分钟,卢克很快找到了今早当值的清洁工李伟。

"今天为什么没去上班?"

"我一早起床,穿了衣服去厕所解手,还没尿出来呢,就被人从身后打晕了。"

"打的脑袋吗?"

"对。"

"伤你的人长什么样还记得吗?"

"我背对门口,怎么可能看到这挨千刀的长啥样?你看我后脑勺长眼睛了吗?!"说着,李伟还真背过身去展示了一下自己的后脑勺,仿佛这个事实像哥德巴赫猜想一样值得被证实。

"那后来呢?"

"我醒来的时候发现自己被捆了个结实,嘴被堵住,工服也被剥了。"他满面愁容,"警察同志,我该不会被歹徒性侵了吧?怎么感觉身上有点疼啊?"

"你可能还是脑子比较疼。"卢克差点被他打乱思路,"醒来的时候在哪儿?"

"就在最左边的隔间里,脸还对着茅坑!我……我日他祖宗十八代!也不给放得好一点儿,闻得我更晕了!而且他早不打,晚不打,非得在我还没尿出来的时候打。我这一醒来,发现自己内裤都尿湿了……"

卢克打断他道："那你怎么出来的？"

"我醒来后嗯嗯了好久，一开始别人以为我是拉不出来。后来我不停撞隔板，我同事才觉得不对劲。他们是从旁边隔间跳进来，把我救出去的。"

现场警员四处采集足迹和指纹，但卢克并不抱多大希望。据和李伟搭档的保洁阿姨介绍，她早上9点半拖过一次地，肯定拖干净了，不用质疑她拖地的专业水准和职业操守。而之后留下的痕迹，参考价值几乎为零。

"说一下监控情况吧。"卢克对郭涛道。

"嫌疑人首次进入监控是在博物馆西楼后门。他身穿清洁工工服，手里拖着黑色垃圾袋。穿过花园后，他进入地下室所在的主楼，从黑色垃圾袋里掏出画展开，然后于10点41分离开地下室监控区，接着取最短路线于10点49分从博物馆东侧门离开。"

"门口保安没觉察出异样？"

"问过了，根本没在意。这不是博物馆主门，保安工作态度散漫，看人穿着工服，哪会专门站起来查户口。再说了，这里保洁和保安的流动性很大，不认识同事太正常了。"

"出博物馆后呢？"

"步行过了柳堤，沿着长林街进了钟巷，人就不见了。那里没设监控，嫌疑人应该是在巷子某处完成了换装，然后通过别的方式出去了。"

"好，继续研究巷子附近监控，重点观察可疑人员和车辆；同时走访一下巷内居民，问是否看到穿着那套工服的可疑人员。"

语毕，卢克抱着头，重重吐出一口浊气。先是一张血画及其背后可能存在的凶杀案，然后是滨湖公园埋尸案，今夜注定无眠。

警车穿过柳堤的时候,卢克望向辽远的天空。游走的云絮仿佛在织一张沉默的天网,向亮得刺眼的满月逼近。这月太亮了,叫人分不清它是在网内,还是在网外。就在这思索的瞬间,它的影子早已逃到小金湖的幽光里,漾起柔媚的波纹,宛如湖水坦然的笑脸。

好一轮满月。

回到警局,卢克马上召集全队开会。

"梅莎莎经纪人确认她失踪一天。保险起见,让她来辨认遗体了,确实是梅莎莎本人。"刘依守道。

卢克点点头,并不意外。

梅莎莎今年二十四岁,出道六年,从未传出绯闻。她在荧屏上的形象几乎都是清纯玉女——要么是校园偶像剧的无脑女主,要么是都市剧里人畜无害的职场小白——直到最近才在刚播的宫斗剧里尝试突破,变身心机娘娘,给其他娘娘下药堕胎,乐此不疲。现实生活中,梅莎莎也是清纯玉女的人设。长相甜美不说,还坚持不谈恋爱,不傍大款,不接床戏,俨然娱乐圈的一股清流,成为众多宅男幻想的对象。

现如今,看着曾经人人渴慕的身体变成这般模样,众人皆唏嘘。

丁书俊开始汇报刚出来的鉴定结果:"梅莎莎死亡时间在昨夜11点到今天凌晨1点之间,死因是机械性窒息。确切地说,她应该是被活埋致死。我们在其呼吸道内发现了一些泥沙颗粒。"

众人不由面面相觑:没想到二十一世纪了,竟还有人用这样残忍的方式杀人,这是有多大仇?

"此外还有三点主要发现。第一，死者的牙齿在其生前被全部敲落，这也是死者面部变得丑陋不堪的原因。第二，死者处女膜陈旧性破裂。讲个题外话，显然梅莎莎不像她自己宣称的没碰过男人。好消息是，阴道内有精液残留。"大家听到此处精神一振，有了这些，确认凶手身份也就容易多了，丁书俊继续道，"第三，死者部分头发被剪断。"

"等等！"卢克一个激灵，"头发被剪？《富春山居图》那个案子里是不是也有头发？"

"是的，我要特别提出的就是这点。我们发现，死者将头发染成了栗红色，且在发梢处微卷，这和我们在那张《富春山居图》上提取的头发样本高度相似。"

"比对一下DNA。"卢克的手搭在丁书俊肩上，"如果可作同一认定，我建议将两个案子并案处理。"

"DNA已经在做了。"

"有个麻烦事儿，根据现场血迹和死者体内血量，我们推断滨湖公园并非第一案发现场。而且我也简单观察了一下公园，没看见什么疑似埋过人的坑洞。"痕检科科长张雷突然闯入，携着浓郁的香气，不知又用的哪家劣质男香。据他自己说，由于出现场时经常玩泥巴、捡垃圾、掏尸体，他老婆要求他必须喷香水，否则不让近床半步。由于周身常年氤氲着泥土的芬芳和各种浓烈香味，人送外号"行走花园"。

"这个简单，"丁书俊道，"稍后你从我那儿领一些死者气管里提取的泥土颗粒，和滨湖公园土质比比就知道了。"

"还有，画上的五枚血指印，肯定不是凶手自己的，搞不好就是死者的。不妨也比对一下。"卢克说。

"卢队，为什么血指印不可能是凶手的？"刘依守突然冒出来。

"问别人之前为什么不先动动脑子？能做出《富春山居图》这种案子的，肯定是个心思缜密的凶手。他会蠢到费半天劲画出一张血画，再在落款后边认认真真给咱留下自己的指纹？你当他要拿去卖钱啊？"

"你看他在画上，还落款自称什么'大画师'，一看就是个自恋狂。他要真想显摆显摆，怎么就不可能了？再说，如果这个'大画师'真是杀梅莎莎的人，那他还在梅莎莎体内留下了自己的种呢，可见人家根本不在乎咱查！"刘依守说完，见领导一时无语，心里暗爽。

"其实……"丁书俊眉宇间有一丝迟疑，"其实，我隐隐感觉这精液应该也不是凶手的。他的作案手法虽然残忍，构思却很细腻。他不太可能给我们留下这种证据。"

会议室突然陷入长达十几秒的沉默，静得连墙上挂钟的嘀嗒声都清晰可闻。那声音仿佛一把剪刀，正有节奏地剪断一个女人的头发。

"无论如何，既然有线索，就要查下去。"卢克感到这样的沉默令他窒息，"书俊，两个案子的DNA比对继续做。刘依守，郭涛，张雷，我们这边主要做三点：第一，找梅莎莎经纪人和好友，调查她的社会关系，尤其得搞明白谁和她有这深仇大恨，要把她活埋。第二，调取死者生前监控，务必查出遇害之前她在哪里，在做什么。第三，查出凶手是如何将尸体运入公园，并掩埋尸体的。哦，呵，我都默认滨湖公园不是第一现场了。郭涛，还是要比对一下梅莎莎体内提取的泥土和公园泥土的土质。"

卢克感到还有话没说，却似有一团气堵在胸口。此时幻灯片刚好停留在一张殷红的《富春山居图》上。他望着这长卷，纷乱的思绪仿佛被它拖进了一个黑洞。

所有画都有画眼，那是一幅画的点睛之笔，精神所寄。那么，这个案子的"眼"，就是这幅画。

他看着一屋子糙老爷们儿，内心满是无奈。但很快，他疲倦的眸子瞬间亮了起来。

"我想到一个人。"

第二章
特聘书画专家

左汉直到9点上班，才懒洋洋地开始给手机充电。他对手机并无好感，更谈不上依赖。若不是留着还能约酒找乐子，他是断不会纵容一个勾不起自己半点欲望的玩意儿浪费自己时间的。

手机就像段位极高的殖民者和资本家，分明霸占剥削了人的时间，却有本事让人前呼后拥、感恩戴德、日夜挂念，陪爹陪娘不如陪手机。

充电两分钟，殖民者枯木逢春，资本家起死回生。他没精打采一瞥，发现市局刑侦支队队长卢克同志竟屈尊降贵，像追小女生一样连发四问："最近好吗？""在干啥呢？""你在哪里？""怎么不回我电话？"

左汉一边顺着他的逻辑，想着接下来他可能会问"你到底爱不爱我"，一边顺着他的提示，去看通话记录。这一看不要紧，好家伙，卢队长居然给他打了18个电话，从昨晚9点半一直坚持到今早5点半。他突然好奇为何卢克至今依然是光棍，难道他追过的人良心都被哈士奇吃了吗？

左汉十分感动，然后扔下手机，按原计划继续摆出紫砂壶泡茶。

纠结三秒钟，还是选了普洱。他取出茶饼，掰下一块，闻了闻，心旷神怡。热水一冲，即刻出汤。他一边倒出深红的茶水，一边慢悠悠拨打卢克的号码。

虽然卢克心里有种半老妃嫔突被皇上翻牌的激动，但声音里还是透着深重的疲惫。左汉捏着茶杯，感觉自己喝下的不是普洱，而是罪恶。他打断卢克的寒暄，道："卢大队长，有话直说，别跟我客气。"

"我现在碰到个很棘手的案子。调查已经展开，但有些问题，应该只有你能帮我。"

"梅莎莎的案子？"

"你怎么知道？"

"我又不是山顶洞人。当红明星换个发型都能上热搜，何况这女人死相如此创新。我们部门俩小姑娘都议论半天了。"左汉看看周围已经开始努力工作的同事，蹑手蹑脚走出办公室，放低声音继续道，"我还以为你一直忙着接受记者同志们热情洋溢的采访呢。"

"少拿我开玩笑了，和你说正事呢。"

"不是，我就不明白了，这样的案子为啥非得找我？你就一个顶十个，更何况还有丁书俊和张雷他们啊。"

"梅莎莎被害本身并不是什么奇案，但现在公众还不知道，昨天上午我们还在省博地下储藏室门口，发现一张用血和头发画出来的《富春山居图》。现在我们有理由怀疑这幅画就是凶手以梅莎莎的血和头发当原材料做的。而且我有一种强烈的感觉——凶手想用这幅画说明什么。我们这边可以解决一些技术层面的问题，但说到画，队里的人连皮毛都不懂。"

"我去，用血来作画，还真是标新立异、匠心独运，该不是遇到变态杀手了吧？"

"很变态，一般人看不下去。"

"画得如何？"

"你果然不是一般人。"

"那我下班了去队里看一下。"

"等你下班，黄花菜都凉了！我马上过去接你。"

"不行不行，这样莫名其妙离开工作岗位，领导非得骂死我。我在这儿做人本来就如履薄冰了，你还怂恿我这样放肆。更何况你是警察，光天化日之下我被警察同志带走，这……"

"我就说你是去配合调查。"话说到一半，卢克自己也觉得词儿没用对，"哦，去协助调查。哦，不对，我就说你是我们的顾问！"

"得得得，你还是说我去配合调查吧。"左汉揉了揉鼻子，"我在公司每天低头哈腰，警察同志把我归入犯罪嫌疑人的行列，以后估计再没人敢动我了。"说到这儿，年轻人发出了魔性的笑声。

"那你稍微准备一下，我马上去接你。"

"好，我先把今天的急事处理一下……"话到一半，左汉便感到一股妖气朝自己逼来，吓得他连再见都没说，直接掐断电话。

"左汉,上班时间你不好好工作,跑外面讲这么久电话!"是刘清德。他说话的时候,所有的鼻毛都会呼呼飞动、猎猎翻腾,仿佛那鼻孔后边有两台大功率风扇正在无休止地作业。

"对不起,刘总监,我这就去工作。"左汉深谙"曲则全"的古训,多认一个错,少挨十句骂。

然而这位刘总监却并不乐意把已经蹦跶到嘴边的话再咽回去:"我对事不对人。"

左汉知道,一旦老板说"对事不对人",那他马上就要开始怼人了。

只听刘总监道:"你来中艺上班也有两年了,看看你这两年里都做了些什么!一开始见你是W大的,几个领导还高看你一眼,结果呢?你别以为自己名校毕业就怎么地。现在什么时代了?本科满街走,硕士多如狗,海归一无所有,他们哪个文凭不比你好看!你看看你,跟中艺干半天,新画家没签几个,海外客户增长这么慢。你也就是到了国企,如果是我自己开个公司,早让你卷铺盖走人了!"随着音量的提高,刘总监的两粒眼珠子也似乎要瞪成碗口大小,"还都他娘的说你有能耐,你要真有能耐,就好好做几个大单子证明自己,要么就别占着茅坑不拉屎!"

这刘总监屁股一撅,左汉就知道他要拉什么屎。适才他站门口开骂之前,特意一勾脚,让办公室门户洞开,动作之熟稔,秒杀国足。而他吐出的每个字都运足了丹田之气,功力犹如流窜在十里八乡搭台唱戏的黑脸,明摆着要让所有下属听见他的怒吼,让左汉这个学历最高的下不来台。

左汉于是乖巧地配合着他的淫威,将头深深低下,仿佛忏悔自己的没用,不仅影响了部门的业绩,还顺便造成了生气的刘总监五脏六腑的损伤和夫妻生活的不和谐,实在罪大恶极。尽管刘总监的唾沫星子早已挂成了尼亚加拉瀑布,但左汉还是要想象自己正享受着热水淋浴,舒服到一句话都说不出来。

左汉两年前从W大本科毕业,直接进了这个中国艺术品进出口有限公司工作。这个简称中艺的国企之所以不在首都落户而选择余东,主要是因为余东在国内特殊的文化地位。出于历史原因,该市常年活跃着众多顶级画家,还是国内书画和文房的最大集散地之一,艺术品市场成熟。此外,更有前覃省美院这样一个堪比中央美院实力的高校,为市场源源不断地提供专家和人才支持。

左汉就读的W大英语专业在国内排名第一,某部委直属,小班授课,精英化教学。毕业时,他本有许多不错的选择,但挑来拣去,只有现在这份工作能把自己的兴趣和专业结合起来。

他老妈是国内著名花鸟画家,良好的家庭艺术熏陶让他从小痴迷书画。虽然不是艺术专业毕业,但他也算半只脚踏进艺术圈了。不过让他没想到的是,进了自以为很好的单位,却免不了卷入办公室政治。

这位刘总监野鸡学校毕业,并且莫名对此耿耿于怀,虽然身居中层,但近些年看到进来的下属一个比一个学历高,心内不免阵阵波涛汹涌。左汉的出现,让他内心的汹涌波涛彻底惊涛拍岸。

左汉搞不明白,这刘总监身为领导,不上九天与日月争辉,成天和他这个基层草民较什么劲。之前左汉工作能力强,刘总监骂他嚣张;后来他工作得过且过,总监大人又骂他没能力。小年轻的不禁感叹,人难做,饭难吃。

权衡之下,他还是选择夹着尾巴做人。毕竟他下了班自有风花雪月要忙，对在刘清德的白眼中升官发财实在没有兴趣。而且同样是被骂，被人当作威胁，难免阴沟里翻船；让人觉得无能，却成全了刘总监居高临下的心理诉求。人家嘴上说要炒掉你，心里却需要你。

有趣的是，刘清德刚刚还责骂左汉挥霍了工作时间，现在却要挥霍更多的时间锤炼自己骂人的口才。左汉虽然认为半小时的唾沫淋浴似乎长了些，但他只当领导正在声情并茂地朗诵艾伦·金斯堡的《嚎叫》——并且全文背诵错误。

这时刘清德背后的自动感应玻璃门轻轻滑开，卢克走了进来。左汉见是卢克，心里简直比被骂还紧张。

刘清德正打算换个倒装句型，让自己骂得别开生面，却突然感觉肩膀被人拍了两下。他刚提起的那口气，就像一只被活吞的老鼠，挣扎着卡在胸口。

刘总监刚转过头去要开口，便听对方自报家门道："你好，市公安局刑侦支队卢克。"卢克边说边翻开警察证，举到刘清德面前。

如果是一个小警察，刘清德也并不放在眼里。可刘总监何等的眼力见儿，瞅见证上的"支队长"仨字，呦嗬，还是领导！他眼角和唇角的皱纹刹那间菊花般怒放，谄媚得不带半句商量，让人疑心他学过川剧的变脸。

"警察同志好啊，劳驾造访敝司，不知有何贵干呐？"

"我们遇到一桩杀人碎尸案，需要左汉到局里配合调查。您是领导吧？麻烦行个方便。"卢克亲见这位上司如此骂左汉，决计费心吓一吓他。

果不其然，一听左汉与什么杀人碎尸案有关，不久前还盛气凌人的刘清德登时往后踉跄两步，脸色犹如刚出锅的绿豆汤，仿佛下一个要被碎尸的就是自己。

"警察同志,我犯了什么事?为什么要抓我?"左汉拿腔作调。

"跟我回局里说吧!"

左汉坐在副驾驶位置,抱怨卢克没有顺势掏出手铐把戏演到底,丧失了演员的基本素养。卢克则嘲讽在外面风流潇洒的左少爷,在单位里居然如此尿包。

"刚才那个'碎尸'加得不错。"左汉并没有过度吝惜自己的表扬。

卢克可不想和他贫:"等你看到凶手的大作,就不觉得碎尸有多牛了。"

"说说案情吧!"要参与办案了,左汉还是很激动的。

"不急,回队里说。"卢克用余光瞥了眼左汉,"你啊,当初就该去警校,学习个几年,再到队里和我们做同事,这最适合你。"

说到这,卢克感到身边的人突然低下头来,沉默了。

"别怪我不懂事,我只是实话实说。"卢克淡淡道。

"实话实说的人,有懂事的吗?"

"哟,你小子,会教训人了。"

左汉无奈笑笑,扭头看向车窗外,对着快速后退的街景道:"我也是成年人了,没什么伤疤不能揭的。我爸和迟嬷出事后,我妈自然死活不让我报警校。当时是和她闹过,但事到如今我也想通了,我理解她,已经丢了丈夫,如果再丢儿子,那她还要不要活了?换了我,我也不会让儿子从事这种高危职业。"

"可你是刑侦天才!"

"快拉倒吧,别用这种话来绑架我,我最多只是我爸的一个乖学生而已。"左汉的身子往下沉了沉,伴随着一声轻叹,惬意地闭上眼睛,"何况现在的生活也没什么不好的,有个事做,也不至于忙到没时间画画。"

卢克还想说什么,却终于没有开口。

之前卢克交代过马上开会,所以等他俩走进会议室,该到的都到齐了。作为前局长左明义的儿子,左汉从小没少来局里。除了新来的李好非,在座的全认识他。

张雷已经完成土质比对,证实滨湖公园并非第一案发现场。丁书俊已经完成DNA比对,《富春山居图》上的头发和血迹,均可与梅莎莎尸体上提取的样本作同一认定,且画上五枚血指纹与梅莎莎右手五个手指指纹一致。

两起案子正式并案。

卢克吩咐刘依守给左汉介绍案情和最新调查结果。左汉咬着唇,凝着眉,接受着幻灯片里淡淡血光的照耀。

"4月30号发现的《富春山居图》和尸体……原来是这样。"左汉想起自己和曹槟被赶出画展的遭遇,"那天我正巧和朋友在省博看展,突然就被赶出来了。"

"有没有兴趣看看凶手的真迹?"刘依守朝他挑了挑眉毛,"人家可自称'大画师'呢。"

左汉皮笑肉不笑地笑笑,跟着进了物证室。

虽然刚看了照片,但亲眼见到这幅长卷的时候,左汉的心脏还是停跳了半拍。太像了!这不是一笔一画不差毫厘的那种像,而是神似。这位"大画师"高度概括了黄公望的笔墨精神,从小的用笔到大的气韵,把黄公望想要告诉世人的,全都交代了。

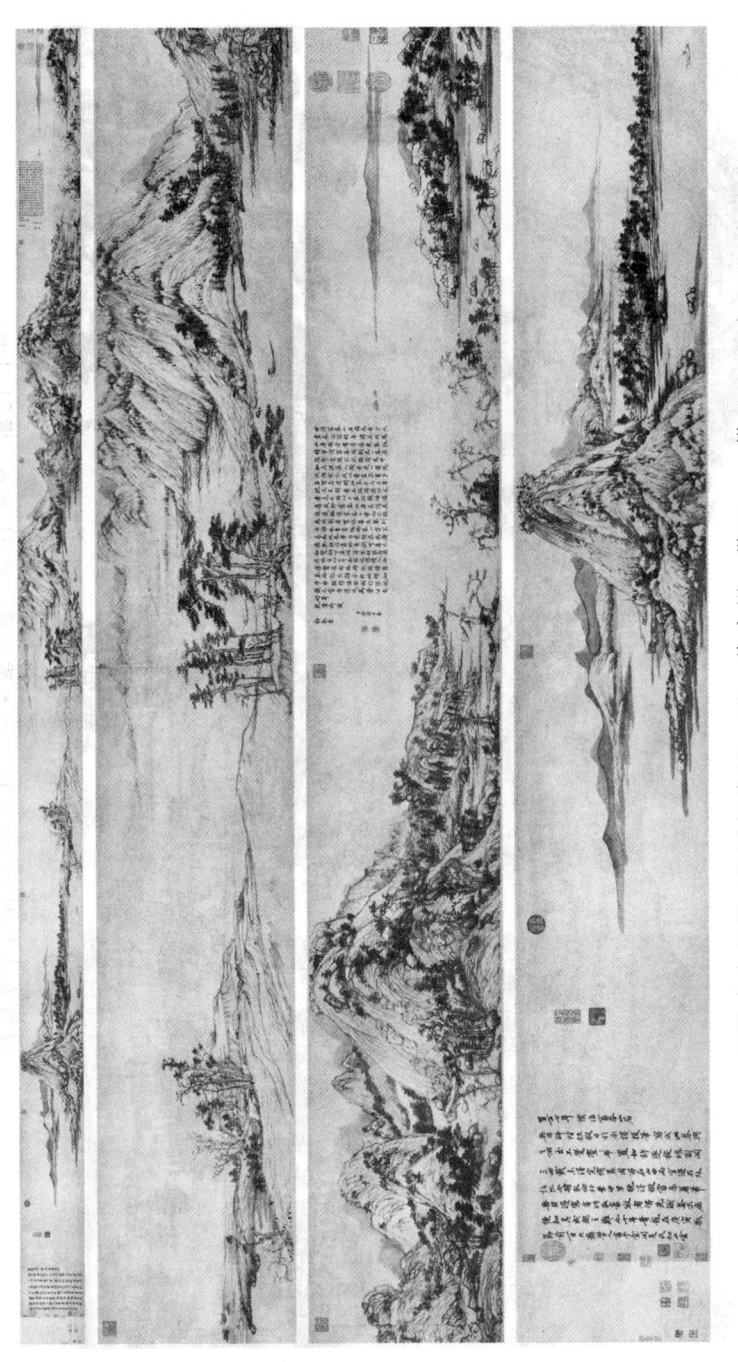

(《富春山居图(无用师卷)》，元·黄公望，纵33cm，横636.9cm)

《富春山居图(剩山卷)》,元·黄公望,纵31.8cm,横51.4cm)

"赏心悦目。"左汉沉默半天，只能吐出这四个字。

"这可是人血！"卢克被左汉说得直冒冷汗。

"如果把血看成墨，那么浓淡干湿全都到位，技法纯熟。要我看，这位'大画师'找到的感觉，甚至比被乾隆皇帝认可的那个子明卷伪作准确得多。"

"什么是'子明卷'？"卢克听得云里雾里。

"这个对案子不重要。简单说就是个赝品，但画得也不差。乾隆皇帝得到了子明卷，以为是真的，就在这张伪作上面，陆续像刷墙一样题满了字。简直蠢到让人绝望。过了一年他得到真迹，也不知是真不懂还是为了面子，特地召集大臣，非说这假的是真的，真的是假的。"左汉随即指着这血画道，"子明卷的用笔虽然努力模仿黄公望，但还是脱离不了前辈董源和巨然的窠臼，皴线多为排列整齐均匀的长线条，走笔也相对死板。从渲染效果来看，也远不及原作润眼。而你看这位'大画师'的仿作：他非常注重皴线的粗细、轻重、疏密、干湿和浓淡变化，突出线条的书法性审美……"

"停停停！"卢克感觉凭自己的工资，实在交不起这堂国画课的学费，"左老师，您说得太好了，可这和本案有何关系？"

"卢队还不知道那幅伪作是谁的手笔吧？"一只蛤蟆绝不会去关注王八界的选美冠军，左汉直接认定他不知道，"很有可能是董其昌所作。董其昌是谁不知道吧？他是明代最负盛名的书画大师之一。"

"所以呢？"

"你说，能比董其昌理解得还要到位，画得还好，这位'大画师'会是一般人么？全国上下能有几个？余东市能有几个？"

卢克如梦初醒。这番话，极大缩小了排查范围。

见卢克和刘依守蠢蠢欲动，左汉淡定地道："先别急，你让我多看两眼。"说罢继续皱着眉、眯着眼观摩起来。

"啊！"许久，物证室里看鬼片才会有的安静，被左汉那看鬼片才会有的惊叫打破。

"我说，左大师，您能别这么一惊一乍的吗！"刘依守捂着心脏，"有什么发现？"

"这是个模仿奇才！"左汉指着画上的题款，"这几个字简直和沈周的一模一样。沈周你知道吧？哦，反正你们也不知道。但《富春山居图》真迹上有一则题跋就是沈周亲笔。这家伙不仅练过黄公望，还临摹过沈周！"

"这么说，范围进一步缩小了？"卢克惊喜道。

"不，恰恰相反，我认为排查条件又变得模糊起来了。"左汉有些迟疑。

"为什么？"

"一般学画的人，都会主临一家。练好了，也会慢慢遍临诸家。但临来临去，要么困在一家的窠臼里，越画越死；要么取长补短，走出一条有个人风格的康庄大道。而这位'大画师'很有意思。他画黄公望就极像黄公望，写沈周就仿佛沈周再世。你当然可以认为他只会这两家，但我有预感，他的本事不仅限于此。你也可以认为他这是在炫耀自己的能力，但我几乎敢肯定，除了炫耀，他更想做的，是要隐藏个人风格，逃过笔迹鉴定。这和找张A4纸，打印出你用宋体敲好的一段话没区别。"

"你是说，无法通过笔迹鉴定来判断作者了？"卢克心里怅然若失。

"很难，他很好地隐藏了个人风格。唯一的好消息是，有这么强模仿能力的人一定也不多。只要仔细排查，应该会有眉目。"见卢克又蠢蠢欲动，左汉忙按住他的手道，"还有，'画亦有风水存焉'，这句话看得我心惊肉跳。因为看展那天，我对我哥们儿也说过同样的话。这几个字出自黄公望的《写山水诀》，是全篇最给我启发的一句。'大画师'选这么一句作为题款，我暂时还判断不出有何深意。但英雄所见略同，起码看得出来，他和我一样，境界倒是很高。"

卢克从左汉的手掌下抽出自己的手："就没见过你这么不要脸的。"

"老天爷对我不公，在强塞给我一张帅脸的同时，又收回了我所有的缺点。"左汉道，"让其他人来物证室，开会。"

尽管卢队长腹诽左老师的越俎代庖，却并没有和他计较的打算。

左汉还是初中生的时候，就酷爱对局里的案子品头论足。虽然小朋友说话不算数，但多年来他确实没少给他爸贡献奇思妙想，局里的人也都很喜欢他。

其实他的聪颖本身并非耀眼，让人惊讶的是他太早展现了这方面的天赋。他高三那年，身为局长的左明义殉职，左汉自此鲜少步入警局。但三年前，余东市发生了一起连环杀人案，凶手声称要杀掉十个人，不料刚杀完第二个就被抓了现形。当时卢克就是根据还在读大四的左汉的分析，顺利锁定凶手。打那时起，全队都服他，他也屡次成为刑警队下班聚会的座上宾。

"各位已经取得的成果，我就不一一具陈了。综合分析凶手给我们展示的内容，我认为有几个疑点还需要搞清楚。第一，分明有更简单的杀人手法，凶手为何要选择活埋梅莎莎？是他们之间真有什么血海深仇，还是凶手自己有变态的癖好，还是他想暗示什么？第二，凶手为何要敲掉梅莎莎的牙齿？第三，他为何要画《富春山居图》，而不是别的？我不认为他仅仅是在蹭最近大展的热度。第四，为何要写'画亦有风水存焉'，而不是别的？第五，为何按了五枚血指印，而不是三枚四枚？无论从构图，还是从模仿原作钤印布局来看，这都不合理。"

"似乎有很强的暗示性。"卢克道。

"对。凶手不仅通过公园陈尸和高仿画作向我们明目张胆地炫耀，更是通过这些极具象征意味的元素，留下了诸多暗示。"左汉能肯定这一点，却也同时感到无奈，"但就目前掌握的信息来看，仅靠这些零散的暗示，我们很难推理出什么有价值的结论。目前我们能做的，只有使用最基本的刑侦手段——查监控、调查死者社会关系、研究尸体和物证。"

卢克看了眼郭涛，郭涛忙道："我们在钟巷出口附近暂未发现可疑人员和车辆，经过地毯式搜索，也没有在钟巷任何角落发现嫌疑人，目前跟丢的概率较大。两个兄弟正在看滨湖公园的监控，应该不久就能给结果。梅莎莎那边，我们发现出事前几个小时，她正和一名年轻男子在西郊影视城内的豪宝酒店开房……"

"刚才开会怎么没说？"卢克怒道。

"还没来得及深入查下去就开会了，本想着有更多信息再汇报的。"

"还是回归正题吧。"左汉咕哝。

"这么看来，死者体内的精液很有可能就是该男子的。我就觉得凶手不会留下这种线索。"丁书俊道，"看来这条线断了。"

左汉皱眉："有没可能就是那名男子行凶？"

"无论如何，没断的线索还得继续查。郭涛，滨湖公园的监控继续跟。刘依守，联系酒店，查出和她开房男子的身份信息，同时确定一下案发后房间是否被打扫过。我和左汉现在去酒店，之后找那名男子。你查到他的地址后发给我，同时展开监视，必要时对其进行控制。当然，最好能带着他去酒店找我们。"

"得令！"刘依守庆幸这次不用出门。

"对了，"卢克叫住正要出发的众人，转身看着左汉，"我已向局里请示，考虑到'大画师'案的专业性、特殊性，建议成立专案组，并聘请左汉同志为我局书画专家。现局领导初步同意这一建议。左汉的职责是从艺术专业角度给予我们破案指导，作为我们决策的参考。左汉原则上不对专业以外的案件分析和决策发表意见，但……考虑到左汉同志过往的刑侦经验，我们也愿意积极听取左汉同志的看法。李好非，相关手续可以走起来了。"

左汉听得一愣一愣的，反应过来后拍桌子道："你怎么没请示过我的意见！"

"这不属于你的专业范畴，亲爱的专家。"

第三章
一首诗

　　卢克一行人先来到豪宝酒店。大堂的天花板垂下数不清的水晶吊灯，每盏灯又垂下数不清的水晶球，仿佛无数好奇的眼睛。金灿灿的灯光一照，这些眼睛全都折射出奇异瑰丽的光芒，一如无所不包和无所不在的宇宙。

　　梅莎莎的房间被打扫过一次。"行走花园"张雷带着他痕检科的徒弟在房间里忙上忙下。卢克和左汉稍微瞅了几眼，便跟着酒店经理去看当晚的监控录像。

　　前天，也就是4月29日晚7点50分左右，梅莎莎和那位登记名叫罗天皓的年轻男子前后脚进入酒店808号房间。8点35分，罗天皓出门接电话。结合酒店其他区域的监控，他接完电话后便匆匆出了酒店大门。8点39分，极有可能是凶手伪装的保洁员推着车子来到808号房门前，用万用门卡直接打开梅莎莎的房门，随后房门被关上。约一分钟后，房门打开，"保洁员"出来将保洁车推进去。8点46分，房门再次被打开，"保洁员"推着保洁车出来，原本瘪着的黑色清洁袋鼓胀起来。有理由推断，这里面装的便是梅莎莎。

"这人明显不是保洁员，哪有保洁车上不放客房更换物品的？肯定都被他清掉，给梅莎莎腾地儿了。"左汉冷笑。

这时张雷气喘吁吁地跑过来，手里攥着张纸。

"在房间的《服务指南》里发现了这个。"张雷道，"其他痕迹都在最后一次打扫时被破坏得差不多了，但保洁员应该没认真打开《服务指南》。"

"凶手肯定也知道保洁员不会打开它，才把纸夹在里面。"卢克边说边戴上手套，接过纸放在自己和左汉面前。

这是一张普通的A4纸。左汉一看便惊呼道："苏东坡！"

"嗯？"

"逆天了，逆天了！这家伙模仿苏东坡也很像！"说着左汉也要来一副手套，戴上后捧起纸认真研究起来，"凭这凶手的艺术造诣，理应不会拿A4纸来写字的，这不讲究，他至少得用大厂出的花笺。他这么做，无非是告诉我们别浪费时间调查纸的来源。这墨，显然也不是用昂贵墨块研出来的。但凶手又嫌弃一得阁这种廉价墨汁。看墨色，应该会是玄宗之类的牌子，最不济也是高端的云头艳。不过这些都是市面上比较常见的牌子。而这模仿苏东坡的小楷，则更像是凶手在换着字体给我们打印信息。"

"说来说去，凶手没留下什么线索。"

"对。"

"找你来破案就是不一样。我们肯定先看凶手写了什么，你却是先研究材料。"

说到这儿,三人急忙开始读纸上的内容。经简单断句,左汉发现,这是一首现代诗:

> 我宁为一朵真正凋零的花恸哭春天
> 也不愿把着一朵仿造的玫瑰感谢春天
> 四季被一只多情的手谱成哀婉的歌
> 你却借着它的旋律换取珠宝和快乐
> 长夏的迷雾填充着宇宙的更迭
> 我笨拙的笔墨,无力模仿气运的生灭
> 我在这勾皴擦染中找不到自己的归宿
> 但要给虚伪的活人
> 画一方冰凉、真实的坟墓

听左汉读完,张雷起了一身鸡皮疙瘩,连卢克也感觉自己被一股冰冷的杀气震慑住了。

"居然还是个诗人。"左汉道,"讲真,如果他不是凶手,我还挺想和他做个拜把兄弟。"

"别扯这些没用的,这首诗,你怎么看?"

左汉歪了歪脑袋。"我暂时能想到三点。第一,很明显,凶手认为受害人梅莎莎是个虚伪的人,也告诉我们这是他要杀梅莎莎的原因,至少字面上可以这么理解。但因为虚伪就要杀掉一个人,似乎有些牵强,不知有无别的可能,比如她的虚伪导致了什么不幸事件的发生。我在想,梅莎莎的牙齿被打掉,或许就是凶手在惩罚她说谎。当然,以上纯属猜测,如有雷同,说明我牛。第二,诗里提到了'气运',意思是气数和命运。这和之前的题款'画亦有风水存焉'一脉相承,说明凶手对风水有一定研究。

他要么真相信风水，要么也和我一样，对古代艺术哲学感兴趣。第三，'我在这勾皴擦染中找不到自己的归宿'，说明凶手很可能在现实生活中非常迷茫。他坚持着什么东西，却对自己的人生和价值产生怀疑，这点或许有助于对凶手进行画像。顺便提一句，'勾皴擦染'是传统山水画的四个作画步骤。考虑到凶手的《富春山居图》画得那样好，我怀疑他是一位专攻山水的画家。"左汉托着腮，又把诗通读了一遍，"另外，我感觉凶手好像对季节这样的时间概念情有独钟。诗中多处直接提到季节意象不说，连这'气运'二字，其实也有节候的流转变化这么一层意思。"

卢克消化着左汉给的信息，寻思着凶手的特征，这时刘依守来了电话："卢队，滨湖公园监控中出现的嫌疑人，和博物馆地下室出现的嫌疑人外形特征高度相似，应是同一人。案发当日凌晨3点50分左右，他用手刀砍晕准备开工的运沙车司机，然后将梅莎莎的尸体混在沙子里，运到公园掩埋。监控显示，嫌疑人到达公园时间为凌晨4点半，离开时间为凌晨4点50分。作案后，他并未将车开回原地，而是开到西二环外一处正在施工的综合体附近抛弃。监控所限，我们最后一次看到运沙车是在距施工现场五百米的流玉路辅路，没有拍到嫌疑人停车和弃车的画面，也暂未发现任何可疑人员再次进入监控区域。"

"直接说又跟丢了呗。"

"这家伙一看就不好对付。就没见过杀个人还这么大费周章、婆婆妈妈的。"

"那个和梅莎莎开房的罗天皓联系上没有？"

"联系上了，他是省体育学院篮球方向大三学生，二十一岁。他被剧组招来做群演，因为形象不错，改让他演了个小角色，和梅莎莎有一出对手戏。现在他人就在影视城，和梅莎莎的经纪人待一起。"

"好，我们这就过去。"卢克给左汉和张雷使个眼色。一行人按刘依守给的地址找了过去。

罗天皓和梅莎莎经纪人曾红被分开询问。

"说说吧，和梅莎莎怎么回事？"卢克瞅着罗天皓。这年轻人有一米九几的个头，皮肤白皙，五官立体，手臂、胸部、小腿的肌肉线条清晰。

"她不是我杀的。"罗天皓一脸战战兢兢。

"我们说过是你杀的吗？有监控，别怕。"

一听说自己没有被怀疑，这罗天皓仿佛突然从一个因受惊而合上的蚌，变成了在玻璃缸里恣意舒展身体的八爪鱼。"你哪只眼睛看见我怕了？我的专长就是躲在坟头吓鬼好么！"他身子一松，跷起二郎腿，意味深长地笑道，"这梅莎莎，真是个骚货。"

"嗯？"

"都说她清纯啊，守身如玉啊，所以来的时候，我想都没想过能打她什么主意。结果你猜怎么着？她居然戏里戏外主动勾引我，一会儿抛个媚眼儿，一会儿假装不小心碰我一下。我想，这主动送上来的，不要白不要！一来二去的，那天晚上就去开房了。"

"你们不是长期关系？"

"不是，因为这戏才认识。我在和她去酒店的路上就想，她这么老练地勾搭上我，想必这么勾搭过好多人了。呵呵，果然不是雏儿。"

小鲜肉皮肤细腻，话却很粗，左汉十分不适。然而卢队长却是个见过世面的人，直击最关键的学术问题："你们发生关系的时候，戴套了吗？跟你明说了吧，我们在她体内发现了精液残留。"

罗天皓不屑地笑笑："一开始戴了，她要求的嘛。我反正不喜欢戴。但后来我趁她不注意换了个姿势把套摘了，她也没发现。一想到能给梅莎莎留种，我还是很兴奋的。"

"你们这些人，真是太乱了！"左汉忍不住越俎代庖，吐槽一句。

看见小鲜肉半是吃惊半是嘲讽的表情，卢克差点就要翻白眼。左汉也太沉不住气，一句话轰塌了自己苦心营造的强大气场。他这声势没造成，反而感觉自己被左汉强行拉入了"纯阳之体"的阵营。

听罗天皓"扑哧"一声笑出来，左汉也意识到丢了面子，很想说他也曾见识过那什么"动作片儿"，只不过一切辩白在实践家面前都是纸老虎。

卢克不管左汉，一脸浩然正气地问道："那晚你接了个电话，谁打给你的？说了什么事，致使你中途离开酒店？"

"有那么重要么？"高大的年轻人本想绕开这些问题，但发现对面的警察一副不依不饶的样子，只好快快道，"我不知道那人是谁，他用了变声器，声音很粗。他让我出门接电话，我就来到走廊。他又说他手里有我和三个女人的性爱视频，要我到酒店外公园的小树林里和他见面，说要谈条件。我确实和很多女人发生过关系，也不把这当秘密，玩儿嘛。但我不确定他是真搞到了什么视频，还是在诈我。我和本市一个名企业家的太太也一起过，还拍过小视频。别的都没什么，就怕那个视频传出去，我回头肯定要被人弄死。左思右想,还是去了。可是我去他说的地方,居然连个鬼都没见着,还等了好半天。"

"你回来后发现梅莎莎不见了,为什么不报警?"

"我傻啊?本来就被那电话弄得心神不宁的,还报警?说啥,和女星出来偷情,结果被陌生人骗?再说了,我回来发现她不见了,第一时间想到的自然是她有什么事出去了。我这一介平民,生在红旗下,长在春风里,连车祸都没亲眼见过,怎么可能联想到谋杀呀?"

"监控显示,你后来在房间里还待了一会儿,你在做什么?"

"什么都没做,躺着等她呗。"

"你俩已经发生过关系了,还赖在里面干什么?"

"原本打算过夜不行啊?"小鲜肉觉得自己也是服了这位警察,"不过后来给她打电话,发现她连手机都没带走。等半天等不着,想想没什么意思,就走了。"

"那你再次进入房间的时候,有没有发觉什么异样?比如,有没有打斗的痕迹,或者什么东西被翻动过?"

"没有,和走之前基本一样。再说了,就梅莎莎那娇滴滴的样子,真遇上杀人不眨眼的凶手,她还不分分钟被 KO 掉?根本没机会挣扎的好吗?这我还是有发言权的,那时候我把她摁在床上……"

"好了,停!"卢克残忍地压制了这位小鲜肉的表达欲,"谢谢你的配合。离开前让我同事提取一下你的 DNA 样本。这段时间电话保持畅通,如果我们还有要问的,会随时给你电话。"

送走罗天皓,梅莎莎的经纪人曾红被请了进来。

一聊起梅莎莎，曾红就忍不住抽抽搭搭，这让她本已肿得像烂桃一样的眼圈，仿佛又经历了一轮暴雨的摧残。

"我一直知道莎莎的私生活问题，但请你们理解，包装她的形象也是我们的工作需要……"曾红欲言又止，"这个叫罗天皓的是我们刚找到的群演。我看得出来，莎莎对他有意思，但这事儿我管不了，只能叮嘱她小心。"

"这里有一个疑点。你和罗天皓都说他俩是刚认识的，那么凶手的目标如果是梅莎莎，他又怎么能那么快知道罗天皓的手机号？如果他俩是长期情人关系，凶手在知情后就有大把时间调查。但他们刚认识，凶手马上知道罗的手机号，然后打电话调开他并行凶，这很不可思议。"

这时，闷了好些时间的左汉开口了："也有可能是凶手一直在暗中跟踪和调查梅莎莎。选定了今天下手，但发现他俩的关系后，索性将计就计。"

"对了，我们助理说她的那份演员联系表丢了，现在还是借的我那份。"曾红道。

顺着她的话，卢克问："这几天你们有没有发现什么可疑的人？"

"剧组一直是人来人往的，最近的戏又用到很多群演……"

卢克把监控拍下的嫌疑人照片推到她面前："这样的，戴着帽子和口罩。"

"这模样的在剧组里多了去了。"

卢克又问了几个问题，曾红提供的信息远没有罗天皓多。他们收了笔记，启程归队。

问话结束，临近中午，卢克嫌酒店的自助餐太贵，就在附近找了家馆子，要了包间。

"趁这上菜的工夫，我对目前掌握的信息做个梳理。"卢克一脸严肃，仿佛别人在上菜，他在上坟。

"我说呢，卢队长居然能这么奢侈，还要了个包间，原来是为了讨论案情。"左汉头也不抬，用餐巾纸有一下没一下地擦着自己的碗筷。

"下面我根据监控和几个现场的情况，概括一下凶手的行凶轨迹。"卢克假装没听见左汉的话，继续道，"4月29日或更早，凶手混入梅莎莎所在剧组，伺机行凶，但意外发现她和罗天皓的关系，于是想办法弄到罗天皓的联系方式，甚至可能通过翻阅其社交平台或直接向人打听等方式了解到此人的作风问题，借此在4月29日晚8点35分支开罗天皓。他于8点39分伪装成保洁员直接进入梅莎莎房间，在房间里打晕梅莎莎，将其装入黑色垃圾袋，并放好事先准备的手写诗，于8点46分开门下楼。接着他开一辆套牌车前往市中心方向，期间穿过城乡接合部和绿化带，离开监控范围。我们发现凶手打晕运沙车司机是在30日凌晨3点50分左右，这说明凶手从接触梅莎莎到对其行凶、画《富春山居图》、将尸体送至运沙车处，只用了7个小时。除去行车及搬运尸体等必要时间耗费，他处理尸体并作画的时间不会超过6小时。30日凌晨4点半，凶手进入公园掩埋尸体，4点50分离开，并在西二环附近从监控里逃掉。约8点，他在博物馆一楼男厕打晕清洁工，换装并潜伏在馆内某处，10点39分，进入主楼地下室，从垃圾袋中拿出血画摆在地上，于10点41分离开地下室，10点49分出博物馆，随后穿过柳堤，消失在钟巷。"

梳理完案情，卢克问大家有什么想法。

"有个细节可以进一步明确，"丁书俊清了清嗓子，"第一现场基本可以确定是在城乡接合部的某处，而非酒店或酒店附近，更不是在公园。首先我们已经推测她是被活埋致死。其次梅莎莎的手足部都有生前约束伤，牙槽处有生活反应，可见凶手是在梅莎莎还活着的时候，束缚其手足，然后硬生生把她的牙齿一个个敲下来的。"

说到这儿，所有人不禁觉得牙疼。

"是的，这些都不可能在酒店里匆匆完成，而且酒店也没有发现血迹，甚至没有打斗痕迹。呃……那我也就我的专业扯几句吧。"左汉示意卢克拿出《富春山居图》血画照片，"这家伙是真厉害，六个小时内要敲掉梅莎莎的牙齿，充满仪式感地活埋她，然后用她的血临摹一张《富春山居图》，这是何等大的工作量啊！虽然他的画是意临，取其大势和笔法，不苛求树木、苔点、房舍、人物等细节，但也说明了他绘画功底深厚，技巧娴熟，甚至到了令人难以置信的地步。"

"说这么多，大家觉得凶手，这位'大画师'，是个怎样的人？"卢克问。

"从监控来看，男，年纪不会太大，二三十岁；身手敏捷，心思缜密，行事冷静。"丁书俊道。

"书画水平极高，或者临摹能力极强；对道家思想有一定研究；文学功底较深厚，会写诗；注重仪式感的完美主义者；生活过得不太顺意，对自己产生过怀疑，想通过夸张的炫耀来证明自己；可能有过负面的经历，疾恶如仇，有一种扭曲的正义感。"左汉说到这里，顿了顿，举起杯子喝了口水，疑惑道，"其他特征都可以在同一个人身上出现，但有一点似乎是矛盾的：一个年轻人，画起画来怎么可能如此老练？众所周知，中国画的造诣靠的绝不是天赋和灵感，而是修养和沉淀，画得好的一般都是耄耋老人。这案子太不可思议了，让我怀疑是否不止一人作案。"

卢克立刻道："你是说，一个年轻的负责跑腿，一个老的负责画画？"

"只是我基于常理的判断，也不能排除这位'大画师'真的天赋异禀。"

"好，那我们根据这些分析，来确定排查范围。"卢克无视此时已摆得满满的一桌饭菜，"重点排查省美院教授和讲师、市内较有名望的独立书画家、身高体型和凶手接近的美院学生。争取三天内完成排查。另外，关于凶手使用的套牌车等线索，继续跟进，不要漏掉任何蛛丝马迹。"

"还有，排查的时候要关注那些同时临摹过黄公望、沈周、苏轼的教师和学生，虽然这些都是美术生的必修课吧……"左汉补充。

"谁谁谁？"卢克突然意识到，自己的文化水平似乎可以与黑猩猩一决高下。

左汉用游客观赏黑猩猩的怜悯的目光看着他。

"限时五分钟吃完！"卢克认定左汉在吃上一定比不过自己。

第四章
画语录

　　傍晚，看着恢宏的公安局大楼，左汉很努力地做了个深呼吸。人对真相的渴望，有时候和对新鲜空气的渴望类似。生活中充满谎言，可人人都是说谎家，于是并不感到这空气的污浊。但也许有一天，会有一个巨大的谎言或谜团彻底让人视线晦暗，呼吸困难。这时，之前蛰伏已久的痛快呼吸的渴望，便会再次来临。

　　然而人一生的奋斗，就是为了能自由地管理欲望，他知道。这个深呼吸并没有让他感觉更好。他转过身，觉得背后的大楼如同一块硕大的墓碑，是的，他认为自己刚刚爬出一座坟墓，一个充满了谜团，让他伸手不见五指、呼吸困难的坟墓。

　　他突然很想喝酒。

　　这事儿其实可以直接转身找卢克，但现在这家伙只能让他想起案子。于是他给曹槟打电话，让他把能约的人都约出来。

"想怎么喝？"曹槟问。

"随你，去酒吧也行，路边撸串也行。"

"要不先去酒吧喝一会儿，然后到梦幻巴厘岛泡个澡？"

"泡澡就算了吧，今天没那心情。"

"哟，连泡澡帝都不想泡澡了。"曹槟咯咯笑道，"那找画画的几个哥们儿出来喝酒？"

"好，老地方吧，小金湖东边的原味串吧见。"

左汉等到8点半，连飞舟第一个到。听说左汉有约，这位大忙人立刻撇下手中的福鼎白茶和一旁的金链子投资人，跐溜一下冲到了串吧门口。

连飞舟是曹槟的本科同学，毕业后没有读研深造，而是自己开了间艺术工作室。上学的时候，其他同学都在追求阳春白雪，越画越发莫测高深，只有他脑子里想的都是如何把手艺变现，成天制造人民群众喜闻乐见的行画。其实连飞舟心里明镜似的，自己整的那些东西格调不高，但他自认为想要的东西不同，对目标也有清晰的规划。在他看来，对一个二十多岁的艺术家而言，搞艺术和赚钱是两码事，需要分开进行。几个朋友嘲讽他是"披着艺术家外衣的商人"，他也并不觉得不妥。于是在毕业之际，同学都慌慌张张地准备考研，他手里却已经握着大量的客户，足以支撑他经营一间工作室了。

远远见了左汉，连飞舟两眼放光，三步并作两步跑到他身边坐下："好久不见，近来可曾想念？"

"还真没有。"左汉经常接到连飞舟的骚扰电话，声称要和他探讨艺术，"你们两口子如胶似漆，和我聊多了实属不妥。"

"此言差矣，没有艺术，我的感情世界将一片荒芜。"连飞舟将左汉曾经的调侃调了个顺序，文词之犀利足以使即将到场的诸位单身艺术家们汗颜，"你看看，这么多人里面，就我见你最积极！"

对此左汉无可指摘，只能领情。

正无话可说，曹槟和苏涣来了。苏涣是曹槟的学长，省美院花鸟专业博士在读，也是这拨人里边年龄最大的一个。左汉对苏涣的专业能力佩服得五体投地，甚至可以说是崇拜。但尽管左汉叫他一声"学长"，两人说到底不是真的师兄弟关系，加之左汉也没好意思像小姑娘一样对苏涣表达他如滔滔江水延绵不绝的仰慕之情，因此两人见面的次数其实有限，而且几乎都是这种大伙儿都在的情况。中国画的三大画种——山水、花鸟、人物——现在也被分得越来越开，许多画家往往专精一种，因而左汉这个偏重山水的，也没好意思借探讨山水之名单独约花鸟专业的苏涣出来，这每每让他心痒莫名。

最后到的是崔勇，曹槟的室友，国画系花鸟班研二在读，是个典型的闷葫芦。崔勇可算是苏涣的正牌师弟了，这身份一度让左汉艳羡。然而崔勇并没有察觉左汉的艳羡。身为艺术生，他简直比码农还要无趣，不会说话，因而不会撩妹。而因他不会撩妹，曹槟直接宣判他成不了伟大的艺术家，也不知是什么逻辑。

几个老朋友一见面，气氛马上热烈起来。曹槟张罗着点了些串，给每人要了五瓶青岛。

平时为应付圈中各种场合，他们喝茶比较多。一个个血气方刚的小伙儿，非得学着七老八十的大爷，手里盘着佛珠，往某个茶舍的明式假黄花梨圈椅上一坐，焚香，听琴，啜一口据说上千元的大红袍,闭眼睛,深呼吸,微笑。

要装起来嘛。混书画圈的和写悬疑小说的很像,明明白白两大装:装×加装神弄鬼。

装啤酒的是扎啤杯,因为这会给人酒突然变得更好喝的错觉,就像屌丝偶尔套上正装往镜子前一站,一个不小心,会认为自己每天都应该去和联合国秘书长握手。这种器物加持的仪式感有一种魔力,说不清,道不明。聚众喝酒也是一种仪式,仿佛找几个互叫哥们儿的人碰一碰酒杯,自己的灵魂便不再孤独。

他们每人倒满一杯,两瓶青岛几乎见底。一杯啤酒下肚,有人拿起鸡心,有人拿起腰子,纷纷大口吃将起来。今天的腰子切得十分齐整,朵朵腰花绚丽绽开。左汉刚嚼上一口,突如其来的腥味让他心头一凛,莫名想起了梅莎莎那丑陋的尸体。

连飞舟注意到左汉脸上的异常,碰碰他的胳膊问怎么回事。

"没什么。今天去公安局看个案子,到现在没缓过来。"

"该不会是梅莎莎的案子吧?"曹槟显出了如同无知群众对即将出台的楼市限购政策的好奇。

"局里的要案,得保密。"左汉挥挥手,"哎,算了算了,不说这个,喝酒。"

众人刚被勾起的兴趣,又生生被左汉压了下去。

每人干掉三四瓶,第二箱啤酒眼看要灭,几人终于微醺。

"最近都在临谁的画?"左汉问。

"在看张大千。"曹槟道。

"张大千的看看就好了,格调还是不够高。"左汉道,"不管是青绿山水、荷花,还是后期的泼彩,都过于漂亮了。这样的东西很容易取悦市场，但不够高级。"

连飞舟也道："是啊，类似的还有吴冠中。他的画也属于有创新，却更多的是迎合市场，太甜。用笔过于简单，没什么厚度。"最会迎合市场的连飞舟竟说出这番话，众人纷纷斥其虚伪两面派。

"嗯，我最近主要想让自己放得更开一点。古人临多了，就想研究研究泼墨、泼彩和大写意。"曹槟转而问连飞舟，"那你最近临的是谁？"

"我在临弘仁，他也是清四僧里面的一朵奇葩啊。"

"有什么感悟吗？"苏浼笑问。

"目前大致有三点印象最深。首先，弘仁的画很注重大的轮廓，有平面装饰的感觉，甚至改一改能做冷抽象。这在传统中国画里面是属于意识非常超前的。其次，虽然他构图的块面感很强，但线条不死，很结实，用笔也很果断，这是他最厉害的地方。还有，空间对比强烈。他很注重大而空的山体和细节的对比，用树、碎石的丰富性来衬托大山的空白。"

"你很会学。"苏浼的眼里是惊讶与赞许，也终于明白这人开工作室纯粹就为搞钱，实际上并没有放弃对真正艺术的追求。

"那学长最近在研究谁？"崔勇问同是花鸟专业的苏浼。

"这阵子在临徐渭和陈淳。感觉要画好他们，得有熟练度，行笔要快。"苏浼话锋一转，"我怕飘逸过度，失了厚重，所以前两天又开始临吴昌硕。"

"还是学长取法高。"崔勇有些沮丧，"我最近在临任伯年，但还没找到感觉。"

"没事，临摹本来就需要时间，没人可以一上来就找到感觉的。"苏涣杯子和崔勇的一碰,"有时间,咱们两个学花鸟的可以多交流。"

正聊到兴头上,左汉突然瞧见卢克给他发了条信息:"有空没?"

左汉此时喝酒正酣,回了个"没"。

卢克也许是小学语文阅读理解没学好,继续道:"刚来了个新材料,需要你帮忙。"

"有事留言吧,这会儿忙着拯救人类呢。"左汉回完便关机。

搁平时,左汉对任何与案子相关的消息都会很感兴趣。但此时他喝好了,特别想高谈阔论,甚至吟诗作赋一番。当然,潜意识里他还是关心案子的,尤其是凶手的能力。观察书画圈多年,他并不认为当下存在这样一号人物。

"说到临摹,还是张大千厉害。国家级造假高手。"左汉自说自笑,"要不是看了张大千,我还真不敢相信有人能临一个像一个。唉,你们说,这年头还有这种人吗?而且年纪不大,和咱也差不了几岁那种。"

"你开玩笑吧,美院教授里面都很少有这能力的。"崔勇觉得这个假设完全不成立。

"不好说。美院教授就算临摹前人,也会带上自己的风格,这年头谁还死临啊?你看黄宾虹临古画稿,那才是临古的最高境界。一笔一画照着描,那是初学者干的事儿。"连飞舟抿口酒,"当然了,如果确实能画成一模一样,倒也是本事。可惜可惜,现在美院学生交的临摹作业,都成一比一手工制作了,哪是在画画啊!"

"左汉,你最近在临谁?"曹槟问。

"呵呵，我哪有时间临摹啊。"

"你晚上有空泡吧泡澡，没时间画画？"

"画画真少了，偶尔看点书，画论什么的，动笔不多。"左汉给每人斟满酒，"你们最近都在读什么书？"

"最近在读《石涛画语录》。"苏涣道。

"我在重读谢赫的《古画品录》。"连飞舟道。

"郭熙的《林泉高致》，每年刷一遍。"曹槟道。

"都很高古啊！"崔勇用牙齿撸下一串鸡皮，"我在看《黄宾虹画语录》。"

"我在看黄公望的《写山水诀》。刚好最近在展他的作品嘛。"左汉说。

曹槟恍然大悟："难怪那天看展的时候你张口就来，什么'画亦有风水存焉'，吧啦吧啦，原来刚好就在看。我说呢，记忆力怎么可能这么好。"

"你说现在的人画画，绝大多数都在追求造型，连真正做到书法用笔的都已经不多了，还有谁会把古代艺术哲学融入画里面？"左汉又想起了案子，"画个画，还去考虑阴阳的平衡，屋舍的朝向，气的进出流动，现在真有人会在画画的时候保有这种意识吗？"

"你今天是咋了？"曹槟感觉左汉自打入了警局，就有些神神道道的。

左汉并不理会，继续道："我最近研究古画发现，宋画里边就有不少包含道家哲学的作品，宋徽宗的《瑞鹤图》就是一例。范宽的《溪山行旅图》是北宋山水第一名作没问题吧？他的位置经营，细细想来也十分吓人。画下方的三块巨石，就是按照青龙、白虎、玄武的方位来布局的。那个玄武之位，石头画得真跟只神龟一样！"

连飞舟回想《溪山行旅图》的样子，觉得有意思，问道："那你说说，黄公望的《富春山居图》里面是怎么体现道家哲学的？"

"黄公望本来就曾靠占卜为生，相信画里存在风水一点儿都不奇怪。你看那山的龙脉走势啊，包括山和水的交替组合……哦，还有，他的经典皴法是长披麻皴，笔墨绵绵不尽，深厚滋润，中气旺盛，一看便知是寿者相。"

苏涣插话道："而且不知你们读画仔不仔细，从《剩山图》的郁郁葱葱，到整幅长卷最后的萧瑟，黄公望画的仿佛是四季。再加上把人和船只这些点景放在大片的留白中，简直有'渺沧海之一粟'的空间意识。所以我觉得黄公望把他的宇宙哲学都表达在画里了。"

这番话让左汉一个激灵绷直了身子，他不禁想起了凶手留给他们的诗：

> 长夏的迷雾填充着宇宙的更迭
> 我笨拙的笔墨，无力模仿气运的生灭

那时候他分析出，这位双手沾满鲜血的"大画师"对时间的意象情有独钟。但其实在这句诗里面，他的空间观念已经表达得很明确了。

真是个大哲学家。

露天串吧占据了小金湖岸边一角，有如古画中水涘的一个俏皮苔点。桌外五米处便是小金湖的潋滟波光，幽魅的月色和迷离的街灯全都漾在一片静谧的水纹之上，千光万彩，仿佛雨水将老画家遗弃在荒野的调色板拍打成一张莫奈的杰作。

　　十五的月亮十六圆。今夜的月光让一切地面的璀璨黯然。无人知道，这冷月要听完多少故事，才能把自己的故事说得圆满而明晰。

　　月移中天，五人都喝得醉意盎然。连飞舟去结账之际，左汉打开手机，看见卢克又给他发了好几条微信。

　　"我们收到凶手寄来的一个U盘，里面记录了他和梅莎莎的对话。"

　　"还有他虐杀梅莎莎的过程。"

　　"最重要的是，他在视频最后留下两句诗，我截图给你看。"

　　然后左汉看到了一张视频截图，上面的字幕是：

　　　　鹊华秋色寒林雪，山居早春万壑松。

　　左汉浑身汗毛竖起，醉意消去大半。

第五章
视频

翌日，左汉早早来到警局，让卢克打电话给刘清德，继续帮他这位"犯罪嫌疑人"请假。

"不容易啊，之前八抬大轿都请不进来，现在居然这么主动。"卢克阴阳怪气地勾着一抹淡笑。

"你少说两句。等再死了人，我看你笑不笑得出来。"

"什么意思？"

"这家伙要做连环案。"

"为什么？！"

"先别问。不是说凶手给你们寄来一段视频吗？我现在要看，看完以后告诉你。"

卢克被他说得紧张兮兮，不敢造次，急忙翻出那段视频，给左汉打开。

"少儿不宜哦。"他边点鼠标边提醒，"凶手把自己裹得很严实，黑衣，黑帽，黑口罩。他在审问梅莎莎，但把自己说话的部分都消音了，只用字幕打出他的问题。"

　　左汉顺了张椅子坐在电脑前，刚好视频开始。梅莎莎一丝不挂地出现在画面正中央，手脚被固定在一张铁凳上。左汉没有一点点防备，看得血脉偾张。

　　字幕："怎样，看来你今天是爽到了？"

　　"停！"左汉急忙道，"凶手也和梅莎莎发生过关系？"

　　卢克按下暂停键。"我猜没有。你先完整看一遍嘛，别一惊一乍的。"说罢，他意味深长地瞄了眼左汉，"哟，听说有个男的天天骚扰你？"

　　"那男的不就你么？"

　　对此卢队长无法反驳，按下播放键。

　　听到凶手的问话，梅莎莎居然点头。

　　字幕："不错，果然是个骚货。"

　　此时的梅莎莎似乎对凶手也颇感兴趣，一双美目秋波流转。然而她一定不知道凶手正在拍摄，更不知凶手的真实意图。

　　就在这时，新的字幕突然闪现："知道为什么抓你吗？"

　　简直卢克附体。

　　"因为哥哥想要我。"

　　左汉惊异于梅莎莎说话居然如此露骨。

　　字幕："呵，我当然想，但不是要你，是要你的命！"

　　梅莎莎闻言色变，原本放松的身体瞬间僵住。因为警惕心突然增强，她也终于发现了摄像头，厉声喊道："你在拍？！"

　　到底是个公众人物，梅莎莎明白视频流出后对她的事业来说意味着什么。但她不知道，不久之后她连命也要没有了，遑论事业。

凶手没接她的话，字幕继续蹦出："你的虚伪让人恶心。做了婊子不立牌坊，这是江湖规矩。你若是大方承认，我倒敬你是只好鸡。可像你这样装清纯到处骗人，那就得教育教育你了。"

梅莎莎喊道："这是我的工作需要！我到底哪儿得罪你了，你要这样对我！还……还……还要杀我！"

字幕："你没有得罪我。我就碰巧想杀个骗子，而你，碰巧就是我知道的人里边骗得最好的。"

梅莎莎声音更高了："你是疯了吧！"

字幕："没错，世界上最清醒的就是你们这些骗子，不清醒怎么骗人？而其他人确实是疯了，会去信骗子的话。"

梅莎莎道："就算我隐藏了自己，难道我就该死吗？世界上该死的人那么多，比我恶劣的多了去了，你为什么不去找他们！"

字幕："隐藏了自己？很好的辩白。但你意识到自己的谎言害死过人吗？去年5月10日，你在慈善晚宴上和前覃省首富赵抗美之子赵常结识，并迅速确定关系。5月25日，你在路上被酒鬼骚扰。他骚扰你是他的错，但他虽然言语上极度轻薄，却连碰都没碰到你。而你在赵常面前谎称他对你动手动脚，强吻，袭胸。赵常那二百五也没查证，马上叫来黑社会把这酒鬼痛打一顿，结果人被活活打死，赵常只拿三个小弟去顶罪了事。"

梅莎莎颤声道："你……你怎么知道的？"

字幕："今年年初，有个粉丝在网上高调向你示爱。你继续装清纯，还说要告他骚扰，这我支持你。但两周后，这名粉丝被车撞死，当时以交通肇事结案，可幕后指使就是赵常。至于赵常的幕后指使是不是你，这咱们就见仁见智了。"

听到这里,梅莎莎的脸上已经写满了震惊和恐惧。

字幕:"你们真是两个魔鬼!你要装清纯,我姑且不管。但别人只是表达了对你的爱慕,就算纠缠你,甚至对你言语轻薄,就至于要死吗?"

梅莎莎喊道:"这都是赵常干的!他很大男子主义,占有欲很强,看不得任何男人接近我。"

字幕:"这就有意思了。据我所知,赵常在和你相处期间,同时还和另外五个女人保持不明不白的关系。而你呢,隔三岔五在剧组勾搭小鲜肉。你们可真是对好鸳鸯。"

梅莎莎道:"可这跟你有什么关系?"

字幕:"我看不惯啊。警察叔叔也没把你们这些真正的坏人抓起来,只是关了几个小弟,没劲。"

梅莎莎道:"那你应该去杀赵常啊!"

字幕:"赵常?他那个白痴能做出这两桩事,还不都是因为你!我不随便杀人,若非查到是你导致了那些人的死亡,你这个大明星在我眼中不过是个笑话,还没有这个荣幸被我邀请到这里。"

他真的要杀我,梅莎莎突然冒出这个想法。再多的辩解已经苍白无用,她突然感到巨大的恐惧和死亡的迫近,哇的一声哭了出来:"我求求你了,能不能不要杀我,我还有很多事情要做!"

字幕:"因你而死的人也有很多事情要做。没有人的命比你贱半毛钱。"

接下来,在女明星歇斯底里的尖叫中,黑衣人举着锤子,极有节奏地敲掉了她的牙齿。梅莎莎的痛苦挣扎和黑衣人的高度冷静形成了诡异的反差。不一会儿,梅莎莎的脸上已经满是混在一起的眼泪、鼻涕、唾液和血——她已经和美没有半点关系。

就在梅莎莎将唯一的希望寄托在回去种牙和整容时，这位"大画师"把她连带着整个铁凳丢进了不远处事先挖好的土坑里。

她于是横躺在坑中。

正是在这一时刻，梅莎莎意识到自己真的要完了，马上停止了尖叫，转而带着哭腔毫无形象地求饶，尽管她吐出的字句已经含混不清。面对生存的残酷却无计可施，是所有幸运儿的第一课，也是所有不幸者的最后一课。摄像机被"大画师"举起来，记录着这位演员的巅峰之作。

但"大画师"依然很快失去耐心，他拿起了铲子。

视频最后，黑色的背景正中打出一行白字：

  鹊华秋色寒林雪，山居早春万壑松。

视频结束。

看到后半段，左汉直接软了。他意识到这不是在演戏。梅莎莎，一个活生生的人，就是这样一步一步由生到死，由喧哗转为沉默。她人生所有的辉煌，就这样飞快地落幕了。

"谈谈看法吧。"卢克用手肘碰了碰还没回过神的左汉。

左汉很努力地收住自己的感慨，定定神道："第一，很明显，凶手杀梅莎莎的原因，是他认为梅莎莎很虚伪，以及她直接或间接地导致了罪不至死的人被赵常杀害，这基本印证了我们先前的判断。第二，排除熟人作案，根据视频来看，这两人并不认识，凶手和梅莎莎没有私仇。第三，凶手有较强的侦查能力，居然能查到警方都不知道的真相。但也有另一种可能，就是凶手和涉案人员有私人关系，知道内情。可以照着这个思路，查一下两个案件中所有涉案者,尤其是受害者的社会关系,看是否有符合凶手特征的人。第四,我依然认为凶手杀人的方式有很强的仪式感,比如敲掉梅莎莎的牙齿,极有可能就是在惩罚她说谎。我怀疑他最后的掩埋也有原因,虽然暂时还想不出个所以然。他这么大费周章,就有种杀鸡用牛刀的感觉。在几乎分秒必争的作案过程中,这样浪费时间、浪费精力,很不合理。除非,他认为梅莎莎必须用这种方式死。"

前面三点,昨晚卢克他们都想到了,而最后一句"他认为梅莎莎必须用这种方式死"让卢克很受启发。不过他没时间多想,继续问:"那两句诗是什么意思?你怎么就看出他要继续杀人了?"

"如果你稍有些中国画常识,就很容易理解了。这两句诗里面,包含了五张传世国画的名字——'鹊华秋色'指赵孟頫的《鹊华秋色图》;'寒林雪'指范宽的《雪景寒林图》;'山居'指黄公望的《富春山居图》,也就是本案的那张;'早春'指郭熙的《早春图》;'万壑松'指李唐的《万壑松风图》。"

"也就是说,这家伙至少要做五起?!"

"是的,但是如果不出意外的话,等五个人都死了,他很可能就会罢手。因为'大画师'把这当成一个完整的艺术创作,应该不会节外生枝。用五个人的血把这五张画画完,他就心满意足了。"

"死变态!"卢克骂道,"什么五个,我让他第二个都杀不了!"

"卢队长先别口出狂言,现在连称得上可靠的线索都没有,我们只是在接收对方主动留给我们的信息。"

卢克闭上眼睛深呼吸，自我冷静了一下，问："他为什么要选这五张图，有什么深意吗？"

"很明显，他在暗示四季。"

"不是五张图吗？"

"听我给你分析。《鹊华秋色图》是秋，《雪景寒林图》是冬，《早春图》是春。这三个都非常明了。《万壑松风图》是什么季节，其实历史上并没有定论，很多人认为应该是春季。但我认为最有可能是夏，显然'大画师'也这么认为。如果他真杀到了这张，我再详细分析为什么。《富春山居图》没有点明季节，但整个画卷上的草木从郁郁葱葱一直画到稀疏凋零，恰恰如同四季的衔接更迭。所以他把这张加进来，有可能是表示季节更迭，有可能是为了给诗凑字数，也有可能是他就想让五个人死。当然，或许还有什么深层的考虑。我仅凭这一起，还看不出来。"

"你还想让他再给你造几起？！三起？四起？五起？"

左汉耸耸肩。

"那你给我分析分析，他接下来会画哪张？诗中排第一的《鹊华秋色图》吗？"

"如果他真要按照季节顺序，应该是《早春图》才对。"

"可《富春山居图》不是也没按照顺序么？否则它应该排在《万壑松风图》后面。"

"《富春山居图》总括性地表达了四季的内涵，'大画师'应该想把它作为杀戮的序曲。"

"你们学艺术的脑子都不正常吧？"

"所以艺术家会撩妹啊。"

卢克暗自替全世界理工男问候了艺术家的妹妹，却一脸若无其事地道："这家伙不是完美主义者么，那他在写诗的时候，为什么不按春夏秋冬的顺序来写，那样看起来不是更完美吗？"

"没文化真可怕！写诗要讲平仄的。别的不说，上句最后一个字必须是仄声，显然'万壑松'的'松'字不是，而'寒林雪'的'雪'是。'大画师'看似因为没有按照季节顺序排列而出现了不完美，可那正是因为他追求这两句诗平仄的完美，毕竟这是他整件作品的核心！"

"你们文化人更可怕。我办个案还得通学一遍琴棋书画、诗词歌赋，这是要我亲命了！"

"这不是有我嘛，你卢队长只要安静地做你的队长就行了。"

"你知道你卢队长破过多少案子吗？"卢克翻个白眼作为反抗，但心里还是深知此事影响恶劣非同小可，他甩甩头让自己清醒一点，"不行，得想办法阻止这家伙的下一次作案。你还能从现有资料中解读出什么？能不能预测他下次作案的目标和地点？"

"我真是越来越听不懂你的幽默了。第一个案子都还没搞明白，就想预测下一个案子，你当我算命的啊？卢队长，当务之急是赶紧整合线索，找到凶手，不是等着看他的下一场戏啊。"

卢克一拍脑门儿："我的不好！咳，被你一通歪理邪说带偏了。刚才说的，我在你来之前就安排人去查了。"

"现在证明凶手除了作现代诗，古诗也能写。这年头真正懂诗词格律并熟练运用的人不算多，有这修养，那就不是一般人了。你们把这条件也加上，结合刚才提到的两起案子相关人员的社会关系，尽快筛查吧。"

第六章
接下来杀谁呢

香炉里飘出淡淡游丝。这檀香的气味让他清醒而平和。

他修长的手指在琴弦上勾挑，沉静的琴音一如悠长的香气。不知从什么时候起，他每天都会弹一遍《潇湘水云》。手下这张古琴也越来越懂这首曲子，和他一样。

清晨的阳光照进屋子，将他的发梢染成金色。他面窗而坐。前方，或者下方，就是这个不知为谁为何而忙碌的城市。宽广的落地窗将外面的世界展露无遗，有如一卷复活的《清明上河图》。这玻璃虽是透明的，本质上却是一堵墙。这透明的墙让他仿佛在拥抱这座城市，也仿佛在拒绝。

他转身走进卧室，打开电脑。网上关于梅莎莎之死的新闻还在发酵，却没有一条谈到《富春山居图》。看来警方并不乐意将这件事的全部真相公之于众。

当然，这没什么不好。他本想把那个视频也发给媒体，但可能造成的负面影响并非他真正想要的。从这点来看,他和警方想法一致。

人总是一边自以为是,一边不堪一击。没有任何一副躯体能承担所有真相的重量。这个世界之所以还过得下去,正是因为人们只知道部分真相,或者全然无知。蒙娜丽莎的头上如果笼着一层面纱,她的艺术表现力会远远大于达·芬奇的所有画笔。

好吧,这事放放。

接下来,杀谁呢?

他想,这会儿警察应该已经从那句诗里推测出了他的野心。他们一定在苦思冥想,接下来,他要杀谁呢?可是这个问题,他自己也不知道。

如果哪天警察真的抓到他,他要把这说出来,估计能让警察当场气晕。

他很早以前就在脑海中打起草稿。这是一个完美得让他自己都无从指摘的构思。然而完美是所有完美作品的缺陷。所以维纳斯要断臂,《兰亭序》要有涂改,《富春山居图》要被烧成两段。在错误出现之前,所有艺术杰作都和真正的不朽无缘。

他的杀人计划过于完美。这是一个比任何当代创作都要高明的作品。可是,一切的趣味性都在完美中被扼杀。

中国水墨画最精彩之处,就在于它的意外。同样的蘸墨量、同样的笔法、同样的人,在不同的宣纸、空气湿度、情绪状态中,会造成完全不同的画面效果。一滴浓墨滴在湿透的纸上,没有人能完全控制这个黑点将以怎样的方式晕开。这是多么有趣,多高的境界,像是我们常常以为很有把握,却偶或感到变幻莫测的人生。

他知道，这件作品需要在严谨的法度中制造意外，像所有真正的杰作一样。

于是他设计好了几个人死，为什么死，要怎么死，在什么时候死，死在哪里，却恰恰不事先给自己设定让谁死。

这样的随机和意外，是整个严谨框架的生气，是蒙娜丽莎的微笑，龙的眼睛。

若到了时间找不到合适的人怎么办？

找不到就找不到呗。搞艺术的，随性一点。

他在搜索引擎里输入"杀人犯"和"余东"两个关键词，很快便出现多条新闻，不少还是在说自己，真有意思。

不过与自己的"热度"不相上下的，还有另一条新闻：杀人狂魔越狱半月，余东民众人心惶惶。

事情大致是这样的：有个叫齐东民的黑道人物，前前后后杀了不下十人，还涉毒。警方将其捉拿归案后，此人很快被判死刑，然而这家伙不知使了什么神通，居然越狱成功。警方并未透露具体过程，只是说他在越狱时伤了几名狱警。刚出看守所没多久，他便上了一辆套牌车，绕了几道弯路，避开监控后，车子便消失在看守所和市区之间的绿化带中。

在逃杀人犯。

那就他了。

第七章
《渔庄秋霁图》

左汉旷工两日，再次坐回工位，发现自己竟从未如此热爱工作。可今天，那些把他当作男闺蜜的女同事爱工作，不再一边上班，一边给他发微的神经。

人的身份得到了公司内部的广泛认同

路省刘清德总监，则更是一改往日的领导作风，对左汉非但不闻不问，甚至敬而远之。左汉自嘲，倒也难得清静。

这段时间海外市场部特别繁忙——是的，虽然平常也很忙。比如刘清德，他最近电话不断，打给谁的都有，而且愈发神神道道。

他自认为是商业奇才，谈判高手，很享受这种和谁都能在电话里说上两句的感觉。表面上，他在中艺公司做着海外市场部的总监，但暗地里他和中艺刚刚分管该部门的副总私下开了家公司，做着和中艺相同的业务。中艺这个国企平台上的丰富资源，都被这两位殷勤的搬运工搬到了自己的屋檐下。

这位分管副总名叫周堂，之前分管行政和人力部。半年前，原海外市场部的分管领导顾总晋升为总经理，这位周副总便同时揽下了海外市场部。有趣的是，他和刘清德的勾当一年半前便已开始。两人一边把公司的画家、签约作品和海外买家资源偷偷转移到自己公司名下，一边用着中艺的下属，让他们开拓新的画家资源，或者翻译自己公司的合同。中艺的员工一看签约双方的名字和作品均被隐去，脑子没坏的都知道怎么回事，而那两位却依然操作得不亦乐乎，不知道是真以为别人都是傻子，还是对自己是傻子的事实视而不见。或者，他们笃信我是傻子我怕谁，傻人自有傻人福？

左汉第一个发现他们之间的勾当，但基于"你的事关我啥事，我的事关你啥事"的原则，他依然每天乖乖上班，低眉顺眼，逆来顺受，只要刘清德不耽误他下班后琴棋书画，花天酒地，吃饭唱歌，泡吧洗澡。

听着手握电话的刘清德杠铃落地般的笑声，左汉心说，这家伙肯定又打着中艺的幌子去认识能做《渔庄秋霁图》周边的人了，要么就是联系还没西游的书画名家，琢摸着搞什么"当代十名家同临倪瓒大展"之类的策划。上周他还脑洞大开，命令左汉去开拓意大利、西班牙、法国为首的欧洲市场以及北美市场，想借着这些作品在中国的火爆，在国外也炒作一番，为自己挣洋票子。

元代著名山水画大仙、元四家之一倪瓒的代表作《渔庄秋霁图》即将追随《富春山居图》的脚步，来到前覃省博物馆展览。后者已经展出月余，即将撤展，二者刚好无缝衔接。

名画虽仅有一件，却能衍生出无穷的周边产品。过去一个多月，《富春山居图》的文创周边就出现了不少爆款。刘清德和周堂瞧见这些产品在国内卖得火爆，便一拍脑门儿，想把国内的成功满世界复制粘贴，连中国画到底能被多少洋人接受的市场调研都不做了。在左汉看来，这就好比让一头驴强行和一只鸡看对眼，而且非要让那只鸡给它生下一头驴并从审美上接受驴不可。

这段时间以来，他们联系了不少做名画复制的公司。说到书画复制，做得最好的当数日本的二玄社，可惜他们做不下去，被中国人收购了。荣宝斋的木版水印也是一绝，当初甚至连齐白石面对着两幅《墨虾》，都无法分辨哪张是自己的原作，哪张是复制品。国内在做的还有雅昌公司，以及各类大公司和小作坊，这些都是刘总监争取的对象。

毕竟总监的目标是冲出亚洲，征服世界。而他又认为洋人眼瞎，看不懂中国画；而且人傻，爱好附庸风雅。于是这位总监便毫无底线地连小作坊都去联系，甚至那些能把伦勃朗复制成凡·高的，都有幸得到他电话的光顾。这不禁让人想起一边骂着对方眼瞎低端没档次，一边为了挣钱像瞎了一样和谁都约的名媛。

可惜，古画复制和做普通的文创产品不同，需要大量的准备时间，并不是拿个扫描仪一扫就完事的。刘清德虽然自诩是个具有战略眼光的商人，但这一拍脑门爆出来的想法，注定是赶不上《渔庄秋霁图》的热度了。然而，总监自有他的高瞻远瞩，说这叫"战略布局"。

5月8日，左汉敬佩的好学长苏涣跟着他导师胡求之来到省博，参加《渔庄秋霁图》的备展工作。

胡求之作为省美院花鸟专业的博导，早前应邀加入省博专家组，并担任组长。虽然自己主攻花鸟画，但胡求之在古画鉴定和修复方面的造诣享誉全国，因此《富春山居图》和《渔庄秋霁图》这两件山水画的专业方面工作，也少不了他的参与。当然，专家组组长胡求之还有权带人进入工作组，以其助手的身份协助展品的接待、保护和布展工作。

这次他带的是苏涣和去年刚招的一名硕士研究生。

这位刚满二十二岁的研一女生名叫方晴，眼睛生得又大又亮，皮肤养得又嫩又白，一键美颜功能的效果也不过如此。然而美貌给女画家带来的除了优势，也可能是麻烦和苦恼。初见胡求之带着苏涣和方晴的人，眼球大抵先被方晴的美貌吸引，刻板印象让他们觉得这样一个小姑娘出现在长期由男性主导的圈子里，真是奇葩一朵。然而苏涣才是真正的奇葩——多年来，胡教授这位博导只带过三名男学生，苏涣便是其中之一。除此之外，他招的全是女生，而且是长得好看的女生。

论水平，胡教授还是有的，否则也不会有这么多人前赴后继地去考他的研究生。但他招了几年，理想主义，或者说单纯得有些傻的艺术生，终于看清了问题的本质——他们要么性别不对，要么长相过于大写意、印象派。慢慢地，屡败屡战的人，也只剩了女生,而且是"好看的女生"。他们坚持下去的信念自然是胡教授给的,只是得到一句承诺的代价,真是大得有些离谱。

方晴和其他备胎比起来,最大的优势就是年轻水灵。胡求之在她大三时就给了她"你的态度还不够虔诚你的能力还不够卓越但若经我考察合格依然会考虑招你"的承诺。

胡教授本想吊她几年,但不知方晴得了哪位世外高人指点,居然反将一军,说第一年考不上就只好回老家。胡教授还是不愿断了年纪轻轻、貌美如花的莘莘学子的求艺之路,两腿一蹬,师德发作,将其招入麾下,哭死等了若干年即将顺位的另一位年纪还行的貌美如花的学子。

《渔庄秋霁图》据说正在从机场赶运过来,几位专家和博物馆工作人员有一句没一句地瞎聊。胡求之毫不避讳地在苏涣面前对方晴做一些小动作,方晴也一点不感到害羞。

若要寻根究底,起初方晴是懒得搭理胡求之的明示暗示的,但上多了他的课,她倒也承认胡求之的才学颇让自己倾慕。然而在苏涣眼里,这乃是胡教授做的又一件不要脸的事。苏涣到底还是要脸的,哪怕不在这种事情上与导师为伍,却也不至于见了还要给他竖大拇指。在最初的尴尬之后,他终于选择无视和沉默。这招避免了导师和方晴的尴尬,更避免了自己的尴尬。这世间有多少黑暗的尴尬事儿都是在光亮里进行的,但只要人们选择闭目养神,尴尬就没有生存的土壤。

可苏涣隐隐有预感,胡教授的生活作风迟早得给他惹来什么祸端。

在一群不正经的人一本正经的等待中，大名鼎鼎的《渔庄秋霁图》和上海博物馆的其他数件陪跑展品尽数运抵前覃省博物馆。入了地下储藏室，上博工作人员在胡求之面前将《渔庄秋霁图》卷轴徐徐展开。暖黄色的灯光下，这张以荒寒旷远著称的无上神品，居然也显得富丽堂皇起来。

苏涣突然鼻子一酸，瞳孔氤氲，适才等待时沉重而急促的心跳，也逐渐舒缓下来。这感觉，很像是一路忐忑地前往神殿朝拜，直到跪在神的脚下，才发现他从小仰慕的神，竟比人更像人。

四下里赞叹之声不绝，只有胡求之长久注视着画面，默不作声。众人并不感到奇怪。毕竟他们虽读不了教授的心，却知道见过大世面的人，向来不会在别人作声的时候作声。

也不知过了多久，过来看热闹的储藏室看门大爷冷不丁冒出一句："嘿，又是个名画。可别再有谁用人血临摹一张放我门口！"

这话成功引起了众人的注意，甚至让见过大世面的胡教授都开了金口："什么？"

"他们没给您说吧？不久前有个死变态，拿血像模像样地画了张《富春山居图》。后来我才听说，那血还真都是人血。哎呀，真是恶心他妈给恶心开门——恶心到家了。"大爷看到自己加戏成功，瞬间像打了鸡血，"那会儿楼上正展着真的《富春山居图》呢！"

胡求之听罢大骇："那死的是谁？"

"听说就是最近报纸上闹得沸沸扬扬的梅莎莎，那个女明星！"

"好了好了，别在人胡教授面前散布谣言，干你该干的去！"博物馆金馆长立刻喝止大爷。

(《渔庄秋霁图》，元·倪瓒，纵96cm，横47cm)

胡求之的脸色很难看，红一阵，白一阵。他的笑容勉强而僵硬，扯起的皱纹如同拿铁表面失败的拉花。不知为何，他的心仿佛被某种难以驾驭的力量攫住，虽然大爷谈到的死人事件和他没有一点关系。

他直勾勾地盯着眼前的《渔庄秋霁图》，感到倪瓒给这幅画留下的巨大空白，全都被数不尽的麻烦和厄运填满。

第八章
假画

5月15日,《渔庄秋霁图》大展如期举行。世上从来不乏看热闹的人。从打架到车祸,从地摊到展览,但凡有个东西可以被视为"热闹",一群原本没有存在感的人便会突然冒出来,一面激动地呼朋引伴,一面为了一个好位置而跟朋和伴们你争我抢。

前覃省美院国画系主任薛康林挤在人群中间,数次险些被挤掉眼镜。他比棉花糖还要稀薄的蓬松白发,用高频率的震动揭示着周围暗涌的伟力。他带来的几个学生实在看不下去了,组成人墙保护他们敬爱的薛教授。这年头,社会把知识分子踩在泥里摩擦也就算了,居然连老年人的坑也要占,简直岂有此理。

有几大护法帮忙开路,薛康林总算来到《渔庄秋霁图》前面站稳。他扶了扶眼镜,眯缝着眼睛,伸长脖子往前探;然后睁大眼睛,又眯起来,伸长脖子往后探。就这么做了一套颈椎操,薛院长摘下眼镜满脸疑惑:"不对。"

"怎么了？"一个小眼睛男生道。

"这画的气息不对，而且纸比较燥。再一细看，墨色似乎也有问题。"

"我以前在上博见过这张，没觉得有什么不同啊。"一个小鼻子男生道。

"你们得多看，抓紧提高修养！"薛教授情绪激动，抖着手里的老花镜不耐烦地道，"快挤出去，我要见馆长。"

省博金馆长在办公室里正襟危坐，接受《前覃日报》记者的采访。他身后的博古架上摆放着各种高仿的缩小版镇馆之宝，在一些形状奇异的分割空间里，还有几本大部头的文物主题图书。答完每个问题，他都要端起案上的天青色瓷杯抿一口大红袍，无论他是不是真渴。

薛康林如脚底抹了黄油一般，推开门径直冲到金馆长面前。他刚要开口，突然发现那个杵在金馆长和自己嘴前的大话筒，以及两米开外的摄像机，顿时咬紧下唇，屏住呼吸，好像他这一开口，连地球对面的大都会博物馆都要知道本馆的丑闻，并且看他们的笑话。

"怎么了，薛教授？"金馆长莫名其妙。

薛康林瞅瞅边上的记者，问金馆长："还有多久结束？"

"大概还要半小时吧。"记者替馆长答道。

"别问了，我有十万火急的事情和金馆长说。"薛康林刚一说完，便感觉记者水汪汪的大眼睛就要放水把自己淹死，又不耐烦地道，"那就再问一个。"

金馆长虽重视这次抛头露面的机会，但见薛教授那张皇而惊恐的模样,也实在不敢造次,匆匆打发完记者,立刻将门关上。

"刚才我看《渔庄秋霁图》了,感觉这画不对。"薛康林开门见山道。

"什么意思?"金馆长刚脱口而出问完,马上就琢磨出了什么意思。他先是瞪大眼睛,但很快便高声道:"不可能!"

"你们这次是展真迹还是高仿?"

"这种大展自然是真迹!"

"那你好好听我说,这画有问题,是假画。"

"不可能!我亲自参与的交接,除非上博给的就是假画,但那可能吗?"金馆长显然并不愿意听大专家好好说,"就看了一眼,您怎么就断定此画为假?"

薛康林无奈笑笑:"早年我和王世襄先生聊,我问他为什么能一眼就看出古董的真伪,你知道他说什么吗?他说,因为从小看的都是真东西,所以假的看一眼就知道不对。"

金馆长面露尴尬之色,支支吾吾道:"那……那您说说,不对在哪儿了?"

"笔法层面都没有问题,是倪瓒,但整件作品没有古气。纸张虽然努力做旧,但还有火气。而且左右下角的印的颜色也有问题,我怀疑不是印泥。这搞不好是个木版水印或高端一点的微喷!"

"不可能!"金馆长不知今天自己说了几次"不可能",但他心里已经开始隐隐觉得可能。薛康林可是国家级书画专家,问题被他说得有鼻子有眼,这让他不禁犯怵。

"别不可能了!你这画糊弄一下普通观众也就算了,别到时候要还给人家上博时,人家说你偷梁换柱!你自己去瞅一眼,然后再决定要不要给他们电话。我的建议是赶紧查一下,会不会是你们的安保出了问题。"

"安保绝对不会有问题。我们储藏室有三道门,除非你拿炸药,否则这门可以说是坚不可摧。而且一旦强行闯入,立马会有警报。手里有钥匙的,只有我们几个内部员工。另外还有两名外聘专家,都签了保密协议和责任书的。"

"先别说这些没用的。你安排下去,调一下监控,看看这些天都有谁在什么时候出入储藏室了。"薛康林爱画心切,比丢了孙子还急,"还有,建议你直接告诉上博有人质疑这是假画,让他们的专家过来看看。"

金馆长先是给保安科长电话,让他把《渔庄秋霁图》入库至今每天的监控都调出来,仔细筛查每次进出的人员。撂下电话,他自己也赶忙和薛康林一道去了展厅。

挤到展品前边,他第一眼并没觉出异样,但再定睛一看,他的心跳也漏了半拍。显而易见,这张画与他从上海博物馆专家手里接过的那张虽然一模一样,但确实气息有别。

"一定是安保出了问题。"不久前还一口咬定安保没问题的金馆长,自己打脸。但自己打脸总是比别人打时有脸一些,于是他迅速取消原本排到晚上的数个采访,免得自以为出了风头,回头脸被打肿。

接着,他拿起电话就要给上博的人打,想让他们派几个熟悉《渔庄秋霁图》的专家来余东。但电话刚刚接通,金馆长又觉得此事万万不可。让上博的人来,无非就是再度确认此画为假。连他自己都认定这是赝品,此时通知上博,无疑是给自己找麻烦。于是他又急急挂断了电话。

接下来怎么办？

观众好办，只要事情不泄露出去都好说。普通观众只听专家的，只要专家说是真迹，他们能对着一张大猩猩的涂鸦，称赞毕加索不愧是毕加索。

他忖了忖，认为这事必须得和专家组组长胡求之通气。

胡求之刚下课，只听电话那头的金馆长火急火燎让他来省博的馆长办公室，也没说为什么。等他到了办公室，薛康林因体力不支先行一步，而原本在媒体镜头前还沉静如维纳斯的金馆长，竟突然变身拉奥孔。

金馆长只顾自己咆哮，根本没工夫欣赏胡求之的表情。可是胡求之的表情非常精彩——他的眼皮和唇角都在不受控制地跳动，像一锅沸腾的浓郁的番茄牛腩汤。

"啊？真的吗？不可能！"胡求之在金馆长终于说完后惊诧道。但这还不够惊诧，起码在丰沛程度上比金馆长刚才的感情要弱了许多。金馆长对此并不满意，如同一个影帝和群众演员飙戏，格外嫌弃对方不会调动情绪。

"真的！我一开始是不信薛康林的，但我自己也去看了！是真的！哦，不对！事情是真的，画是假的！"

胡求之终于被金馆长的情绪感染，自己都还没去看展品，就跟着着急道："那怎么办啊，那可是国宝啊！"

此话一出，两人同时无话可说。这个问题，把他们这口小小沸锅整个儿倒进了一望无际的北冰洋，顷刻间凉透。

就在这时，保安科长来电话了。

"馆长好！我们照您吩咐，粗略筛查了这些天储藏室门口和内部的视频。进出人员是不少,但有一段视频嫌疑最大。布展前夜,也就是11号夜里,一个蒙面人用钥匙直接打开了储藏室三道大门。进到储藏室后,他直接走到存放《渔庄秋霁图》的保险柜前,输入密码后直接打开了保险柜,然后用自己带来的物品替换掉了里面的展品。我们基本可以确定,原作就是在那时候被拿走的。"保安科长又补充道,"哦,对了,时间大概是凌晨2点左右,其实那是12号了,算布展当天。"

"他娘的,真出贼了!"金馆长骂骂咧咧一阵,突然意识到保安科长话里的问题,"不对!贼怎么会有钥匙,还明确知道放画的位置,还知道保险柜密码!难道真出内鬼了?"说罢他不安地和胡求之四目相对,仿佛自己的心已经重到自己接不住,需要胡求之帮忙。

胡求之的心也跳得愈发厉害。和馆长一样,他的额头也沁出汗来。偌大的办公室里,两人犹如烈日下映在鹅卵石上的鱼影,一会儿蹿到这儿,一会儿跳到那儿,就是静不下来。

也不知过了多久,两位高级知识分子终于想起了幼儿园老师的教诲——报警。

卢克的内心是崩溃的。在他的带领下,余东市公安局刑侦支队曾破获大案要案无数,现在却一头栽在梅莎莎的案子上。事儿还没完,却又听说省博丢了画。作为一个不懂艺术的直男,他的第一反应是,丢张破画为什么要让他来处理,但是省博保安科长的一句话,仿佛给他这堆怎么也点不着的纸钱里丢了一团烈火。

"什么?!"

"是的,我们觉得这次偷画的人,身材和上次放血画的有几分相似。虽然之前视频里的人衣着较宽大，但无论是身高，还是隐隐能看出的体型，都和这次偷画的人很像。"

"你等着，准备好监控录像，我们马上过去！"

卢克给左汉打了个电话，便带着三人出警了。他不停地摁喇叭，还两次险些撞到其他车辆。

这些天他过得过于痛苦，茶饭不思，脸也消瘦许多。之前虽破获多起命案，但那些都属"常规"案件。嫌疑人多为再普通不过的角色，甚至有些只因口角而失手杀人，完事后慌张得都不知清理现场便直接逃走了。这样的案子破多了，他的自信也被塑造得格外强大。当然，有多强的自信，就有多强的自尊。"大画师"的出现，几乎要把他的自尊砸烂碾碎。他在思考的过程中，也一直在等，等待"大画师"抛出新的线索，虽然这让他感觉自己特别贱。

他的机会到了，他想。想到这，省博也到了。

金馆长带着一群人站在后门迎接。卢克没心思和他们寒暄，草草伸出手，蜻蜓点水般碰一下金馆长金贵的手便放开，直奔监控室而去。

保安科长已经将监控录像调整到随时可以播放的状态，见到警察，马上告诉他们事情发生于12号凌晨2点。卢克点点头，让他播放录像。等了两三秒，只见一个身形颀长的蒙面男子进入画面。

"齐东民！"卢克激动得险些破音，"停！停停停！"他转过头，正巧逮到痕检科科长张雷，"像不像？！"

张雷盯着屏幕，缓缓点头："像，太像了。"

"上回在绿化带让这小子溜了，没想到在这儿撞上。还真是冤家路窄！"卢克做个深呼吸，"假设上次放血画的人也是他，那么咱没认出来，是因为他穿着的清洁工服装比较蓬松。上次那个杀人视频里，他也有意穿得很宽大，如果不特意去联想，还真不好想到齐东民。可这回不一样了。这小子穿的运动装，和之前我们拍到齐东民穿的某套一模一样。这挨千刀的，化成灰我也认识！"

"那怎么他换了套工装你就不认识了？"丁书俊忍不住吐槽。

卢克满脸尴尬，正要给自己解围，就发现左汉小跑着进来了。卢队长感觉左汉简直是他的大救星，每每在关键时刻挺身而出。于是他腾地一下站起来，抓住救星的手，用解放区老百姓对八路军战士的深情眼光看着左汉，叽里呱啦把齐东民是谁、犯了什么事、又如何成功越狱讲了一通。左汉虽然一眼都还来不及看偷画人的录像，但也不敢压抑刑侦队长唠叨的天性。

"而且最关键的是，这家伙越狱的时间，正巧是在梅莎莎被害五天前！"卢克一脸兴奋，"怎么我当初就没把这两件事联系在一起呢？还把越狱的事推给别的部门去处理了。"

"你等等。"左汉也不想抑制自己的天性，"可照你说的，这家伙就是个初中文化的社会混子，他有什么能耐画出那么高水平的画？"

闻言，卢克犹如吃了只金苍蝇，在震惊中沉默地感受着它有多恶心。

"难道他有同谋？"丁书俊推了推眼镜，"之前案情分析会左汉就提出过这种猜想。我也一直觉得这件事由同一个人做的可能性微乎其微。常年画画的，就算不全是文弱书生，至少身体素质也不太可能像凶手那样好。会不会是一个人负责杀人跑腿，一个人负责画画和装神弄鬼？现在这起案子是名画失窃，我甚至怀疑，他们后面会不会还有什么大老板、利益集团？"

此话一出，众人皆沉默。如果真有什么利益集团，那敌人就更加不好对付。但左汉寻思，如果是某个利益集团要盗取国宝牟利，那么他们先前杀掉梅莎莎是什么意思？还做得那么有仪式感？这个想法还很不成熟，他选择和众人一起闭嘴。

"对了，你还没看视频呢。"卢克忙把左汉拉到屏幕前，亲自放给他看。

确实，从身高来看，这个嫌疑人和杀梅莎莎的凶手应该差不多。也可以想见，被清洁工工服包裹的凶手，穿上运动装应该就是这身材。在之前的视频中，嫌疑人把自己整个头包得严严实实。可这次他没有，他只戴了口罩，因此发型、头形一目了然，难怪被卢克一眼认出。

会不会是身材相似的两个人呢？

余东是个南方城市，在老一辈中高个不多。但后来生活条件好了，现在二十多岁的人里，身高达到一米八的不在少数。而关于身材，这两个人——如果真是两个人的话——身材都属于不胖不瘦型，并没有突出的特征。由于第一个嫌疑人把自己整个都包裹得很严实，所以很难草率地将前后两人作同一认定。左汉双手撑着头，叹息一声。

警方做了笔录，将监控视频拷走后，尽数回了局里。

左汉自然被叫去。他简直没处喊冤，还没来得及欣赏一眼《渔庄秋霁图》真迹就出了这事，而自己还卷入其中。

一整晚，所有人又是看视频，又是画小白板。既然开始认真分析案情，左汉就把刚才憋在肚子里的疑惑说了，越说越觉得齐东民和"大画师"不是一人，甚至没有关系，而他的观点也很快得到了不少人的认可。然而众人研究半天，并无突破，纷纷看向卢克，希望这位队长拿个主意。

"集中力量，抓齐东民！"卢克道。

第九章
假画背后

弹罢《潇湘水云》，他掐灭意犹未尽的沉香。宽大的落地窗外，城市披上夜的黑氅，如同壮阔的宇宙在他的眼前铺开。

这是一个浓缩的宇宙。灯的星辰以密集的排布相互照耀和冲撞，以虚弱的繁华和热闹掩饰黑暗的冷峻。而宇宙也是一个放大的城市，所有繁华和热闹都被无限稀释，露出它们原本的模样。

他喜欢这样静静观察这个在昼夜间不断换装的城市。对着隔几个月就变高一点的天际线，他试图沿着楼宇的起伏来感受这城市的脉搏。看城市与看人一样困难。他们从不展现自己最真实的模样，总是在合适的场景，表演合适的自己。这样一来，倒不如稀释一切的宇宙有意思。没有人会质疑它的繁华和热闹，而它从来只留给人空旷和神秘。

有两天没盯齐东民了，不知这家伙都在做些什么。前几天为了找到齐东民，他再次黑进交通监控系统，在南四环的小林庄发现了齐东民。这家伙刚刚走进一家羊蝎子火锅店。

自齐东民越狱以来,警方一直在找他,但有了众多监控设备,问题就不在于能否找到,而在于能多快找到他。为了在警方之前控制住齐东民,他必须和警方赛跑,在有着几乎同样设备和努力的前提下,先找到的一方往往带点运气成分。而他就幸运地在那天的小林庄监控中,发现了并不起眼的目标。

当时他已经连续看了十五小时的屏幕,眼睛刺痛得厉害。但好不容易撞上大运看到了齐东民,他绝不会放过这个机会。他顾不得眼睛难受,穿上件宽松衣服,戴了口罩和鸭舌帽,立马下楼打了辆车,奔赴那家羊蝎子火锅店。

火锅店并不难找,就在小林庄北入口附近,勉强出现在监控角落。也许这便是为何齐东民没在第一时间引起警方注意的原因。等齐东民吃饱喝足,他一路尾随,总算发现了这家伙的藏身之处。

那个小巷子阴冷潮湿,贴满了治疗不孕不育和传授麻将技巧的小广告。政府尚未把"天眼"装到这里。他从上衣口袋掏出早已准备好的微型摄像头,将其固定在十五米外平房砖墙的裂缝里,镜头正对着齐东民暂住地的门口。摄像头连接的一个充电宝,也被嵌入砖缝中。他做好这些,就地揪起一些泥沙,在墙上稍微粉饰一番。

打那以后,他得定期跑去换一次充电宝。不过他并没有天天看监控,因为盯了两天,他便很快感到无趣。现在满城都是监控,齐东民四处辗转的成本过高。再说他计划杀齐东民的日子还早,天天盯着一扇生锈且紧闭的大门十分没劲。

可是今晚,他又感到了无聊。无聊的事情是变化的,只有人的无聊是永恒的。之前令他感到无聊的监控，此刻又勾起了他的兴趣。他打开电脑，去翻这些天的视频。

齐东民不经常出门，一出门便会买下两大袋吃的用的，显然没打算很快再出来。从他空手出门到拎着满满两大袋东西返回，没用太长时间。可见他应该是在数百米范围内某个个体户开的便民小超市购物，既不需要走很远，也无须排长队等付款。这家伙是惯犯，很明白怎样最大限度地降低自己再次被逮住的风险。余东市近年开始肆虐的雾霾也帮了他的大忙，从不摘下的口罩并不使他在人群中显得突兀。

看着屏幕里的齐东民，他不禁失笑。这家伙，身材倒和自己颇像。如果他俩是一伙的，自己还有个替身了。

宅门关闭，他继续快进。中间除了在10日中午接收一个快递，齐东民的门一直没开过。

等等，快递？他一个刚越狱出来的杀人犯，巴不得全世界都找不到自己，不可能网购。那么谁会给他寄快递，还知道他准确的电话和地址？

这事细想起来，其实还有很多耐人寻味的地方。比如，齐东民越狱出来，身上什么都没有，哪来的钥匙开门？虽然无法排除他把钥匙藏在某个地方的可能性，但也很可能早就有人在这里等他。这个收快递的行为本身就说明了他不是一个人。另外，那个快递盒子里，到底装着什么东西？

他记下这些疑问，快进着继续往下看。

12日凌晨1点半，齐东民住所的铁门又开了。齐东民戴着口罩，肩上挎一个细长黑袋子，双手抬起一辆电瓶车跨过门槛。同时,他警觉地左右看了看,在凌晨时分更显鬼鬼祟祟。

虽然这片破败的城中村内部没有监控摄像头,但这并不妨碍他迅速在某个出口定位齐东民。齐只能从三个口出来,而且这个时间点行人稀少,突然窜出来的齐分外显眼。

齐东民一路向北骑了约莫二十分钟。看到这家伙停车的地方,他蹙了蹙眉。省博?这家伙要干吗?

省博的监控他是早就破解过的。只见齐东民很快找到最好翻墙的地方,先将肩上的黑袋子扔进院内,然后熟稔地翻进去,取了黑袋,几乎是昂首挺胸地走进地下室,而且是取最近路线,俨然对这里熟悉得不得了。

这家伙进入省博的方式,居然和自己摆血画那天的方式如出一辙,他惊讶地想。

只见齐东民从口袋里掏出一串钥匙,接连打开了储藏室的三道大门。

居然有钥匙!难不成是……那个快递?

晚11点至早7点这里无人值班。齐东民很快走到一溜儿保险柜前,毫不迟疑地打开其中一个,取出里边的卷轴,然后将自己带来的黑袋子打开,把一个长度一模一样的卷轴塞了进去。之后,齐东民便带着取出的卷轴离开了,翻到墙外,骑上电瓶车,过桥,进入一个不远处的监控死角,消失在一片老旧居民楼中,过了很久也没有出来。

他迅速将监控镜头调回齐东民在小木桩的藏身之处,发现这家伙于12日早8点半空手回来了。看来东西已经成功脱手。

这也说明,那卷从省博盗出的画,十有八九是在那个旧小区里易手。他又回头分析小区几个出口的监控,看见齐东民在7点整骑车出了小区，身上和车上什么都没有。那么画的下落只有两种可能：一是给了住在小区里的某人；二是在小区里给了某人，而那人也在某个时刻出了小区，他们只是选择这个监控死角来转移赃物。

如果是第一种可能，鉴于这个小区里未安装监控，他一个人怎么努力找也是没结果的。但如果和齐东民对接的人也在某个时刻离开了小区，那就有找到线索的希望。

他最初的目的很简单，就是盯住齐东民，确保自己的猎物不在捕猎日期之前乱跑。但齐东民的意外行动让他顿生兴趣，同时也不免担忧起来——他是个爱画之人，博物馆的真东西被调包，这是他绝对不能接受的。他更是明白，省博的馆藏众多，若非国宝级藏品，是断不会用保险柜来保存的。这会是哪张画？

国宝事大，焦虑油然而生。

他开始研究这个调包小区几个出口处的监控。齐东民是在7点整离开的小区。12号是周末，在7点之前，尽是些拎着菜篮子出门买菜的大妈大爷。7点到8点之间，倒是陆续有几个可疑人员从小区里出来。所谓可疑人员，就是那些带出来的箱包足够装下那个卷轴的人。他没有按出小区的顺序对可疑人员进行排查，而是先查单位时间段内给他感觉嫌疑最大的。若没有，就继续查下一个小时。

最吸引他的人于7点28分出现。此人看上去四十岁上下，穿着藏青色卫衣，并没有把自己包裹得很严实，举手投足也还算自然。他推着一个约略30寸的黑色行李箱，一副要出远门的样子。对于一卷画来说，这个箱子大得有些浮夸。但他总觉得此人给他一种不舒服的感觉,他习惯于追随自己的感觉。

他的感觉是对的。这个推着行李箱的中年人去的不是火车站或机场,出租车在一个高档别墅区前停下。等此人走入别墅区,敲响一幢三层别墅的大门时,他在震惊之余也明白过来:有百分之九十的概率,他没跟错人。

这是胡求之的住处。

但凡余东市艺术圈的人,就没有不知胡求之住处的。这位胡教授从不对外界掩饰自己的富裕。作为一位收藏家,他拥有众多顶级古玩字画,基本都藏在这小楼中。他也不怕贼惦记,早就通过媒体放过话,说家里到处是监控。

中年人从交接赃物的小区出门,直接去找一个书画圈里的人物,还是省博专家组组长——这意味着什么,一想便知。更何况以胡求之和省博的关系,说不定齐东民掌握的钥匙、密码就是胡求之提供的。而且齐东民这样一个混混,怎会对省博这个阳春白雪的所在如此熟稔?怕不是胡求之还提供了地图和馆内安保细节?想至此,他几乎可以肯定卷轴就在那个黑色行李箱中。

破解胡求之家监控的时候,他一度不愿继续下去。多年前之所以学画,就是因为他天真地认为艺术世界的人们都简单而干净。胡求之作为国内顶尖画家,本是最没理由做出这等勾当的。

可是为什么,这些本该是最干净的人,却变成最脏的一群?而相比于肮脏本身,亲自揭露肮脏的过程,更令他痛恨。

然而,忍着痛走向更其深沉的痛,这是人生的某种解释,也是他的宿命。

中年人当着胡求之的面,打开了黑色行李箱。胡求之取出卷轴,在画案上小心翼翼地展开。

《渔庄秋霁图》!

他简直不敢相信自己的眼睛。这张画不正在省博展览着么?怎么会……可是根据此画被盗出的时间,以及省博对这幅画采取的一系列安保措施,这应该是真迹无疑。而如果这是真迹,那么现在在博物馆展厅里的,则必然是被齐东民调包的假画!想到此,他的脑袋"嗡"的一下,几乎忘了自己原本只是单纯地想盯住齐东民而已。

而令他震惊的黑幕,还远没有结束。

胡求之看着《渔庄秋霁图》,不住地点头。"没错,没错,是真迹。"赞叹罢了,他抬起头,一副没你事了的表情对中年男子道,"好,回头我会亲自交给赵总,辛苦了。"

听罢,中年男子识趣地点点头,推着空行李箱出去了。

赵总是谁?这个疑问迅猛地蹿入他的脑海。

显然事情并不简单。齐东民通过中年人,将盗来的画转给胡求之,这一度让他认为是胡求之作为一个画痴的惜画之心发作,因此雇贼盗画。然而刚才的对话又证明,胡求之也不过是个负责转手的。

既然那个姓赵的后边带着一个"总"字,十有八九是个商人。以胡求之的社会地位,能和他打交道的都不是什么小老板;而能这样拿他当枪使的,更是不敢想象其来头。

踟蹰良久,他打定主意,既已黑入胡求之家里的监控,那么就算挖出他的祖坟,也得把真相揭开。

可就在他准备调出胡宅近些天所有监控慢慢查的时候,胡求之又做了个令他震惊的举动——只见胡走到黄花梨博古架前,蹲下,打开最底层的一个柜子,取出一个卷轴。他将这个卷轴与《渔庄秋霁图》并排放在画案上,展开。

又一幅《渔庄秋霁图》!

电脑屏幕前的他没忍住,腾的一下站起身,手里的鼠标掉在地上,一节五号电池撒欢蹦出。

只见这位胡教授躬身站在两幅画前,一会儿看看左边的画,一会儿看看右边的画。半晌,他颇满意地点点头,随即给那位赵总打了电话,表示画没问题。

他坐在电脑前,心海的潮水汹涌奔腾,绝望地冲向没有尽头的天际线,寻找能让其撞击发泄的礁石。他揉揉疲乏的眼睛,一连翻看了胡求之家里好几天的监控。

他从前两天胡求之在客厅打出的某个电话得知,那位赵总,是赵抗美,制药界的大亨,前覃省首富。而他的公子,正是刚被自己杀掉的梅莎莎的男友,赵常。

《渔庄秋霁图》落入贼人之手,而贼人内部也暗流涌动。可怜千古名画,何时才能重归正道?

齐东民冒险现身,早晚被警察捉拿归案。这样一来,他亲手杀掉齐东民的计划便要破产。他不得不和警察赛跑。

千头万绪。

16日凌晨3点半,他失眠了。

第十章
道德标准

虽然局里已正式通过特聘左汉为书画专家的申请，但左汉并不希望声张此事。在卢队长的配合下，左汉犯罪嫌疑人的身份在中艺公司内部八卦中"坐实"，因而他也索性好多天不去上班。这有诸多好处，比如不用看到刘清德那张臭脸，还让刘总监对他有了敬畏之心，更重要的是，他可以利用白天时间堂而皇之地研究书画资料，并美其名曰"为人民服务"。

看了一段时间书，左汉觉得有必要和人交流一下，便叫来曹槟。曹槟这学期课少，更没个女朋友管着，于是过着比小学孩子还要幸福的生活——毕竟，现在连幼儿园的花朵们都被逼着早起学艺，求善价、待时飞了。

两人在市局对面的意大利餐馆碰面，找了个露天椅子坐下，在遮阳伞下边纷纷跷起二郎腿。曹槟点了杯卡布奇诺，左汉点了杯拿铁，两名无业青年享受着摆脱压榨、当家做主的自在。

在这家由中国人开的意大利餐馆里,除了有意面和比萨,还有意式油条和意式小笼包,并且连着播放了一下午的法语歌曲,同隔壁五金店循环的《春天的故事》《我们的队伍向太阳》一唱一和,简直是餐饮界的联合国。

"我最近把历史上的画语录和画论大致梳理了一遍,感觉必须出来透透气了。"

"就为那案子?"曹槟知道能把泡澡帝左汉变得如此刻苦的,除了画债就是案子。但他也明白有些事不该他知道,所以并不主动问细节。

左汉点头:"我从南北朝谢赫的《古画品录》,一直看到民国画家的零散论述,觉得不够彻底,甚至上溯《易经》《道德经》和《庄子》的相关章节。一些地方囫囵吞枣,也有一些反复琢磨,几天下来算是过了一遍。"

"那你重点看了哪些人?"

"王维、荆浩、郭若虚、郭熙、黄公望、董其昌、王原祁、黄宾虹。"

"有什么好玩的发现吗?"

左汉从书包里掏出一本皱巴巴的《庄子》,打开被折角的一页,指着一段给曹槟看:"这应该是最早的画论之一了吧。"

曹槟接过书,只见上边写道:

> 宋元君将画图,众史皆至,受揖而立;舐笔和墨,在外者半。有一史后至者,儃儃然不趋,受揖不立,因之舍。公使人视之,则解衣般礴,臝。君曰:"可矣,是真画者也!"

曹槟一边看原文，左汉一边口头翻译："宋元公打算画几幅画，来了一拨画师。他们受了旨意，便在一旁恭敬地拱手站着，舔笔，调墨，这时还有半数人都站在门外。有位画师最后到，可这家伙没半点儿慌张，也不假模假样、恭恭敬敬地候在外边，而是马上回到了馆舍里。宋元公派人去看，只见这位已经解开衣襟、裸露身子、两腿轻慢地往前伸开，像簸箕一样坐着。宋元公说：'好嘛，这才是真正的画师啊！'"

"所以你想到了什么？"

"我在想凶手的样子。"确实，左汉不禁开始想象"大画师"的样子。难道是个不修边幅、平日里爱穿宽松衣裤的三十岁以下的"大叔"？

样貌暂且不论，毕竟马蒂斯长得并不野兽派，而达·芬奇挂满胡子的老脸也远没有蒙娜丽莎的细腻。但就性格而言，"大画师"应该是个自由洒脱、不拘小节之人，否则他的笔法不大可能如此简练生动，一笔千意。左汉无法想象一个唯唯诺诺、墨守成规之人，能画出那样松动的作品。

左汉提到"凶手"，曹槟识相地不加细问，但他倒是开始滔滔不绝地讥讽当今画坛里那帮老戏精："我不觉得画家的着装肯定松松垮垮，就好比并不是剪个公鸡头、文个身就摇滚了。你瞧瞧现在那帮所谓画家，多半先是钻营人脉的高手，其次才是画画的。就算衣着仙风道骨，那行头不过是走秀的道具。他们的画与其说是艺术创作，倒不如说是帮助他们进入上流社会的敲门砖。"

"但是，真正的画家有自由的精神。"

"这我同意。刘海粟先生说过，所谓真正的画家，不能拘于

89

礼节之中。应当任其自然感兴，越超社会的习惯，而完成他的作品。"

左汉来劲了："日本人金原省吾的话更深刻，他说，绘画世界的道德，是超越平常世界之道德的，即以作品价值的增大，决定画家的道德。"

"但我们中国人肯定不会这么认为。否则大奸臣秦桧也得在书法史上留下一笔，而另一个大奸臣蔡京，也不至于被踢出宋代'苏黄米蔡'四大家了。对中国社会来说，现实世界的道德标准对艺术评论有一票否决权。"

"对……同意。"左汉说完开始发呆。

毫无疑问，根据金原省吾的观点，像"大画师"这样真正懂艺术的人，在人前是否遵循各种礼节尚不可知，但他必定自有一套超脱世俗的道德标准。这套标准深植于他的基因，体现于他的创作，却并不必然显露在他的日常行为中。正是这套标准，让他一边画着最纯粹的艺术品，一边认为杀人有理。

而且，这让左汉不禁思考一个更为相关的问题：到底是怎样的成长环境，培养出了"大画师"这样的精神？而成长至今的"大画师"，在现实生活中从事什么工作，又以怎样的面目示人呢？他尝试基于之前的分析给"大画师"进一步画像，可这似乎困难重重。

两人草草一聊，左汉意兴阑珊，将曹槟打发回去。他自己则过马路回了市局，重新坐在办公室里，对着桌上一摞摞旧书发呆。

《富春山居图》血画只是"大画师"的小作品，他真正的"大作"，是用五张血画细密织就的连环杀人案。从《富春山居图》

来看,"大画师"准备的卷轴规格与原作不差分毫,十分忠实。可他的用笔简练奔放,大开大合,完全不拘泥于古人的细节描摹。而从整个案子来看,他以说谎为由杀掉梅莎莎,所有细节都充满了象征性、仪式感和设计感。左汉可以肯定,若"大画师"之后继续作案,他依然会这样一丝不苟地完成他疯狂的设想。细心与疯狂这对矛盾的对立统一,其冲击力不亚于任何神作。

就这样从下午一直枯坐到晚上。左汉正深陷"大画师"的迷魂阵,突然肩膀被人轻拍了一下,吓得魂飞魄散,几乎从转椅上摔下来。

他警惕地扭过头去,是李好非。李好非显然没料到左汉的反应会如此激烈,先是惊愕片刻,很快又笑靥如花。不待左汉开口,李好非指了指办公桌道:"你大概三小时没喝水了。"

左汉不知怎么就过了三小时,回头看办公桌,又不知怎么就多了一只小茶壶。他抓抓后脑勺的头发,转向李好非,尴尬笑笑:"谢了。不好意思,出洋相了。"

李好非觉得可爱,刚才的惊愕一笔勾销。"你这都看的什么啊?"一边说,她一边走上前去翻左汉的书。只见这厚厚的三摞书里没几本是崭新的,每页大都竖着排版,繁体印刷,内容半文半白,或者索性全部文言,生僻字此起彼伏,张牙舞爪,让她疑心自己是不是没学过中文。

左汉刚想对她一一道来,就见李好非一副躲避瘟疫的架势,只好笑笑。他看到高中物理题的时候也有类似反应,很能感同身受。

李好非见左汉的笑容除了褶子只剩勉强,猜他一定在心里瞧不起自己,回给他的笑简直比哭还难看:"文化人就是不一样,那个……我先干活儿去了，回聊。哦，对了，茶记得喝，别放凉了。"说罢灰头土脸地溜走了。

左汉奇怪，分明自己险些儿摔个四脚朝天，为什么感觉李好非这个看笑话的仿佛比他还尴尬。他无奈地摇摇头，转过身来，正巧看见那茶壶。

前几天他还跟卢克抱怨，说市局办公室里的杯子都像上世纪七八十年代的地摊货，一点品位也没有，拿给他当牙杯使，他都宁可自己的牙齿全部烂掉。不过眼前这个紫砂小茶壶倒是看着像样，六边形，做工不算精致，却四平八稳，简洁大方。拿起来往杯里倾倒，深红色的茶水倾泻而出。打开壶盖，原来里面是小青柑。红茶茶叶被小金橘包裹，冲出来的红茶有金橘的清香。

从昨天上午开始，左汉的嗓子就有些发炎，此时喝小青柑正好。他突然很感谢李好非。想到这儿，他便鬼使神差地扭头去看李好非的工位，却发现李好非也正在看他。两人目光一碰，似乎撞击力太大，下一秒便比赛似的将头扭回自己的办公桌，仿佛有拯救地球的工作需要在桌上立即完成。

左汉定了定神，眯起眼睛。他可以感到身后那个姑娘同样的窘迫，如芒在背。

正巧这时卢克救苦救难，大老远吆喝着开会，说是有重要事情商量。

这段时间，卢克的人一部分寻找齐东民的下落，一部分排查赵常的社会关系，希望从赵常小弟的关系网中寻到"大画师"的蛛丝马迹。

过了几天，第二波人铩羽而归。他们甚至想以梅莎莎的视频爆料为由拘留审讯赵常，但此案涉及公众人物，视频内容若被更多人知道，社会影响必定极其恶劣。他们找了几天，却无铁证证明赵常与那些故意杀人的车祸有关，正在服刑的替罪小弟更是守口如瓶，令人毫无办法。

但找齐东民的人却有重大突破。

"那天齐东民盗画以后不是进了个没监控的小区吗，我们排查发现，他应该是早晨7点从小区出来的，乔装打扮一番，但身上并没带画，显然是在小区里把画转手了。最后他进了南城的小林庄，就是那个城乡接合部。虽然小林庄内没有监控，但搜索范围已经大大缩小。"张雷道。

"对，我们一直盯着小林庄的几个出入口，基本确定齐东民进去后就没再出来。"张雷一个手下补充道。

卢克前几天一直在主导赵常那条线，对齐东民这块只是听听进度。他听来听去，合着好几天也没进展，不耐烦地喝道："15号展览，17号定位小林庄，今天都23号了，连齐东民的影儿都没摸到，到底怎么回事？"

众人被卢队长震慑，一时无人开口。卢克还没说完，继续怒道："那画呢？都确定在那个小区里转手了，然后就没有然后了？"

负责画的几人确实没找到什么可疑人员，私下里都怀疑此画已经被转给了小区内的某居民，并且现在依然没有离开该小区。他们研究了那些从小区出来的人，也曾在有限的时间里追查了十来个重点怀疑对象，但没什么收获。他们甚至重点跟踪了五个拖着大行李箱去机场的小区居民，可在目的地警方配合下，发现他们均与本案无关。

更何况，相比于在案发后不久便将画转走，似乎先把画藏在错综复杂的老小区更为安全稳妥。可是这就难办了，总不可能挨家挨户掘地三尺地查吧。

"画没有找到，我们怀疑这幅画依然在小区内。"沉默过后，张雷开口，"至于齐东民，我们拿着他的照片到处问，只有小林庄北入口一家羊蝎子火锅店的老板娘见过他。老板娘说也就见过一次，还想不起来是哪天，但肯定是好几天前了。我们推测可能比他盗画的时间还要早几天。"

"这么多天，他就躲在窝里绝食吗？"

"说不定他叫外卖呢？"李好非道。

左汉没好气地道："一个越狱杀人犯为了口吃的，就在网上留下信息，这和卖淫的满世界散发小卡片有什么区别？"

本来李好非已经对卢克的火爆脾气免疫，但左汉这个粗俗的类比还是让她猝不及防，刷的一下红了脸。卢克意识到左汉对这位刚出来混的女见习警员如此说话似有不妥，但好不容易营造的严肃氛围不宜打破，于是只狠狠瞪了左汉一眼，继续用两个鼻孔哼哧哼哧地出气。

"还有两种可能。"张雷道，"一是他在小林庄内部的杂货店买了可以囤着吃的食物，二是有人帮他做饭，他不是一个人住。"

"第二种情况倒是有可能。"卢克皱眉，"但都说了，那里除了火锅店老板就没人见过他，怎么可能是在杂货店采购？"

"这有什么，一副口罩的事。"左汉道。

卢队长点点头："现在两条思路。第一，如果有人窝藏齐东民，我们就撒开了挨家挨户地找。第二，如果是齐东民自己买口粮，就重点排查小林庄内部的杂货铺和超市，问是否见过戴着口罩、一口气买下大量食物的可疑人员。如果店里刚好装了监控，全都拷出来。"卢克越说越焦躁,"不过巴掌大点地方,就算掘地三尺,都要给我找到这家伙!"

狠话说完固然百般爽快,但卢克心里还是有个硕大的疙瘩。他深知,即便找到了齐东民,也并不等于找到了"大画师"。如果他是"大画师"的同伙还好,就怕被左汉言中,齐东民和"大画师"没有半毛钱关系。那么,抓回齐东民只是重新捏住了本已到手却又滑走的泥鳅,而"大画师"依然在外头耀武扬威。

见众人一脸为难,原地杵着,卢克犹如屁股被点着的公鸡,跳起来大叫道:"怎么了,脚底长冻疮了还是长痔疮了,迈不开腿是不是?"

一直不说话的丁书俊竟难得忿忿道:"卢队,这些天不是出警就是盯监控,兄弟们好多都超过二十四小时没合眼了,能不能让大伙儿休息一下?何况现在都大晚上了,挨家挨户排查不是扰民吗?"

卢克这才意识到时间,看看表,晚上9点半。虽然在这个点出警已如家常便饭,但要在小林庄一户户敲门排查,显然不是时候。再看看眼前的战友,一个个如霜打的茄子,雷劈的朽木,卢克只好扬扬手:"滚滚滚,就知道睡。"见众人终于开心地动起来,他还不住地小声嘀咕:"睡睡睡,梅莎莎现在多的是时间睡,喜欢的都跟她走。"

左汉笑容可掬地送走一窝撒欢的公仆,回过头来搂住还在嘀嘀咕咕的卢克的肩道:"我说,卢大队长也别太拼了。不就抓不到嫌犯嘛,如果抓不到嫌犯还累到殉职,那好像更不光彩吧。"

像卢克这种小有成就的直男,一向把脸面看得比命还重。心事被无情戳穿,卢克脸上更挂不住,只是条件反射似的拒绝左汉的关心。

胳膊被拨开,左汉也不恼,再次搂住他的脖子道:"今天小弟请客,喝几杯去?"

卢克再次拒绝,左汉再次邀请,卢队长就范。

左汉拉着卢克,笑眯眯地跟他说话给他解闷儿。走过三个街区,两人来到一家海鲜烧烤店。这店从室内一直延伸到路边,占据半条马路,延伸之状犹如在煎锅上缓缓化开的黄油。

室外的折叠桌和塑料凳都极其劣质,只要风力再增加些许,便可将它们一股脑儿掀翻。在座的有不少膀阔腰圆的彪形大汉,有些已然脱了上衣,露出一条条大金链子,露出那因肥胖而变形的文身,有如招来了各路妖魔鬼怪在他们身上打架,又像被盖上了"检疫合格"章的五花肉。在这些满嘴生殖器和几个亿投资的男人中间,倒也零星出现几位女同志。这些女同志要么比她们身边的男同志还爷们儿,要么堪比弱柳残花,喝两口就要往离她们最近的随便哪个人身上倒。

卢克连轴转,又直接被左汉拖出来,压根儿没顾上脱掉制服。彪形大汉们瞅见来了警察同志,都如被瞬间定住的庞贝古城居民,偃旗息鼓,噤若寒蝉,十几秒后才偶尔冒出点儿声音,却是夸赞国家大政方针好。

卢克心说:"能讲出几句,算你有点政策修养。"

左汉心说:"外面文着皮老虎,里面全是纸老虎。"

正从里屋端出一盘烤生蚝的老板娘见了穿着警服的卢克,险些儿跌翻在地。她忙不迭就地将盘放下,一边抢着往里收空桌空凳,一边招呼着说打烊了都散了。估计她将警察和城管想成了

"一丘之貉"，实在缺乏小商贩的基本素养。

"收什么收，收什么收！你收了我们喝什么！"卢克今天见什么都不耐烦，懒得解释自己原是亲民爱民的好公仆。

两人找张摇头晃脑的空桌坐下，不等上菜，先喝起扎啤。眼睁着年轻的刑侦队长被工作压得又凶又呆且狼狈，像落水的哈士奇，左老师同情心泛滥，不忍再将案子来提。

"今晚好好喝，喝完给我滚回去睡觉。"左汉端起扎啤杯，和卢克的杯子碰了一下。

卢克刚教训完下属，现在却被左汉用同样的口气教训，实在没劲。他不回话，只咕咚咚喝酒。

"呦呵，架子真大，当了领导就是不一样。"左汉见他不回话，没话找话。

"能安静点儿吗，吵死了。"卢克又不耐烦。

左汉"扑哧"一声笑出来。"梅莎莎现在最安静，那你找梅莎莎喝去呗。"他放弃不提案子的想法，用卢克的原话刺激他。

"我说你成心的是吧？天天啃那些被虫子蛀了一半的书，也不见你有什么高论能帮着抓到'大画师'，风凉话倒是张口就来。"

"我要好好跟你说话，你又跟木头一样不领情。你说我是不是贱？我就算去给梅莎莎上坟，人家还送点儿小风，答应一句。"左汉撇撇嘴，故作高深道，"你们这些小年轻啊，就是遇到的挫折太少，稍微碰到个难搞的就心浮气躁，一点儿公安干警应有的定力都没有。"

卢克差点儿想说"你行你上"，却突然意识到左汉说得一点不错，于是端起酒杯掩饰自己的窘迫，快快道："你嫌我受的气不够，非得找个机会再气我一次是不？"

"相比于见你的生气脸,我还是比较愿意看笑靥如花的小姐姐。"左汉感觉眼前的队长突然由大老虎变成了楚楚可怜的猫咪,更添怜悯,"不就是碰到个手段高明点儿的杀手么。我感觉刚认识你那会儿,还挺好脾气的。难道后来破案越来越顺,让你对麻烦点儿的案子失去耐心了?"

"你不知道我顶着多大的压力!上面天天提破案率,我们保持么好的纪录眼看就要见鬼了!"

"之前问你,你不也说了吗,宋局长还没给你下最后通牒。真是皇帝不急太监急。"

"你不知道局长帮我扛了多大压力!这样的恶性案件,上面迟早要限时破案的,局长只是不想把压力全放在我头上。"卢克说着,叹息一声,"而且根据你的高见,'大画师'的计划不是杀一个人,而是五个!等他做游戏一样一个个杀着玩儿,我们全都得被他玩下岗了!"

"刚好啊,找个女人养你。"

卢克不知左汉试图转移话题,被打了个猝不及防,没好气地道:"这天底下,你以为除了你老娘,还有女人愿意养你?"

"只要我甘当小白脸,多的是啊。但你嘛,就难说了。"

"不喝了不喝了!话不投机半句多。"卢克作势要走,指着左汉的鼻子道,"你别仗着年龄小就童言无忌,小心警察把你抓起来喂牢里那群饿狼。"

"好怕哦。还好我不是警察的女友,一个个晚上不回家也就算了,见了面脾气还那么火爆,活该谈一个分一个。"左汉跷起二郎腿,"丘比特把女人的心脏射成马蜂窝都救不了你。"

卢克本已站起来,闻言反而扑通一下又坐了,端起扎啤杯又咕咚咕咚一阵闷喝。

"怎么，被说中心事，开始思考人生了？"

其实卢克大可用同样的话来刺激左汉，但他知道左汉在迟嫣出事之后便在感情上心灰意懒。他不愿说伤人的话，在他眼里，左汉到底是个小屁孩儿。

左汉不知卢克的心思，还想说俏皮话，不想对方却淡淡道："说说案子吧。"

"还说案子？"左汉一愣。

"你要想逗我开心，最好帮我把案子给破了。不然你就算搬来德云社给我说专场相声，我都笑不出来。"

左汉无奈苦笑，默默点头，干了杯中酒。

"你也看那么多天书了，有什么想法？"卢克说完，对不远处的老板娘指了指左汉的空杯。

"我只能通过看书增加自己对中国书画哲学思想的理解，力求进一步贴近'大画师'的思想。这对往后的破案一定会有用。但在没有更多线索的情况下，我很难给你什么直接可用的结论。"左汉对端来一扎黑啤的老板娘点点头，表示感谢，继续道，"这个'大画师'无论是绘画技巧，还是对绘画的理解，水平都很高，绝对不是一般画家可比的。他对这个世界的理解与我们不同，有自己认为对的一套道德标准。"

"这个怎么说？"

"比如他杀梅莎莎的原因，是梅莎莎做人虚伪，这从他留下的诗和视频可知。所谓因她导致赵常雇凶杀人，应该并非主因。从我们掌握的情况来看，两人往日无冤近日无仇，很可能完全不认识，光凭梅莎莎做人虚伪，至于让她死吗？无论从我们的道德还是法律来说，都不至于。可'大画师'认为至于，而且就是要因此处决她。我说处决，是因为他做得十分有仪式感，他把这当作一件十分严肃的事情来做。"左汉自顾自喝一口，继续道，"而且即便要梅莎莎，甚至是赵常倒霉，正常人的思维难道不是通过法律吗？而他却选择去做一个法外执法者。"

"这种自以为是的杀人狂多了去了，只不过他更能装神弄鬼而已。"

"你不了解他的时候，觉得他在装神弄鬼；一旦你对他的内心多少有点儿理解，你就会同意，他其实只是在进行一项艺术创作，只不过这次的构思较为复杂，而他又想设计和完成得完美一些罢了。"

"你这书没白看，越看越神经病了。"

"说实话，现在仅凭一个案子，很难推测出'大画师'的全盘布局。这么说可能不恰当，但我们要让他露出马脚，只能等待他下一次出手。"

"我就不信没了你神神道道的推测，我们凭技术手段和经验还抓不着他了！"

"可你自己也知道，'大画师'反侦查能力极强，除了他主动展示的那些东西，什么线索也没留下。目前除了一门心思抓齐东民，你一点思路也没有。而且即便抓到齐东民，很可能也并不影响'大画师'继续作案。一言以蔽之，你拿他没有办法。"见卢克无语，左汉继续，"可是至少我们已经抓住几个象征性的线索，比如杀人原因、血画上的手指印、发现尸体的地点，包括我们基本确定的四季。哦，对了，说到四季，会不会他想在春夏秋冬每季作案一次？"

卢克点点头，沉吟半响，道："但我们等不了那么久了，梅莎莎的案子社会影响非常恶劣。虽然外界还不知道血画的事情，但一个公众人物遇害，比一个普通人遇害要难办得多，警察不好干啊。"

"但是他战线拉得越长，我们掌握的线索和推测出的内容就会越多，对'大画师'继续作案只会越来越不利。说不定他自有一套作案节奏，或者完全没有，只想赶快把所有要杀的人都杀掉。"左汉想想又道，"我们不妨做坏一点的打算。他如果再次作案成功，那么我们需要关注的点，包括第二次作案的时间、原因、血画上的手指印数量、发现尸体的地点等等。如果上述变量全都与第一起案子一致，比如他只杀说谎者，那么我们就可以重点关注这类人，一方面保护潜在受害者，一方面寻找'大画师'。如果上述变量不同，那么我们就要推测他作案的规律，推测出他第三次作案的原因、可能的杀人或抛尸地点，从而提前抓住他。两起案件给出的条件，要比孤立案件给出的条件更有意义。"

左汉的声音低沉柔软，慢慢抚平了卢克的焦躁。酒精也逐渐开始发挥作用，让他累日紧绷的神经缓缓松弛下来。他不得不承认，左汉虽然年轻，但在这桩案子上，表现比他要沉稳许多。左汉并没有因为案子无关自己的业绩而懈怠。相反，在别人忙得兵荒马乱的时候，他从未停止思考，而且想得比他们都多。

"谢谢。"卢克举起酒杯，和左汉一碰。

"这有什么，我好歹也算你们的'特聘专家'嘛。"

"不是，"卢克看着他轻声笑道，"除了这个，我更要谢谢你对我的提醒。我这个队长，做得实在不怎么样。我还得谢你带我出来，我知道你想帮我释放压力。"

"知道就好。本来我要去足疗店按摩的，现在可倒好，一晚上光为你服务了。"

"这顿我来请。"

"卢大队长千万别在我面前摆阔，您挣几个子儿我还不知道？一个月工资不够我买纸、买颜料的。"

"几杯酒我还是能请起的。"

"别为难自己，留着做老婆本儿吧。你该跟我爸学学，找我妈这种既通情达理，又能挣钱养男人的，不然你下半生真的是堪忧。"左汉微醺，提到父亲也少了难过。

"什么？"卢克失笑，"左局靠王阿姨养？"

"呵呵，不知道了吧？我妈的花鸟创作，一平尺至少三十万。虽然比不上胡求之那帮老家伙，但还是比你们做警察的挣得多多了。"左汉极自豪，"要不我爸当初拿什么钱资助十个孩子，靠工资？他工资全都给出去了，然后兜里一分钱没有，天天回家蹭吃蹭喝，还蹭睡，房子也不是他买的。"

"你怎么能这么说左局，搞得好像他没为生你作贡献似的。"卢克笑得合不拢嘴，"不过真没想到画画的人这么挣钱，还以为全都穷酸呢。"

"一个圈子就是一个世界，你可千万别想当然地揣测另一个世界的人的生活。好多看似穷酸的职业，人家在闷声发大财。而好多看似光鲜亮丽的人，回了家天天拿着POS机从信用卡里套现，拆东墙补西墙。书画圈穷酸的确实有不少，但做到顶尖的都不赖。"

"这样，你在书画圈里帮我物色一个，像王阿姨这样，既通情达理，又能挣钱那种。"卢克眼里闪着光，"好弟弟，拜托你了。"

"喂喂喂,你的直男的尊严呢?你的人民警察的尊严呢?你以为好女人凭你挑啊,也不瞅瞅自己什么条件。我要真给谁介绍了你,回头人得问候我祖宗十八代。"

"我怎么了,我也有房,只不过小了点,老了点。"

"是啊,只不过还还着巨额贷款,每个月孝敬完银行就只够吃泡面了。"

"喂,别以为我不知道你啊,你不也是拿固定工资么,还是个新来的,你的情况能好到哪儿去?五十步笑百步。"

"可是我能卖画挣钱啊,虽然远不如我妈,但我的画也有一平尺三千块呢。你知道一平尺多大吗?"左汉见卢克一脸茫然,跟他比画了一下。卢克见一平尺才那么点大,几乎三观尽毁。

左汉继续道:"人找我画,一般都要四尺整张,一幅一万二。就这样,还得看哥哥我能否在泡澡和泡吧的百忙中抽出时间。"

卢克欲哭无泪,感觉时代抛弃了他,连声招呼都不打;而后生抛弃了他,还不忘对他冷嘲热讽。他开始怀疑自己到底有没有真本事,为什么三十好几了还活得如此辛苦。虽然当上市局刑侦支队队长,走出去也算是有头有脸,但工作和生活的艰辛,只有他自己知道。

左汉说得一点不错,他虽然在寸土寸金的余东买了房,但那房子不仅老旧脏乱、卖相不好,而且给他压上了沉重的债务,月供就占掉他工资的大半。但凡碰上个额外开支,比如给朋友的喜事随份子,比如局里组织的义捐,都会让他猝不及防,往往不得不朝父母借,实在没脸。他也想找个对象,好歹夜里回家,累了有人说说话。但他也明白,之前分了的几个,都是先被他的身份"蒙骗",最后因为他的生活节奏和经济状况而分手的。而且,主要还是因为经济状况。毕竟外面那些大老总并不比他清闲,可小姑娘照样排着队往上贴。人就是这么现实。

左汉见卢克脸上阴晴圆缺,变化多端,只是看着他不说话。卢克自顾自演完好几出内心戏,才发现左汉正在观察自己,于是讪讪道:"干……干吗呢,没见过帅哥啊?"

"说到长相,你倒不是丑,只是帅得不够明显,其实多看看也就能接受了。"

卢克又开始焦躁,之前是因为工作,现在却是因为生活,酒劲上来,他说话也没了分寸:"别扯这些废话,说得好像你要嫁给我似的。"

"卢队长!"左汉大惊小怪,"你该不会是饿疯了吧,都转念打男人的主意了?"

"少说两句能憋死你?"

左汉闻言笑得前仰后合。卢克平日里努力庄严肃穆,可到底是个单身男人,内心闷骚得要死。卢队长伟岸高大的身份和这句傲娇的话结合起来,实在产生了巨大的幽默效果。他拍拍卢克肩膀道:"可以可以,等案子破了,女朋友我不好说能不能帮你找到,但肯定给你解决个人问题。"

卢克觉得这聊天实在是越来越不正经,不想跟左汉贫下去。他兀自端起酒杯,凝起眉,在心里问自己:如果有别的路,他会走吗?

不会。

是,他不会,他还是要做刑警,要做惩奸除恶的人民警察,这是他儿时的梦想,一生的追求,就这么简单。

次日一早，卢克提前四十分钟出现在市局办公室，神清气爽。

过去几年，他虽然对工作一直充满热情，也屡建奇功，但潜意识里总有什么东西让他无法彻底骄傲。昨夜和左汉一聊，他想明白了。他也是人，除了工作，还有私人生活。而他的私人生活可谓一地鸡毛。

他总是不自觉地用事业上的成功来掩盖生活上的不如意，却从未真正面对过自己的内心。他终于明白，原来自己一直没有停止过焦虑。同龄人中，有的已在银行系统混到中层，年终奖百万的就有两三个；也有的自己出来创业，经历了起步阶段的艰难后，混到他这个年纪还在坚持的，都已经住了洋房，开了豪车。这个国家的发展快到让人窒息，似乎掌握了一技之长，或是纯粹交上好运，就能快速并彻底穿越不同收入群体的壁垒。每年高中同学会，当初那群尖子班的同窗年年展示新气象，挣得都比他多，却只有他这个一成不变的小警察每每迟到甚至爽约，仿佛他才是挣大钱的。

然而现在他想通了，这类似于一种"置之死地而后生"。他活着，是为了伸张正义、国泰民安、世界和平，只有这些可能被一箩筐有钱人嘲笑的追求，才是他的热情所在。人潮人海，总有人为了挣钱而活着，也总有人需要保证其他人能安心地挣钱，他愿意做后者。

这个齐东民，一定要抓到。

"大画师"也一定要抓到！

今天卢克亲自带队去小林庄。所有外勤都穿着警服，声势浩大。事到如今，卢克一点不想偷偷摸摸地查。他就是要震慑一下齐东民。有本事他就躲在这里饿死。只要他胆敢动一动，全城的监控都等着抓他现形。

卢克先去了庄里最大也是唯一的正规超市，询问店员和老板无果，直接索要了过去七天的监控录像——这里的录像最多保存七天。

除了超市，庄里共有五家杂货店，都是私人所开。店面没有大的，平均不超过二十平方米。偏偏店主愿意蛇吞象，生的杂货铺的命，做着沃尔玛的梦，从薯片和酱油一直卖到马桶刷和卫生巾，于是只好将东西层层叠叠摞起来，导致过道只能塞下一只脚。而高处的空间也没有被闲置，全挂着军大衣、晾衣架、红领巾等等。空气中弥漫着带有腐败气息的香皂和洗衣粉的气味，令人窒息。

卢克在里面走了几步后，感觉幽闭恐惧症要发作了，于是催着"行走花园"张雷同志去问。张雷他们连着把五家问完，结论是全都见过戴着口罩，还大包小包买了不少货的。其中只有一家装了监控，也是七天后自动清空存储那种。张雷把这活儿推给郭涛，剩下的工作就是挨家挨户地查。

小林庄几乎没有监控摄像头，但警方的大动干戈，还是被"大画师"看在眼里。

他身边坐着被束住手脚的齐东民。

"我这算是救了你吗？"他皮笑肉不笑。

齐东民没有搭话，只是用一个杀人犯的凶恶眼神瞪着面前这个年轻人。对方长相斯文白净，面部轮廓却有棱有角。他的眼神一会儿透出孩子般的单纯清澈，一会儿又表现出他这个年龄不该有的冷静沧桑。意识到这样的变化，连齐东民这个双手沾满鲜血的人都不禁侧目。

不知什么时候，这个年轻人居然翻墙进了他的院子，候在他房门口，等着他出来解手的时候发动突然袭击。他输得很冤，杂货铺的假二锅头喝得他头疼，当意识到自己遭了暗算时，脑子和手脚都不听使唤了。

其实"大画师"昨天傍晚就开着套牌面包车进了小林庄。他将车停在齐东民的住所附近，然后直接在车里睡起来。等他潜入院子，已是半夜三点的事情。

对于抓齐东民，他并没有十足的把握。虽然多年来训练不止，但这次面对的并非梅莎莎，而是个半辈子走在刀尖上的杀人犯。他只能选择偷袭。

他看到齐东民买了不少二锅头，分明是要每晚干一瓶的架势。他只有赌一把，希望自己进去的时候，齐东民正喝了酒呼呼大睡。当然，最坏的结果无非是正面较量，谁输谁赢还不知道呢。

他赌赢了。

打晕齐东民的过程，比他想象的要快许多。他找准机会一记手刀砍在齐东民脖子上，但齐东民没有彻底趴下。他趁齐东民没顾得上反击，又是一击，醉了的齐东民便全身一软，栽在地上，如同一坨烂泥。

他走到门口，取了进院前丢在那儿的麻袋、绳子和胶带，将齐东民捆了个结实，封住嘴，塞进麻袋。真个是熟能生巧。

东方渐渐泛出鱼肚白。他坐在驾驶座上，读着阿加莎·克里斯蒂的小说，忍受着身后齐东民身上的尿骚味儿。巷子尽头，卖豆浆和小笼包的早点摊上已经冒出几团白气，热腾腾的颜色，让他的心里突然温暖起来。

7点半，小林庄的人流和车流已然多起来，此时离开，应该不显得突兀。他正要踩离合器，却见那个微型摄像头和充电宝依然牢牢固定在齐东民住所对面邻居家的墙缝里，便笑着下车走过去，拂掉外边薄薄的泥沙，将那些小玩意儿取下来。

回到自己的地方，他刚把齐东民牢牢捆住，打开电脑，就见警车大张旗鼓地从三个入口涌进小林庄。

他差一点点就……

警方，就差一点点。

第十一章
《早春图》

卢克在齐东民藏匿的小院门口敲了一分钟的门，里边毫无动静。他四处张望，逮着一个刚出门的邻居，跑过去问道："这家最近有人出入吗？"

那大妈拎着篮子正要去买菜，被突然出现的警察吓了一跳。不过到底是经历过风雨的人民群众，大妈很快便神色泰然："别说最近没有，好几年都没有了。"

"也是去城里买房了？"卢克顺便多问一句。这已经是第七家没人住的房子了，前几家全去做了城里人。

大妈也不急，解释道："我原来的邻居和我们家几十年交情了，关系好得很。后来儿子要在上海发展，他们就把这房卖了，再砸锅卖铁，东拼西凑，然后全家搬到上海去住了。可那是几年前的事了。我就记得房子刚转手的时候，来了一群小伙子装修了一阵。但也不知咋的，那以后好像就再没进过人，估计买房那人在城里也有窝。"

卢克本还有些怀疑,但大妈都说了好久没进过人,便扭头走了,后边还有好多家要查。

24日一整天下来,卢克依然毫无收获。技术那边看了超市和唯一装有监控的那家杂货铺的录像,认定齐东民没有出现过。

"至少排除两家。"卢克淡淡道。

"既然我们已知齐东民出现在羊蝎子火锅店,而且这是目前唯一确定的关于齐东民在小林庄活动的信息,那为何不重点关注一下能看到火锅店的监控?"李好非道。

"有能拍到火锅店的监控吗?"卢克问郭涛。

"好……好像没有吧。"

"什么叫'好像没有'?"

"这火锅店之前不是关注重点,所以没特别留意。我这就去看小林庄北入口的监控。"郭涛全程没敢正眼瞧卢克,说着就将头埋下去,仿佛大腿上写着他苦苦追寻了半辈子的宇宙真理,"如果能拍到火锅店,也只可能是那个摄像头了。"

卢克两片厚嘴唇抖半天却是一句话也没说出来。

"那么监控方面的工作方向就确定了,让郭涛他们一天天排查羊蝎子火锅店就好,如果真能拍到的话。"丁书俊做的工作让他要冷静得多,卢克的怒火中烧并没有影响到他,"但我们还得想更多问题。要明白,即便监控拍到齐东民进入火锅店或从那里出来,我们依然很难凭这个信息找到他。毕竟在那之后,我们已经基本确定他还是窝藏在小林庄。在更早的监控里看他一眼,对追踪他最近的行踪没有直接帮助。"

"另外我们还应该清楚，齐东民和'大画师'的关系还没有定论。如果他们之间没有关系怎么办？那么我们就算找到齐东民，也找不到'大画师'。可相比齐东民，似乎'大画师'的案子给我们的短期舆论压力更大。"左汉伸出左手拍拍卢克的腿，想让他冷静一点。卢克猝不及防，扭过头去，两人四目相对。

卢克做了个深呼吸，像吹满气又泄了气的皮球，点点头道："郭涛，照书俊说的做，继续盯监控。张雷，书俊，你们把'大画师'留下的东西全部再检查一遍，一根纤维也不要放过。左汉协助。你们自己认领需要的人手，报给我。其余人员，明天全部跟我再去小林庄排查。"

"我还需要你一些帮助。"左汉侧过身来对准备宣布散会的卢克说。

"说。"

"如果可能的话，麻烦帮我搜集省美院所有山水画教师、学生的作品，每人需两张较能代表个人风格的原作，另外提供十张其他作品的照片。此外，我还需要余东市所有画山水的社会画家的资料，内容要求和美院师生一样。"左汉眨着眼睛，边说边想，"我会给你列一个社会画家的名单。"

"照片不行吗？这些都可以让美院领导搜集完，通过电子形式给我们，会方便许多。"

"你别图方便。我看原作的目的是研究每个人的用笔习惯，这通过照片是没法真正体会的。我既不是成心给你找麻烦，也不贪图那些人的墨宝。说实话，在我眼里画得好的人都已经去另一个世界了。"

"可他们都清高得很，如果提出担心画被我们弄坏，那怎么办？"

"卢队长，你是太不了解书画圈了！"左汉见卢克凝眉，继续道，"现在的书画圈，巴结你们官老爷还来不及……"

"停！我是人民公仆！"

"随你怎么说，反正在他们眼里，你们就是不一样。"左汉似笑非笑，"知道吗，这个圈子里，不少看似清高的人心里不知多想攀上个领导，或是有你们公安撑腰。天天画龙画虎，其实都是哈巴狗。这次你们让书画圈配合，大师们非但不敢不从，而且搞不好巴不得倒贴你两张画当见面礼。"

"这我可不敢要。"卢克想起左汉说的，这些人的画每平尺都以万元计。

"好了好了，我又不是纪检委，不要你表态。你若真有这贼心，也不至于这么……"左汉想说"穷"，但话到嘴边，又意识到这是公开场合，那么多卢克的下属都看着，便言归正传，"哎，算了，你就说能不能吧。别嫌麻烦，对你们只是一声令下的事，我的工作量可要比你们大多了！"

话已至此，卢克也没什么好说的，何况这确实是一个筛出嫌疑人的可行办法，于是说："好！我明天一早就给美院领导电话，让他们积极配合。你明天来的时候，也把社会画家的名单给我。"

"欧了。"

"还有没有什么问题？"卢克环顾会议桌，"好，散会。"

众人起身要走，卢克按住左汉道："你留下。"

左汉有点儿蒙："不都说完了吗？"

"陪我喝酒。"卢克故意不去看左汉的眼睛。

左汉大笑,马上联想到昨天自己千求万请,这位卢队长有多不情愿:"不行,我要去找小姐姐按摩。"

"我明天就让隔壁组把你小姐姐的店查个底朝天。"

"随你,纯绿色。"

"你小子逼我动粗是不是?"

"不敢不敢,我以后还要警察叔叔给我撑腰呢。"

卢克开车,带着左汉来到小金湖一隅,找了家安静的酒吧,坐在室外。两人心照不宣地远离滨湖公园的所在。

今夜的月亮格外明朗,它正朝着圆满努力,似乎也即将成功。小金湖被袅袅的熏风和淡淡的柳烟笼罩,泛起层层柔媚春波,在月光和霓虹的流淌中,宛如一袭轻薄的长袍,上面洒满璀璨的碎钻和细细的金沙。远处城市的恢宏楼宇如高原的峰峦排列,又像是在摇曳的树影上疯狂生长的火焰。这是夜的盛宴。

左汉躺在椅子上,四肢大张,全然被这美景带来的舒适感俘虏。他不想动弹,也无意喝酒,这熏风搔痒的感觉让他沉醉莫名。

卢克不知今夜请来一尊雕像,自顾自喝了半天,终于按捺不住,拽起左汉的右手将他拉起。不先醒来怎么醉去。

"如果抓到'大画师',你会怎么办?"卢克问。

"还能怎么办?看着你们把他移交司法,夹道欢送呗。"

"你就不想对他说点什么?"卢克自抿一口,"我的意思是,你似乎很钦佩他。"

"是,且不论道德层面,就能力而言,我觉得他很了不起。我甚至觉得如果他就是监控里那个人,和我年纪相仿,我会很想和他成为兄弟。"

卢克无言。

"但是我仍有疑问。我不敢相信一个二三十岁的人，能有这样的绘画能力。中国画和西洋画不同，人家出'神童'并不稀奇，可是国画一般只有老了才能画好。要在柔软的毛笔下获得那种时间凿出来的力量感，几乎没有捷径可走。"

"你是说，你倾向于认为'大画师'不止一人？"

"我的理性告诉我是的，但我的直觉告诉我，只有一个人。"

"一般你的理性更准确，还是直觉更准确？"

"要做一个顶级艺术家，需要丧失理性，因为他们的直觉会最终成为一种艺术理性。我还有理性，对此我是不满意的。"

"毕竟你一平尺只值三千块，所以你离顶级艺术家还差好几个零。"卢克全然忘了自己的存款金额也没几个零，"那么我可以认为，你的理性比你的直觉准确吗？"

"谁说的？我愿意相信我的直觉，'大画师'就是'大画师'，没有别人。"

"想想也是。假设画画的是个耄耋老人，他蘸着鲜血淡定地临摹古画，估计心脏也受不了吧。"

"说得好像你的心脏能受得了似的。"左汉端起扎啤杯，喉结起伏三次，很快陷入沉思，"我在想，这'大画师'会来自一个怎样的家庭呢？他也必定是两个人的孩子，可怎样的家庭背景才能造就这么一个嗜血者？或者说，一个极其自负的执法者？"

"肯定不是什么正常家庭。你说会不会是孤儿，或者单亲家庭出来的？"

"只能说可能性比较大，但目前什么情况都不能排除。"

"他也是十四亿中国人民的一员吧？他也是有身份证的人

吧？我就不信逮不着他。"

"那恭喜你找到新的工作思路了，只不过研究样本有十四亿个。"

卢克拿起酒杯就要泼这人一脸。

25日，卢克在小林庄的工作毫无进展。左汉则一整天都陪在丁书俊和张雷身边。可他坚信除血画外，那些已经被研究烂了的现场痕迹，是不会再告诉他们什么了。直到下午4点半李好非带来第一批绘画资料，左汉才真正打起精神。这批作品全部来自前覃省美院研究生部。

26日到27日间，左汉先前列出的怀疑对象已悉数到位。由于作品数量繁多，卢克专门协调出公安局的文体活动室给左汉看画。左汉站在被画堆得满满当当的活动室中兴奋不已——这才是他想干的活儿呀！

不过看着看着，他还是烦躁起来。他长期坚信一个道理：看画必须看最好的，这样才能保持较高的眼光和品位；而看烂画则是一件辣眼睛的事儿，万万做不得。在琉璃厂和潘家园看多了地摊货，早晚认为十八线画家的鱼虾吊打齐白石。不幸的是，这些要他过眼的画，即便打着"当代名家""美院博导"的旗号，也十之八九属于中低品相。这帮人混混当代还行，若放在历史长河中去看，无疑只有被遗忘的命运。

从26日开始，李好非专门协助左汉。左汉就地取材，收拾出一张红双喜乒乓球桌，拆掉中间的网，作为临时办公桌。

左汉每拿出一个人的原作，李好非就调出他另外十张画的电子图片供左汉参考。看原画能分析笔触，看更多作品则有助于了解每位画家创作的完整风貌。毕竟即便是风格成熟的画家，在不同的人生阶段也会呈现不同的画面气氛和质感。

平庸之作看多了，左汉屡屡不耐烦。但他深知艺术家们的矫情和清高。即便原本还能卖个好价钱的白纸，在被鬼画符一通后彻底沦为村头厕纸，画家们也依然视之如命，以及人民币。这和小林庄的杂货铺老板们不同。至少小老板们的店里确实备着足以和沃尔玛争抢客户的干货，可一些画家脑子里却要么塞满了书画市场溢出来的泡沫，要么空得能塞下整个宇宙，以及比宇宙还大的成为一代宗师的痴心妄想。

为梦想点赞，给笨蛋加油。他决定微笑着、耐着性子好好对待这些作品。

"徐文飞，学过石涛、梅清，晕染还有一些米友仁的影子，但是丰富性不够……"

"沈波，学的黄宾虹，可是只有皮毛，理解不深。落款有赵孟𫖯的影子。总体水平不高，肯定不是'大画师'……"

"曾柯志，学过倪瓒、黄公望、石涛、潘天寿、李可染，能把风格迥异的前辈的技法熔于一炉，不容易。但整体效果有些不伦不类，也还没形成自己的风格。也许他临摹得好，可以重点标记一下……"

一平尺三千块的左汉，兀自对着一平尺几十万的画评头论足，李好非在一旁码字，听着不知所云的人名，额头沁出细密的汗珠。她不得不频繁让左汉停下，将人名中每个发音代表的汉字告诉她。

左汉的耐心反而更让女警无地自容。26日当晚，她知耻而后勇，到新华书店买了本陈师曾的《中国绘画史》，囫囵吞枣看到凌晨3点。她将遇到的画家名字全都记在手抄本上，偶尔还记下书里对一些画家风格的三五字短评。

正要去睡，她意识到这本书并没有关于近现代的系统论述，若左汉说起二十世纪的画家，免不了又要频繁出丑。于是她又上百度飞速浏览了半个多小时，记下几个有重要影响力的画家。末了，她将手抄本往书桌上一丢，脑袋沾了枕头便呼呼大睡。此时已是27日凌晨4点。

闹钟沸腾，李妤非弹簧般从床上坐起，将早晚两次洗漱合而为一。即便坐上公交车，她还在温习那些对她来说完全陌生的人名。

到办公室时左汉尚未出现，李妤非打开笔记本，新建一个excel表格，将手抄的人名按历史年代分门别类，都在电脑上打一遍，这样一会儿再次出现时，输入法里便有了记忆。这台笔记本是左汉心血来潮专门买来处理这批画的。工欲善其事必先利其器，这玩意儿的触屏功能方便手动看画，且画质极好，还是个当下少有的全面屏，看图特爽。李妤非早先用了几年的某大牌笔记本被无情嫌弃。

事实证明，他们的效率确实得到了极大提升。除了工具的升级外，更重要的是李妤非对人名突然熟悉起来。左汉惊异于李妤非的进步，直夸她是个天才，居然一夜之间仿佛对这个全新领域了如指掌。李妤非并未告诉左汉自己昨夜的用功。在她看来这本就是工作的一部分。

忙到28日晚，左汉和李妤非终于将材料梳理完毕。剩下的工作就是回看笔记，挑出重点怀疑对象，再拿原作和血画对比。

同日下午5点左右，卢克那边也有了重大进展。

卢克着急，只能翻墙进入原本忽略的八家据说无人居住的房子。在进入第五家的时候，他知道有戏了。

与前面四家不同，这个理应许久无人问津的房子，并非四处尘埃堆积、蛛网密布。相反，它相对干净，还有些人味儿。院里的水池胡乱堆放着沾满油渍的碗筷。院中心的香椿树下摆放着一个直径约十厘米的浅红色塑料盆儿，盆上架着块缺了一角的木质搓衣板，盆底有水，不多，约占整个盆子体积的十分之一。然而余东已经连续八天没有降雨了。若再抬抬眼皮，可以看见从香椿树干拉到一根废弃瓜架的线上，居然零星挂着一些衣裤，且颜色都新得很，毫无因长期暴晒而产生的褪色痕迹。

最近有人住在这里。

卢克摸出口袋里的枪，上膛，然后沿着院墙来到门口，从里边轻轻将门打开，放其他队员进来。众人持枪寻了一遍，确定四下无人。卢克虽感遗憾，却也放下心来仔细搜查院子。

先搜的是卧室，这里无疑信息最多。床上的被子是浅灰色的，不厚不薄，本季节的标配。值得玩味的是，这被子既非叠得齐齐整整，也非彻底凌乱，而是只有一个角被掀开，很像是主人因起床而掀起被子一角，之后便忘了整理。

陈旧的木质床头柜上放着一个半开的香烟盒，一个躺着几枚烟蒂和厚厚烟灰的烟灰缸，一团卷纸，一部老到不知什么型号的深蓝色诺基亚按键手机。卢克戴上手套，打开床头柜抽屉，在里面发现了一串钥匙，有些造型还不太常见。剩下的，就是一摞显然堆了好些年的老杂志。目光所及，地上还摆放着几个空酒瓶，是最便宜的牛栏山二锅头，有的立着，有的躺着。此外还能看见几团用过的卫生纸，这儿一团，那儿一团。

随后，众人又仔细检查了这个院子的每个房间和每个角落，证据采集工作基本完成。

"张雷，马上拿回去检测，让书俊帮你一把。指纹、DNA，有一个能和齐东民对上，那就是了。"虽然尚未抓住齐东民，但卢克信心满满，"对了，手机卡要重点查一下。"

"这儿还有几枚手机卡。"张雷发现旧杂志上零星放着几枚SIM卡，因为卡片太小，杂志封面颜色花哨，刚才被卢克忽略了。

"哼，普通人谁会准备这么多卡！"卢克志在必得，"张雷，你带上两名技术员回队里干活，其他人跟我在这儿恭候齐东民回家。"

卢克安排妥当，又打电话给还在盯监控的郭涛，让他马上调出今天小林庄所有出入口监控，一旦发现齐东民进出，马上汇报。

傍晚6点15分，张雷来电。经初步检查，诺基亚手机里那张电话卡只打过和接过同一个号码的电话，此号登记用户名张伟。可当他们通过身份证号联系上卡主的时候，却发现此人并不认识齐东民。警方发现的其余电话卡也都是实名登记的，男女老少皆有，但他们相互不认识，也无一承认自己认识齐东民。初步猜测，应是如今规定电话卡实名登记了，齐东民与其同伙下有对策，通过自己的关系四处搜集到的别人开了却不用的卡。

而张雷最重要的发现是：烟灰缸、钥匙串、床头柜等各处提取的指纹，与齐东民的指纹比对一致。

晚8点，郭涛来电，确认在28日的监控中未发现齐东民。

十五分钟后,张雷来电,在齐东民卧室中发现的钥匙,正是省博储藏室几道门的钥匙。齐东民窃画的犯罪事实成立。

然而直到29日凌晨3点左右,卢克连个夜访的鬼都没等到。众人又累又困,卢克也是。正要睡着,丁书俊的电话来了。"卢队,烟蒂、纸巾上的DNA样本,可与齐东民的DNA作同一认定。"

此时此刻,这种信息已经无法让卢克兴奋。困意袭来,他只是嗯嗯哦哦地应着。两人在电话里又说了几句有的没的,不知该道早安还是晚安,便挂了。

29日早7点半,不小心靠在墙上睡着的卢克被李好非的电话吵醒。他本打算接完电话再教训身边的人为何看他睡着却不叫醒他,可听完第一句话,他的脑子就轰的一下。

"卢队,群众报案,在东二环奋进大厦三层应急通道发现一幅血画!丁老师和张老师已经赶过去了。"

听到这个消息,卢克既感到震惊和愤怒,又有一种靴子终于落地的感觉。齐东民一夜未归,难道是去作案了?难道他就是"大画师"或其帮凶?

"我这就过去。你马上通知左汉。注意让大厦负责人和物业保护现场,禁止他们声张此事。"说罢,他带上刘依守和另外三名得力干将奔赴奋进大厦,其余人员则原地等待齐东民。

左汉刚睡醒,还有些许起床气。一般这个点骚扰他的都是卢克,但今天他看来电显示是李好非,怨气不好发作,只得客客气气地说早上好。李好非并没有说早上好的好心情,直接告知第二张血画出现了。左汉腾的一下坐起来,仿佛一个对生活失去信念的人突然得到了神明的指引。他随便套件轻薄毛线衫,连洗脸刷牙都顾不上，蓬头垢面地就下楼打车去了。

8点10分，出租车稳稳停在奋进大厦门口。深蓝色的玻璃窗将这座现代感十足的长方体楼宇包裹起来，也将早晨的阳光折射成令人神往却又不可直视的光芒，一如这个与人若即若离的大都市。

警戒线已经拉起来，好在围观的人不多，这主要是因为东边是年轻人的天下。他们有的是事情要忙，关心自己的生存远比别人的八卦更多。不像那些退了休和快退休的大爷大妈们，总能从邻居和菜贩子间的争吵围观到大国博弈，就是不去思考为何自己的存在如此百无聊赖并寻求改变。

见警察和保安联手劝退自己，奋进大厦的上班族们并没有站在警戒线外做人墙，大多看两眼便扭头回家。不少人还因不用上班，颇有些"幸灾乐祸"的味道——可不是么，别人的倒霉给他们换来了至少一天的假期。

左汉穿过警戒线，一名领带歪掉的小警察将他领到三楼的逃生楼梯，此时这里已经挤满了人。他一眼就看到卢克、丁书俊、张雷，以及显得非常不淡定的李好非。

"《早春图》。"

众人听见左汉的声音，纷纷转过头来。

左汉并不享受被众人的目光迎上舞台中央的感觉，不过还是很自然地走上两级楼梯，填补李好非和卢克给他让出的空间。

"被害人很可能不是刚刚被杀。"左汉继续道。

"为什么？"卢克诧异。

"你们也看到了，这张血画笔触细腻，临摹得更加逼近原作，甚至可以说和原作别无二致。而不像上回，'大画师'用笔飘逸潦草，只求神似，一看就是时间不允许。"左汉凑近了，看了看又道，"这张的树枝、松针、楼宇、人物，都照搬原作，而这些细节都是需要大量时间投入才能画出来的。就这种细致程度，绝非几个小时可以完成。一种比较合理的解释是：上次的梅莎莎是当天被杀、当天画；这次则很有可能是杀完以后，画了好几天。"

卢克托着下巴沉吟片刻，"这么说，有可能'大画师'早就抛尸了，只是还没被发现？"

众人沉默。

左汉继续观察，发现这次题款，除"大画师"的笔名外，只有四个字：

　　春山如笑

"报案人有提供什么有价值的线索吗？"左汉问。

卢克本要再去叫报案的保洁阿姨，但想想还是作罢，自己给左汉简单叙述了一遍。

"保洁阿姨大概七点一刻发现的血画。那时候不知道这红颜色是血，但'大画师'可能也担心目击者把这当作普通东西给扔了或私藏了，所以在画上放了一张受害者尸体的照片。"说到这儿，卢克停止叙述，突然问左汉，"你猜猜看，死的是谁？"

"谁？"

"你动动脑子嘛！"

"我连'大画师'是谁都不知道，怎么可能知道他和谁有这仇。"

"呵呵，我也不知道。"

"你有病啊！"左汉佩服卢队长都这时候了还有心情和他开玩笑。

"我可不是和你开玩笑，就想试试看你对受害人身份有什么高见，万一猜中了呢？"说罢，卢克继续诉说发现血画的经过，"这张照片没有拍到被害人的面部。看到照片后，保洁阿姨当即通知他们领导，最终是物业报的警。那时候阿姨在拖地，是从楼上往下拖的，上面的楼梯都很干净，但低楼层的痕迹都保留了，如果有的话。"

左汉点头："'大画师'的反侦查能力极强，若真留下什么不得了的痕迹，那也不是'大画师'了。"

张雷和刘依守戴着手套将血画卷好，其他人也都采集了现场痕迹。卢克抬头左看右看，张雷说这应急通道平时没人来，物业公司为了省钱就没装监控。卢克只能暗骂一声，让物业给他们送其他出入口的录像。

看着这张暗红色的《早春图》，左汉良久不语。物证室里出奇地沉闷。

《早春图》的用笔特点和《富春山居图》不同，山石树木的造型方式也迥异。"大画师"再次展现了他卓越的领悟和模仿能力。

众人本翘首等待左大师的高见，却被消磨了耐心。卢克打破沉默道："怎么样，有什么发现？"

"没有什么突破性的发现。但总结起来，值得注意的有这几点：第一，这次'大画师'果然画了《早春图》，证明我们先前的推断没错——他计划画五张，也就是说，杀五个人。而下一次如果他得手，我们将会看到一幅《万壑松风图》血画。第二，这张画，如我刚才所说，画得很精细，用时不会少，所以很可能被害人已经死亡数日。第三，《早春图》作者郭熙绘画也重视画中的'气运'，认为山之坡脚要深厚、滋润，才会子孙昌隆，这是他很重要的绘画哲学，正好也符合'大画师'作案的理论基础。而郭熙的绘画哲学，在这幅《早春图》当中体现得最为淋漓尽致。我们当然坚持科学，但既然'大画师'是基于上述理论作案，我们还是得重视起来，多研究。如果你们想了解更多，我回头可以多说说。"

卢克插话道："会专门找时间问你的。"

"本专家乐意效劳。"左汉继续道，"第四，老调重弹，'大画师'的临摹功力惊人。如果说《富春山居图》体现出他对原作精神和大势的准确把握，那么这幅仿作则向我们证明了他在细节描摹上的精湛技艺，此人实在不一般。第五，这幅画的题款'春山如笑'也有典故，我先放着不说，但这题款用的是米芾的字体，米芾的字端庄中有婀娜，变化多端，和郭熙的画风很搭。这也同时说明'大画师'还临过米芾。第六，这次大画师留下了三枚血指印，不同于上次的五枚。我说过，如果两次作案留下的是相同数量的血指印，那么接下来每起案子都会是同样的数量，这或是'大画师'的习惯或签名。但如果两次留下的血指印数量不同，则其中一定有某种暗示。第七，现在不是不知道受害者是谁吗？根据梅莎莎案的经验，我猜测这次的血指印也来自受害者，不妨拿去指纹库比对一下，试试运气。"左汉暂时想不出更多，看众人都直勾勾盯着自己，有愿听下文的意思，忙补道，"我说完了。"

"多问一句，从这张的用笔来看，你觉得我们能锁定一些嫌疑人吗？"张雷双手抱在胸前，"毕竟你这些天也看了那么多嫌疑人的画了。"

左汉心里暗暗为余东市书画圈叫屈。平日里德高望重的真假大师们，全因八竿子打不着的什么血画，而成了刑警们口中的"嫌疑人"，真是"人在家中画，罪从天上来"。

"看不出来。这家伙很聪明，他模仿一个东西就像一个东西，甚至有本事将原作的风格发挥到极致，对原作的特色进行强调和夸张，说得直接一点，就是'比原作还像原作'。换句话说，他有本事将自己的风格和用笔习惯很好地隐藏起来，说实话，我真不知道他是怎么做到的。"

"这人就是有病。有这水平，画画发财不好？非得跑出来杀人。"刘依守喃喃道。

"好，左汉的分析中，至少有两点对我们直接有用。一是受害人可能在几天前遇害。第二点我们也想到了，马上比对血指印，看看受害人指纹是否在指纹库中。明确了受害人，工作方向就会清晰很多。"卢克简短总结后安排任务，"张雷负责分析奋进大厦现场痕迹；郭涛分析奋进大厦及其附近监控，勾勒出'大画师'行动轨迹；鉴于上一起案子中血画和尸体被发现的位置相距不远，我带队在奋进大厦附近搜寻尸体；书俊比对指纹；左汉留下来继续研究血画；李妤非留着听电话，看看会不会有什么新的报案，同时作为机动人员，协助有需要的科室。"

"为什么我不能出现场！"李妤非忿忿道。

卢克出现场习惯了带男人，要真带上个小姑娘，确实感觉奇怪。他本想说你小姑娘家的在办公室里待着多好，但又知李妤非要强，便改了主意道："想来就来吧。"

李好非一蹦三尺高,但还没落地手机便响了。她以为是110指挥中心转过来的报案信息,可接起来后发现只是快递。

"不好意思,我现在有急事,您放门卫吧!"

"呦呵,淘宝买面膜啦,还是买粉底啦?快递到啦?去拿呀!出现场这种事留给我们男同胞做就好啦!"刘依守嬉皮笑脸。

他嘚瑟了还没两秒,便被来自李好非和左汉齐刷刷的眼刀封喉。

"左汉,你帮我取!"李好非没好气地命令道。不过说完她就觉得自己是气昏了头,毕竟自己和左汉也不能算熟。

好在左汉也正巧想奚落一下刘依守,笑嘻嘻地道:"愿意效劳。"

卢克打着方向盘,心急如焚。如果被害人真的死了好几天,那尸体估计早已腐烂发臭。这不仅给丁书俊增添麻烦,更说明警方已经失去抓住凶手的最佳时机。

谁知路程还没走一半,电话响了。卢克没工夫理会,便让副驾上的李好非接起来。李好非从卢克衣兜里掏出手机,看是丁书俊,连忙接起并按了免提。

"卢队,血指纹居然是齐东民的,三枚指纹全部吻合!"

卢克方向盘一个没打稳,险些儿撞上旁边的白色保时捷,保时捷被他霸气逼停,将那一身阿玛尼的车主吓出一身冷汗。那车主摇下车窗伸出中指,正准备将口中的动词顺着中指的指引朝卢克发射过去,抬头望见是警察,连忙道:"对不起,对不起,我的错。"

卢克没闲情教导调皮的富二代，打了方向盘就往回赶。

"给刘依守去个电话，让他负责找尸体。"卢克对李好非道。

李好非也被刚才的一幕吓得不轻，连连点头。

卢克一瞅时间，9点20分，实在没想到丁书俊工作效率如此之高。他原本严重怀疑齐东民就是"大画师"或其同谋，可万万没想到，他居然是被杀的那个！不过这个发现也串联起了困扰他许久的齐东民案，再次两案并作一案，他竟一时间情绪高涨。

"你的快递。"左汉见李好非跟着卢克回来，指着她办公桌道。

"谢谢！"李好非冲他笑笑，但很敷衍，生怕比走在前边的卢队长慢半步。不过她眼睛的余光还是扫过了那个包裹。那是个特别小的纸盒，近似于正方体，被黄色胶条包得严严实实。她不记得最近在哪儿买过这么小的东西，却不禁想起刘依守说的粉底，心里别扭。

左汉也跟过去凑热闹，还没进门就听见卢克刚和丁书俊再次确认，的确是齐东民被杀了。

"也好，也好，两案合一。"卢克不知该喜该悲，"逃得了和尚逃不了庙，兜兜转转，这孙子居然是被'大画师'做掉了。"

"现在必须尽快找到尸体，"丁书俊说，"争取让我早点儿营业。"

"刘依守在找了。"

"我怎么总觉得缺点东西呢？"左汉一屁股坐在丁书俊的桌子上，那地方曾放过无数器官。

"缺什么？"卢克问。

"我要知道缺什么，我不就直接说出来了？！"左汉没好气，

"你想啊,'大画师'既然这么追求形式主义和完美主义,那他每次留给我们的线索也都会是一样的——血画、诗歌、血指印、尸体……"

"视频!"李妤非惊呼。

左汉还没来得及说句"没错",就见李妤非撒开了腿跑回自己的工位,火急火燎地捣鼓个什么东西。卢克他们不知这从来不淡定的小姑娘又吃错了什么药,只有左汉跟了过去。他发现李妤非在拆方才那个快递,登时明白李妤非所想。待他上前,李妤非已经把盒子拆开,只见一个金属壳银色优盘掉了出来。

"我猜你最近没买优盘。"左汉一边说,一边打开李妤非的台式电脑。

李妤非一声不吭,戴上手套,将优盘插入主机。

映入他们眼帘的,只有一个视频文件。文件名只有一个字:

春

第十二章
第二首诗

"卢克！卢克！卢克！"左汉几乎是用生命吼着让卢克过来，仿佛对方不是在数十米外，而是在海王星。

卢克他们跑来的过程中，已想到必有重大发现。待他们凑到近前，暴风影音播放器恰好打开这个视频。不出所料，里面正是齐东民和"大画师"！

全然黑色的背景。没有自然光，光源是画面正上方的白炽灯。"大画师"甚至不留给他们判断视频录制时间、地点的机会。和上次一样。

齐东民被捆在一张腿很粗的金属椅子上，蔫头耷脑如一条落水狗，卢克实在难以相信这就是一向嚣张跋扈的齐东民。要知道，这家伙连进市第一看守所时都是横着走路的。真不明白"大画师"到底使了什么神通，居然能把这人给治了。

一如上次，"大画师"在前半段并未出镜，他的问话都以字幕形式出现，声音全被抹去。

　　字幕："知道你为什么在这儿吗？"
　　卢克和李好非面面相觑，仿佛在观摩同行工作。
　　齐："你是闲得蛋疼吧？我是不是阉了你爸上了你妈，你才费这么大劲把我抓到这鸟地方来？"虽然他在气势上已经糟糕得一塌糊涂，但嘴上还是仿佛能够干翻全世界。
　　字幕："我就喜欢和你们这种有趣的人聊天，总能学到语文课本里学不到的表达。"
　　齐："你最好马上把老子给放了，再跪下来叫三声爷爷，你爷爷我可以赏你回去学习你的语文课本。不然小心老子那帮兄弟将你抽筋扒皮，挖了心回去做醒酒汤！"
　　字幕："哈哈，你是从《水浒传》里走出来的吗？拜托，二十一世纪了，你们这种人不吃香了。另外我得提醒一下你的处境：你最好别幻想这回能出去，落在我手上，你只有死。"
　　齐东民猛然抬头，原本因疲倦而涣散的眼神，全都惊恐地聚拢起来。
　　字幕："相处这么多天，我也该向你这位同行介绍一下自己的从业经历了。上个月死掉的梅莎莎你听说过吗？我杀的。你知道她怎么死的吗？特别环保，活埋。我还很耐心地在她没死的时候，用锤子敲掉了她洁白整齐的牙齿，白里透红，很好看。"
　　众人看到，随着字幕一行行地出现，齐东民脸上的惊恐不断加剧，仿佛刑罚已经施加到他身上。他的嘴也终于不再逞威风，结结巴巴地道："你……你你，你想怎样！"
　　字幕："都说了，我们是同行，说起来我还是你的晚辈。只不过在前辈面前，我这么一点业绩实在不足挂齿，还得靠牺牲前辈来丰富一下我的履历。"

齐："你倒是说个理由！我齐东民是杀过不少人，却也没犯过你的河水。如果不是因为私仇杀我，那你到底为谁办事？"

字幕："为警察啊！"

屏幕前的警察全都愣住了，仿佛自己明明手捧圣经，却转眼入了邪教。

齐："你当我三岁小孩？说不定现在警察找你比找我还急！"

字幕："警察抓你那么辛苦。你非但不懂感恩，还要逃出来，再一次浪费宝贵的警力资源，实在没良心得很。你不买警察的账可以，那换个说法，我就算是为民除害、替天行道吧。这么说你满不满意？"

齐东民没有说话。

字幕："反正你也见不到明天的太阳了，不如说说你的杀人经历吧，让晚辈也开开眼。"

齐东民起初并没有搭理"大画师"，但后来还是在"大画师"的循循善诱下，将自己在哪里杀过谁都说了，包括在传奇KTV杀过两个黑道人物，在"深蓝幻想"酒吧杀过一个陪酒女，在省道出城口附近杀过三个不配合的毒贩子，等等，全都是警察记录在案的。

字幕："没了？"

齐："没了。"

字幕："前辈还是老了，记性不大好。那我来提醒你一下：去年3月初，你在邻省省会东安园小区三号楼一单元1005号，入室杀了一家三口，连不满十岁的女孩都不放过。去年5月，你在本省右新县徐家村杀害两名七十多岁的老人。好在人儿子和儿媳都外出打工，不然也得被你干掉。想起来了没有，前辈？"

齐东民突然瞪大了双眼。卢克他们也是。这两起案子是近年来为数不多的悬案，刑警圈子都知道。他们实在想不出"大画师"怎会如此神通广大，因为从齐东民的表情来看，他无疑认领了这两起案子。

齐："你……你是怎么知道的？"

字幕："你觉得就现在的情况来看，轮得到你问我吗？说完了杀人，下面咱们再来交流一下偷东西的心得吧。你是怎么去省博偷画的？"

齐："你这么牛，还问我干吗？"

字幕："都说了，我得为警察办事、为人民服务、替天行道，这三个主顾都还没怎么搞明白呢。"

在"大画师"略带调侃的消磨下，齐东民还是介绍了他作案的经过。不过他还没说两个字，画面却突然全黑，屏幕上蹦出一行白字：

　　齐东民讲述盗画目的、经过和结果。

屏幕前的所有人再次面面相觑。这实在不是一个令人愉快的处理方式，就像在图书馆借了一本侦探小说，却发现揭开谜底的最后那两页已经被某个挨千刀的读者撕掉。约三分半钟后，这尴尬的黑屏总算结束。随后便是"大画师"对齐东民的刑罚。

该来的还是来了。

众人看到的，是齐东民被扒光了绑在一张行军床上，背景还是黑布。他趴着，仿佛准备接受按摩服务。

"大画师"终于出现在镜头前。他身着宽大的黑色衣裤,黑色的连衣帽前端很长,垂下来基本遮住他的眼睛。他还带着巨大的黑色口罩,足以盖住他大半张脸。甚至连他的鞋袜也是黑色的。在齐东民身边踱步的,仿佛是一个可怖的阴影,或者从地狱来到人间闲逛的死神。

这死神手里执着一根木杖,沿着行军床绕了一圈。回到原点后,他那戴着黑手套的左手拍了拍齐东民隆起的屁股,仿佛在向他预告什么。

这确实是某种预告。因为在那之后,"大画师"立刻双手紧握木杖,高高挥起来,发狠砸下去。齐东民被打得皮开肉绽,吃痛惨叫,但很快便不再吱声。

"大画师"按住他的脉搏,似乎要确定他是死了还是晕了。确认完毕后,他慢悠悠从画面外提来一整桶水,一股脑儿浇在齐东民脸上。

齐东民醒来。他接着打。

待到齐东民第二次停止嚎叫,他便永远停止嚎叫了。他死了。

最后,画面中再次出现了上次那句诗:

  鹊华秋色寒林雪,山居早春万壑松。

视频结束。

电脑屏幕前,众人陷入长久的沉默。尤其当他们想到齐东民往日的穷凶极恶,再看看他在视频中的凄惨可怜,更觉"大画师"仿佛是不可挑战的死神的化身。

毛骨悚然。

"杖刑。"左汉轻声道，他声带中的颤抖清晰可闻。

"这家伙，可惜了。如果他乖乖待在号子里，最后会死得比这样轻松很多。"卢克说着，将胳膊搭在左汉肩膀上。

"现在就差尸体了。"丁书俊依然期待开工。

过了半响，张雷道："上次他杀梅莎莎，是因为梅莎莎虚伪。这次他杀齐东民，似乎是因为齐东民杀人，也有可能是因为偷画。这两次他的作案动机并不相同。"

"不对，是作案理由不同，不是作案动机。他的作案动机是一贯的，就是要杀完被他选中的五个人，把那句诗填满。"李妤非的声音铿锵有力。

"另外，通过这第二起案件基本可以确定，他要杀的人很可能都和他没有私人恩怨，而纯粹因为被害人在某个方面触犯了他的底线。"卢克顺着这个思路得出他的结论，同时吩咐道，"李妤非，你快点把我们讨论的要点都记下来，怎么这么久了还愣着？"

李妤非急忙拿来纸笔，一通龙飞凤舞。左汉瞥了眼，感觉自己瞎了。

"还有什么发现和想法，都敞开了说。"卢克道。

"有两个最大疑点。"左汉抢答，"第一，你们刚才听到了吗，'大画师'居然对齐东民说'相处这么多天'，这说明他早就抓到了齐东民，却没有马上杀他。这太奇怪了！齐东民又不是老母鸡，多养几天能多收几个蛋。他可是个大活人，很麻烦的大活人，要给他吃、给他住。'大画师'养着他不杀，到底是为什么？再联系我之前基于血画细腻程度的推论，很可能是'大画师'早就抓住了齐，几天后杀了他，然后又过了几天完成血画。现在，他整理好所有要展示给我们的东西后，再集中展示出来。"

卢克道："这个不难解释，他是个变态的完美主义者，所以……"

"所以他只在预定的时间杀人！他严格遵循某个时间表，即便提前捕获猎物，也不会打破原定计划！"左汉推推李好非，示意她记下这点。

"你要说的第二个疑点呢？"卢克问。

"他为什么要抹掉关于《渔庄秋霁图》的内容？你们一直为了案子本身而要抓齐东民，可我是国画爱好者，我渴望抓到齐东民只是因为我不容许国宝有任何闪失。但这家伙居然把我最想知道的内容给抹掉了！"

卢克从见到黑屏起，心里就一直装着这个疑问，他眯起眼睛道："很可能是因为这段对话牵涉到'大画师'本人。他的绘画能力这么强，十有八九在余东书画界也是叫得出名字的。这幅名画被盗，说不定我们查着查着能和他扯上关系。就算他本人不是直接相关方，那他也会担心，一旦我们听到了齐东民说的内容，顺藤摸瓜，极可能牵出他来。"这个分析得到了丁书俊、张雷、李好非的一致认同。

"我看不可能。"左汉直面一双双犀利的眼睛，"如果'大画师'想隐藏这段故事，那他大可以将这段全部删掉。你们怎么解释他故意引导齐东民说盗画的事情，又在黑屏上用字幕告诉我们，齐东民这段被抹去的内容说的是他盗画的前因后果？如果国宝失踪会牵涉到'大画师'本人，那他瞒着我们还来不及，现在这种处理方法，岂不是把我们的胃口越吊越大，对他又有什么好处?"

大家面面相觑。真是公说公有理,婆说婆有理。

然而卢克被左汉一说,自己先动摇起来,问道:"那你怎么看?"

"有几种可能。第一,他在炫耀自己又走到了警方前面,查到了我们没有查到的东西,就像他之前炫耀赵常那两桩破事和齐东民手里那几条没被你们记录在案的人命。之前太多行为都证明他爱炫耀了,这并不稀奇。第二,也有可能是他在提醒警方去查《渔庄秋霁图》这条线。也许他认为,仅凭一己之力没有能力处理这个问题,毕竟能调动齐东民进入安保严格的省博盗画,幕后主使的能量绝不一般。你们发现没有,你们被他勾起了兴趣,他成功了。当然,还有第三种可能:他想亲手杀掉那个盗画的幕后主使,因此不想让警方这么早就知道那人是谁。"

"可他如果真想亲手杀掉幕后主使,干吗还留着这个悬念吊我们的胃口?就不怕我们先查出来,坏了他的计划?"张雷道。

"还别说,估计人家真不担心你们比他快。"

众人尴尬。

"还有,齐东民在视频中提到的两起悬案也值得注意。"卢克想起这个细节。

"咱们办得过来吗?"张雷一脸为难。

"我要说的重点不是这个。这两起案子,一起在外省,另一起也不在我们辖区,都可以移交给当地警方。"卢克觉得张雷是累傻了,"你们注意到没有,我们记在齐东民名下的几条人命,他们活着的时候全都不是什么好东西。齐东民不动手宰了他们,我们警方迟早也得收拾他们。可'大画师'提到的另外两起案子的受害人，那可全是守法公民，至少从我们了解到的情况来看，和他之前杀的人的背景很不一样。这就奇怪了，他一个黑老大，去对付这两户普通人家做什么，他们那点儿家底还不配让齐东民惦记吧？"

"我明白了，要去深入查这两家的情况，看看有无交集或相似之处。如果有，说不定能带出什么重要信息！"张雷兴奋地道。

卢克挑了挑眉毛："我们一直以为齐东民已经做到老大了，但你们有没有这种感觉：他上面还有人？"

众人都没反应过来，只有左汉懒洋洋地开口："我不了解这个齐东民有什么光荣历史，不过单从他偷画这件事来看，他充其量就是个跑腿的吧！这种没文化的打手，能懂什么画？我把齐白石真迹拿给他，他都能当卷纸拿去擦屁股。而且你看他一出狱就有人张罗住处，给他送省博的钥匙和地图，这后面肯定有个大哥、老板之类的人物，而且来头不小。"

丁书俊本不愿置评，但终于没憋住，对左汉淡淡道："社会上有传言，齐东民为前覃省首富赵抗美做事。哦，就是赵常他爹。我们也暗地里调查过，可是他们隐藏得很好，完全抓不住把柄。加上这个赵抗美在社会上交游很广，我们没有证据，不敢乱动。"

"如果说是赵抗美这号人物想得到《渔庄秋霁图》，我倒是能信。"左汉哼了一声。

"没想到，这次的视频信息量这么大。"卢克眼睛看向虚空，自言自语道。

是的，没人因为得到更多线索而放松。"大画师"留给他们的信息虽然多，却也庞杂，纷纷扰扰，反而让人更加没有头绪。

况且齐东民的身后，大概率还藏着更大的势力。倘若警方执意连根拔起齐东民这棵树，不知大地会怎样震颤。

卢克吩咐李好非去询问快递公司。快递员说包裹是今早7点左右在奋进大厦附近揽收的同城件，当时他正在派件，寄件人当街拦住他就把自己的件给寄了。警方又去查监控，果然，死角。不奇怪。

卢克和李好非反反复复看命名为《春》的视频，左汉研究血画，丁书俊和张雷分析从奋进大厦采集的痕迹，郭涛查看奋进大厦及其周边的监控。就在众人各司其职却又毫无进展的时候，卢克接到了刘依守的电话。

齐东民的尸体找到了。

11点25分，众人赶到前覃省风能研究中心。这个研究中心和奋进大厦相去不远，大约只有三百多米的直线距离。齐东民的尸体被塞进一个编织袋，然后被抛弃在风能研究中心围墙外的绿化带内侧。这里的灌木受到这个东部城市丰沛雨水的眷顾，长得枝繁叶茂。硕大的编织袋挤在灌木和围墙之间，若不是有心去找，根本察觉不到。

"尸体已经完全僵硬。"丁书俊用手指压了几下，"结合尸斑情况，初步判断死亡时间在10个到11个小时前。"

"怎么可能！这么点时间怎么够'大画师'画出那么细致的《早春图》？何况他还要抛尸、摆画，甚至做那个视频的字幕和剪辑，工作量也是很大的！"卢克一脸难以置信地看着缓缓从尸体边站起来的丁书俊。左汉也惊讶，以他的绘画经验，这是不可能做到的，见鬼了？！

"我只负责把尸体对我说的话传达给你。"丁书俊波澜不惊，

"这样，我先拿回队里解剖了，剩下的工作你们赶快上吧。"说罢，他招呼助手将尸体抬上车。

卢克前看看，后看看。这是风能研究中心不临街的一侧，相对僻静。重要的是，没有监控。

"他母亲的。"卢克两手叉腰。

"你们关于那张画作画时间的疑惑可以解开了。"卢克和左汉刚回局里，丁书俊便笑道，"如果只是用点血就非得杀人，那不知道会出多少个凶案现场了。"

左汉恍然大悟："他身上有被抽血的痕迹？"

"对。我们在他左臂臂弯处发现三个静脉抽血留下的痕迹。"

卢克对左汉道："看见没，人家养鸡就是为了取蛋。"

"这就似乎更能证明之前的一个推论——'大画师'有强迫症，只在计划的日子杀人。"左汉托着腮，"上次杀人时间是4月30日凌晨。这次如果倒推10个到11个小时的话，杀人时间还是在今天，也就是5月29日凌晨。都是在月底。可是……为什么不整齐一点，选在5月30日？从这两个时间点能看出什么规律？"

"大画师"制造了太多的问题。

卢克的团队还是各忙各的，只有快把那张《早春图》血画看穿的左汉抽得出身。于是他负责给所有人点外卖。

今天每人一份鸭血盖饭。

吃完饭，左汉继续拿着他的笔记本翻看之前整理的资料。余东市画家的作品逐一掠过电脑屏幕，全都在一旁《早春图》的对比下黯然失色。

中间他接了个电话，是中艺公司人力资源部打来的，说虽然有公安局出面，但他这样长期不来上班也不是办法，问他是否同意停薪留职，算是给公司减少一些开支。他知道是刘清德总监心疼部门的花销，不想养他这个闲人，于是当即满不在乎地答应了。交出五千多的工资换来不用被刘总监指着鼻子骂，是桩好买卖。

左汉许久没去上班，部门里的几位女同事甚是想念，已全然不顾他"犯罪嫌疑人"的身份，忍不住在微信上和他聊起八卦。他一听，无非是刘清德和公司副总周堂又在搞什么名堂，公司的哪个画家又被他们悄悄签到自己公司，他们又在拍卖市场倒腾了谁谁谁的画。听得出来，两人做得顺风顺水。不过这俩活宝都做了这么久的铺垫，左汉也并不为他们的优异成绩感到惊讶，更是鲜少发什么有意义的评论。

这时候丁书俊的助理走过来，告诉他有新发现。

原来他们切开齐东民的胃后，看见一个透明白色塑料袋，而塑料袋里有一张纸，纸上又是一首诗。

"这就算是齐了。"左汉道，"'大画师'非同凡响，杀完人还能诗兴大发，很有大唐边塞诗人的遗风嘛。"

卢克作势要踹他，让他别不分场合、没完没了地贫。左汉成功躲开后，变本加厉地朝卢队长抛了个媚眼儿。

这次"大画师"用的还是和上次一样的A4纸，字体模仿的也还是苏东坡。左汉对墨等材料进行了简单分析，得出的结论和上次完全相同。然后他开始读那首诗：

　　再一次

过去的岁月将大地
打得遍体鳞伤
这疯长的绿色是伤口的结痂

在万物生长的日子
地狱的手也放弃杀戮
那些犯规的魔鬼
会被其他魔鬼惩罚

这次读完，左汉并没有上次那么多的发现。他感觉"大画师"给他们留诗，很可能真的只是"诗兴大发"，而非想通过这首诗再告诉他们什么信息。这诗也许成了他"艺术创作"的一部分，每次作秀的一个必要零件和步骤。毕竟血画、视频和尸体都替他说了太多的话，若要加起来，简直比主场失利球队的新闻发布会还要精彩。

"我想这诗告诉我们的唯一信息，就是'大画师'这回又为什么杀人了。"左汉略感遗憾。

"因为齐东民杀人。"卢克低声应了一句，将这首用苏东坡字体写的现代诗留给左汉。

左汉则返回物证室继续他的研究。

《富春山居图》是横轴长卷，《早春图》是立轴。一横一竖，诠释着中国画的某种空间哲学。两幅血画和两张现代诗书法被平放在由四张小方桌拼起来的大桌上，恢宏的画面内容让这些桌子看起来难堪重负。

巨幅画作在桌子上剩余的空间，则被一张张可怖的现场和尸体照片填满。

案发以来，左汉已经花了漫长的时间与这两张画和这无数张照片相处，几乎要将每个细节刻进脑海。看到后面，他甚至感到自己产生了幻觉，红色的幻觉，像流沙，像淌过鹅卵石的绯色山泉，有着丰富的层次，奔突着，具有强大的生命力却又抓不住纤毫，让他无所适从。他在血红色的强烈视觉冲击中，数次猛然坐下，又猛然站起，但连他自己也不知为何。他感受到某种巨大的嘲讽和威慑，仿佛人生的羊肠小径被一座从天而降的高山阻挡，左看不到头，右看不到头，上看不到顶。

在这样飘忽的幻觉中，他对警察这个职业不确定性的认识一次次加深。他起初还因线索的丰富而兴奋，然而随着侦查工作的深入，他们卡在一个点，就牵出更多难以解释的问题。没有全部想明白，之前所有成绩全部是零。

他甚至又想起父亲左明义，以及那四个血红色的大字——"逆我者亡"。父亲的脸和那四个字，总是在这流沙和流水般的血红色幻觉不断移动的时候，成为画面深处不变的背景。它们曾无数次地出现在他的梦中，将他吓得大汗淋漓。在梦的最后，总是母亲紧紧地将他抱住。那样的场景中，母亲的身体总是无限大、无限热，而他则无限小、无限冷。他总是在床头放一杯水。梦醒了，猛喝一口，用真实的温度让自己平静下来。

当年的事不仅震动了前覃省公安系统，在上报公安部后，甚至引起全国警界震怒。毒贩虽然一时嚣张，但光天化日之下刺杀公安局长，这直接挑战了人民警察的威严。最终警方雷霆行动，两周之内掀翻毒窝，所有毒贩也付出了惨痛代价。

然而左汉心里从此留下了阴影。他甚至后悔赶去现场，看到那个不断出现在他往后噩梦中的画面。更令他后悔的是，他觉得正是年少的他在家里不断鼓励和逼迫左明义，让他对待毒贩一定要更狠，才导致了左明义的公开发言一次比一次严厉，最终成为毒贩的眼中钉、肉中刺。然而现在后悔也无济于事，如果能重来，他的立场依然不会变，相信父亲也是。他早已想好，即便高考成绩能上北大，他也要报考公安大学。父亲的牺牲更是激起了他的血性，他发誓这辈子要和那群飞扬跋扈的黑恶势力战斗到底。

他没有想到，第一个反对的竟是自己的母亲王蕙。他们争吵到近乎决裂。当时的他无法体会王蕙的担忧。她在男性统治的传统书画圈一直扮演着女强人的角色，可她的内心也有极其脆弱的一面。她无法想象家里的两个男人都把命放在刀尖上，更是不能在失去一个至亲的时候，眼睁睁看着另一个也往火坑里跳。

他妥协了。王蕙在他走上刀尖之前，将刀尖对准了自己的脖子。那天他哭着跪在王蕙面前，一声声地说着"对不起"，让她把刀放下。他发毒誓，自己绝不报考公安大学，绝不做警察。虽然说得言不由衷，但他也明白，什么理想，什么不惜任何代价，都是胡说。以自己妈妈的命作为代价，他左汉还是人吗？

追逐梦想到了极致便是自私，而自私到了极致便沦为恶毒。他沮丧地发现，他恶毒不起来。

最终他报了W大，英文专业。这实在是一个被女生攻陷的专业，与刑侦基本处于两个极端。他发现自己被丢进了一群女生当中，似乎也被熏陶得比女生还要多愁善感。他的三观也被塑造得越来越"正"，甚至到大三的时候，站在女生的阵营里骂男人已经和吃饭喝水一样自然了。

然而，无论他在人前表现得多么活泼开朗，那四个血红的大字总会在夜深人静的时候成为他的梦魇，让他冷汗涔涔，惊呼坐起。

左汉满眼满脑的鲜血,几乎要走火入魔。就在这时,卢克突然闯进来,几乎把他吓了个魂飞魄散。

"我说,你不懂敲门的吗?"他愤愤道,"不知道尊重个人隐私吗,万一我……"

"我都快把这门敲出个窟窿了,也没听你回一声啊。"卢克瞥了眼左汉,嫌弃道,"再说,我对你的个人隐私也没兴趣。"

左汉下意识地把右手搭在心脏的位置,想让自己平复下来:"卢队长大驾光临,有何吩咐?"

"左专家灵魂出窍了吧,要不要先召回来?我给你点时间。"

"你先找俩神婆过来,你们这屋阴气太重。"

"我们公安干警可都是坚定的马克思主义者,不信这些封建糟粕。"

"我爸的事儿你信么?"左汉恍惚间突然蹦出这么一句,别说卢克被打个措手不及,就连他自己也不知怎么开的口。不待卢克有所表示,他又幽幽地问:"你信害他的所有人都得到应有的惩罚了么?"

"你刚才……想到左局了?"

左汉深呼吸,点点头:"间歇性想念。"

"你知道我的身份,我相信。"

"我不信。我相信你也不信。"

"我相信证据。"

"证据不是真相。它们听起来是一个东西,但其实是两个。"

"左汉,"卢克挺直身子,直视左汉的眼睛,"我虽然和左局没有血缘关系，但我是他一手带起来的，视之如父。我不会放过一个害他的人，但也不会在证据确凿后无休止地纠缠。你要是还像前几年那样和我吵，那咱俩没法沟通。"

"你认为证据确凿么？那我又得告诉你，证据确凿和证据充分也是两个概念。那几个毒贩的上级显然和他们进行了切割，你们抓起来的人虽然也都有头有脸，但绝不是真正的大人物。"

"好一个'显然和他们进行了切割'，那我问你，证据呢？"

左汉哑口无言，但还是小声咕哝道："我连卷宗都没碰过，怎么给证据……"

"你够了，有本事考进来当警察，否则别叨叨。"

闻言，左汉颓然坐下，他也意识到了自己刚才的冒失，怏怏道："就当我没说过。你来干吗？"

"也不是急事，你现在情绪稳定吗？"

"稳得很，和你低廉的工资一样稳。"

"那好，"卢克为了挣到他低廉的工资，朝左汉走近一步，"在郭涛那儿看监控累了，想来你这儿上上课。"

"想听什么？"

"画儿啊，难不成让你教我刑侦知识？"

左汉这才想起，他之前曾说过如果卢克感兴趣，他可以说说《早春图》以及中国画的风水讲究和哲学基础。不过他还是想气气卢克，道："在刑侦方面，你我都算是左明义的徒弟，论辈分你该叫我一声大师兄吧。"

"大师兄好！不会刑侦的诗人不是好画家。请大师兄给师弟讲画。"卢克说罢假模假式地作揖。

"免礼。"左汉道，"不知师弟想要为兄传授什么独门秘籍？"

卢克到底是个粗人，酸文人的讲究只从三俗历史剧中学到了皮毛，实在无力沟通，于是眉毛一皱，身子一挺："你大爷的，给我讲《早春图》！"

左汉一笑："讲《早春图》可以，不过我认为卢队长应该抽空系统补一补中国画的哲学基础，否则永远没法理解'大画师'的想法。"

"现在就有空。"

"那好，今天就由左老师给你上一课。"

"洗耳恭听。"

第十三章
中国画的哲学

卢克跟着左汉来到文体活动室。之前他们从整个余东书画圈"搜刮"来的画作都还存放于此，只是已被装进大纸箱中堆叠起来，并不显得杂乱，外人也不知里边放着哪类垃圾。

左汉还把家里不少参考资料堆在这里，俨然将其当成了私人办公室。他走到活动室东边一角，翻出两张折起的图，拿来放在乒乓球桌上分别展开。一张是《溪山行旅图》高清原大单页，一张是《早春图》，安徽美术出版社的版本。

"今天我就选一个角度，讲讲中国画的哲学基础，或者用'大画师'的话来说——中国画的风水。为了让卢队长有个直观感受，除了这次的《早春图》，我还选了被誉为'宋画第一'的《溪山行旅图》作为范例，我先从这张讲起。"

卢克点头。

左老师还真明白如何当老师，一上来就让卢克先动脑子：

"《溪山行旅图》是北宋范宽的名作。你先看，看完后，以你刑侦专业高才生的洞察力，告诉我你都看出了什么。"

卢克依言认真看起来。然而就像医学生看法律文献，历史学家读量子力学论文，他每个字都看得懂，连起来却不知什么意思，只能说出第一感受："不就是些山啊，树啊，石头啊，水啊，再不然就房子啊，人啊……哦，这里还是一排的行人。这些山水画都大同小异，又不像小说，还能读出不同的故事。"

"好。不出所料，看得很肤浅。"左汉的嘲讽如约而至，却见好就收，"我非常喜欢这张，很遗憾'大画师'没打算画，其实我真挺想看看他是怎么临摹的。"

"反正一张画换一条人命，你不如把自己献出来好了。"

左汉翻个白眼，言归正传道："你要看懂中国古代山水画，首先得明确一个'龙脉'的概念，山水画都讲究龙脉的绵延，就比如说这张，乍一看你看不出有什么绵延之势。但仔细一琢磨就会发现，占据几乎整个画面的这座主峰是龙头，然后龙身往右边延伸，接着又甩向左下方。你可以明显感觉这条龙的龙身隐于主峰背后，甚至在画面之外，所谓'神龙见首不见尾'，深不可测。"

卢克虽觉牵强，但还是点点头。

左汉喝口水，继续道："我简单讲一下方位。无论是上面的山峰还是底下的石头，都是左边亮，右边暗，说明阳光自左边照来，画面左侧为东方，阳面；右侧为西方，阴面。画面下方为北，上方为南。概括来说，就是上南下北，左东右西。"

"说这个是什么目的？"

"你知道'四象'吗？就是道教的四灵神君，源于中国远古的星宿信仰。"

(《溪山行旅图》，北宋·范宽，纵206.3cm，横103.3cm)

"知道一点，青龙、白虎、朱雀、玄武。"

"对，确切地说，青龙在东，白虎在西，朱雀在南，玄武在北。"

卢克立马开窍，急忙去对应这张画的各个方位。

左汉指着画面下部的小山丘道："左边，即东边这一团是青龙，这个不明显，但上面为数不多的树木，造型极像龙头上的角，毕竟这是山水画，人家不可能真给你画出来一条龙。右边，即西边这一座山，颇似一头伏卧的猛虎，但也不太明显，只可意会。上边，即南边这组大山，从龙脉角度解释为龙，但你看山头深色的部分，其形象正如一只展开羽翅的朱雀，而甩向左下角的龙脉，正是朱雀的长尾。在古代，朱雀与凤凰颇有渊源，甚至有朱雀生凤之说，所以朱雀的尾部也是长的。而这幅画里面最明显的莫过于正下方，也就是北方的玄武之位。玄武是一种由龟和蛇组成的灵物，最原始的意义其实就是神龟。你睁大眼睛看看，这最底下的一组石头，我给它加个眼睛就是一只活生生的大乌龟啊！"

卢克听前两个还觉得牵强，到朱雀部分，隐隐发现有些意思。而目光移到下方的玄武之位，他不得不承认，这里真的很像一只乌龟，不禁愕然。看来左汉说得没错，这些老祖宗留下来的名作确实暗藏玄机，绝不是山山水水的简单堆砌。而"大画师"，则是深谙此道之人。

见卢克面露惊异之色，左汉洋洋得意："接下来给卢队长好好讲讲'大画师'临摹的这张《早春图》。"

语毕，不待左汉动手，满脸兴奋的卢克自觉把在一边晾了许久的《早春图》复制品拿到近前。

"看这张,有什么发现?"左汉再次不怀好意地问了相同的问题。

卢克本来下意识地要重复刚才的评论,但猛地想起边上这位老神棍的嘲讽,挣扎了半晌才挤出点儿牙膏:"非得说出什么不同的话,这《早春图》的笔法肯定比另一张,叫什么来着?……"

"《溪山行旅图》。"

"哦,肯定比那张要柔媚多了。那张一看就是北方的大山,很刚。而这《早春图》就柔柔弱弱的。"

"说完了?"

"完了。"

"还是很肤浅,"左汉仿佛在教育一个前途一片黑暗的小学生,"而且你对《早春图》的理解也不完全对。其实《早春图》的线条虽然看上去弯,但每根都极有韧性,你看画上的树枝就知道了。举个例子,一根钢材,那种太硬的,其实容易折断;而不易折断的,都是韧性大的。在国画中,真正高级的线条都有很强的韧性。"

"你不是要给我说哲学吗,怎么讲到这些技术层面的东西了?"

"这也是哲学的一部分。中国画的哲学体现在画面构图、造型、用笔、用墨、用色等各方面。"左汉拿起一支红色马克笔,打开笔盖,"我还是挑最主要的说吧。"

卢克让开半个身位,等着左汉在这张《早春图》复制品上张牙舞爪。然而左汉也没着急画什么东西,而是自行退后一步,眯起眼睛,好看得宏观一些。

"郭熙是北宋的山水画大家，他有一本画语录叫《林泉高致》，是绘画理论中的经典。这个郭熙对时间特别敏感，也十分热衷描绘不同时间的大自然，就像莫奈沉迷于对不同时间自然光线的研究和描摹一样。"左汉将目光从画面转向卢克，"比如仅仅画个《早春图》，他就出过不少作品。这些作品对时间和状态有着严格的区分，包括早春云景、早春残雪、早春雪霁、早春雨霁、早春寒云、早春烟雨、早春晚景，等等。可以想见，这个郭熙对早春是有多喜爱，对不同时间大自然的微妙变化又有多么精细的观察。你看这画面上的山只是山，水只是水，云只是云，但这幅描绘的，是早春雨霁，这里面树叶的多少、水量的多少、云量的多少，都是按照春天下完雨后的状态来画的，其实非常科学，非常有讲究。"

卢克托着腮，将画面与自己印象中的早春光景一一对照，不禁点头。

左汉假设他听懂了，继续道："郭熙有一句名言：'春山如笑，夏山如滴，秋山如妆，冬山如睡。'就是说，春天的山应该是欢欣的，有生机的，万物从冬眠中醒来，重新看到这个世界，理所当然是愉悦的。夏天的山，因为降水丰沛，植被枝繁叶茂，苍翠欲滴。秋天的山，层林尽染，不同层次的红色、黄色、绿色交织，如同世界换上美丽的妆容。冬天的山，一片萧瑟，万物停止疯长，进入冬眠，整座山也如同沉沉睡去。这是一种将大自然拟人化的表述，蕴含了中国画'天人合一'的哲学。"

"有道理。"卢克说，"'大画师'在《早春图》血画上的落款，并没有模仿原画中的落款，而是写了'春山如笑'。这是否意味着，在《万壑松风图》上他打算写'夏山如滴'？"

"聪明。"左汉肯定道,"不过后来也有画家提出'夏山如怒',愤怒的怒,'大画师'也有可能采用这个。夏天的草木生长是很疯狂的,如同愤怒一样,不难理解。"

卢克点点头,示意他继续。

"而且你看,郭熙这张的构图尤为奇妙,像不像一个大写的'笑'字?"

卢克也后退一步,定睛一看,果然如此!真没想到刚才看这些山峰平淡无奇,原来哪座放在哪个位置,都是被经营好的,不由赞叹。

卢克的表情让左汉称心如意,于是他继续给卢队长打开新世界的大门:"其实刚才说的并不是这幅画最大的伏笔。《早春图》的第一要旨是体现龙脉。清代画家王原祁在《雨窗漫笔》中说:'画中龙脉,开合起伏,古法兼备,未经标出。'他认为山水画的气势和结构,比笔墨重要。山有主峰、支脉,它们构成的起伏之势犹如蟠曲神游的巨龙。山脊绵延相连,气就贯通起来。山的走势要有来去,有照应,有关联,既错综变化,又和谐统一。"

就在卢克听到差点儿打瞌睡的时候,左汉手里的红色马克笔终于派上了用场。他一边在画上圈圈点点,一边道:"在《早春图》里,郭熙其实藏了两条龙。你先看最底下深色的部分。底部正中的这块大石其实是龙头,龙头两边刚好并列着两块几乎一样大的石头,这是一对龙爪。而龙头上面还有两棵松树,这是画面中颜色最深、位置最居中的景,象征一对龙角。这样安排,一个醒目的龙头就被勾勒出来了——它居于画面底部正中,正面逼视看画的人。同时,龙的左右两只爪子牢牢抓住画面底盘,承受整个画面的重量,令人震撼。"

(《早春图》，北宋·郭熙，纵158.3cm，横108.1cm)

说话间，红色的笔迹已经将龙头和龙爪描了出来。他继续往上画，同时解释道："从两棵松树往上延伸的这块山石，也是墨色较深的部分，这是龙身。如果给整张图画一条对角线，那么这个龙身在画面正中的那个交叉点开始扭曲，走势往左拐，最后延伸到左边那座次峰。这是第一条龙脉。"左汉要画第二条，看看手中的笔，问，"还有其他颜色吗？"

卢克听得入神，两秒才反应过来，急忙屁颠屁颠跑到门口储物柜，取来一支蓝色马克笔递给左汉。他尚未发现自己已被左汉的讲解吸引。

"这第二条龙的龙头在画面右边，也画有两棵小松树。和第一条相比，这条的头部并不明显——不仅面积小，而且颜色淡。但这恰恰体现了一主一次、一显一隐、一阳一阴的辩证法。在'大画师'的仿作中，他甚至让浓处更浓，淡处更淡，刻意强调了两条龙的对比，而非像大多画家和美院学生一样，只看到郭熙的用笔和渲染，努力画得一模一样。'大画师'已经完全从表象跳出来，从哲学的高度分析这幅作品，可见他对中国画的理解有多么深刻。"

卢克皱着眉，不言语，只是点头，努力消化自己听到的信息。

左汉继续用蓝笔往上描："在画面下部占据主导的是第一条龙，然而这原本头部居次位的第二条龙，随着其龙脉往上延伸，却最终占据了画面主峰的位置，远远高于刚才那条龙——这又体现了主次转化、阴阳转化的辩证法。所谓阳极生阴，阴极生阳，主次交替，盛衰轮回。"

卢克倒吸一口凉气。能从一幅画中看出如此深意，这个对手确实不简单。

左汉同时拿起两根不同颜色的笔,分别将次峰左侧近乎平行的一上一下两道模糊远山标出来,道:"这还没完。这两道,是两条龙的龙尾。画面前方,双龙赴水探珠,中间经过一系列矛盾转化,最终在龙尾交会——这就是矛盾的对立统一,和而不同。"

"这是马克思的辩证法啊!"卢克感觉自己从业以来还从未如此一惊一乍过,回想刚才自己对这堆山粗浅的认识,他这个刑警队长,着实觉得无地自容又极度震撼。

"其实一些中国古代的朴素哲学思想,本来就有与马克思哲学相通的地方。呵呵,算你有福气,放眼全国各大美院,百分百没有老师会讲这个。"

两人正聊得起劲,只听卢克手机"叮"的一声脆响,他下意识拿起来,见是一个陌生号码发来的短信。他将手机解锁,内容竟是一首七言绝句。联想到最近发生的种种离奇事,他的心不禁咯噔一下,读完第一行,更是险些儿惊掉下巴。他甚至没有去看剩下三行,便直接将手机推给身边的专家左老师。

"肯定是'大画师'发的!"

左汉瞅了眼卢克,又惊又疑地接过来看:"呦呵,还是首绝句。"

"别废话,快看看什么意思!"

左汉也颇为好奇,于是斜着眼睛,用气声轻轻读道:

　　阳龙探水阴龙趋,
　　未必先发得玉珠。
　　大美天然求独占,

云中真假辨他无？"

"这……这说的怎么像是咱们刚分析完的《早春图》？"左汉疑心"大画师"莫不是能掐会算了，他们刚说完《早春图》的布局，居然就给卢克发来这么一首诗。

"我看第一句就觉得是，不过我在这方面理解能力不行，你再给我详细解释解释。"

"首先声明一下，这绝不是什么好诗，'大画师'的用意就是想通过这诗向我们暗示什么，所以写得这样别扭。"左汉将手机推到二人中间，指着原文一行行解释道，"阳龙探向湖水寻找龙珠，阴龙则紧随其后，但是先出手的阳龙却未必最终得到玉珠。想要独占天地大美，可是云雾缭绕的，谁能分辨眼前所见是真是假？"

"我怎么越听越糊涂了……"卢克皱眉，"不过这诗显然正是对《早春图》的某种图解。你刚才也说了，画中两条龙脉暗示一阴一阳的矛盾转化，起初不起眼的小龙最终成了画面的主峰。"

"不错，这首诗确实从某个角度解释了《早春图》的深意，但'大画师'早就向我们全面展示了和第一起案子完全一致的作案元素，你不觉得这首诗有点儿节外生枝、狗尾续貂？依我看，他一定想额外暗示什么。"

"照这诗里的意思，是有两股势力同时在追逐某个利益，而且大有螳螂捕蝉、黄雀在后的意思？"

"卢队长理解能力有提高啊。"左汉嘴角微微勾起，"真不知这'玉珠'到底指的是什么，而这明里的'阳龙'和暗中的'阴龙'到底指的又是哪两股势力？看诗里的意思，似乎这条'阴龙'

已经成功拿到了'玉珠'。"

"你还记得'大画师'的新视频吗？"卢克双目瞬间亮起来，"说到《渔庄秋霁图》失窃一事，他故意将细节抹去，可这也直接说明他现在已知国宝失窃细节。难不成这个'玉珠'，指的就是《渔庄秋霁图》？"

"哎呀！卢队长，你变聪明了！"左汉难得蹦出一句居高临下的赞美。

"可是这'阳龙'和'阴龙'又分别是哪两股势力？"卢克轻叹一声，"另外，这诗里还有一个关键词是'真假'。我认为如果单纯重复齐东民用假画替换掉省博真画的这个事实，那么'大画师'未免多此一举。"

"你的意思是说，这'阴龙'和'阳龙'之间，还有些真真假假的事情纠缠不清？"

"这只是我的直觉。那种明摆着的事实，'大画师'没必要专门写一首诗来告诉我，还用个陌生号给我这个刑侦队长发短信。"

"你还不去查查这个号？"

"一会儿再让张雷查吧，反正肯定查不出来。"

左汉耸耸肩："看来'大画师'是要邀请我们一起抓龙。怎么样，应邀吗？"

"你会降龙十八掌吗？"

"你有屠龙刀吗？"

第十四章
离亭诗会

从左汉那儿出来，卢克有种冲了个冷水澡的畅快感。他估摸着这会儿郭涛也该有所发现了，便直奔其工位，让他汇报监控调查情况。

"现在基本可以把嫌疑人作案的行动轨迹勾勒出来了。"郭涛乖巧地拿出一张纸，那是提前给卢克画的时间轴，"嫌疑人于5月29日凌晨12点半到1点半之间将齐东民虐杀，其后的大段时间很可能用来处理尸体，然后编辑昨早发给咱们的视频。这次嫌疑人的运尸工具是一辆白色淮海牌老年代步车，无牌照，首次被发现是凌晨5点5分，在东三环临春路，随后嫌疑人一路开行，于5点35分到达风能研究中心，并进入没有监控的一侧，想必就是在那时完成抛尸。奋进大厦每天早上6点开门，监控显示，嫌疑人6点3分就拿着疑似血画的物品进入大厦，在没有监控的楼道完成摆画，并于6点14分走出大厦正门。根据快递小哥的说法，嫌疑人于7点左右在奋进大厦旁寄件。7点半，嫌疑人的老年代步车离开风能研究中心，再次出现在监控视频中，这差不多就是我们发现血画的时间，真讽刺。那辆车最后消失的地方是东三环外的双发路，那个区域发展比较滞后，监控少。"

"很好，很好。"卢克沉吟，"接下来主要做三件事：第一，查那辆老年代步车的来历；第二，搜索老年代步车最后消失的区域，说不定那里还是第一现场；第三，嫌疑人抛尸时间不算早，已经天亮，看看能否找到风能研究中心附近的目击者。"

郭涛连连点头。卢克正准备离开，郭涛突然拉住他，兴奋地道："卢队，我又看了几遍小林庄门口羊蝎子火锅店的监控。你猜怎么着？就在齐东民从店里出来后不久，一个戴着黑色帽子和口罩的可疑人员也出现在画面中。因为摄像头角度太刁钻，那人仅出现一秒就掠过了，但我判断他行动的方向和齐东民相同，很像在跟踪齐东民。"

"为什么不早说？"

"这还不够早？"郭涛本想邀个功，不料几乎走上请罪的道路，"再说了，这是仅有的发现，而且只是我的猜测。"

"给我看视频。"

视频内容和郭涛的描述一致。卢克将关键片段反复看了数遍，确信那就是"大画师"。

"没想到这家伙这么早就盯上齐东民了。"卢克道，"我们业务能力要加强啊！"

"咱们这个对手有很强的反侦查能力。我试图顺藤摸瓜，但并没有在附近的其他监控中再次看到他，仿佛这人凭空蒸发了。"

"还有什么屁想放？"

"没了。"

"继续干活儿！"卢克拍拍郭涛的肩膀，转身离开。

卢克离开后不久，左汉便着手执行自己的计划。他这个"特聘专家"没有下班打卡的义务，只是顺手给卢克发条信息，便出了公安局。他在路边拦了辆车，直奔省博。

无论"大画师"留下的线索多么繁杂，他只想牢牢抓住一条线——《渔庄秋霁图》。"大画师"连环杀人案发生以来，他的直觉就一直告诉他，画和书画哲学才是追寻"大画师"直至破案的关键。如果他们走运，那么警方有可能利用各种现代刑侦手段，在五起案子结束前抓住"大画师"。但他从不期待运气的眷顾，也不指望一向高明的"大画师"会自己露出什么低级的破绽。他相信机会无时无刻不在眼前，只不过自己从来没有准备好。

在卢克他们怀疑是"大画师"偷画的时候，左汉就不赞同这一推论。这似乎是两个爱画之人的心灵感应——他们对名画的爱到了一定程度，是希望世界上能有更多人分享它们的美，而绝不是病态地想要据为己有。就算把他们送上世界首富的位置，他们也不会去偷画。左汉不会，"大画师"也不会。

收到第二份视频后，左汉的预感得到证实——"大画师"并不是盗画者。相反，对方甚至在提醒他们注意《渔庄秋霁图》这条线。虽然他不知"大画师"出于什么考虑而没有给他们展示更多信息，但他明白，对方心里是希望警方尽快找到真画的。

然而目前警方知道的情况，仅限于真画被齐东民盗走，而又在那个老旧小区被转手。那么，它被转到了谁的手里？虽则警方因齐东民是赵抗美打手这层关系而怀疑赵抗美，但是无凭无据，等于放屁。可是"大画师"那边,无论他自己是否凭本事查到幕后主使,至少已经从对齐东民的审问中得知了几乎全部真相。

警方和"大画师"之间的信息不对称愈发严重。

入了省博,左汉知道《渔庄秋霁图》赝品一定被挂在最显眼那个展位,遂直奔过去。在这个工作日的下午,整个展厅异常空旷。

左汉站在假画前,越看越假。

大众只当是真迹,越看越真。

他拨通了金馆长的电话:"喂,金馆长吗?我左汉。"

"哎哟,左汉啊,好久没联系了,怎么样,最近好吗?"

左汉心说明明丢画那次才见过,却也无意和这个油腻的老家伙闲扯,开门见山道:"我现在就在省博,您有时间吗?"

"有啊,在办公室呢,过来喝口茶吧!"

左汉到的时候,见馆长办公室门户洞开。他象征性地敲敲门,金馆长便腆着个大肚子迎出来。他知道金馆长这么待见他,并非因为他自己有多么了不起,而是因为老妈在画坛的名声地位,以及他那个曾经是本地警界一把手的老爸。这些有点社会地位的人,从不和手里没资源的家伙浪费时间。

"前些天人比较多,没机会向您请教。今天晚辈刚好得些空闲,就想着来您这看看。"

"知道你忙,"金馆长熟练地夹出一撮福鼎白茶,塞进紫砂壶,"其实早就该来嘛,你金叔叔的大门随时为你敞开!"

"谢谢金叔叔。"左汉客气笑笑,但觉得自己的时间也不容这位上层人士浪费,"金叔,其实我也是无事不登三宝殿,这次来,主要是想了解《渔庄秋霁图》的事。哦,您也知道,我现在在帮警方做事。而且撇开这个原因,我的私心也是希望尽快追回真迹的。"

"渔庄秋霁图"几字一出,金馆长原本红光满面的脸,霎时变白。他舔舔嘴唇,放下手里的茶壶。左汉接过茶壶,继续泡茶流程,同时比出一个请的手势,示意对方只管讲话。

"不瞒你说,你金叔叔最近被这事折腾得都掉不少头发了。"说完,他下意识地摸了摸头,仿佛在抚今追昔,"公安部门愿意替省博暂时隐瞒实情,我们很感激。但是我们和上博已经白纸黑字约定好了展品归还日期,距现在不到一个月了。如果到时候还是没有消息,只怕纸里包不住火。"

"博物馆储藏室的钥匙,除了您说的几位,还有没有可能在其他人手上?"

"这个问题警察已经问过无数遍了,我也答过无数遍了,想必你对我的答案已经倒背如流。我如果知道情况,能不马上告诉你们?我才是最着急的那个!"

"有没有可能被泄露出去?别说保密协议的事,如果有人受了重金利诱,保密协议根本就是一张废纸。我想知道,如果有钥匙的几个人里必有一人涉案,那么在您看来,最有可能是谁?"左汉给金馆长倒茶,茶水的色泽很是漂亮。

"这个我自己想过很多次,但确实没有哪怕半点依据去怀疑谁,我不能误导警方。但我能用排除法,告诉你谁不太可能做这事。"

"谁?"

"在我心中,第一个要排除的是胡求之。他是最早知道画被盗的人之一,那天他也很担心。而且从动机来看,胡教授有钱也有名,绝不会为了他花不掉的钱来损害自己的名声。"

左汉不置可否，让金馆长继续排除。不过正如没有真凭实据指认最有可能盗画的人，他也没有真凭实据排除最不可能盗画的人。说到底和瞎扯淡没什么区别。

　　"我看了伪作，水平确实高，只有荣宝斋、二玄社和雅昌做得出来。可是警方已经调查过，在这三条线上均未发现任何可疑制作。"

　　"对。除了这三家，私底下我还问过不少圈内朋友，也是什么线索都没有。"金馆长颇为郁闷，抿了口茶。

　　"从工艺来看，比较像荣宝斋的木版水印。"左汉继续缩小范围。

　　"同意。所以我自己的调查方向，也主要是这个。"

　　"会不会是荣宝斋员工偷偷做的？"

　　"不可能。你也知道，木版水印在印制之前，还要经过刻板这道工序，技术要求高，耗时长。目前荣宝斋那边都是全员满负荷工作，且没有可供制作《渔庄秋霁图》的刻板，所以连制作的基本条件都不具备。"金馆长又摸了摸自己的头发，"其实我还去问了杭州十竹斋，也是一无所获。"

　　"连师傅们出来接私活也不可能？"

　　"几乎不可能。"

　　"有没可能是离职雇员做的？"

　　"这个我倒是没问。"

　　"那我拜托您一件事儿。麻烦和荣宝斋、十竹斋、雅昌三家联系一下，看看能否要到近五年他们的离职雇员或学徒的名单，最好还有简历。"

　　"这个恐怕不好办，查的量太大了，人家哪有这工夫帮你？

更何况你要简历,还涉及别人隐私。"说到这儿,金馆长突然眉毛一挑,"你不是在帮警察办事吗,让警察出面,不就容易多了?"

"警察这几天都忙得脚不着地了,太多案子悬而未决,哪有心思去追踪一张画啊?"左汉故作轻松道,"我打算自己查。"

"那这样,我给三家单位领导都去个电话,让他们尽量协助。我不敢保证人家给的材料是齐全的,你拿到多少就用多少吧。"

"谢谢金叔叔。"

"客气什么,应该我谢你才对。这事儿再拖下去,丢的就不是一张画了,我这馆长的位子也得丢!"他双手摩挲着被包了好几层浆的明式黄花梨凳,如坐针毡。被鱼尾纹攥住的一双眼睛眯成两条缝,从一名小研究员到前覃省博物馆馆长的奋斗史,在他眼前缓缓掠过。

左汉见金馆长脸上白云苍狗,自我沉醉不愿醒,便要起身告辞。金馆长反应过来,忙拉住道:"哎呀,不急不急,今晚没什么事儿吧?"

"怎么了?"

"我约了两位外地的朋友吃晚饭,中华诗词学会的,这也该到了,有没有兴趣认识一下?"

左汉本欲拒绝,但想起"大画师"给他们发来的那首莫名其妙的诗,便突然来了兴致,想听听这诗词专家们的高见,于是爽快答应。

两位诗人犹如曹操再世——诗不知写得有无"建安风骨",速度却绝对得到了曹操的真传。左汉刚答应下来,金馆长的大门便被敲响。鉴于离约定饭点还有好一阵子,左汉疑心莫不是金馆长上辈子欠他们两人一顿饭,还没来得及还就赶投胎去了。

金馆长作为主人,对这两位高朋的身份进行了一番热情洋溢的介绍。然而介绍半天,此二人不仅有身份证上的名字,还分别有字、号,号还都不止一个,且一个比一个文绉绉,左汉愣是一个都没记住。他索性放弃,定睛一看,但见其中一位面容煞白,既高且瘦,口舌伶俐,活像个白无常。另一位乌漆墨黑,既矮且胖,凶神恶煞,活像个黑无常。左汉左一个老师右一个老师地叫,心里则用黑白无常分辨两位诗人。

黑白无常既是诗人,自然爱喝酒,或者假装爱喝酒。金馆长投其所好,在小金湖边上一家酒楼订了个包间,可以俯瞰小金湖的夜色。

左汉暂时没有吟风弄月的雅兴,见他们三人之乎者也一通也终显疲态,急忙乖巧地道:"两位老师,我最近得了首诗,但是迷迷糊糊看不懂,不知可否请两位老师解惑?"

两位老师正寻思新的话题,闻言如饿虎扑食般接过左汉递来的手机,但见诗曰:

> 阳龙探水阴龙趋,
> 未必先发得玉珠。
> 大美天然求独占,
> 云中真假辨他无?

"白无常"率先开口:"小兄弟,你该不会是去哪个道观求了个签吧?看着像是签上的诗呢。"

左汉想给"白无常"翻个白眼,急忙否认道:"非也非也。我让一朋友给我解释个事儿，但他不肯明说，只留下这诗让我自去猜想。我天资愚钝，实在没个分辨，还请两位老师赐教。"左汉叫两人老师，本想自称学生。哪知"白无常"上来就叫自己"小兄弟"，他只觉辈分混乱，只好放弃挣扎。

两人沉吟一阵，"黑无常"道："先说这阳龙和阴龙，既然用了阴阳，那说明二者既是对立方，又有统一的一面。两人是否合作关系不知道，可至少在做同一件事。但本该阳龙得到的东西，反而被阴龙黄雀在后、后发先至，阴龙在这里动了心思，想要独占利益。按照前三句的表述，显然阴龙最终得到了二者都在追逐的东西。但是最后一句写得很是朦胧，并没有点明到底谁拿了宝贝。有可能是二者之一拿了，有可能被第三者拿了，也有可能二者根本就在争一个假的东西，很多种解释方法。"

"白无常"点点头，表示自己没有需要补充的。左汉皱眉。对于前三句的理解，这"黑无常"和自己的理解如出一辙。谁知关于最后一句，对方却一口气提出三种可能性，而且似乎都说得通。他沉吟半响，发现三位长辈都看着自己，顿觉失态，忙推动消灭桌上珍馐。

喝着小酒吹了一夜的牛，四人微醺，离开饭店。此时已是夜里11点半，小金湖畔人烟寥寥落落，一派霜林点寒鸦。

"金馆长，听说余东的旅游招牌是'金湖八景'，不知有没有哪个景是离咱们的所在步行可达的？""白无常"不知是喝高了还是真喜欢夜间出动。

"当然，前面百米处那个亭子就是一景——离亭留月。两位兄台可有兴趣看看？"金馆长笑盈盈地道。

"那就是大名鼎鼎的离亭啊？几度访余东，均无缘一睹，今夜定要登览！""白无常"兴奋异常，"黑无常"兴致盎然，众人遂颠三倒四行至离亭。

"咦？"见了离亭上的牌匾，"黑无常"疑惑道，"通常亭台入口均是一副对联加一个横批，写点儿风花雪月，怎么离亭不光没有对联，只有横批，而且还写着'利涉大川'四字？"

似乎早料到两位诗人的注意力会被这牌匾吸引，金馆长徐徐道："离亭原本是挂着楹联的，它之所以叫离亭，就是因为相传这里便是晏几道写出'渡头杨柳青青，枝枝叶叶离情'的地方。这也是为何此景名为'离亭留月'。明朝中期，余东遭遇洪灾。当时余东县令命下属伐离亭边松木为舟，助其在洪水来余后渡过一劫，待洪水退去，便撤下离亭既有楹联，改换'利涉大川'四字。"

黑白无常恍然大悟，也有感于这离亭与著名词人的一段渊源，举目望去，一轮浑圆皎月朗朗依附亭顶，撩得两位诗人害了癫痫般诗兴发作，直言要作诗。金馆长和左汉一听，认为他们已无药可救。本以为大可袖手旁观，谁知黑白无常非得拉着二人说见者有份，要开诗会。两人觉得比被拉去见阎王爷还像见鬼，白眼一翻，诺诺答应。

四人推来让去，把毕生所学谦辞用了个遍，终于每人各出一首。左汉本就抗拒在不熟的人面前吟诗，被推到风口浪尖时，犹如约个会发现对方竟有第三条腿，勉强作了最短的五言绝句便缴械投降，诗曰：

　　幽泉出五岳，入酒撼三军。
　　盏外山河小，持杯更劝君。

"好一个'盏外山河小'！左兄虽年纪轻轻，却着实胸怀大气魄。此诗短小精悍，却是气象万千呐！""白无常"当即给左汉点个赞，却不知左汉被说短小的不爽。

熬到半夜，金馆长也早如强弩之末，但念及黑白无常面子，比左汉多坚持了三秒钟，作了首七言绝句：

每道忘机霜满头，琴心冷涩锈吴钩。
且邀今夜三分月，不负应堪万盏酬。

"妙极！妙极啊！""黑无常"拍着粗大腿，一脸欢欣，"前半首饱经沧桑，冷寂压抑；后半首却峰回路转，慷慨大气。金馆长诗才，在下佩服！"

然而轮到他俩，黑白无常却险些儿洋洋洒洒写出低配版《将进酒》和《春江花月夜》。忍住冲动，"白无常"出七律一首，诗曰：

酒干每待君门开，小饮且休万里怀。
士死谁堪紫电鞘，风高尘漫黄金台。
出师恨展三分智，入室叹施七步才。
醉倒由他天帝辇，抱琴长啸去归来。

"黑无常"有感于晏几道的风月故事，填《踏莎行》一首，道：

淡酒浓愁，轻丝重雾，谁家旧燕归津渡。
槛前长立玷罗衫，新帆甫上当年路。
借月妆楼，托风送句，关山浩荡难回顾。

169

才凭半醉写花笺,云鸿莫把良辰误。

在一番"妙哉妙哉"的吹捧后,左汉感谢黑白无常不来第二轮之恩,给金馆长使个眼色。金馆长早就归心似箭,忙说黑白无常远道而来定是累了,为了身体和我国诗词大业必须早回宾馆"颐养天年"。黑白无常常来人间走动,有些眼力见儿,瞅到台阶不得不下。

左汉大大松口气,作别三人,独自到街边打车。

在关上出租车门的瞬间,他突然觉察身后树丛中影影绰绰三两大汉。猛一回头,只见人影定住数秒,随后匆匆移开,消失于墨黑树影深处。

他心头一凛,很快明白了一件事——他被跟踪了!

第十五章
造访的学生

他继续监控胡求之的一举一动。胡教授大概无论如何也想不到,自己当初为防贼而在家里布满的摄像头,居然成了"贼"监视自己的工具。

自打看到胡求之在拿了省博《渔庄秋霁图》的情况下,又从自家收藏中拿出一幅别无二致的《渔庄秋霁图》,他的心潮便久久无法平静。但稍微动动脑子,一个模糊的真相便呼之欲出。找到齐东民并对其进行一番审讯之后,他的部分猜测得到证实。而另一部分,他虽十拿九稳,却还需监控里的胡求之告诉他。

然而,即便证实那个猜测也是毫无意义的,他要的是国宝回到它应该待的地方,是国宝姓"公"不姓"私"。真相固然珍贵,但若正义缺席,单纯的真相一文不值。

落地窗外的天空乌云密布,仿佛一双黑手扼住城市的咽喉。他不喜欢这种压抑的气氛。即便现在他已晋升,或堕落为一名杀手,但杀手杀人也希望带着愉悦的心情不是么?阳光灿烂能给他好心情。

电话铃响,他接起来。

"到了?"

"我在门口,老师。"一个熟悉的年轻女声。

他起身,走向玄关,开门,迎面扑来的是一张熟悉的笑脸。

"孩子们都还好吗?"他一边问,一边弯腰给她取拖鞋。

"差不了。"她套上拖鞋,"有你这个好老师珠玉在前,我再带他们真是压力山大。"

"铁打的孤儿院,流水的志愿者,我注定待不长久。但你不一样,你自己就是院里长大的孩子,现在呢,作为我的得意门生,你又成了他们的正式老师。好好干吧!"

"他们都想你了。"她犹豫着开口。

他的身形有片刻的迟滞,随即重重吐出口气,丢下她,转身走到窗前,望向外面的天空,眼神中没有焦点。"我回不去了……我的手已经沾满鲜血,我没法面对他们。"他感觉是在说给另一个自己听。

"可你是为了伸张正义。"她跟到他身边。

"你有没有想过也许我已经越界了?正义自然有人来伸张,比如这个齐东民,就算我不去杀他,他也迟早会被法律制裁。可我这双手……"他将双手举在眼前,观察着上面的纹理,仿佛看到鲜血从一道道罅隙中流过,"作为画画的人,我本该用这双手来创造美,可现在,我却用它来杀人。"

"你抹掉的是这个世界上最丑的污点!"她说完,意识到自己情绪激动,于是换了柔缓的语调,"老师,你今天怎么了?"

他心烦意乱，闭上眼睛，挥挥手，示意她也闭嘴。杀完齐东民并牵出胡求之的事后，他的情绪就开始不稳定。昨晚她说要来看自己，想到她带的那群孤儿院孩子，他做了一整夜噩梦。他梦见自己身上全是别人的血，怎么洗都洗不掉。孩子们看到他，不停地骂他坏人。他百口莫辩。

而见到她，一种从未有过的愧疚感和对自己的厌恶充斥了他的内心。说起来，她就是一个被自己毁掉的孩子。第一个，应该也是最后一个了。

"咖啡还是茶？"

"咖啡。谢谢。"

他开始煮咖啡。两份。他今天也不想喝茶。

他将两杯咖啡从厨房端出来，发现她正盯着电脑屏幕呆呆地看，双手无意识地垂着，仿佛不列颠巨石阵中某块孤零零的石头。他心头一紧，立刻将手里的两杯咖啡放在餐桌上，三两步奔到她面前，合上笔记本。

他不说话，等着她发问。最好别问。

"这是什么？"

一个泛泛的问题，并不如他想的那样有针对性。他不想回答。

"胡求之？"她一脸的惊愕和不解，"你下一个要杀的是胡求之？"

"不是。"他转身走到桌边坐下来，脸上仿佛覆了一层霜。他端起一杯咖啡，抿一口，闭上眼睛。他不想说话，也期待她闭嘴。

她期待他开口。

"开始画画吧,文房我已经准备好了。"他放下杯子起身。

"老师,你还没回答我的问题。"她坚持。

"你的仇我一定会报,这是我对你的承诺。"他叹口气,"我会杀掉他。"

"是下次吗?"

"是。但你犯了最大的错误,你心急了。画者不可心急,需日积点墨,徐徐图之,方得行稳致远,终集时代之大成。"

"可这是杀人,讲究快准狠!"

"万事诸法,皮相不同,实则深层规律相通。我教你画画,是希望你通过这一件事,理解世间万物的规律。掌握规律之人,无论做什么事,都步法从容,而非急躁冒进。"

"那么接下来,我要怎么做呢?"

"画画。"

"我说的是杀他,我要怎么做?"

"如果你还想让我为你报仇的话,"他很认真地看进她的瞳孔,"就不要再多说多问。除掉别人容易,洗清自己很难。杀人带来的并非快感,它是一件痛苦的事,尤其对于一个喜欢艺术的人来说。"他的眼睛诚恳地看向这个学生,"我时常觉得自己已经亵渎了艺术的纯粹,已经不配再谈艺术。"

这番话,像一颗失控的彗星,以最快的速度撞击了她的灵魂,她不敢相信这是从一向自信的老师口中说出来的。她语塞。

"开始画画吧,今天你自己先画。"他闭上眼睛,深呼吸,走到琴桌前坐下,弹起《潇湘水云》。

她料定他只是故作姿态,紧跟上前。接着,她的声音闯入琴音里:"老师能否向我保证,下一个要杀的不是胡求之,而是他?"

"我没准备杀胡求之。"他停下双手。

"那你为什么要监视胡求之?"

"我要弄明白一些真相。"

"下一次杀掉他最合适!"

"这不用你说。"

她还想说,却突然无力开口。她今天实在说了太多的话,也逼着老师说了太多的话。她不该以这种姿态质问自己一向尊敬的老师。和他们过去的相处模式比起来,今天的对话已然僭越。她想,老师一定在强忍着巨大的不适,包容着她的无理。

《潇湘水云》在他的心浮气躁中勉强弹到最后一个音,窗外飘起了霏霏细雨。

"你放心,我会杀掉他,而且就在下次。"他说,"我监控胡求之,是因为胡求之手里拿着《渔庄秋霁图》。虽然胡犯了和他一样的错误,但那些女生都是出于自愿。就冲这点,我不至于把胡求之处死。"

"你有没有想过,排除一些确实崇拜胡求之的人,也许有些女生是在升学问题上受到了他的胁迫?"

"这是一定的。但为了一张文凭和文凭也保证不了的大好前程,人真的至于卖掉自己吗?但凡她们有自尊,没人可以胁迫她们做任何事。"

她想了想:"对,是她们自己作践自己。"

"没有骨气,并不妨碍一个人成为大多数行业的精英。但在艺术领域,放弃了人的尊严,她们绝不会成为真正的艺术家,无论获取了多高的文凭,或是在当代得到多高的认可。"他的脸上终于现出明朗的微笑,"你不是这种人,我很欣慰。你要为女生争口气，用自己的实力，而不是别人施舍的机会。"

"我知道。一些人给另一些人机会的时候，本来就带着一种高高在上，我不屑。"她的语气中带着他熟悉的调皮。

他笑着站起来："开始画画吧。"

"老师，"她犹豫了，声音低得有如蚊蝇，"你真的是因为我才不打算在这次杀胡求之的吗？我的意思是，如果你真打算杀他，不用考虑我。"

"他的这堆烂事，整个书画圈谁不知道？这次我只不过亲眼看到过程而已，不会把我对他的道德批判提高一级。"

"有几个女生来过他家？"

"我没工夫做历史研究，就近期看到的，五个吧。"

"这么多！"

他点点头："美院已经堕落了。上世纪那种大师辈出、群星璀璨的时代，不会再有了。"

第十六章
巷口遇袭

搭上出租车，左汉将最近遇到的人和事在脑海里一一过个遍，心里已有了想法。被跟踪的事实并没有影响他的睡眠质量。翌日清早，酒意全无，他给卢克打了个电话，说自己有事不去局里坐班，便再次前往省博。

"画亦有风水存焉。""大画师"既然留下这句话，那么几乎可以肯定，只有解开本案中所有与画相关的谜团，才能彻底侦破此案。而目前来看，他所有的疑问可归结为两点：第一，《渔庄秋霁图》到底在哪儿？找到此图，便与"大画师"处于同一赛道。第二，《富春山居图》是否还有自己不了解的隐秘？此图是"大画师"的开局之作，不仅点明题旨，而且总括全文、铺垫下文。如果嚼不烂这幅图，无异于盲人摸象。

刚开馆的省博依旧冷冷清清。左汉再次站在《渔庄秋霁图》赝品前，真希望这画生出一张嘴，告诉他是谁制造了这足以乱真的赝品。兀自琢磨半小时,他摇摇头,决定再去拜访金馆长。

金馆长上了年纪,解酒能力显然不如左汉。迷迷糊糊间,他以为左汉短时间内再度拜访,要么是为深入了解赝品制作,要么是监督他与几家单位的联络。然而左汉的问题却令他始料未及。

"金叔叔,我今天来,是想问问您对《富春山居图》的风水布局有何高见。毕竟此画刚在省博展出,您是馆长,想必对画有更深的理解。"

"原来是为了《富春山居图》啊……你小子的思维可真够跳跃的。"金馆长下意识地捋了捋并不杂乱的稀疏头发,"你金叔叔虽也算是一号书画专家,但论修为,和那帮同时做理论研究和绘画实践的老家伙还是差一点。我知道你是为了案子,既是严肃讨论,那我建议你还是不要把时间浪费在我这个半吊子身上,找个真正研究透的人能事半功倍。"

"看来金叔叔有推荐人选?"

"你找陈计白去。"

"陈院长?"左汉初听这个名字,心头不禁微微一动,但随即释然。陈计白是前覃省美院院长,国内数一数二的大佬,山水、花鸟、人物三大画种兼精,还在核心期刊发表过数十篇引用量极大的论文。而且因为母亲王蕙的关系,陈计白也算自己的老熟人了,怎么早没想到他呀?

"咳,我糊涂,这就联系他去!"

"先别急,我听说他去意大利佛罗伦萨搞艺术交流了,好像昨天才走的。"

此话着实给左汉浇了一盆凉水。"那他什么时候回来?"他问。

"哎哟,我又不是他的贴身丫鬟,我怎么知道他什么时候回来？"

"这话没毛病，金馆长可是贵为馆长啊……"左汉说完，也没理会金馆长的吹胡子瞪眼，心里默默安排起接下来要做的事。

两人又说了些有的没的，金馆长当着左汉的面，联系了各大印刷公司老总。待左汉从省博出来，已近中午时分。

左汉想了解一下李好非手头工作的情况，不忙的话，他就向卢克申请，再借李好非帮他分析近期可能搜集到的资料。他考虑过，即便拿到荣宝斋等单位离职雇员或学徒的资料，仅凭他一人之力也很难查出每个人的详细履历，更别提从中发现嫌疑人。而他这条线是警方侦查方向的有益补充，卢克应该会支持。

他给李好非打电话。听筒里只响了两声，电话就被接起来。

"喂，找我什么事？"

"今天很忙吧？"左汉听这开场白，下意识觉得李好非正在忙着研发大国重器。

"其实还好。我只是见习警员嘛，核心工作还轮不上。"

"不忙的话，午休时间出来吃个饭？"

"就我俩？"

"嗯。"左汉发现聊天内容开始暧昧，忙正经道，"我现在有个思路，但和命案没有直接关系。我想先问你有没有时间，感不感兴趣。你如果愿意帮我，我就去向卢克申请。"

"你直接和卢队说不就得了？"

"那哪行，我得先尊重你的想法。如果我找卢克逼你做你不感兴趣的事，那我不成卢克了？"

随后他听到电话那头传来银铃般的笑声。

"在哪儿吃？"李好非很享受这位男士的风趣。这年头果然是衣冠禽兽相处起来最让人舒服。

左汉早就想好地方："去吃八条巷的过桥米线吧。虽然环境差点儿，但味道正宗。赶紧吃完也不耽误你上班。"

"你可真会打发人！"李好非笑着同意了。很奇怪，一个人说的话居然可以和她想表达的意思完全相反。更奇怪的是，相反的字面意思并不妨碍其他人类对原意的正确理解。

约好李好非，左汉毫不迟疑地拨通一个人的电话。他的步履没有停，早离开省博所在的湖心岛，过了柳堤，来到街上。

刘清德犹豫着按了接听："喂，左汉啊！"

"刘总好！"

"这么多天没联系，一切都还好吧？"

"都好都好。"左汉既然用自己的手机给他电话，也就不必解释自己并没有在吃牢饭，"是这样的，刘总，我就开门见山了。我有个朋友想买《渔庄秋霁图》的高仿，我问了一圈都没好货色，您有什么路子吗？我这朋友不差钱，就是对品质要求比较高，一般的他看不上。"

"哦，这你可问对人了，我刚好有朋友在做这个。"刘清德早在私下里和周堂捣鼓此事，虽然还没能力量产，但三五张好货还是有的。

左汉当然是知道刘总监在做这买卖才来问他，否则他宁可活吞三条绿蜥蜴，都不想听刘清德那忽高忽低、一惊一乍的声音。

"那太好了，方便告诉我厂家名字吗？我那朋友挑剔，小厂的还不要。"左汉想想觉得这话说得不够好，又忙补充道，"他是讲究人；如果看上了，一定通过您这边来，该给您的好处一分不会少。"

"咳,说这干啥。"刘清德假惺惺道,"叫艺流文化有限公司。不是'一流',是'艺流',艺术的艺。"

左汉心里冷哼一声,却对着电话谄媚道:"一听就不俗!"

"公司规模不如荣宝斋这些大厂,但工艺没得说,我自己就买过他们不少好货。"

左汉倒是真没听说过这个十八流公司的名字,但能被刘总监看上,成为他私下里的合作伙伴,想必也不至于太糟糕。好吧,算是多个排查对象。

两人假模假式地又客套好几分钟,终于挂掉电话。此时左汉刚巧走到八条巷巷口。

自去年起,余东市政府便大力劝说城中心的老居民给城市发展挪屁股让路,不要成为阻挡新世界成长的"历史罪人"。可是给他们强调新小区生活的便利吧,他们不相信;给他们搬出国家大政方针政策吧,他们更是不吃那一套。原因很简单:钱没谈拢。市政府只能怪自个儿没调控好疯长的房价,以至于给了不讲理的钉子户们不切实际的预期。

即便哪天落下一块陨石把余东撞成个大窟窿,八条巷的钉子户们也绝对咬定青山不放松。这不难理解,如果出门走两步就有美食,多走几步就是5A景点小金湖,门口公交站可以通往全市任何地方,那么即便晚上睡觉都能闻到隔壁公厕的屎尿味,钉子们还是认为自己就是宇宙中心的主宰。

左汉走进宇宙中心,瞬间被整整两面墙的小广告包围。他认为东西方的艺术家们都应该来这里看看。广告里有富婆重金求子、治疗阳痿早泄不孕不育，也有传授麻将扑克技巧、包过英语四六级，表现手法非常野兽派，题材高度现实主义。这两面墙也是布满了灰色和棕色的水渍以及深绿色的青苔，颇有赵无极抽象画的风貌。

虽然被肆虐的小广告遮蔽，但墙上大红色的宣传语依然能够分辨："坚决贯彻落实科学发展观。"显然，街道办的领导工作方法虽好，却并没有做到与时俱进，关键是这群挡着城市发展康庄大道的居民也并没有听进去。不过左汉倒是记得他小时候的标语有所不同。左边墙写的是"晚婚晚育，少生优生"，右边墙写的是"生男生女一样好"。可以想见如果刮掉两层白粉和狗皮膏药，下面应该能看到"帝国主义和一切反动派都是纸老虎"之类的口号。所以这两堵墙不仅有着现实的鲜活跃动，而且饱含历史的深沉厚重。它们确实不应该被推倒——它们应该被整面切割下来，运到卢浮宫，让毕加索们没脸见人。

左汉没走几步，突然从前方窜出两条大汉，犹如哼哈二将从天而降，杵在他面前。他心下暗叫一声不好，毕加索和卢浮宫应声灰飞烟灭。转身要跑，却发现后面居然也立着两条大汉。

他努力分析当前的形势。这几人一看就是练家子，不至于自降身价在巷子口劫财。他虽然自认为长得好看，但也迅速排除了劫色的可能。如果没猜错，这群人八成和齐东民有关。

"几位哥哥，"他快速露出谄媚的笑容，"这巷子都可以并排过四匹马了，我应该没挡着各位的道吧？要不我侧一边去，给各位让开？"他本想说这里能走四头驴，但考虑到敌强我弱的斗争形势，还是把滚到嘴边的话硬生生咽了回去。

"少他妈给我贫！"为首那大汉喝道，"老子看你最近手伸太长。奉劝一句,少管闲事,否则夜路小心!"

左汉心说,现在光天化日、朗朗乾坤,他这守法良民都能被黑恶势力威胁,还等什么夜路。他赔着笑,同时快速瞄了四人一眼。他爸从小就格外注重对他的训练,除了提高身体素质,还教他格斗擒拿。然而他毕竟没有实战经验,何况立在眼前的是四条大汉。他想如果是一对一或者一对二,自己还是有机会摆平的,但若这四人同时上,他只好投降大吉。

"大哥,我不太明白您这话什么意思啊!"左汉刚开口就想扇自己一巴掌。作为一个智商没有缺陷的人,他分析出这种话带有浓重的挑衅意味。

"不明白?"为首那汉子也认为左汉这种不识时务的表现应该自扇一巴掌,于是慷慨地给了他一拳头。说时迟,那时快,左汉应拳整个儿被呼到墙上,只觉得眼冒金星,牙齿发麻,口中腥咸。他用手抹了抹嘴,果然出血了。他想都没想,用斗士的鲜血给这堵墙添上了浓墨重彩的一笔。

"明白了吗?"那人居高临下睥睨着左汉,居然说出了刘清德总监的口头禅,可见很多文化人和流氓原是一家人。

左汉晕了。这一拳居然起到了半瓶伏特加的功效。他像所有醉汉和所有被激怒的正常人一样,对革命形势丧失了基本的判断。

"明白你祖宗!"他一下跳起来,挥拳就朝为首那大汉砸去。那人没想到左汉会反抗,乖乖吃下一拳。

其他三人迅速围上来。左汉见状,凝了凝神,很快摆好战斗姿势。四人见他似乎也练过,不由愣了一下。左汉乘胜追击,拣软柿子捏,就着已经受伤的贼首肚子又来一膝盖,然后一个跨步转到贼首身后,用胳膊勒住他的脖子,一副"你们再过来我就杀了他"的架势。

可是狗血电视剧告诉我们,这都是坏人对付好人的伎俩,反过来并不奏效。估计这贼首的命也没那么金贵,只见其余三人照旧一哄而上。左汉抱着贼首沉重的身体,让他帮自己挨了几拳,可是依然寡不敌众。很快,人多势众的一方扭转了战斗形势,将左汉摁在地上疯狂输出,教他做人。

左汉虽被痛打,却一声也没哼哼。他感觉潜伏在自己身体里的血性被这几个王八蛋给一拳一拳地激了出来。他可是左明义的儿子,他怎么能向一群小丑低头!

"齐东民的四条狗!"他的脸被摁在地面,却艰难而铿锵地从牙缝中挤出这几个字。

这几个字在拳脚声中显得尤为刺耳,四人听了纷纷愣住。

"你再说一遍?"为首那人恶狠狠道。

"小老板挂了,可以直接给大老板做事了?恭喜发财,四条好狗。"左汉有意试探,想看看背后是否真有赵家的影子。不过他也知道,今天他恐怕是没有善终了。

果然,他很快感觉自己的身体几乎四分五裂,头疼,肚子疼,屁股疼,大腿疼,哪哪哪都疼。

"住手!警察!"熟悉的声音传来。

四个大汉听到"警察"二字,迅速停止行动,朝声音的源头看去,原来只是个穿着警服的小姑娘,于是继续殴打左汉。

李好非飞快地摘下警帽,朝其中一人的脑袋扔去。那人被砸中,感觉力道还不小,扭过脸来豹子也似瞪着李好非。李好非二话不说,冲上去就是几腿,直奔四人要害而去。大汉们吃了痛,扭头要来打李好非,却被那身警服震慑。他们明白,今天的目的只是来吓唬吓唬左汉，回头搞个袭警的罪名，那就吃大亏了。

好汉不吃眼前亏，何况是大亏，几人撂下三两句狠话，悻悻走了。

李好非急忙跑到左汉身边，像摊煎饼一样把他的身子翻过来。只见那张本来还挺帅的小脸儿已经青一块紫一块，险些面目全非。

"你没事吧？"她焦急道。

"这也叫没事？你们学校没教你们怎么鉴定伤残等级吗？"左汉气若游丝。

"都这样了还贫！"李好非真的服气，"我送你去医院。"

"不用，过桥米线边上就是一家小诊所。简单处理一下，刚好吃饭。"

"你脑子被打坏了啊？还惦记着吃饭！"

"都跟你约好了，不能食言嘛。重点是，我自己也饿了。"

李好非扶他起来，要给卢克电话。

"你干吗？先不要告诉卢克！他现在查命案正烦着呢，"左汉见状马上制止道，说着连他自己都被感动了，"我这点小事不能给他添乱。"

"你差点就给法医添乱了！"李好非没好气，"而且你又怎么知道这些人和案子无关！"

"嘿，还真被你说中了，他们确实是齐东民的爪牙，而且八成还给赵抗美卖命。"左汉突然来了劲。

李好非一惊："那就更应该告诉卢队了！"

"听我的，先不说，这不是最紧要的。抓住这几个小喽啰不难，但没有意义，我们还是动摇不了幕后老板。"左汉拿开她搀扶的手，一瘸一拐地走了几步，表示自己还能行，"先陪我去处理伤口。"

医生先摆正了左汉脱臼的胳膊,再帮他的伤口消毒,上药水。左汉大呼小叫地释放着天性,行使着所有伤者的天赋人权。

"刚才被他们拳打脚踢也没见你吭声啊,现在装什么装。"李好非还在为左汉不肯去医院而生气。

"人呢,真痛的时候是不会吭声的,因为在真正的绝望下,他们知道吭声也没用。"左汉沉下脸认真道,"我那时候要叫出来,只能让他们踢得更快活。我又不是他们买来的,干吗要迎合他们的感受?话糙理不糙,对不对?"

本来听了前半句,李好非还颇觉得左汉重拾了某种哲学家的气质,可听到后半句,她只好露出鄙夷之色:"你一声不吭,他们怎么知道你什么时候快死了,什么时候真死了?万一力道没掌握好,真把你给踢死了,丁书俊还得抽出空来给你开膛破肚!"

"他们不会真把我怎么样。"左汉勾起嘴角,"这些人今天只是来警告威胁我的。弄出一条人命,哼,犯不上。"

李好非听出了话里的意思,警觉道:"怎么说?"

"我平日里与世无争,做人也圆滑,基本没得罪过谁。而这几个人一上来明显就是找事的,你说为什么?"左汉转了转脖子,咔咔咔地响,"很简单,我在帮警察查案子,而这起案子牵涉到了他们主子的利益。他们一看就是黑道的,结合最近齐东民的死,显然他们只能是齐的手下。而上次开会,卢克又提到齐东民可能是赵抗美的打手,所以我就试探了一下,果然他们的微表情给了我肯定的答案。而就目前案件调查的进展,赵抗美绝不至于要把我除掉。更何况我爸是左明义,我和警方也有很好的关系,干掉我会闹出很大动静,他们又不傻。"

"所以你肯定幕后黑手是赵抗美了?"

"无凭无据,我可不敢说肯定,起码不会和卢克这么说。"左汉照照镜子,一脸嫌弃地看着自己的脸,"我得提醒你,目前的首要任务是抓住'大画师',而不是对付赵抗美。赵抗美在前覃省黑白通吃,根系很深。要撼动他,绝不是一天两天的事情,更不是我们两个愣头青心血来潮就能做到的。"

李好非被这么一敲打,也意识到自己有些主次不分。看来左汉贫归贫,心里其实明镜似的。

"你找我来,想说什么事?"

左汉差点把正事忘了。"哦,对,是这样,我正在调查假《渔庄秋霁图》的来源。既然省博现在挂着的这张假画是齐东民带去的,那么这个花钱造假的人,必定就是齐的老板。现在这个盗画团伙站在了'大画师'的对立面,那么找到造假的执行人,很可能就找到了'大画师'的下一个目标,也就更容易顺藤摸瓜地找到'大画师'。如果走运的话,说不定还能端掉赵抗美。"

李好非闻言,先是一惊,随后振奋:"那你打算怎么做?我又能帮什么忙?"

"这段时间我会关注国内几家做高仿画的单位,搜集他们现有和已经离职员工的资料,看看是否有人和那张假的《渔庄秋霁图》有关。"左汉挺直身板,脸朝李好非的方向倾了倾,认真道,"而你的工作,就是协助我筛出重点怀疑对象,找到他们更详细的资料,分析他们和案情可能的联系。怎么样,感兴趣吗?"

李好非觉得这差事可比之前整理画和笔记有技术含量多了,愉快点头。

"好，那我一会儿跟卢克打声招呼。"

"你这模样，还去局里吗？"

"当然不去，一个电话也就说完了。何况要收齐那些老油条单位的名单，估计怎么也得一周。这些天你该干嘛干嘛。"

"就算一周时间，你这脸也好不了啊，早晚还是得被他们看到。"

"好不了就好不了，我躲几天是怕他们办案分心，又不是怕人说我丑。他们见了问起来，就说实话呗。"左汉突然想到刚才的情景，"呦嗬，没想到你还真有两下子。"

"那当然，本姑娘在警校可是比武冠军呢！"李妤非发现自己终于有个本事可以在左汉面前自夸一番。

"多谢女侠相救。这要是放在封建社会，我都得以身相许。今天小人自知卖相不佳，不敢委屈女侠。回头女侠想吃什么随便点，一百碗米线之内，我眼睛都不眨一下！"

女侠暗自算了一百碗米线的价格，发现好歹抵一顿大餐，于是松开已然握紧的拳头。

"哦，对了，趁这两天没资料可看，我打算飞一次意大利。"

"什么？！"这个莫名其妙的消息让李妤非一时半会儿绕不过来，"去旅游？"

想想自己确实打算趁着咨询陈计白的机会，去乌菲齐美术馆看看文艺复兴三杰的真迹，然后再去佛罗伦萨学院美术馆瞻仰一下《大卫》那精致的肉体，左汉点点头，然后一不做二不休，打开手机订票APP，订了明天从上海飞佛罗伦萨的机票。

"真有钱……"李妤非瞅了眼票价，面对这个随时打飞的的大款，露出一脸仇富的表情。

第十七章
《富春山居图》密码

余东离上海只有两小时高铁车程，可要赶中午的飞机，当天出发去上海稍显匆忙。于是左汉立刻收拾行李，带上给陈计白准备的东西和两三条换洗内裤，以及比个人卫生还重要的护照，提前去上海过夜。

外滩半中半洋，半古半今，像所有混血儿一样，颜值超高。左汉没想到即便不是周末，此地的游客竟也如此汹涌澎湃。他们有的挥舞着旅行团小旗，有的怒吼着同伴名字；他们聚是一团火，散是满天星。他看着一波波拿光芒妖冶的楼群当背景自拍的人，也不知他们兴奋个什么劲儿。

不过来都来了，左汉还是决定雁过留痕，和脸色狂变的东方明珠塔自拍一张。仿佛知道他要发朋友圈嘚瑟似的，东方明珠气得脸都绿了，眼看要发射升空。

左汉用小猪佩奇的粉色猪头盖住自己被打得"青黄不接"的

头，选了个定位就发朋友圈。意兴阑珊，他又学着暴发户，就近找一家五星级酒店下榻，在落地窗前观摩紧紧抱在一起的外滩高楼。

次日一早退房，左土豪终于萌生一丝挥金如土的罪恶感，心里暗下决心，回头要少泡澡、多卖画。可就在出酒店的瞬间，他突然有种被人监视的感觉。然而四面八方看了个遍，竟毫无发现。他不敢多作停留，火速打车奔赴虹桥机场。

凭借左明义多年的言传身教，左汉自认为反侦查能力并不算弱。饶是如此，那种感觉还是让他不大舒服。

昨夜已经完成值机，他以最快速度取票、托运行李、过安检，直到坐在登机口附近的座椅上，悬着的心才稍稍放下。

这次坐的是法航，中途需在巴黎转机。左汉暗叹没空去卢浮宫打卡，但念及此行目的，还是办正事要紧。也不知是不是昨天被打成神经质了，本想国内海关应该已为他屏蔽凶煞之气，谁知不安的感觉依旧在潜意识里张牙舞爪。举目四望，只见周围乌泱乌泱全是国人，有的从上海坐同架飞机过来，有的从巴黎直接出发，一个个穿貂戴钻，扫荡名牌，见者咋舌。

从巴黎到佛罗伦萨，也就相当于在国内飞了两三个省，不时便达。

根据陈计白的信息，左汉找到他下榻的西尔达酒店，也在这儿开了间豪华套房。这酒店是活动主办方为陈计白安排的，紧挨着佛罗伦萨美术学院，距离乌菲齐美术馆也不远。左汉看着并不便宜的房间，感觉这要放在国内也就快捷酒店水平，和他刚在上海住的那家更是云泥之别，仿佛正是这座艺术古城的缩影——又老又贵。

左汉打电话给陈计白，对方说还在小酒馆和主办方社交，让他要么立刻加入，要么自行休息。左汉刚被打得遍体鳞伤，又经舟车劳顿，索性约了次日下午去房间找陈计白。

翌日早，左汉趁着陈计白有官方活动，独自前往乌菲齐美术馆瞻仰达·芬奇、拉斐尔和米开朗琪罗等人的名作。但最让他感动的居然是波提切利的《维纳斯的诞生》。

下午两点，他才终于见到陈计白这个老家伙。

"左汉啊，虽然在异国他乡见到你很高兴，但若有急事，咱俩直接视频也未尝不可。你这样不远万里追过来，陈某都不好意思啦。"陈计白客套着，看着恨不能用鼻青脸肿来形容的左汉，本来只是因为他花钱又跑腿而感到不好意思，现在看来左汉还在途中遭遇不测，让他情何以堪。

左汉看出陈计白的心思，这老头肯定认为自己和组团出国的大妈大爷一样，被外国贼抢了，于是为了维护国际友谊，他大方承认道："我在国内被一群小混混打了，一时没脸见人，索性出来重新做人。既向您老人家请教，也向达·芬奇他们请教，一举多得。"

没人会喜欢别人把自己和几个死人并列，但因这死人里有达·芬奇，陈计白竟十分受用。左汉见老头被哄得开心，二话不说，从包里拿出早已准备好的《富春山居图》印刷品和几支马克笔。

这件印刷品是四川美术出版社于前年出的，将原本的卷轴用册页形式出版，反复折叠，如同小书一本，展开来看亦是颇为方便。

"陈老，我此番前来主要想向您请教《富春山居图》里的风水问题。行前我请教过省博金馆长，可他说在这方面您才是真正的专家,找您比找谁都好。"左汉先给老头戴个高帽,随即正色道,"不瞒您说,我现在在帮警方调查一桩案子。细节我不便透露,但是《富春山居图》对这个案子至关重要,还望您老知无不言,言无不尽。我也算托这案子的福,向您请教了。"

见左汉恭恭敬敬地给自己戴了这样一顶高帽,还拉出警方将自己的后路堵死,陈计白乖乖开口。"好,既然你点明了要听风水,我就不说技法了。你自己就是画山水的,想必用不着我说。"陈计白深知左汉作为国画名家之子,功底比他们美院的学生只深不浅,"我先问问,你对这幅画的风水有多少了解?"

"我只知黄公望在世时就是个算命先生,其传世名作自然会融入风水观。然而就像一方名门望族,你若要看到他们的城堡外观,他们肯定会让你随便看。但若你要窥探其真正的宝藏,就必须破解他们设下的密码。"左汉弯腰费了好半天劲才将长长的画卷铺开,直到《富春山居图》占据房间大半地面,"我只能看到这山里的龙脉,包括断开的《剩山图》龙脉也是能和《无用师卷》接上的;画里还有隐隐的风水气息,如此长的画卷,可以感到风水经营得十分平衡。另外,似乎此画暗示四季?因为画中的草木逐渐由繁盛变为稀疏。"

"还有吗?"

左汉摇摇头:"没了。而且这些多半是我的感性认识,没有具体证据支撑。"

"已经不容易了。以你的年纪,能感受到画里的风水经营,足以说明天赋异禀。至于四季的暗示,虽然说得不够清楚,但你的感觉没错。"

"能否详细解释一下?"

"当然,"陈计白徐徐走到画卷前方,俯身指着画面,"关于四季,其实稍微观察并思考就会发现非常简单,我一点就破。你先数数,算上被烧断的《剩山图》,全画一共有几座山?"

这件复制品将曾经被烧断的《富春山居图》合而为一,尽可能展示了此画的完整面貌,续上了龙脉。

"无疑是四座,难道……"左汉随即发现问题,急忙细细观察这四座山。

陈计白呵呵一笑,解释道:"你小子果然聪明,一定是想到了。没错,《富春山居图》里不多不少,正好四座山。理论上,一幅画里的山水处于同一时空,其显示的季节特点也应相同。但《富春山居图》中的四座山,却隐然体现了春夏秋冬之异。黄公望处理巧妙,你不细想这个问题,还看不出这个构思,因为被他一整合,四座山实在是太和谐了。"

"确实,"左汉跪在地上仔细研究画面,并同步说出自己的发现,"《剩山图》里的第一座山是全画的开篇,线条最润,用墨较淡,既有春天万物复苏的蓬勃,也有淡淡春烟的朦胧。第二座山里树木不仅更加繁茂,而且高度明显比第一座山的树高出不少,墨色也更重,很好地体现了夏季草木高大浓密、郁郁葱葱的景象。第三座山的处理最是巧妙,皴法骤然一变,所有线条纷纷干枯无水,恨不能垂直往下拖,大有秋风萧瑟、摧枯拉朽、繁华落尽之感。我先前一直好奇,为何同一幅画里会存在不同皴法,以为黄公望担心千篇一律,要变换技巧,今天才知自己理解肤浅。他仅用皴法之变就把画面变了一个季节,真是轻轻巧巧,神乎其技!而且从第三座山开始,半山腰以上便不同于前两座,再无有形之树,而是由众多小点替代植被。可见秋冬二季,草木凋零,繁华不再。秋山山顶之点尚且为密集竖点，而到了第四座象征冬季的山，则全部为圆点，且更为稀疏。此外，冬山的线条用的是湿润的淡墨，在雪景中常见。冬山山脚的水也与前面三座用线勾勒不同，是用一片淡墨铺染，这与古画雪景中将山外染黑，反衬雪山之白的技巧如出一辙。可见此山象征冬季无疑！"

"不愧是王老师的儿子，悟性极高，一点就通。"陈计白听完左汉的分析，笑意盈盈，"《富春山居图》的临摹者古今不计其数，可大多人即便学了一辈子，都不曾抛开技法描摹，去想想黄公望的良苦经营，实在可悲。"

"陈老，现在看来四季倒是好分辨，但说到风水，这些信息显然不够，而且对我们的案子也没有太大帮助。"不用陈计白说，左汉也能从"大画师"那句诗里看出其四季的布局，因此这个信息对他用处甚微。

"好，既然你要听风水，那我便循序渐进地讲。至于你说的那个案子，我不了解情况，我的话对你有没有用，我就管不着了。"

"没事儿，就算用不到案子上，我也算是开眼界了。您的课时费那么高，我今天真是赚大发了。"

"小子不会算账，机票酒店不花钱？"

左汉吐吐舌头，恭请陈计白继续。

"这幅画龙脉清晰，我们不聊了。你说你能感应到画里的风水，那你给我说说，这整个画卷里，何处风水最盛？"陈院长显然教学经验丰富，也不直接卖弄，反而先抛出问题。

左汉寻思半晌，着实找不出铁证支撑自己那飘忽的感觉，见画面中夏山最为欣欣向荣，想是积攒天地元气精华最多，必有异象，于是猜道："夏山？"

春山

夏山

秋山

冬山

陈计白摇摇头："你看画面里，唯独哪座山不是顶天立地？"

"秋山。"

"没错。"陈计白推推眼镜，"画到秋山时，黄公望有意将山推远。这一方面增加了画面纵深，让龙脉愈发延绵，更重要的是让出了前方的一片水域。这是整个《富春山居图》中唯一被围起来的水域，你应该知道这在风水学里叫什么。"

"聚宝盆！"左汉恍然。

"没错。在这片应该是湖泊的水域中，黄公望勾勒出了全卷最大最动荡的水波幅度，且唯独此处水草被风吹得最为飘摇，可见此处风水最旺。"陈计白说着，开始用手指指向湖面各处，"此湖周围草木葳蕤，水中有渔船、有鸭群，象征生活殷实；岸边有迎客松，松柏常青，象征长寿；湖畔亭中还有此画唯一的读书人，象征文教昌隆。"

左汉反观其他水域，并未发现类似安排，不禁点头："此处必为《富春山居图》画眼。"

"另外，你试着将画对折，看看这个长卷正中间安排的是什么？"

左汉不用对折，用眼睛也能大致判断出，正是秋山！

"这太神奇了。按理来说，要安排四季，应是前半段两座山，后半段两座山。而黄公望冒着画面重心失衡的危险，硬生生将前三座山安排在画面前半段，然后用超高技巧横拉出一片浅滩，才最终布置下冬山，真是艺高人胆大！"

"是的，这片浅滩是奇迹险中求，换个人也许就画坏了。大多数人认为黄公望这么处理是为了调整画面节奏，就像是交响乐一连串重音过后，来一串悠扬的小提琴独奏。这自然没错，浅滩确实起到了这个效果。但我的观点是,黄公望这么做,更重要的是为了将风水最盛的秋山安排在画面正中,给予它应有的位置。"

"有理,有理。"左汉点头。

"最后说说《富春山居图》的核心哲学。"陈计白许是乏了,略去很多他认为没必要提的,直击重点,"你数数看,画面中有几个人?"

左汉大致数了一下,说六个,陈计白说不对。他又看,说七个,陈计白又说不对。

"是八个,还有一个在这儿。"陈计白指了指隐藏在山林里的一位樵夫。

左汉终于看清,但不禁问老头他到底葫芦里卖的什么药。

"中国山水画的主题虽是山水,但画面的精神所寄,往往在人。我建议你以后看山水画,看完画面整体后,首先看点景,尤其是人。"

此话一出,左汉顿时如醍醐灌顶。

"全卷共有八人,其中四个渔夫,一个樵夫,一个读书人,两个过桥老人。"陈计白见左汉点头,继续道,"在古代,文人在朝堂过得不如意了,就将自己放归山野,从事渔樵,所以千万不要小看这渔夫樵夫。在本画中,你最后一个找到樵夫,大多数人也是如此,说明这樵夫隐藏最深。"

左汉点头。

"然后注意看两个过桥老人。过桥即是从此岸渡到彼岸,象征意味很浓,这两个老人的安排也大有文章。"陈计白舔舔略显干涩的嘴唇,"你也知道,国画如古书,要从右到左看,比如此卷由春到冬就是从右到左安排。结合此画强烈的时间寓意,可知

《富春山居图》山前湖

右边象征过去，左边象征未来。全画出现的第一人即为那个过桥老人，他由过去走向未来。而全画最后一个人物，恰恰是另一个过桥老人，他则是从未来又走了回来。这时候画面要结束了，老人并不是走向一个更远的未来，这与西方认为的时间是一条线不同，它表明的是中国的时间哲学——时间是一个圆，是周而复始的循环，如同太极。这个概念很大，所以黄公望要安排这两个过桥老人守住画面的开始和结尾。""太神奇了！"左汉听得越来越激动，这是他画画这么多年来，从来没有注意到的细节。

"再看这四个渔夫。他们之中，前两个是由过去划向未来，而后两个则是由未来划回来，同样象征着轮回。但你注意看，前两个渔夫刻画得很精细，而且是孤独地前行；而后两个则是逸笔草草，如同简笔画，而且结伴归来。这至少有两层象征意味：第一，人生在出发时总是一身行囊，可是悟道之后，方知大道至简，能拿掉的全部拿掉，孑然一身归来；第二，出发时，人往往自负而孤独，可是得道之后，德不孤，必有邻，即便江上打个照面，也不妨共渡一程。"

左汉深深吸了口气，消化着黄公望沉重而轻盈的人生哲学，许久后才道："那最后一个读书人呢？"

"这个读书人，应该与前两个渔夫结合起来看。我说过，古代读书人和渔夫往往可以随时转换身份。也就是说，他们是一个人的两面。你看，这湖面上的第一个渔夫恰好和亭中读书人对望，其实他们在看的，正是另一个自己。"

"天哪……"

《富春山居图》中的渔夫与读书人

"还有,你发现没,其实前两个渔夫的刻画几乎是复制粘贴,这对于讲究变化的中国书画来说是忌讳。但黄公望作此处理,有心暗示这两个渔夫其实是同一人。第一个渔夫在小湖中,他经过了读书人,如同出仕一遭,可是随后他又变回渔夫,将自己放逐更大的江海。这说明《富春山居图》不是静态的照片,它是电影,上面记录了同一个人在不同时间、不同人生阶段的状态,这是此画新的一层维度。"

左汉听得一愣一愣的,他同时也意识到,自己回国以后有的显摆了。

"最后你注意一下,这个最精彩的安排,出现在何处?"

"秋山!画眼!"左汉欣喜若狂。

陈计白笑得像一尊弥勒佛。孺子可教。

左汉突然想到了什么,马上托词内急,收拾了东西,一溜烟儿消失在陈计白的房间。

蹿到自己房间,他想都没想,直接打开手机的加密文档,翻看"大画师"所作《富春山居图》血画的秋山部分。

这一看不要紧,他发现在画眼处,也就是秋山前的湖泊中,赫然于湖东南西北均匀布置着四艘小船和四个渔夫——"大画师"竟打乱原画安排,将四艘象征时间轮回和人生境遇的小船,全部布置在了风水最盛的湖中。为什么之前自己光顾着研究龙脉和笔法,却忽视了这细微却核心的点景?!

消化完陈计白带来的震惊,左汉想破头也无更多突破,索性决定放弃在意大利游览数日的打算,将机票改签至明天。他已等不及将自己的震惊传染给卢克,让他也跟着睡不着觉。只可惜了,此番要与雕塑《大卫》失之交臂。

想到这是在佛罗伦萨的最后一夜,左汉认为必须去小酒馆里浪一浪。东风夜放花千树。他下楼随性走了一段,见有个路边酒馆还算热闹,便踏进去决定喝个不醉不休。

在中国任何一个城市待久了,来了欧洲任何一个城市,都会觉得它们冷清得犹如陵园。这个小酒馆还算有些人气,但和余东的酒吧比起来,那真是相当寂寥了。左汉瞅了眼墙上的酒水单,再懒得去看,往吧台一坐,指着身旁一肌肉男正在喝的鸡尾酒,让服务员来杯一样的。

那肌肉男看上去不到三十,留着显然精心修饰过的性感胡茬。他见左汉刚才朝服务员说英语,便也用英语跟他打招呼:"你好啊,中国人还是日本人?"

左汉本要开玩笑说自己是韩国人,但想想还是承认道:"中国人。"

"你英文说得真好,比大多中国游客都好。"

"我是英文专业的。你的英文也没有意大利口音,哈哈哈。"

"你脸上怎么有伤?"这估计是所有见到左汉这副尊容的人都想问的。

"在邻居家门口撒尿,被发现了。"

"哈哈哈!真遗憾,不过我觉得这些伤在你脸上还显得挺可爱的。"

左汉闻言不禁浑身一哆嗦,朝门外看去,见那儿也没插什么彩虹旗,于是扭头对肌肉男讪笑道:"是吗,你还是第一个对我的伤做出积极评价的人,我也许应该说声谢谢。"

"哈哈,你真可爱!东方人像你这么幽默的可不多。"

与此人聊了一刻钟，左汉头皮阵阵发麻。正不知如何是好，却见门口走进一个约略三十出头的东方男人，且竟隐隐有些眼熟。那人也刚好看见左汉，四目相对，他朝左汉露出礼节性的微笑，随即走到左汉身边坐下。左汉一左一右各坐了人。

"你是中国人吧？"那人嘴里飘出令左汉感到亲切的母语。

左汉如抓了救命稻草，点头如捣蒜，与对方狂飙中文。

"你好啊！也是来旅游的？"

"是啊，你呢？"

"我也是，我昨天刚到。"

"真巧啊，我也昨天刚到，莫非坐的同个航班？我是法航，你呢？"

"哎呀，巧了，我也是法航，难怪看你眼熟，肯定是路上见过！"

"你是上海人吗？"

"我余东人，你呢？"

"我上海。"

那意大利肌肉男看得一脸抽搐。本以为又来个长得阳刚些的中国人，虽算不得鲜嫩多汁，却别有一番风味。谁知两人一唱一和，他却什么也听不懂。

左汉觉得焖得差不多，是时候大火收汁了，于是仿佛才意识到自己把肌肉男冷落了似的，扭头对他道："噢，真是抱歉！"肌肉男见两人黏得如糖似蜜，如胶似漆，以为自己当了灯泡，索性道声再见，转身去找他早看腻了的那几个小镇居民。

"我叫左汉，你怎么称呼？"见了同胞，左汉索性敞开了聊。

"我叫白禾子，白色的白，禾苗的禾，孩子的子。"

"好文艺的名字啊。"

"我知道你想说什么,像女生的名字。"

两人笑了一阵,左汉又问:"这次和谁来的?"

"哦,就我一个。"

"就你一个?那你是来做什么的,旅游?"左汉感觉有古怪,即便是旅游,这样长途的境外游也一般是和亲戚或朋友一起出来的。

"来这儿看看名画和古迹。"

"哦,你是学画画的?我也喜欢画,今天看了些作品,咱俩刚好讨论讨论?"

见左汉还来劲了,白禾子忙道:"不敢不敢,我其实对画一窍不通,就是附庸风雅,凑个热闹。"

随后,无论左汉如何想要撬开此人嘴巴,他就是没同意讨论艺术,这让左汉在心头建起了防御工事。此人既然在非节假日期间独自来佛罗伦萨进行艺术"朝圣",想必绝非闲得无聊的伪文青,而是很有目的性地要来看点学点什么。当然,如果他真对艺术说不出个三言两语,则还有另一种可能。

不觉间小酒馆换了两三拨人。左汉认为自己定是遇了大款,白禾子一个劲给他买酒不说,自己也在猛喝,俨然异国见同胞幸甚至哉。左汉虽不敢自称海量,却也不是吃素的,节奏把握得相当好,见对方没事,自己也没事,见对方微醺,自己也微醺。不知过了多久,两人都显得由醺转醉。

"左兄,看你也喝得尽兴,再喝,恐怕要出事了,要不我送你回酒店休息吧。"白禾子面露担忧之色,但看起来他自己也好不到哪儿去,脸上一片潮红。

"别拦我，我——还能喝！"左汉霸气将他的手推开，引来四下一片侧目。方才那个肌肉男本就整夜关注左汉，见他此刻已然不能自已，暗暗艳羡他身边的白禾子，仿佛左汉今夜是否被法办全看白禾子的道德情操。

"哎呀，左兄，快别喝啦，大家都看你笑话呢！"白禾子挽起左汉的手道，"住哪个酒店？给我个地址，你一人回去我不放心！"

"我还能喝！"左汉不管不顾，和白禾子拉扯起来。正推推搡搡，裤兜里适时掉出一张酒店大堂取来的名片。

白禾子捡起来一看，道："原来是西尔达酒店啊，我住得不远，顺道送你回去吧！你这样一个人在异国他乡走夜路，太危险了！"

左汉拒绝几个回合，白禾子还是挽着他出了酒馆。两人有说有笑走了一段，同胞之情不断升华。

"白兄，不用搀我了，我自己来吧。"左汉推开白禾子的手，一脸醉意道，"这小凉风一吹，也清醒些了。"

白禾子见状，终于没再跟他拉拉扯扯，放他自己走。而左汉也两步一颠地走起来。

行至一条无人小巷，左汉耳朵一耸。

是利刃出鞘的声音。

白禾子走在离左汉一步之遥的后边，轻轻掏出匕首，双目森冷地瞪着前方摇摇晃晃的左汉。

可正待他要挥手一刀将左汉杀翻在地时，电光石火之间，原本还醉得地动山摇的左汉竟猛然站定转身，方才还涣散无神的双目竟霎时睛光凝结，一记鞭腿，干净利落踢飞他手里闪着寒光的匕首。

左汉嘴角扬起一丝弧度,趁着姓白的愣神片刻掠至其后方,左手抓住对方一条胳膊,右手高高挥起,化掌为刀砍在他后脖颈上。这个动作幅度甚大,拉扯得左汉旧伤复发。他本以为如此代价之下一击必中,不料就在碰到白禾子的瞬间,对方恰好扭头欲施反击,手刀砍歪。白禾子只是吃痛,并无大碍。

杀机已现,左汉哪敢有丝毫懈怠。说时迟,那时快,他右脚抬起,用膝盖狠狠砸向白禾子后腰,同时又一记手刀祭出,正中白禾子脖颈,对方立时晕了过去。

虽然这个伪文青暂被制服,但回想刚才那不过十几秒的短暂交锋,左汉仍是心有余悸。此人绝对是个高手。别看三两下便不敌自己,左汉深知若非刚才装醉,让他放松戒备且打了个出其不意,此刻趴在地上的八成就是自己。

再想想,此人隐忍多时,大费周章跟到自己所在酒馆,灌了一夜酒,套了一夜话,最后出手时居然掏出致命武器,分明是要趁左汉在海外时对他痛下杀手。

赵抗美,你好狠的心!

左汉不疑有他,将这口锅直接砸在前罩省首富赵抗美头上。但现在不是砸锅的时候,看着眼前瘫软的白禾子,左汉眉头微拧。

问题又来了:如何处置眼前这人?

左汉是断不会将白禾子就地扔掉的。他不是怕这厮被狼叼走,也不怕他被刚才那个肌肉男捡回去干什么天怒人怨的事儿,怕就怕这姓白的醒来后半夜摸去自己下榻的酒店,再要对自己不利。虽然明天就走了,但眼前这人一定会在自己出发前醒转过来。头顶悬着这样一把剑,他今晚还要不要睡觉了?

正左右为难,巷子口突然转出个人影,左汉定睛一看,赫然便是方才那条肌肉男。肌肉男见了左汉和躺在地上的白禾子,也是愣了片刻,随即意味深长地看了两人一眼。然而他要是注意到不远处那把匕首,肯定风情不起来。

左汉灵机一动,嘴角又是一抹坏笑,走上前和肌肉男打起招呼。

第十八章
煮火锅

天光微亮，白禾子感到脖颈处隐隐生疼。他睁开眼，猛地发现自己不仅被剥得只剩一条内裤，而且四肢被缚于一张陌生的床上，宛如一只扁平的海星。意识到自身处境，他脑子"嗡"的一下，本能地试图坐起。可才弄出点儿动静，便吵醒了在一旁沙发上打盹的左汉。

"你醒啦？"左汉揉揉惺忪睡眼，走到床前，双手抱胸俯视着白禾子。

"你想干什么？"白禾子怒发冲枕头，边说边又晃动起来，可惜四根绳子都被左汉打了死结。

"想干什么？这话应该我问你吧！"左汉翻个白眼，"说吧，你真名叫什么？"

白禾子并没有答话的意思，依旧苦苦挣扎，同时环眼怒瞪左汉，仿佛只要脖子够长，就要伸出去把左汉吃掉。

"你其实也是从余东来的吧？你们为什么每天跟踪我，在八条巷围攻我，甚至现在追到国外来杀我？"见白禾子不但不说，还在挣扎，左汉也不恼，反而摆出一副洞悉一切的表情道，"赵抗美那老不死的，给了你们什么好处，让你们这样卖命？"

白禾子的眼中飘过一丝讶异，一直挣扎的手足也出现了片刻停滞。这一切都没能逃过左汉的法眼。

左汉索性将自己的猜测一股脑儿说出来："赵抗美雇齐东民偷到了《渔庄秋霁图》。本以为万事大吉，却发现我不仅在帮警方侦破齐东民的案子，而且同时和书画圈的人来往越来越密切。他担心有我这么个懂行的在，早晚揪出他的狐狸尾巴，于是打算给我点教训——从一开始的跟踪，到毒打，再到如今的跨国追杀。如果我没猜错的话，以你的身手，在赵抗美那儿应该也不是条普通的狗吧？"

眼见左汉猜了个八九不离十，白禾子心头剧震，但嘴上依旧拒绝承认。左汉并不需要他承认，只看白禾子的表情，他心里已经有了答案。

其实白禾子为人阴险，出手狠辣，见过的世面也不少，换个人还真看不出他那些小心思。但左汉早被左明义炼出一对火眼金睛，加上本性也绝非什么好鸟，白禾子这刚刚苏醒的脑子根本不够和他玩的。

两人沉默对峙良久，白禾子见左汉一脸古怪，想到此番不但任务没完成还惹一身骚，率先沉不住气了。在中国从不把法律放在眼里的他，到了外国居然拿起了法律的武器，并且挥舞得叮当作响神气活现。只见浑身只有一条内裤的白禾子满脸傲然道："你这是非法拘禁！你就不怕被人发现后意大利警察把你抓起来？！"

左汉也是个天不怕地不怕的主儿，面对这很可能满手沾血的黑恶势力，居然觉得对方有点搞笑。

"哦哟，你这倒是提醒我了，你说我要怎样才能避免这种尴尬的情况呢？"

白禾子此前看左汉的资料时，就知道这家伙一肚子坏水，现在见他这莫测高深的表情，自己脸上也有些嘈嘈切切错杂弹。

仿佛要印证他的猜测似的，只见左汉转身从茶几处拎来一个大塑料袋，倾江泻海倒了一床。

昨夜再见肌肉男，左汉问他哪儿有那种商店。不料对方十分热情，不仅带着他去，还帮他一路抱着白禾子，临别前更是从自己背包里掏出一条细细的皮鞭相赠。左汉方知为何那厮见了自己满脸青紫非但不大惊小怪，反而一口一个可爱。

左汉从那段奇葩的回忆中回过神来，一眼认准那条小皮鞭就抓在手上："要么说，要么挨抽，你自己选！"

见白禾子一脸视死如归，左汉有意成全，接二连三抽在他身上。谁知这鞭子毕竟不是真鞭子，根本抽不疼他。左汉登时怒火中烧。他问候完白家列祖列宗，索性松开自己身上的皮带，咋呼着要抽死对方。不料皮带一松，左汉自己的裤子竟也跟着滑落，只剩一条纯白色内裤紧紧抱在腰间。

这突如其来的变故给了黑恶势力不应有的奇思妙想。"你……你要干吗？"白禾子的身子不禁朝后缩了缩。

左汉知道这家伙想哪儿去了，恨不得立刻找块豆腐一头撞死。不过他反应倒是不慢，一股脑儿将自己的尴尬转嫁到对方身上："昨天那肌肉男我可有他联系方式，你要想保住晚节，就好好给我配合！"

听到左汉再度威胁自己交代赵抗美的事，白禾子瞬间清醒过来，视死如归的表情又一次挂上那张扭曲的国字脸。

左汉也没指望他交代，一言不合就跳上床连抽他好几皮带。白禾子被刀砍都不带眨眼的，一条皮带更是不在话下，连声儿都不吭一下。

左汉又狠抽两鞭，道："知道为啥要给你身上留几鞭子么？还真被你说中了，如果把你绑住就离开，警察还真有可能怀疑我绑架，被你这天杀的坏人倒打一耙，你当我傻？但现在不一样啦！你看你这副尊容，我想意大利警察应该不会去管一位游客的特殊癖好吧？啧啧！"

左汉的毒舌果然气死人不偿命，原本还满脸毅然决然的白禾子脸上马上挂不住了，一口气没上来，猛咳半响，好容易气顺了就狂飙污言秽语。左汉翻个白眼，顺手从地上捞起穿了两天的臭袜子就塞他一嘴。

尽管姓白的脸都被熏绿了，左汉还是觉得没过瘾，他要让这家伙知道赵抗美的狗并不好做。

"我得把现场做得更真实点儿。"说着，他翻出给陈计白准备却没用上的黑色马克笔，在白禾子胸前写了个大大的"FUCK ME"。

白禾子看不见左汉写了什么，即便看见了也读不懂英文，不由怒吼道："你他妈写了什么！"

"用英文帮你写'救我'啊！"

白禾子当然不信。

但没等他再度开口，左汉又灵机一动，在白禾子内裤上一笔一画加了个 HARD。看着这神来之笔，左汉觉得自己真他娘的是个人才，忍不住拿起手机给白禾子拍了组高清大片。

白禾子全程疯狂挣扎。左汉见他这般光景,估计就算长了一千张嘴说自己被房客绑架了,都不会有人相信,何况他不会外语。

"我估计你在余东地下也是号人物,但你最好别招惹我,否则老子不介意把这些照片发网上,跟同类爱好者们交流心得。"

撂下狠话,左汉明白此地不宜久留,于是迅速整理了本就不多的行李。为免在退房时服务员发现白禾子,他决定不去退房,直奔机场,只是损失的押金不免让他一阵肉疼。

正要乘电梯离开,左汉又想到了什么,火速折回房门口,将挂在门把上的提示牌翻过来,由"请勿打扰"变成了"请打扫"。至于白禾子什么时候被打扫的服务员发现,那就全凭他运气了,那时自己怎么说也快起飞了。

十多个小时一晃而过。

飞机还没停止滑行,左汉就关掉飞行模式。在争先恐后蹦出来的众多信息中,他赫然发现,一毛不拔的卢克居然说要请全队吃火锅,让他也去。

他看看时间,坐高铁回余东应该来得及。虽然依旧满脸挂彩,但他已经等不及要见到卢克,毕竟卢队长对他这些天的各种奇遇毫不知情。

听说队长自掏腰包请客,刑侦支队全员感叹"活久见"。

刘依守上来就是一通套话:"这些日子领导日理万机、废寝忘食、风餐露宿、披星戴月,我们还没得及体谅一下领导,却要让领导自掏腰包做东请客,这怎么好意思呢?"

"不好意思你请?"卢克丝毫不提自己领了五折券的事儿。

215

刘依守当作没听见，继续道："各位，让我们举杯，感谢领导关怀体恤！"

卢克喝下一口，道："这几天大家都做了很多工作，很辛苦。我们也都各忙各的，没来得及全体坐下来碰个头。今天趁着大伙儿都在，咱一边吃火锅，一边交流交流工作进度。"卢克放下杯子，"从郭涛开始吧。"

果然黄鼠狼给鸡拜年——没安好心。全体队员都用表情告诉卢克：虽然我不敢反抗，但我很不爽。

郭涛没想到第一个被点名，有些不知所措："我先整理整理头绪，让其他同事先开始哈！"

"不行，就你。战场上没人等你整理头绪。"

火锅的热气突然化作硝烟滚滚。郭涛下意识端起雪碧，一面自我冷静，一面掩饰窘迫："其实我这边的进展有限，卢队布置下来的三个侦查方向，都没有突破性的发现。首先，那款白色淮海牌老年代步车在我市很流行，销量非常大。由于这类车不用上牌照，我们只能用笨办法，对全市卖这款车的18家销售点逐一排查。我们调取了这18家经销商过去两年所有购买该车型的记录，发现很多交易并没有留下买家信息，就像那些人买了辆自行车一样简单。而那些留了买家信息的，我们也没有从中发现任何可疑人员。所以这条线，基本算是断了。"

意料之中。卢克点点头。

"第二，代步车最后消失的区域，参考价值也不大。那是在东南二环到三环之间，监控盲区太大，我们到了这辆车最后出现在监控中的地点，在周围搜索了两天，一无所获。"

"这家伙很谨慎，作案前肯定已经把逃跑路线安排妥当了。"

卢克插话道,"其实我也没指望能揪住他的尾巴。"

"最后是对案发时风能研究中心附近目击者的调查。'大画师'抛尸的时候还是凌晨,在那个时间段内进入监控区域,有可能目击抛尸过程的只有五人。他们都说当时只顾自己走路,没留心别人在干嘛,什么也记不得了。"

卢克不愿放弃希望:"这五个人都调查过吗,有没有包庇嫌犯的可能?"

"调查过了。两个晨跑的,一个送牛奶的,一个偶然经过那条路的专车司机,一个因为临时需要和美国伙伴电话沟通而早起赶去公司的外贸小白领。他们的生活都很简单,实在找不出和'大画师'相关的任何迹象。"

"好吧。"卢克也不知说什么好,假模假样地道,"大家别光顾着聊工作,吃菜啊!"然后给张雷抛了个眼神,示意他汇报他那边的情况。众人看在眼里,敢怒不敢吃。

"我这儿还真查出了些有意思的东西。"郭涛的失落,反而让张雷放松了些,"就'大画师'第二份视频中提到的两起悬案,我们对相关受害家庭进行了调查。先说去年三月初在邻省省会东安园小区的入室杀人案,受害人在两个街区之遥的一栋上世纪七十年代的老楼里,其实还有一套两居室的房子。而那个地段已经被开发商买下来,面临拆迁重建工作。第二起案子,也就是去年五月本省右新县徐家村两名空巢老人被害案,其中也涉及拆迁问题。而且两起案子中的受害人有一个共同特征——他们都是钉子户,怎么劝都不搬。而且——"张雷想卖个关子。

"而且两个地块都是同一个开发商。"卢克咧嘴一笑。

"领导英明。"

卢克放下筷子靠在椅子上，双手环抱在胸前，眼珠子慢悠悠地转："赵抗美啊赵抗美！"

"没错。邻省的项目，是赵抗美规划的第一个省外商业综合体。徐家村的项目，是赵抗美规划的第一个文化旅游项目，打算在那儿开发民俗旅游。"

"早就说齐东民这个黑老大其实就是赵抗美的打手，一直没有实锤，现在看来几乎板上钉钉了。"

刘依守也兴奋道："对啊，齐东民和这两家往日无冤近日无仇，为什么会这么巧？他们刚好都是钉子户，而且都是赵抗美项目的钉子户，一定是赵抗美软硬兼施找不到别的办法，于是找来齐东民，想直接除掉他们。这也太嚣张了！把我们警察当什么了！"

"你先别激动，这只是逻辑上的实锤，若拿到法庭也没法官搭理你。"卢克自己本来也很激动，但刘依守的热情反而让他冷静下来。他知道赵抗美在全省各界的耕耘，绝不是一个推测就能撼动的，"赵抗美这个摊子得从长计议，而且到头来估计是经侦兄弟们的事。现在我们要集中精力抓'大画师'，不要被其他事情分散注意力。"

"你说，这会不会是'大画师'故意留给我们的提示，让我们去查赵抗美的问题？"张雷还是把暗自琢磨了半天的疑问说了出来。

"不用想了，肯定是。"卢克道。

刘依守跷起二郎腿："看来'大画师'也不是什么恶人嘛，他还提醒我们抓恶人咧。"

"胡说！"卢克发现刘依守的思想很危险，"举报方式千种万种，你见过哪个举报人和公安抢嫌疑人来杀的？此人目无法治，滥用私刑，无论他杀的是谁，他都是杀人犯！"

刘依守迅速收起二郎腿，像一只受惊的乌龟。

"我再强调一遍，我们现在的核心工作是抓'大画师'。可以为达到这个目的追一些周边线索，但绝不能'大画师'指哪打哪，被他牵着鼻子走，更不能本末倒置。明白？"

众人不敢表示不明白。

尴尬二字还在火锅上空飘荡，半掩的包间门却忽然被推开了，随之传来啪啪啪几声巴掌："精彩，精彩，卢队长真是思路清晰，英明果断！"

待众人扭头看时，左汉几乎已经走到卢克身后。在座的人均是一愣，只见左汉今天穿一身浅棕色羊毛格子西装，系一条土黄色宽边领带，踩一脚深棕色布洛克雕花手工皮鞋，头发丝用发胶码得齐齐整整，油光锃亮，一副英伦风。但这和他的脸比起来，并不能算最大的看点。他的脸上青一块、紫一块，明显上过战场，并且已经退伍数日。

"这位先生，您走错门了吧？"卢克目不转睛地看着浑身是戏的左汉。

"你们公安局，不接待绅士的吗？"左汉心说这卢队长也是健忘，方才分明是他发短信让自己来吃火锅的。

"您误会了。首先，这儿不是公安局。其次，我局受理群众打架斗殴事件有专门的去处，受害人报案更不在这里。"刘依守此言一出，本来见了左汉脸上的瘀青憋了半天笑的众人，突然集体发作，笑得前仰后合，捧腹捶桌，一扫"大画师"留下的阴霾。

左绅士顿时感觉蒙受了奇耻大辱。他本已准备好接受人民公仆带着惊讶和关怀的询问,没承想他们上来就是一通嘲讽,让他事先准备好的解释无处发表,简直岂有此理。

坐在靠后的李好非见状,忙指了指身边的空座,五官东拉西扯,示意左汉见坏就收,别跟那杵着丢人现眼。左汉只恨人的眼皮不能像蜂鸟翅膀一样快速翻动,否则定要挨个对现场每位翻一个专属白眼。

"不用怀疑了,齐东民就是给赵抗美办事的。"左汉刚坐下便道。

"怎么说?"卢克突然笑不出来了,绷直身体等他继续。

"既然再华丽的衣着都无法和我这张帅脸争夺世人的瞩目,那我不妨满足一下各位的好奇心。"左汉不屑地瞥了瞥众人面前的玻璃杯,拿出自带的保温杯,旋开盖子,闻了闻,是刚在外面加的热水泡的上好正山小种,"这脸呢,是一群小混混打的。而小混混呢,是齐东民养的。现在齐东民驾鹤归西,按说小混混们该作鸟兽散了吧?结果呢,他们依然在八条巷成功实施了针对我个人的有组织犯罪。为什么?我一试探,果然上面还有大老板。"

"有证据吗?"卢克问出了最紧要的问题。

"这需要证据?那我没有。我只能告诉你一定是。判断依据一半是我的直觉,一半是经验。我试探他们的时候,他们的微表情,还有随之而来的过激行为,都告诉我我的判断没错。你若非要说证据,喏,"他拍了拍自己的脸,"这算不算?开始还是太阳旗,后来变成星条旗。"

"你小子不也挺能打吗,怎么会沦落到输给小混混的地步?"

"我的卢大队长,你没听我刚才说么,'有组织犯罪'!我说他们是小混混,那是一种让他们听起来更加高大威猛的修辞手法。这些人统一穿着能让胸部看起来比维密超模还丰满的黑色紧身短袖,除了酒吧的钢管舞男,也只有职业打手会这么穿了。"左汉若无其事地喝了口他的正山小种,"不过他们的手段可不输小混混,在没人没监控的小巷子里搞包围,是不是特有种?我告诉你,如果真是来了洗剪吹,别说四个,就是来一打,我都能全给他们干趴下!"

"好了,少吹两句牛或许能让你少挨几次打。"卢克感到心中的五星红旗更加鲜艳了,"哪天发生的事?你为什么不早说?还有,他们为什么要打你?"

"为什么要打我?还不是因为你卢队长黔驴技穷,苦苦哀求我做你的所谓特聘专家,还跑到我单位门口一哭二闹三上吊?"

"我没有。"

"也差不多。"左汉全然不顾卢克将他从刘总监的唾骂中救出的事实,"反正我所调查的东西,一定在某种程度上威胁到了赵抗美的利益。他有所警觉,也害怕调查深入下去,所以派几个刚下班的钢管舞男做兼职来吓唬我。"

"什么时候的事?"卢克又问了一遍。

"三四五六七八天前吧,这不重要。我本来都没打算告诉你,刚才听你们基本算是得出结论了,我就临时变了主意,不妨让你们更确定一点。"

"就算我相信你的判断,但是没有铁证,我们什么也做不了。"

"哈!那我再给你们爆个猛料!"左汉说着,从包里掏出一把匕首,着实将一旁的李好非惊个不轻,"在巷子里被那四个小混混围攻之后,我临时去了趟意大利。结果你猜怎么着?赵抗美居然派了个瘪三一路尾随,在我回来前夜想在意大利把我杀了,是杀了！瞧瞧，就是这把匕首，为了它，我还专门办了托运。我也挺好奇的，就这群洗剪吹小混混还敢到黑手党的故乡撒野，这简直比国足宣布挑战意大利还搞笑好吗……"

本还带着一丝轻松听左汉耍贫，可在看到匕首的一刹那，卢克脸色骤然转冷："你说的是真的吗？怎么回事？确定是赵抗美的人？"

"我没证据。"

"但你的确在国外遭遇袭击了，对不对？！"卢克甚至都顾不上问左汉为何突然就跑去意大利，"这事非常严重。你是我们的特聘专家，我不能因为你和警方的关系而让你的人身安全受到威胁！你如果出了事，我怎么向王阿姨交代？这事儿一定要查个水落石出！"

虽然听了这话格外感动，但左汉还是摆出一脸无所谓的样子，道："急什么，我这不好好的吗？想不到赵抗美那么有钱，居然也吝啬差旅费。如果再多派几条狗，说不定我还真客死异乡了。"

"你他娘的还有心情开玩笑！"卢克都快急死了，恨不能把左汉变小了天天揣兜里护着。

"这次他们就派了一个人，虽然被英明神武的我两招击杀，但客观来说，此人身手比之前四个好很多。我只是打了个出其不意，否则最后结果还真难说。"此时左汉已经从手机相册里翻出白禾子的艳照，一张张翻给众人看，"就他，你们认识吗？"

"这不白季吗？"刘依守扫黄打黑干多了，余东道上能叫得出名字的他都认识。

"白季？"

"对，白色的白，季节的季。"

"原来如此！这货给我说他叫白禾子，原来是把'季'字拆开了。"左汉在心里给白季点了个赞，行走江湖好歹没忘了自己姓什么，"以他的身手，我猜他在道上有一定地位，没错吧？"

"还真被你说中了，"卢克接过刘依守的话，"他一直跟着齐东民干，算是他们那个势力的二号人物。照现在的发展趋势，想必已经是一号了。"

"奇了，左汉，话说你哪儿收的这些照片啊？"稍微搞明白事情经过后，众人的注意力很快重回照片本身，刘依守第一个开口，"这位准一哥怎么会去拍这种艳照？如果流传到道上，那他也没脸继续混了。是不是他仇家拍了向你提供的？消息很灵通啊，有做线人的潜质。"

"不是别人给的，我自己拍的。"

"你拍的？"连卢克都惊了，"你在哪儿拍的，意大利？你不是成功逃脱了吗？"

"你左大爷像是逃兵吗？我可是当场将其撂倒，然后气定神闲把他拖到酒店严刑拷打的好吗？"

闻言，众人更惊。不过看到图片的细节，刘依守贼溜溜的眼里很快射出两道精光："哟，左老师，没想到您还有这嗜好啊。道具很齐全，手法很专业啊！"

"你们这些警界后生，都跟左老师好好学，左老师保证不藏私。"左汉一边说一边双臂张开掌心向下，一副润物细无声的样子。

不过在众人的软磨硬泡下，左汉还是解释了他为什么非得来这一出，说到底还是怕白季醒过来将他反杀，还怕意大利警方真以为他绑架人质。

卢克沉吟半晌，徐徐道："一定是齐东民死了，我们调查齐东民，让赵抗美紧张了。"

"哎哟，卢队长，您可别自恋了，我看未必。"

"嗯？"

"我刚才不都提示了么，是我的调查方向，不是你的。"左汉觉得卢克一定是连日操劳，忘了治疗脑积水，"死个齐东民，对赵抗美这种体量的人来说，还不如砸碎家里一件摆设让他心疼。何况他又做得那样天衣无缝，根本不怕你查。但我这边在查画，这可能就让他坐不住了。他显然很重视《渔庄秋霁图》，可这件事他做得不算完美，至少警方已经摸出一点门道，他不得不未雨绸缪。"

"这我也想到了。"卢克沉吟，将事情重新回顾了一遍，"画是齐东民偷的，假设齐东民真是赵抗美的人，显然现在画在赵抗美手里。而且以赵抗美的身份，《渔庄秋霁图》无论是他自己欣赏，还是拿来交易，动机都说得通。但齐东民这个大老粗就不行。"

"这些话我当着白禾子——哦，白季——的面说了，他当时愣了一下，显然是说中了。"左汉叹口气，"话又说回来，无论是你们翻齐东民的陈年旧案，还是我查《渔庄秋霁图》，其实都是'大画师'点出来的线索。咱也别自欺欺人，高呼什么不被他牵着鼻子走。依我看，两条线都得查，'大画师'也得查。"

卢克也叹口气："警力不够。我认为还是得把注意力放在'大画师'身上。"

"其实不冲突。齐东民和《渔庄秋霁图》两条线，说到底都是去查赵抗美。既然我们和'大画师'同时在关注赵抗美,那我们就和'大画师'产生了交集。指不定哪天我们在一起追踪赵抗美的路上打个照面,还能说声'嗨'呢。"

"少贫了!"卢克放下筷子,"你之前说要借李好非协助你,是不是又有什么想法?"

"正要和卢队长汇报呢,我今天来真不是为吃你一口火锅。"左汉又抿了一口正山小种,"在失窃的画上,我可以帮你们分担一些工作。既然现在博物馆里挂着一张假画,而假画又是盗画贼送的,那咱们去查假画的来源,总没有错吧?虽然现在推断出幕后大佬就是赵抗美,但无凭无据,不是你们警察的作风。如果确定假画制作者和赵抗美有关,证据不就有了么?"

"这个思路可以。你想怎么做?"

"这张假画做得很好。据我了解,掌握这种工艺的,基本只有荣宝斋、雅昌、十竹斋、二玄社这几家。当然也不能排除一些小厂,比如我还找到一家叫'艺流'的。我托人向这几家要了他们做名画复制的师傅和学徒的名单,已经陆续拿到一些。哎,不过这些地方真是够婆婆妈妈的,远没给齐。"

"你跟我们说一声不就得了,我以警方的名义要啊。"

"一开始不是没想麻烦你们嘛。刚才突然改变主意了,所有调查还是一起摆在桌面上讨论比较好,大家也能互通有无。"

"所以找李好非,就是帮你筛信息去?"

"那不然呢?"

"没问题。"

"爽快人儿。"

"好,那我布置一下接下来的任务。"卢克见大家纷纷不吃了,一点负罪感都没有,"张雷,你接着查齐东民两桩案子的线索,重点是完善它们和赵抗美间的联系,并尽量往'大画师'那边靠。郭涛,你负责监视赵抗美,他很可能已经拿到真画,一举一动都必须盯紧。他的行程要每天汇报,最好能提前知道他的行程。现在'大画师'也在关注赵抗美,搞不好要对他下手。左汉,李好非,你们查假画的来源。"他还想说什么,欲言又止。很无奈,现在没有任何工作是直接找"大画师"的。

左汉道:"你们发现没有?这寻找真相啊,还真有点像吃火锅。只放荤或者只放素,都不是那么回事儿。只有七荤八素全都放进去,在辣椒油里边慢慢煮,到最后吃荤不像荤,吃素不像素,这才是真火锅。"

"把所有线索熔于一炉,无论是我们警方用技术手段查到的线索,还是你左汉那些神神道道的理论,无论这些线索离真相有多远,或者本身是对还是错,只要我们煮得好,出来的就一定是真相。"卢克再度信心满满。

"人这辈子又何尝不是如此呢?被放在这光怪陆离的世界里洗洗涮涮,早就没了最初的味道。但等你捞出来吃一口吧,居然发现味道还不赖。"左汉想着自己过往的诸多坚持,笑笑道,"干杯!"

"真他娘的矫情,"刘依守嘴一歪,"干杯干杯!"

众人吃完火锅正要走,左汉突然道:"卢克,你留一下,我还有点儿事跟你说。哦,对了,还有你,李好非。"

第十九章
山庄论技

卢克不知左半仙儿又要作什么法，却见他关了门，从包里掏出一件《富春山居图》印刷品，小心在地上展开。

"我这次去意大利的主要目的，是去找美院院长陈计白。没办法，我着急，可他一时半会儿回不来，只好跑一趟。省博金馆长说他是艺术哲学方面的专家，问他没错。"

"问他《富春山居图》？你怎么又回到这张画去了？"出了这么多事，忙了这么多天，卢克感觉自己都快把最早的《富春山居图》给忘了。

"这就是你的疏忽了。《富春山居图》在'大画师'的布局中起到提纲挈领的作用，我们怎么能得过且过？连我这个学富五车的专家都这样如饥似渴地上下求索，你这个什么都不懂的居然还好意思发表这种言论。"

很快，左汉将陈计白给他说的内容，外加自己的一些感悟，洋洋洒洒给卢克和李妤非讲了一通。二人果然震惊非常，尤其当发现"大画师"的血画中刻意将四个渔夫都放在聚宝盆中时，更相信这绝非胡乱为之。虽然暂且不知其意，但三人达成共识，这里必定藏着什么隐秘。

经此，卢克更加认同绘画哲学对侦破此案的重要性，对李妤非放下手中杂活协助左汉从书画材料突破的提议，也举双手双脚赞成。

"好，明天就开始吧！"卢克一扬手，率先走出火锅店。

"喂！你们还没给钱呢！"身后传来收银员嘹亮的吆喝。

卢克发现整条街都在注视他。

次日一早，左汉开车载着李妤非前往北郊一处休闲山庄。那是和他母亲相熟的一位人物画家所建，一方面拿来挣钱，一方面用于会友。

之所以选择这个远离尘嚣的所在，是因为左汉不想让人看他老去公安局走动。尤其在两次遇袭之后，他更加注意和警方保持距离，让那个躲在暗处的对手认为自己怕了。

公路沿着一条不知名的山间小河铺建。河中乱石堆砌，山泉到处，碎玉迸珠，清越酣畅。车子平稳地开在一片哗哗的天籁之间。昨夜刚下过一场细雨，山中世界更是绿得新异。公路两边层峦翻滚，苍翠欲滴，一如被巨轮冲开的两排碧浪。

李妤非兴奋地摇下车窗："好凉快啊！我可得好好呼吸一下这没有污染的空气，给自己续命几秒！"

左汉呵呵一笑。

李妤非又道："怪了，你家这么有钱，没想过把这旧车换换？不像你们这些公子哥的做派啊。"

左汉的心仿佛被扎了一下，手里的方向盘也有一瞬的失控。但他很快聚起精神，笑道："我应该怎样的做派？谁的钱也不是地上白捡的，干吗要浪费在没有意义的东西上面，是不是？"

李好非也意识到自己是兴奋过头，问得太多，立刻闭嘴。

左汉看着方向盘上老旧的大众标志，原有的好心情突然消失大半。这是左明义生前一直开的车。左汉自己虽不常用，却也时常背着母亲悄悄来到地下车库，独自坐在车里，抱着方向盘陷入回忆。

左汉感觉，父亲的气息依然萦绕在这车里，仿佛他刚刚走下车去给自己买礼物。那天，坐在副驾上的是另一个姑娘。如果不出意外，她现在应该会是自己的女友，甚至家人。

润朗的绿意依旧穿过挡风玻璃冲进他的瞳仁，不绝如缕。但他已丝毫感受不到身边人所感受到的清新舒畅。那天，在同一个地方的另一块挡风玻璃上，歹徒用死去的父亲的鲜血写下了"逆我者亡"四个大字，这也成为多年来他所有噩梦的血红背景。他看着挡风玻璃上影影绰绰、鬼鬼祟祟的水渍，感受着身下座椅散发出的似有若无的温暖，眼前一片氤氲。

"风太大了。"他摇起自己一侧的车窗，狠狠擦了擦眼睛。

进入山庄，两人跳下车，李好非立即收起适才的欢欣鼓舞。她很明白此行带着任务，甚至为此依然穿了警服，俨然公事公办的模样。

左汉撂下电话没多久，一个留着披肩长发、及胸大胡子的中年男人，便从前方一个爬满牵牛花的石拱门笑盈盈地迎了出来。

他穿着宽松的浅棕色亚麻布衣裤,脚踩一双沾了些泥的黑布鞋,脖子上戴着油光锃亮的一串大佛珠,两手手腕也缠满了各种奇形怪状的菩提子串成的手串,乍一看,犹如爬满蔬果乱藤的瓜架。

"哎呀,左汉贤侄,你可算来啦,可让我这陋院蓬荜生辉呐!""瓜架"浑身生机盎然,脸上春意闹,宽松的袖口和裤腿伴着渐行渐快的小碎步迎风招展,一胳膊的菩提子早早悬在半空,等待与左汉的亲切握手。

左汉握住"瓜架":"不敢不敢,杨老师,又来给您添乱啦。"

李妤非正要对这俩人假模假样的客套话失去耐心,左汉明察秋毫,自然过渡道:"介绍一下,这位是心元山庄庄主、我国著名人物画家杨守和老师。"左汉把山庄放在前边介绍,言下之意乃是这家伙做生意比画画强。而加上一个"我国著名",则让这位出了前覃省没人知道的大师颇为受用。他转而对我国著名画家道:"这位就是市局李警官。"

著名画家早就按捺不住蹦到嗓子眼儿的交际欲,想到自己能结识穿警服的,那两粒黑幽幽的小眼睛霎时光彩熠熠:"哎呀,李警官,您可真是英姿飒爽,巾帼不让须眉,让我这陋院蓬荜生辉啦!"

李妤非疑心这位大师是否套用同一句式招待了八方宾朋,如果来一个就让他的地盘生辉,这里早该起火。可恨她并没有左汉的演技和词汇量,努力笑了半天只憋出一声:"您好。"

然而这声"您好"在大师眼里可谓意蕴无穷,既表达了对继续沟通的默许,又体现了人民警察的庄严肃穆、不可侵犯。大师不敢造次,忙将二位小祖宗让进庄园深处。

即便对园林设计毫无研究之人,也会感受到庄园每个角落凝聚的匠心。左汉与杨守和本像献宝似的一一介绍经过的地方，哪知李好非居然一心想着破案，只求尽快开始工作。左汉暗暗钦佩，也让杨守和免开尊口，只管带路。绕了大概七八分钟，三人进入一个"游客免进"的所在，入门只见亭台水榭错落有致，斑竹垂柳交映成趣，怪石堆叠，幽泉汩汩，花山翠海，蝴蝶不歇。

见李好非终于被震撼，左汉骄傲地道："怎么样，我选的地方不错吧？"

"为什么你做每件事的风格都如此浮夸！"李好非愕然。

左汉转向杨守和，给他一个礼貌的微笑。杨守和很有眼力见儿，说句"二位请便"，扭头就走，仿佛左汉和李好非要在他的场子做什么不可描述的事情。

左汉解释道："目前我被赵抗美盯上了，必须低调和示弱。这种筛查工作并非一两天可以完成，我不能再三天两头往警局跑。这个杨守和是我妈多年的好友，靠得住。对我们具体在做什么，他也不会多问。"说罢，他引着李好非穿花过柳，拾阶而上，来到一座凌波而起的亭台。

李好非二话不说就放下背包，取出笔记本电脑和已经打印好的各类资料。这时她才注意到，亭心的方桌上居然已经摆好了茶具和茶叶。只见左汉轻车熟路地摸出一个插头，俯身将它插入桌下的电源，桌上的水壶便咕噜咕噜烧起水来。这里居然还隐藏着电源！

"我来泡茶，你先整理一下资料，分门别类摆好。"左汉有条不紊地把铁观音倒进茶壶，"昨天金馆长又催了催，雅昌、十竹斋的资料刚刚发来，荣宝斋仅有零星一些，二玄社是日本公司，我只有公开信息。"

"好的。"李妤非没想到左汉这么快就进入状态，自己也不甘示弱，打开电脑，按不同公司将资料分成数叠。

"我们的重点，是筛查荣宝斋和十竹斋的人。雅昌和二玄社的稍微看看就行。"左汉瞥了李妤非面前的文件一眼，将后二者的资料全部放在自己一边，打算快速筛完便罢。

"为什么？"

"他们的工艺不同。荣宝斋和十竹斋，还有我们尚未收到资料的艺流，都主要采用木版水印技术。这种技术基于人工，也就是说，只要真正掌握了手艺，私人作坊也有可能做成。而雅昌和二玄社则是机器印刷，设备昂贵。如果官方有印刷记录，那么我们就可以查出复制品流向。可是一旦官方没有印刷记录，那私人则绝不可能印成。"

"所以让这两家提供的，也是和设备相关的技术人员的名单，以及印刷品名录？"

"对的。另外，虽然二玄社前些年被雅昌收购了，但作为日本公司，其参与本案的可能性极低。从公开信息看，二玄社从未印刷过《渔庄秋霁图》。"

"还有个问题请教你一下，"李妤非身体前倾，认真道，"我昨晚查过，现在还有一种叫微喷的技术，据说市面上高品质的复制品几乎都是用的微喷。为什么你没把这种技术作为排查对象？"

"你这工作态度和能力，比刘依守他们强多了。"左汉眼眶微张，瞳孔中掠过一丝惊讶和赞赏，"你说得没错。但艺术品复制不是印刷这么简单，即便有了高清底片，调色环节依然极重要。日本的调图师不仅专业，而且负责，作品还原度高。而国内的调图师几乎都是搞设计出身,并不真正懂国画。他们大多一味追求清晰,喜欢增加对比度,这不是还原。传世国画、书法、善本,最珍贵的是灰色,是那种模棱两可、中间地带、无限的变化和可能性,而不是非黑即白的确定性。这些年国内微喷工艺做的复制品我都有在跟,我就没见过一家达到省博《渔庄秋霁图》赝品那种成色的。再加上同类厂商太多,查起来如大海捞针,不如不查。"

"那木版水印和微喷技术都需要原作的高清照片吗?"

"差不多。微喷是直接将照片打印出来,而木版水印则是直接在原作或其高清照片上垫一层不透水的透明胶纸,然后照着原作描摹。"

"那就好办了,我们直接联系上海博物馆,问都有谁找他们拍过照片不就得了?"

这个提议让左汉心头一动,但旋即又失望。现在引进欧洲高清扫描设备的国内私企如雨后春笋,这些设备甚至超越二玄社相机的分辨率,也使国内各大博物馆愿意利用馆藏书画资源与他们合作。但这也导致了市场的混乱,电子格式的资源很快在市场泛滥,谁也不知道《渔庄秋霁图》的高清扫描照片被存入了多少人的硬盘。

正抓耳挠腮,二人听见远处的院门被叩了三下,然后"嘎吱"一声被推开了。左汉看看时间,大致猜到所来何人。果然,省博的金馆长带着个小伙子匆匆走进园中。左汉几乎在同一时间眉开眼笑。

"左汉,我把画带来了。"金馆长喘着粗气,像抱着一个冬瓜似的把自个儿一层层台阶地挪到左汉跟前,示意助理将画展开,

"我先看过了,排除二玄社。"

"哦……我想也不会是他们。"虽如此说,左汉还是接过了金馆长带来的放大镜,对着刚刚展开的假《渔庄秋霁图》看了起来。

"你这是在……"李好非忍不住问。

"确实不是二玄社。"左汉直起腰,将放大镜递还给金馆长,对李好非道,"这就是齐东民给省博观众准备的赝品。虽然二玄社还原度很高,但他们的相机毕竟是上世纪的老古董了,印刷特征还是很明显。如果你拿个放大镜对着它看,会发现上面有许多色点。而微喷技术的优势就是无网点印刷,用普通放大镜看不到色点。所以只要拿个放大镜,就能排除二玄社。"

排查范围进一步缩小。

李好非连连点头,金馆长也憨憨地笑。

"那么雅昌也可以排除了吗?"李好非又问。

"暂时还不行。"金馆长对雅昌比较了解,代为解释道,"雅昌的朋友说,以他们目前最先进的全尺寸数字扫描技术,像素可高达3.8亿。有这样的扫描能力,加上高品质的印刷技术,做到乱真并非不可能。"

"所以接下来的工作思路是:重点筛查荣宝斋和十竹斋木版水印师傅、学徒的个人信息。"李好非试图快刀斩乱麻。

"同时调查都有哪些公司向上博借过《渔庄秋霁图》,挑出技术水平极高的几个,再看他们的图片资料都有哪些人接触过。"左汉微笑道。

"太好了!左汉,希望你们能把造假者尽快揪出来。你金叔叔的下半辈子就指望你了。有什么能帮得上忙的,你只管吩咐。"金馆长摸了摸油光锃亮的额头，仿佛上边有一顶摇摇欲坠的乌纱帽。

左汉哪里肯担此重任，搪塞道："金叔叔，我只是帮警方解决一些书画专业问题，具体侦破都是他们负责，我插不上话的。哦，对了，您饿了吗，要不咱出去吃点儿？"

金馆长自然明白左汉是在下逐客令，兴致索然道："咳，你俩忙吧，我不打扰了。我去找杨守和喝茶去，再听他叫几声'金馆长'。"

"不会只有几声的，'金馆长'永垂不朽！"左汉对着他的背影高呼。

第二十章
凋零的玫瑰

这段时间,他没有停止对胡求之的监控,一边临摹李唐,一边偶尔看看屏幕里胡求之和他的女学生颠鸾倒凤。当然,他对对方这事并不感兴趣,他只想搞明白,胡求之到底要拿《渔庄秋霁图》做什么,以及进展到哪一步了。

在审完齐东民后,他终于了解了阴谋的来龙去脉。加上目前自己发现的连赵抗美都不明白的真相,他可谓是"知道太多",甚至不禁赋诗一首,发给了警方。

没错,赵抗美和胡求之间有笔交易。

赵老板不懂画,却知道《渔庄秋霁图》是无价宝贝,决心得到它。齐东民既是一帮小喽啰的老大,又是赵的金牌打手,此番越狱成功,赵抗美自然首选齐东民来办事。可让齐东民出了博物馆就直奔自己,无异于给警方带路,于是他又安插一名亲信中间转手。此外,为确保万无一失,他还重金收买胡求之,让他鉴定一番，好收个踏实。事实上，赵抗美除了专家组组长胡求之，也没法找别人。齐东民作案的一串钥匙以及博物馆的地图，正是这位高风亮节的胡教授提供的。

可赵抗美机关算尽，没算到胡求之也有自己的盘算。

在监控中看到胡求之拿出另一幅《渔庄秋霁图》的时候，他曾一度震惊，但旋即想明白了。毋庸置疑，齐东民从省博大费周章偷出来的，必是真品。那么胡求之从自家拿出的，则定为赝品。赵老板以为钱可以买通一切，但他似乎忘了胡求之的另一面：一个爱画如命的收藏家。

胡求之要偷梁换柱！

一夜又一夜，面对年纪可以做自己女儿的学生，胡求之努力再努力，可毕竟年老体衰，力有不逮，他的身体就像一座雕刻在清朝木制家具上的死板、僵硬的峰峦，终究显得滑稽。即便女学生们个个粉雕玉琢，玲珑剔透，可只要胡求之出现在画面里，还是让人恶心非常，仿佛一只鼻涕虫粘在维米尔《戴珍珠耳环的少女》的唇上。

他还发现了一件有趣的事：胡求之每次完事，都要从书桌抽屉里拿出个本子，奋笔疾书点儿什么。

这老家伙一直利用自己的导师身份和女学生发生不正当关系，这也算业内公开的秘密。见胡求之三天两头带不同女生回家，他虽感不适，但也并不打算管人家的私事。说到底，无论是胡求之魅力无穷导致两情相悦，还是他做出了某种承诺或者胁迫，双方必然已经建立情感联系，或是达成某种协议。两人怀着实现各自目的的期盼来到这个房间，理应受到祝福。即便不予祝福,那也实在轮不着他这个外人来举着圣贤语录批判。何况外边还有那么多勤学苦干的学生,这几位也做不了美院的代表。

一个愿打,一个愿挨,公平交易,无可指摘。

可今晚发生的事,彻底改变了他对胡求之的认知。

这次来的女生,他从没见过。她看起来年纪不大,应该还是本科生。胡求之家里监控画质不错,但看得出来,她有着与其他女生很不一样的气质。来到这个陌生环境,她显得束手束脚,全无之前那些人的自然和卖弄。不出意外的话,应该是个家境一般的女生,还有些自卑。

令他印象深刻的是,当胡求之向这女生展示自己的藏品,并为她讲画时,原本还畏畏缩缩的女生却仿佛突然变了个人。她抬着头,几乎一动不动地看着胡求之,仿佛自己动一下就会错过什么重要信息。看得出来,她对学问有一种发自心底的憧憬,胡求之侃侃而谈的自信和博学让她景仰。

这女生一前一后的反应,对屏幕后的他有种独特的吸引力。她太单纯了,天真得像远古人类留下的岩画,简单却高级。

胡求之是察言观色的老手,明白小姑娘已被自己折服,讲得愈发眉飞色舞。一个个朝代,一位位大师,尽如珍珠般被他的高谈阔论轻松串在一起。见女生听得入迷,胡求之缓缓将自己的手伸向她的手。谁知那老手刚搭上去,女生便如遭火烫了一般,迅速将自己的手收到腹部。

胡求之愣了片时,但马上又恢复了之前的淡定:"小娟,你是农村考来的,我也生长在农村,某种程度上我非常理解你。你知道家境不好的孩子学艺术需要付出多大的代价吗?有空我挺想给你讲讲我的故事。"

果然是家境不好。

"胡教授,我……我一定会努力的。"叫小娟的女生怯生生地寻找措辞。

"小娟,时代不同啦。在咱们这个时代,要成功,努力不是唯一的办法,甚至努力了也没用。"

"那……那胡教授,现在画好有什么捷径吗?"小娟还不傻,她发现胡求之将"画好"和"成功"偷换了概念。

"小娟,你觉得怎样叫画好呢?像黄公望那样留名青史?恐怕连我也做不到,这点自知之明我还是有的。可人是活在当下的。说得俗一点,你得在现在的圈子里混得好,吃得开。这靠什么?靠人脉,靠关系。画得再好,没有人脉还是没人知道你,没人捧你。甚至即便所有人都认为你画得好,你不融入他们的圈子,整个圈子还是会排斥你,诋毁你,不让你卖画。而如果你想让更多人看到你的画,让更多机构收藏你的画,让你自己挣到大笔的钱,胡老师能帮到你。当然,也得看你有没有这个觉悟了。"

胡求之已经说到几乎不能更露骨。见小娟一言不发,无所适从,他淡定地品味着这姑娘的窘迫。

"胡教授,我真的很喜欢画画!我不在乎当代有多少人认可我,我只想要青史留名!"过了很久,仿佛积蓄了有生以来所有的勇气,小娟斩钉截铁地说出了自己的志向,并勇敢地回应了胡求之的目光。

胡求之似乎完全没料到这个看似柔柔弱弱的小姑娘能说出这番话,先是愣住,然后震惊,许久后竟扑哧一笑,那是在刻意表达他的嘲讽和不屑。

"年轻就是好啊,至少还敢做梦。我欣赏你的梦想,但等你进入社会一两年,发现自己一张画都卖不出去、房租都交不起的时候,你就会收回刚才那些话了。"

小娟不说话了。

胡求之看着她,觉得她已被自己的话吓住,趁势凑近道:"好好跟着老师,老师不仅可以教你画,还能给你资源。人要学着变聪明。"

小娟还是不说话,不知脑子里在想些什么,愣愣的犹如欧洲中世纪某些呆板的宗教画里的人物。

可留给她发呆的时间并不多。胡求之这个早已按捺不住的老色鬼突然将她抱住,因发情而扭曲的面孔很快凑近小娟的脸。小娟终于明白发生了什么,不顾一切地尖叫着反抗起来。胡求之什么世面没见过,压根儿没感到意外。何况这是在他的地盘,小娟叫破嗓子也不管用。

形势逼人,胡求之也不转战卧室那张柔软的大床了,就近将小娟推到书房的红木罗汉床上。罗汉床说白了就是宽一点的沙发,却硬得很。小娟落下来的时候,后脑勺磕在一边的扶手上,疼得她的五官收缩成一团。可只用了两三秒,她的意识又清醒过来,手足继续顽抗。

他坐在屏幕前,发现自己的双手不知何时已开始冰凉,掌心沁出了湿滑的汗液。他一下站起来,冲到门边。他心里很乱。他有一种很强烈的冲动,他要去救她,就现在,去胡求之家救她。

可刚走出门,他的脚步停住了。不行,这不是监控胡求之的目的。

他又缓缓开门，缓缓走回屋里。屋里的一切都对这个世界漠不关心地静止着，而屏幕中，胡求之已经几乎要将小娟的衣服剥光了。

他想关掉电脑，哪怕关掉声音，可又怕错过他要的信息。看了那么多天，这是他第一次认为自己的监视是在亵渎屏幕里的女生。他甚至感觉两腮和耳根逐渐发烫，心跳得厉害，仿佛生怕自己的"偷窥"被人发现。之前，他从没有过这种负罪感。

音响中不断传来小娟的呼救。直至此刻，这个弱者还在以"教授"称呼胡求之，祈求他放过自己。

他站起又坐下，坐下又站起，喉结不住地滚动。他很想做点什么，可是什么也不能做。最终他还是焦躁地站起来，在屏幕前低着头来回踱步，不敢去看那些画面，只希望一切尽快结束。

我也是个畜生，他想。

手心里全是汗。他又踱到电脑前的时候，终于还是抬头看了眼屏幕。他无法不去看，小娟歇斯底里的叫声几乎要把他的房间吞噬。可是，小娟明知无人会来救自己，却依然在呼救。而他明明可以做点什么，却在自己屋里作壁上观。

我也是个畜生。

"还是个雏儿！"随着小娟的一声尖叫，似乎遇见了意外之喜的胡求之叫道。

他看不下去了，把电脑啪地合上。

深呼吸，再深呼吸。

他走出房间，去厨房倒了杯冰水，不顾一切地灌到肚子里。身上的火灭了，瞳孔里的怒火却烧得更其猛烈。胡求之的强迫，已经跨越了他杀伐的红线。

241

这个人，终究该杀！

想明白这点，他毫不迟疑地重新打开电脑。

胡求之的施暴很快结束。他一脸陶醉地擦汗，而小娟则抓起衣服，捂在胸前，不住地抽抽搭搭。

胡求之起初并不搭理小娟，但见她兀自哭个没完，终于忍不住开口："小娟，你想开点。你跟着胡老师有什么不好？虽然你有一点小小的牺牲，但胡老师保证明年就招你做我的研究生，以后有画展都带着你露脸，有老板要画我也把你的作品推荐过去，到时候你的画肯定不愁卖了。等以后有了钱，你要什么没有，是不是？和未来的美好生活相比，现在这一点牺牲还是很划算的嘛。"

小娟不知为何胡求之会认为这只是"一点牺牲"，无心也无力开口，依旧哭个不停。

"小娟，你还是见识太少。之前有些学生也像你这样，对这个世界的规则没有充分的准备。但后来她们尝到了甜头，都开心得不得了，还主动打电话来找胡老师，不希望和我断了联系。日子久了，等你成了我这儿的常客，你就会知道今天这事儿其实没什么。"

小娟突然哭得更大声了。

这个衣冠禽兽，居然已经毫不掩饰自己做过的那些龌龊事。他把自己的学生当成什么了！

见小娟还是哭哭啼啼，丝毫没有"开窍"的意思，胡求之也烦躁起来。他脸色骤然一变，凶狠道："你个骚货，哭什么哭，哭什么哭！我什么人你会不知道？骨子里分明就是个骚货，要不你来我家做什么？学画画？放你妈的狗屁！你就是个骚货！……"

胡求之喋喋不休地骂了几分钟，后面的用语愈发污秽不堪。

屏幕后面的他几乎听不下去了。就在他准备再次合上电脑之际，恍惚中的小娟似乎也被骂醒。她三下五除二将这个老头子扯下的衣服一件一件穿上，抹干眼泪，头也不回地冲出了胡求之的豪宅。

她是这么多天以来，第一个没在胡求之家留宿的学生。

而放走小娟后，胡求之再次打开他书桌的抽屉，拿出那个他每每完事都会取出的小本子，带着一抹坏笑奋笔疾书起来。

他一夜无眠，次日清晨便来到美院。

他很担心她。

美院是精英化教学，学生人数很少，女生宿舍也仅有一栋六层小楼。他找了个暗处，默默观察宿舍门口进进出出的人流，希望能看到小娟的身影。这需要一点运气。他发现，到了饭点小娟会匆匆跑到楼下取外卖，而不像其他同学一样结伴去食堂。这很不合理。外卖虽便宜，但和有国家补助的学校食堂相比还是略贵，以她的经济条件应该不会养成叫外卖的习惯。

之后第三天，小娟终于出了宿舍楼，走了段长路。这令暗暗观察好久的他松了口气。但尾随一阵后，他发现小娟的表情有些异常。他跟着她穿过宿舍楼背后的小树林，来到位于校园正中央的美共湖。

宽阔的湖面像张开怀抱的宇宙，迎接她这个失魂落魄的蜉蝣。暖风一阵阵在水面轻扫，取悦似的向她送来无数璀璨的波光。碧绿的芦苇深处，是聒噪却没有情绪的蛙鸣。垂柳在堤岸一字排开，和她的头发朝着一个方向飘扬和起伏。

她毫无征兆地跌坐在草甸上，哭了。

这似有若无的哭声，让站在小娟身后不远处的他心碎。他扶着一株白杨，几乎要将树皮剥落。想走上去跟她说点什么，却又不知自己以什么身份，能说什么。他甚至想，算了吧，停止自己的计划，用余生所有的时间，来帮助这个人，以及和她有类似遭遇的人们。

他正兀自胡思乱想，小娟却抹干眼泪，起身离开。

次日中午，刚上完课的小娟从教室里出来。这几天她和谁都不说话。哪怕似乎关系很好的同学主动和她打招呼，她的表情都在艰难地应付。

终于看到小娟落单，他鼓起勇气想要上前和她说话，无论说什么。可刚准备摘掉口罩转出拐角，却见胡求之朝小娟迎面走来，笑得双眼和嘴唇都眯成了一条缝儿，仿佛有人抓住了那张老脸的两端，用力向外拉扯。

他立刻收回身子，退到墙后。他听不真切两人的谈话，也看不见小娟的面孔，只隐约察觉小娟的后背在瑟瑟发抖。胡求之依然笑着，是那种为人师表的充满慈爱的微笑。

令他作呕。

在这段短暂的时间里，他脑中掠过许多想法，心头涌起许多情绪，以至于让他呆在原地，甚至一度忘了不远处的两人。在偶发冲动和惯常冷静的强烈对撞中，他震惊地发现，自己可能并没有真正认识过自己。待他回过神来，只看到了小娟远去的瘦弱背影。

他闭上眼睛，做了个深呼吸，小跑着出了教学楼，来到校门口的花店，要了九朵玫瑰。花店女老板喜悦而悠闲地帮他包装花束，仿佛世界的纷繁复杂和她没有关系。

拿了花，他又一路小跑返回校园。怎么开口呢？说什么？会不会太唐突？会不会让她觉得莫名其妙？就简单问个好，也不会怎样吧？他从未接连问过自己如此多的问题。

去教学楼的路上，经过女生宿舍楼，他发现楼前里里外外围了几圈人。他从不爱凑热闹，继续往前走，却隐约听见好事者不无激动地招呼同伴："快来快来，有人跳楼啦！"

一瞬间，某种不祥的预感袭来。他鬼使神差地改变方向，想要亲眼否定那个预感。可还没怎么走进人群，就见两个女生摸着心脏的位置张皇地跑出来。

一个道："吓死了吓死了，快走快走，这种事少看，太晦气了！"

另一个道："是大三的傅小娟，我们还一起上过公共选修课！"

他的脑海里轰的一下，双脚停在原地。

怔怔地站了很久，不断有声音飘到耳边，向他传递肯定的信息。

他感觉天旋地转。

仿佛几个世纪过去，他终于转身，逆着人流的方向走到空地边的垃圾桶。他将整束玫瑰丢进去，失魂落魄地，仿佛同时丢掉了一部分的灵魂。

他扭头看了眼越扩越大的围观人群和急匆匆跑上前去的数名保安，紧了紧黑色口罩，几乎咬碎钢牙。

第二十一章
破碎回忆

从山庄回来，左汉带着李好非去一家他常去的酒吧。

"带了便装吗？"左汉问。

"便装？没带。"

"以后出门工作，一定记得带上便装。警服给你的方便，并不比给你的麻烦多。"

李好非一方面因左汉这个"外人"对自己的工作指指点点而颇为不爽，一方面又暗自承认他说得在理，但她嘴上绝不能服软，道："看来卢队长不仅要请你做书画指导，还该请你教我们仪容仪表。"

左汉哼一声，"你不就嫌弃我不是警察么，别忘了我爸可是前局长，我在娘胎里就开始上警校了。"说罢转身把手往后座探，不一会儿摸出来一个黑色手提袋，"喏，换上。"

李好非接过袋子，打开一看，居然是自己一直放在办公室里的运动服。"你偷我衣服！"她高声道。

左汉哭笑不得，感觉"变态"的高帽已经扣到自己头上。他不予理会，从车里摸出一瓶尿黄色香水，道："朝你的宝贝衣服上喷一点儿，从办公室酸到我车里就算了，别再酸到酒吧。"

李好非的耳根霎时红透："真娘，我一女的都不喷香水，你居然随身备着。"

"这香水还真是李女士的绝配，Hugo Boss的The Scent，如假包换的男香。"左汉伸手朝前边指了指，"那边，女厕里慢慢换。哦对了，可能你去男厕也没人觉得不妥。"

李好非换好衣服走回来的时候，左汉不得不承认，她还是穿着警服更像个女的。

两人走了三四百米，来到酒吧街。左汉并没有在灯红酒绿间挑肥拣瘦，而是直奔一家门脸不算太大的酒吧，推开门进去。李好非跟在后头，进门前抬头望了眼酒吧的名字——"破碎回忆"。真矫情。

"涛哥，生意不错。"左汉边说边转着脑袋四处找寻空位。

"还不是多亏了左老弟照顾。"一个看上去四十多岁的胡茬大叔从吧台后边绕过来，笑得像一朵充分绽放的喇叭花。左汉第一次发现他的屁股十分硕大，让人想起修拉名作《大碗岛的星期天下午》里的女人。

"哟，左老弟又换姑娘啦？"这位涛哥一边带路，一边看了眼李好非，"类型很广泛啊。"

李好非刚坐定，就白了眼涛哥。涛哥自知说错话，无辜的眼神看向左汉。左汉去看李好非，又被李好非白了一眼。反正已经

247

被当作偷女人衣服的变态了,他也不介意再被安上一个"花花公子"的罪名,假意反驳道:"哪有?我很专一的好嘛!"

"老样子?"

"老样子。"

"那这位女士想要点什么?"

李好非看了半天酒水单,要了杯橙汁。左汉非让她喝酒,李好非坚持说工作时间不喝酒。左汉恨不能马上出门右转给她做一面锦旗。

"谈谈案子吧。"李好非看涛哥走了,迫不及待道。

"我说,在你生命中只有工作,不需要生活的吗?"左汉跷起二郎腿,优哉游哉,"下班时间,我可不谈工作。"

"不谈工作你带我来这儿干吗?"

"不用谢,当然是教你怎样生活。"

正说到这儿,两位穿着露肩连衣裙的姑娘款款走来,其中一位伸出手搭住左汉的肩膀道:"左哥,今天来挺早啊。"

左汉满脸委屈:"来得晚了你们都跟别人跑了,我连看一看的眼福都要没有了。"

"切,这不带了个小姐姐嘛。我们这样的,恐怕你是看腻咯!"另一个没搭住左汉肩膀的姑娘,搭住他背靠的沙发。

李好非并不想掩饰自己的愤怒和鄙夷。左汉忙应付道:"哈,今天还真有点事儿和我朋友谈,先给两位赔个不是。一会儿找涛哥要酒去,算我账上。"两位姑娘闻言便去消费。

"我还真得谢谢你教我怎么生活了。"李好非边说边拿起包要走。左汉劝阻的同时,却发现又进来三个男人,其中两个坐一起,另一个单独找了个位子坐下,心里冷哼一声。

李好非也怕真和左汉闹掰，无法在工作上得到他的全力协助，只好又坐回来。正巧他们点的饮品到了。李好非见左汉的酒冒着热气，大为惊奇："你这什么酒啊？"

左汉轻笑："叫'石库门'，是一种黄酒。一般酒吧确实不卖这种酒，是涛哥为我常年备着的。"

"你果然是一朵奇葩。这酒到底好喝在哪里，你就这么喜欢？"

"你尝一口呗。"左汉试图避开她的问题。果然，李好非不再和这杯黄酒过不去，端起了自己的橙汁。

这晚，左汉给李好非讲了不少他们公司的八卦。他对部门总监刘清德和副总周堂干的那些龌龊事儿如数家珍。比如，刘清德曾以中艺公司名义和一位著名画家签了合同，表面上买下这位画家的一幅水平差强人意的作品，却在合同靠后某个不起眼的条款中嵌了一个小条款，说同时解约这位画家之前签给中艺的几幅得意之作。中艺老总每天要审十几份合同，哪会注意到这样的细节，于是中艺便失去了那几幅画的专有版权。而它们后来的命运，自然是被签到了刘清德和周堂开的公司。再比如，为掩人耳目，刘清德把他的丈母娘都请来做新公司法人，因为丈母娘既不和他一个姓，也不和他老婆一个姓，乍一看并不像一家人。可同时，他和周堂还挣着中艺的工资，大喊要爱中艺，时不常开会谈感恩。

李好非因不认识这两位老总，起初无甚感觉，但左汉是何等伶牙俐齿，到最后居然让李好非听到不想走，更是全然忘了聊当日工作进展。

次日晚，左汉答应给李好非讲木版水印技术，李好非同意再去"破碎回忆"。

两人先去商场买衣服。李好非习惯了网购，一进这五光十色的商场颇不自在。左汉领着她到 Kate Spade，挑三拣四，终于选出一件黑色桃心蕾丝迷你连衣裙，颇适合混入酒吧。李好非看它不露肩不露胸，稍稍接受，但又发现裙子太短，露腿太多。直到左汉说这乃是特殊场合的办案着装，她才扭扭捏捏走进试衣间。待她含羞带怯地出来，见左汉挑了挑眉，似乎刮目相看。她自己对着镜子一照，也暗自惊异于这样的自己。

左汉并不直接夸李好非，而是夸自己好眼光。李好非一问价格，四千多，直接吓傻——这相当于她见习期两个多月的工资。可是见左汉要掏腰包帮她付钱，她是坚决不能接受的，咬咬牙，自己把钱付了。

"我今天可算带了位女同志。"

经过这么长时间的相处，李好非早就对他的毒舌免疫。反倒每每咀嚼适才左汉被自己惊艳到的模样，她都如大仇得报。

左汉还是"老样子"，而李好非则换了杯柠檬水。

"今天新到的资料，你发现什么有意思的没有？"左汉神态轻松地问道。

"有！"李好非不禁提高嗓门，"荣宝斋有个去年离开的学徒，是胡求之在美院带的学生！叫罗……什么来着？"

"小声一点！"左汉没想到李好非情绪突变，"罗帷芳。"

"怎么啦？"李好非从左汉的表现中意识到了什么，赶忙压低声音。

左汉自己倒是松弛下来，但声音依旧不大，笑道："嗨，没什么。这种地方,你一个警察本来就格格不入,别这么高调讨论案子。"

李妤非虽暗忖必有隐情,但没有深究。她还是对案子比较感兴趣。"我认为这个罗帷芳必须好好查一下。我有个大胆的猜测:会不会是胡求之监守自盗,让他的学生做假画,然后和赵抗美、齐东民合作?"

"假设确实很大胆。现在我们既不明白胡求之是人是妖,也不确定赵抗美到底是不是幕后大佬。但如果你的假设成立,其实一切就说通了。"

"没错!如果不和胡求之合作,赵抗美找谁拿省博储藏室的钥匙!"

"可我还有一个疑问,"左汉皱眉,"赵抗美要给胡求之多大的好处,才能让胡求之冒着大风险与他合作?你是不知道,以胡求之的财力,也足够买好几张真的《渔庄秋霁图》了。"

"不会吧?"

"且不说他家那从顶楼堆到地下室的古玩字画,即便胡教授谈笑间千金散尽,只要还愿意拿起小狼毫,画出来的就是人民币。之前行情好的时候,他的四尺大画一张就是百万起价,买画者还得交了全款再等上个两三年。现在虽然行情不怎么样,可他的手笔也从没掉过价,只不过少了定金和预付这种维护大艺术家脸面的环节。"

李妤非愕然。

左汉又道:"你想啊,《渔庄秋霁图》再贵,拿到黑市上卖,最多也就小几亿。赵抗美扣除给齐东民等小弟的成本、做假画的成本、各种设计打点的成本,他大费周章来这么一道,不挣个八成还不如待着好好卖药卖房,干吗做这违法的勾当?可是,如果赵抗美只给胡求之几百万,胡求之还不如待着好好画画,干吗配合赵抗美做这违法的勾当?"

"对,怎么都说不通。"李好非沉吟。

"除非赵抗美许给胡求之金钱之外的天大好处,或者胡求之自己认为可以从这个计划中捞到某种天大的好处。"

两人天马行空地琢磨了半天,没个结果。

李好非不想浪费时间,催着左汉给他介绍木版水印是怎么回事。左汉一口吞下杯中的石库门,同时招呼涛哥再温一瓶。

"我只简单说一下,可能对你理解嫌疑人有帮助。木版水印秒杀所有印刷技术,因为它的复制材料,如纸、笔、墨,几乎和原作所用材料相同。它大体分为三道工序。第一,勾描。根据原作,画师分色定版,即把画稿上所有同一色调的笔迹分归于一套版内,画面上有几种色调,便分成几套版。然后按照分就的套数,以墨线勾描在一张张很薄的雁皮纸上。这些雁皮纸,就是雕版所需的底稿。第二,刻板。先将勾描好的雁皮纸反贴在较坚硬的木板上,再参照原作,依据墨线,惟妙惟肖地把原作的技法、神韵雕刻出来。对了,为了方便保存,刻版用的木料大部分是杜梨木,因为这种木料纤维细密、软硬均匀,长时间放置不会变形。第三,印刷。印刷前要准备与原作基本相同的纸、墨和颜色,根据原作的用料和神韵,依次逐版套印成画。整个印刷过程极其复杂,往往要通过印刷几十套甚至几百套版才能完成一幅作品。"

"这么复杂的工序,一个人完得成吗?"每当左汉讲起书画专业知识,李好非就钦佩不已。但想到一个女学生能完成这些工序，她还是禁不住怀疑。

"有志者事竟成。我给你一套房让你干成，你干不干？"

李好非笑而不语，心想自己也不是这块料。

"其实木版水印也有自己的弊端。因为要根据画面的复杂程度来决定雕刻木板的数量，因此许多复杂的作品没法用木版水印来做。那种线条多、墨色层次丰富的画，只是在理论上能用木版水印来复制。"

"那《渔庄秋霁图》算是复杂的吗？"

"当然不算。这也是为什么我坚持查木版水印技术这条线的原因。和近代、当代画家比起来，古代画家的作品还是相对好模仿的。这和西方油画也类似。你让人一比一模仿达·芬奇，总有人给你做得差不多。但你要人完全复制莫奈，那可就难了，笔道子太多了。"

正讨论到兴头上，又有一位蹬着恨天高的姑娘来和左汉搭讪。左汉还是像昨晚一样，驾轻就熟地让美女开开心心。只见他俩似乎完全无视李好非的存在，互相揩油，也不知谁占了谁的便宜。你一句我一句地聊了一刻钟，那姑娘便心满意足地走向吧台，点了杯左汉自愿报销的酒。

李好非全程黑脸，刚才因学术讨论而对左汉生出的景仰荡然无存，只剩了满心鄙夷。她猛地喝下一口柠檬水，仿佛要给自己熄火。她已经完全不想控制自己的表情和动作，喝完就"砰"的一下，让杯子在桌面硬着陆。她真是受够了。要讨论案子，山庄、警局，哪儿都比这里合适。她本不属于这种地方，为迁就左汉来了，却还要浪费时间等左汉勾搭完一个个不知哪里冒出来的女人。左汉也真是欺人太甚，就算他平日里到处勾搭，可现在自己在和他讨论案情，他竟然还不知收敛，得寸进尺。那渐行渐远的噔噔的高跟鞋的声音，也让她下意识地看向自己的运动鞋——一双因为频繁外出而显得又旧又脏的鞋。

天呐，我这是在嫉妒么？不知过了多久，她突然惊醒，无所适从地低着头又拿起杯子猛喝一口，却发现柠檬水已在刚才被自己一股脑儿喝尽。她将视线从空杯上挪开，却发现对面的左汉正饶有兴致地观察自己，脸上带着比蒙娜丽莎还神秘的微笑。

"你确定不喝酒吗？"左汉和昨天一样劝。得到的依然是否定的回答。但这声否定，已不再如昨天那般斩钉截铁。李妤非看着左汉，心里一阵翻江倒海。

好巧不巧，卢克的电话来了，适时拯救了这尴尬的场面。
"左汉和你在一起吗？"
"是。"李妤非边说边瞪着左汉。
"好，我说什么你也同时告诉他。我们查到赵抗美最近频繁联系一个美国艺术品商人，还安排近期去香港和他见面。我们有理由怀疑，如果《渔庄秋霁图》真迹确实在他手里，他很可能准备销赃。"

李妤非大惊，也不顾自己应该维持生气状，急忙告诉左汉。左汉担心国宝真落入外国人手里，霎时没了喝酒的兴致。

又过一日，左汉建议李妤非全力调查罗帷芳，自己则继续大海捞针地筛查可疑人员。

在郭涛的协助下，李妤非很快有了进展。

"这个罗帷芳是胡求之在2011年收的学生，跟他学了三年后毕业。目前她在艺流文化有限公司工作。"

"什么？！艺流？"左汉惊道。

"对，就是你那个刘总监的公司。"

"越来越有意思了。"

"罗帷芳就是拿着艺流的钱，被送去荣宝斋学木版水印的。但我问了荣宝斋的人，他们根本不知道罗帷芳是艺流雇员的事，本是当新入职员工来培养的。没想到，这家伙学成就走了。"

"派卧底，呵呵，是刘总监的风格。"

"事儿还没完。我同时查她的通话记录，发现罗帷芳和胡求之一直保持联系，今年尤为频繁。"

左汉突然说不出话了。一个巨大的疑团将他笼罩。假设罗帷芳真是本案的突破口，那么罗帷芳、刘清德、胡求之，甚至赵抗美，他们之间到底存在怎样的关系？他们是一个利益闭环，还是各自为战的多条平行线？接下来，从哪里切入？

"罗帷芳。"左汉品了口大红袍，"咱明天去会会她？"

"正合我意。"

"好喽，今晚可以开心地多喝两口喽。"

李好非已经逐渐适应了"破碎回忆"的黑暗和嘈杂，穿着超短裙穿梭于桌椅之间已不再像之前那般别扭。而左汉则更如一只钻进了臭水沟的泥鳅，登时生龙活虎，左右逢源。

涛哥扭着似乎有两吨重的大屁股过来。左汉继续老样子，李好非只要了杯加冰白水。工作有所进展，李好非的心情也雨过天晴，话逐渐多起来。左汉见她这没心没肺的样子，敲敲桌子道："你这业务能力有待提高啊。"

李妤非莫名其妙:"怎么了?"

"我们连续三天被人监视了。"

李妤非连忙瞪大眼睛左顾右盼。左汉又假装轻松地敲敲桌子,笑着压低声音道:"你脖子不舒服就去按摩店,这样是怕人不知道你醒了吗?"

李妤非深吸一口气,端起冰水喝了一口,强作镇定道:"人在这酒吧里吗?是谁?"

"除了赵抗美的人,还会有谁?之前我教训了白季,又神不知鬼不觉地去了山庄,他们终于消停了几天。现在见我老和你这个警察在一起,估计又焦躁了。我说你就听着,别瞎看。"左汉佯装休息,用手撑住左脸,同时挡住自己的嘴,"你右手两点钟方向那个戴宝蓝色领带喝啤酒的,他隔壁桌那个戴小圆帽喝橙汁的,你左手五点钟方向那个桌上什么都没有、在看手机的。"

这时李妤非已经完全镇定,慢悠悠喝着水,同时试图用眼睛的余光定位左汉提到的人:"你什么时候发现的?"

"前天。"

"不是吧!那你为什么不早告诉我?"

"想考考你的业务能力啊。"

"你是怎么发现他们的?"

"你以为我为什么非得去个鸟不拉屎的破山庄?"左汉脸上挂着专业的微笑,李妤非收到讯息,也微笑起来,"出了那些事以后,我发现有两拨人在轮流跟踪我。一共六人,分成两组。我如果天天跑你们警察局,他们汇报给老板,势必给我节外生枝。我不清楚他们是否知道山庄的事,但我每天来这个酒吧的规律他们是掌握的。为避免这些人起疑,我每天还得坚持来。"

"他们知道我是警察吗？"

"你说呢？"

"那怎么办？"李妤非发现自己的心脏扑通扑通狂跳起来。

可她还没反应过来怎么回事，左汉却突然起身，在她身边坐下，轻舒猿臂搂住她的肩膀，并快速在她额头上亲了一口。

这还是李妤非记事以来第一次有男人亲自己，她顿时觉得左汉的唇接触过的地方热得难受，仿佛一面向外膨胀，一面向下传导至全身，让她恨不能将那块皮撕掉。她抬头瞪着左汉，本能地想要朝他吼出点儿什么，却看到左汉嬉皮笑脸，端起自己点的那杯白水喝了一口，然后递给自己，只从唇缝中挤出一个字："演。"

李妤非虽有万般气愤和不甘，却终于皮笑肉不笑地接过杯子，像大义凛然喝下敌人的毒酒一般，狠狠咽了一口。左汉显得很满意，得寸进尺地伸手点了点她的鼻子。李妤非不甘示弱，也伸手戳左汉的额头。左汉一边后仰一边大笑，稳住身子后反扑过来把李妤非揽在怀里。

这一瞬间，突如其来的温暖让李妤非不知所措。她从未有过这样的体验，一股流水般的热量将她的周身环绕，将她与外界的喧嚣隔离开来，将她的铠甲熔化。她既不想着反击，也不想着迎合，只是望着左汉发呆。左汉却跷起二郎腿，端起自己的石库门，优哉游哉喝起来，天真得像个孩子。

她突然有些贪恋这种感觉。从小她就独立，独立是她和这个世界相处的最舒服的方式。她从未想过被一个男人搂在怀里会带给她这种奇妙的感受。这是一种强大到孤独的人缺乏的某种安全感。她此时尚不能想明白，对安全感的需要并非弱者的专利。有

257

些时候，人对陪伴的渴望，比对独立的渴望更为深刻。

"想啥呢？"左汉开口，依然笑着，同时松开手，只是还坐在李好非身边。那种温暖突然从身上撤走，她居然有些怅然若失。她不得不承认，自从左汉来到队里，他展示出来的学识让自己暗暗崇拜。撇开左汉偶尔的不正经，他是个讨人喜欢的家伙。

李好非也不知自己究竟在想什么，只放任心底一番番花开花落云卷云舒。左汉没指望她回答自己的问题，兀自提醒道："人都走了，还沉迷于哥的美色呢？"

李好非看向三人原来坐的地方，坐在那儿的却已是另有其人。她回味起左汉的话，窘迫地端起杯子，如饥似渴喝起来，但突然又不解："他们为什么就走了？"

"这还不简单？你的身份是警察，我天天和警察混一起，他们必然加强对我的监视，继续给我使绊子。但如果他们发现，其实我俩只是在私人时间谈恋爱，情况就不同了。"

这后面半句话，说得李好非耳热心跳，又下意识地端起杯子。左汉看她端起一盏空杯就要喝，无奈一笑，继续怂恿她改喝酒。出乎意料，李好非这次居然大方同意。

紧挨着坐久了，左汉正要坐回李好非对面，对面的空位却被两位披着大波浪的姑娘占据。两位不仅头发大波浪，身材也很大波浪，仿佛从娘胎里出来的时候经历了九曲十八弯，并且再也掰不直了。

只见原本还几近葛优躺的左汉，霎时犹如燃气灶上忽地蹿起的火苗，浑身发光，摇曳多姿。

"哎呀，是两位小姐姐，好久没见啦！"他急忙招呼服务员点酒，自己也要了一整瓶石库门。李好非并不觉得石库门有多好喝，只是偶尔无意识地抿一小口。可她却见左汉三五口就干掉一杯，仿佛对面的秀色十分下酒。

李好非起初又控制不住地难受，但不知什么时候起，却开始冷眼旁观起来。左汉太兴奋了，兴奋得让人感觉有些不正常。这么多天，他每遇到过来搭讪的姑娘总会突然兴奋，仿佛换了一张面皮，殷勤地请她们喝酒，之后自然而然地打情骂俏，相互揩油。他不是对一两个人这样，他对这里所有姑娘都这样。

难道这就是传说中的表演型人格？实际上，左汉在警局工作时，当着众人的面也始终一副嬉皮笑脸的样子。难道他永远这样精力充沛吗？不是的。这几天接触下来，她发现左汉并非如此。她无意窥探和分析左汉的隐私，但她至少知道左汉的家庭并不完整。卢克说过，左汉曾立志当警察，但一切梦想在他父亲牺牲的那一刻戛然而止。李好非也是有警察梦的，她知道要发生多严重的变故才能让自己放弃。经历了这一切的左汉，真能发自内心地笑出来吗？也许，与其说他是在随时准备迎合别人，不如说他在时时刻刻保护自己。

过了大概半小时，那两个大波浪终于心满意足地离开，而喝得过快的左汉也已醉眼蒙眬。就在对方转身的刹那，左汉满脸的神采突然暗淡下来，眉毛不再高昂，眼角下垂，放松地打了个饱嗝。

"你这样不累吗？"许久不出声的李好非突然开口。

左汉愣住，看向她。

"你不累吗？"李好非重复了一遍。

左汉绷了一夜的神经刚刚得以放松，这声质问却突如黑暗中的箭矢、从天而降的鹰爪,给他内心最脆弱的部分带来精准一击,对此他毫无防备。于是,在李好非惊诧的目光中,左汉脸色骤变,继而居然两手捂住双眼,毫无征兆地啜泣起来,然后转为号啕大哭。

也许,他真的只是喝多了吧。多到连他自己也不知道,那句突然的拷问在这电光火石间,在他内心掀起了怎样曲折汹涌的洪流。

这一戏剧性的转变是李好非断然没有料到的,她自己倒先慌了。尽管她一个劲儿地问左汉怎么了,甚至跟他道歉,左汉还是兀自哭着,仿佛周围的世界不存在,又仿佛世界的存在大到让他无地自容。周围只有黑暗和喧哗,甚至没有李好非。这黑暗和喧哗一会儿将他吞噬,一会儿将他排斥。他没有管,只是哭,哭得理所应当,哭得莫名其妙。

不知哭了多久,左汉露出那双略微红肿的眼睛,问李好非有没有兴趣到小金湖听他讲故事。李好非点头。左汉又找涛哥要了两瓶石库门带走。

"你可以想象那种两小无猜发展起来的爱吗?那无关一个人是否好看、性感、有钱,甚至无关她的学识和人品,就是一种非常纯粹的喜欢,像山里的空气一样透明和自然。"左汉呆呆望着小金湖跳跃的波光,这水面的眼睛看着满天眼睛一样的星辰。

李好非没有答话,她知道左汉并不是真的期待她说点什么。她看见左汉打开一瓶石库门,不顾已然浓重的醉意,像喝啤酒一样对着瓶口豪饮。她相信,只要自己不阻止,左汉打算一人把这两瓶全都喝掉。

"她叫迟嫣，很美的名字，不是吗？可是和我后来认识的那么多姑娘相比，她的长相并不算出众。她是我爸同事的女儿，我们从小在一个院里长大。因为我妈，我三五岁就开始学琴棋书画、诗词歌赋。而她却什么都不会，也什么都不学，她爸妈只想让她学玩。女孩发育得早，我好长一段时间个子都比她矮。被院里其他孩子欺负了，她就会挺身而出保护我。我一直觉得她挺厉害的。从某种程度上说，我从很小的时候，心里就种下了依赖她的种子。"

左汉叹口气，对着瓶子咕噜咕噜喝了好一会儿，继续道："后来我长得比她高了，她也意识到自己是个姑娘，越来越爱美，也越来越矜持。我就发现其实我也应该像她保护我一样保护她，哪怕只因为别人占了她的座位，我也要挺身去和那人吵架。每次能帮到她，我就会很有成就感。我发现我越来越离不开她，但那种感觉更像是兄妹。我真正有不一样的感觉，是在中学那个情窦初开的年纪。到高中，这种情感越来越强烈，但我们很默契，谁都没有捅破那层窗户纸。我们给彼此加油，相约考到同一个城市，我们都知道那之后的故事会怎样发展，我甚至想好了第一时间要对她说的话……"

说到最后一句，左汉的声音已经带着哭腔，滞塞、厚重而艰难。他的目光依然定格在小金湖若无其事的湖面，却精准地抓住了放在身边的石库门，毫不犹豫地喝起来，喉结的滚动，像是对过去每段时光的一个痛苦注脚。

"后来，迟嫣不在了。她走后，我对所有感情都非常抗拒。但我却同时开始放纵自己，经常出入酒吧。我想让所有人知道，其实我没事，不用担心我。可谁又知道，我只不过想找个热闹的地方，击败自己的孤独感。"这时，左汉的脸上已经悄无声息地挂了两行泪水。

李妤非听了这些大为触动，也对左汉说的那个迟嫣有些嫉妒。然而眼前左汉的样子，实在让人觉得可怜，她试着调节气氛："说到酒吧，你还真是个怪人。哪有人去酒吧喝这种酒的，都不知道是说你土，还是说你怪。"

再次令她没想到的是，左汉又哭了，这次哭得比任何时候都要撕心裂肺，仿佛今夜的酒精彻底冲毁了他心里泪的堤坝，而他自己已无力挽救，也无心挽救了。左汉像个走失的孩子，坐在堤岸上紧紧抱着自己的双腿，埋头不顾一切地哭。

仿佛过了一个世纪，左汉感觉自己累了。他顺手拿起石库门，对着瓶口又咕噜咕噜喝起来。脸上的泪滑到唇边，被一起咽下去。虽然那个场景已经在自己的梦魇中重复过无数次，但第一次说给外人听的时候，他还是强忍着钻心的疼痛。

"前几年，我们省吸毒贩毒猖獗。我爸当时是市局局长，上面让他牵头做缉毒工作，他很快在毒窝安插了两名卧底。然而一次交易前夕，一名卧底被毒老大识破，当场牺牲，警方的计划宣告破产。毒贩还把他的眼珠子挖下来，丢在公安局门口。那件事在全省闹得沸沸扬扬。在接受媒体采访时，我爸对着数不清的摄像机镜头怒斥毒贩太嚣张。然而谁都没有想到，下一个牺牲的，会是他自己。"说到这儿，左汉艰难地深吸口气，呆滞半晌，似乎在思考如何组织接下来的话。

"我就在那年夏天参加高考，成绩还算亮眼，进了前覃省文科前一百名。这是一个除了北大清华，全国学校随便挑的排名。如果足够走运，说不定还能勉强搭上北大清华的末班车。

"我爸妈都很高兴,同样开心的当然还有迟嫣。我们俩的感情刚才也说了,就差最后一层窗户纸而已。我本打算等高考结束,一切尘埃落定,就正式对她表白。可我再也没机会说出口,迟嫣再也听不见了。

"我爸觉得我给他长脸,一高兴就叫上迟嫣陪他去市场买菜,说要让我妈好好做顿大餐为我庆祝。他们两人拎着满满几大袋东西从市场出来,又决定拐到文玩市场给我买个礼物。然而等他们买好礼物去找车时,一路跟踪的毒贩早就埋伏在车尾。也许因为不在工作时间,心情又好,我爸就放松警惕了。还没打开车门,他就被凶手自制的消声手枪击中要害。迟嫣也被打成重伤,不久后因失血过多,人也没了。

"也许连老天爷都要帮恶人吧,他们那天停车的角落向来人烟稀少,连个目击证人都找不到。毒贩从我爸的衣角撕下一块布,蘸了他心口流出的血,在车子的挡风玻璃上写下了'逆我者亡'四个红字。哦,对了,那天他开的车,就是你瞧不上的那辆破大众。"

李好非心头一震,眼里流淌出复杂的神色。她真恨不得抽自己两耳光,什么都不知道瞎评论个啥呀!可是说对不起已然太迟。在彻底撕开左汉的伤口后,她发现自己只能这样无力地看着他。

讲到看见父亲和迟嫣的遗体,以及车窗玻璃上"逆我者亡"四个血字的时候,左汉已经痛到麻木。

"我知道他们要给我买礼物,就在临近中午的时候,在家温了我爸最爱喝的石库门等着他们。可是后来这酒凉了,没有人喝得下去了。我原本不大喜欢黄酒的味道,但现在基本都喝石库门。每次喝的时候,我就感觉自己还能和老爸说说话,哪怕替他喝点儿他这辈子没喝完的……"说到这里,左汉实在说不下去了。他再次将头埋进双腿,紧紧抱住自己,很用力地抽泣,却也很努力地克制着。他不看着小金湖也不看着李好非,只是埋头迎接夺走他一切幸福的黑暗,往日的浮光掠影流沙般移动,他不停说着:"对……对不起……"

李好非没有安慰他。她拿起另一瓶石库门,打开瓶盖,咕噜咕噜喝起来。

这时,酒也凉了。

她很想对左汉说点儿什么,却终究没有开口。

第二十二章
"大画师"的复仇

他立即回家,开始工作。单纯杀掉胡求之已经不能令他解恨,他要让胡求之身败名裂。

小娟的死必然引起舆论的轩然大波,警察会把她的经历和社会关系查个底朝天。然而倘若小娟没有写日记,也来不及留遗嘱,那么就不会有确凿证据证明胡求之和小娟之死的关系。

可能唯一的证据,就是他保存的胡求之家的监控录像。

他不忍那些画面被更多人看到,从而对小娟进行二次侮辱,于是想了个办法:从视频中提取音频,并择机公之于众。与此同时,他将之前所有胡求之家的监控视频都保存下来,并将胡求之那端的存储内容远程删除,以免被警察和更多人看到,影响其他女生的前途。想到那些女生,他脑海中又浮现出胡求之每次滚完床单都要取出来用的笔记本。那很可能是这个老变态的性爱记录。如果被警方发现,那么对这些女生的伤害,又与那些监控视频何异？

踌躇半晌，他还是决定铤而走险，节外生枝。他将自己包得严严实实，翻墙进了胡求之所在的小区。这里的监控设置是他早就研究过的，避开小区公共监控并非难事。但要躲过胡求之安在自家门口的监控则完全不可能。与其躲躲闪闪，不如大摇大摆走到门口，开锁，进门。

胡求之大概傍晚5点40分就要到家，他必须抓紧。这次他只干两件事：第一，拿本子；第二，删掉拍到自己的今天的监控视频。他没急着当场删掉监控，只是把胡求之的电脑打开，等自己彻底离开这淫窝了再远程全部删掉、关上胡求之的电脑。

小娟自绝于人间，警察肯定要查她的最近联系人，迟早查到胡求之头上。胡求之是个聪明人，岂会不知？他回到家第一时间就打开电脑，要删掉所有相关监控视频，却发现文件夹已然空空如也。他对技术上的东西半懂不懂，一脸茫然，想了半天没个头绪，却也不去理会。

然而胡求之并未想起自己还有个笔记本，更没意识到它已经丢了。

针对胡求之的报复行动马上开始。要让这个教授以最快速度社会性死亡，需要准备不少材料。不过一整晚下来，他已经完成了七七八八，包括：从视频中提取的胡求之胁迫小娟的音频；胡求之与不同女生上床的视频截图；胡求之性爱笔记本的照片。当然，凡涉及女生容貌和姓名的信息，他都打好了马赛克。

接下来就是让全世界知道胡求之干的好事了。他隐藏了自己的IP地址后，注册了个微博号，将准备好的材料逐一发布，写了几条耸人听闻的说明文字，然后同时艾特了省美院官方微博、市公安局微博、省博物馆微博、前覃省主流媒体微博，以及一溜当地互联网和美术界"大V"。不仅如此，他还专门将胡求之胁迫小娟的音频发到当地记者、公安局和美院领导的邮箱，这就直接说明了胡求之和小娟之死脱不了干系。

准备材料的同时，他并没有停止对胡求之的监控。他倒想看看，小娟这条命是否能让胡求之心生悔意，哪怕惴惴不安地过上几晚。

然而胡求之没有。

小娟跳楼的当晚，胡教授便迎来了两位贵客。

世界很大，圈子很小。中艺公司副总周堂、出口部总监刘清德正是胡求之的好友。他们数天前便约好到胡求之府上做客，胡求之也没因小娟之死而取消或延期这次会面。

而正是今晚胡求之家上演的一幕，为三人不久后命运的剧变埋下了种子。

左汉和李好非找到胡求之的学生罗帷芳后，对她进行了长时间的盘问。罗帷芳虽然并不了解胡求之计划的细节，但对胡求之守口如瓶的要求贯彻得很坚决，只说自己从未做过《渔庄秋霁图》的仿品，更是不可能凭一己之力做成。

李好非也认为她的嫌疑可以排除，但左汉锲而不舍，无论是当面问还是暗中调查，几天下来从未放弃罗帷芳这条线。

终于，就在今天傍晚，左汉查到罗帷芳曾在一个半月前通过顺丰给胡求之寄过包裹。这些天，一旦谈及她和导师胡求之的关系，罗帷芳就咬定毕业后一直没再联系。如今他们分明查到了通话记录，又新发现了快递信息。如果没问题，用得着撒谎？真相呼之欲出，看来可以直接去找胡求之了。

胡求之因周堂、刘清德的造访忙乱了一夜，对深夜社交媒体上的爆料全然不知，次日照常上班。

碰上自家车限行，胡教授打了个车去学校，刚下车走入校门口，就发现不少学生驻足看向自己。他兀自嘀咕："虽然胡某是个明星教授，但也不至于这么受爱戴吧？呵呵。"

教授正自得意，边上却突然蹿出一人。很快，一支录音笔也杵到他面前。"胡教授，"那人高声道，"我是《余东晚报》记者。请问您如何看待傅小娟跳楼事件？您是否认为自己的行为直接导致了她的死亡？"

胡求之愣了一下，眼珠子不由自主地变大。

"您是否认为自己和那些女学生的关系违背了师德？您是否要挟过其他女生，或是给了她们什么升学承诺？"

胡求之还怔在原地张口结舌、不知所措，却感到胳膊被一股巨大力量拉着走。原来是美院院长陈计白。陈院长亲自出马，这到底是咋了？

"别问了别问了，都是谣言！"陈院长一边朝记者吼着，一边招呼保安护送胡求之。

一番鸡飞狗跳、鸡飞蛋打过后，胡求之和陈计白总算上了行政楼，逃到位于九层的院长办公室内。

"胡求之！瞧瞧你干的好事！"陈院长指着胡求之的鼻子破口大骂。

"到底是怎么了啊？"经过这几分钟，胡求之也模糊猜到这情况大概与傅小娟之死有关，但还是下意识地问了一句废话。

陈院长气急败坏地从口袋里哆哆嗦嗦掏出手机，一个没拿稳，手机"啪"的一下摔到地上，屏幕裂成不规则的好几块，变成一张绝好的冷抽象作品。他顾不得心疼，点开微博，哆哆嗦嗦翻找着那个账号，一直"你看看""你看看"地念念有词，可就是找不出来，让胡求之想看也不能看。

胡求之也急，恨不得亲自帮着找。但刚打开自己手机，陈院长那头便大功告成。他仿佛找到了伦勃朗遗失的佳作，指着一张张胡求之和女生的照片近乎炫耀地加重了"你看看"，表示这回真的可以看看了。

陈院长布满老茧的画画的手还在指着那些现实主义作品发抖，胡求之却一把夺过早已碎屏的手机，如饥似渴地浏览起来。尽管那些女生的面部已被打了马赛克，但这里面每张照片他都知道其背后的故事和学生。最可恶的是，所有照片中唯独他自己的脸没打马赛克。

更令他心里发毛的，是每组照片上面的配文——他都不知是用"居心叵测"来形容，还是用"昭然若揭"来形容，他头一回发现一组反义词可以被用来形容同一个东西，而且都贴切得没毛病。

震惊！全国著名画家、美院教授胡求之强暴女生致其跳楼自杀……

刚刚！美院教授潜规则多名女生，性爱日记全曝光，变态之极……

再不看就和谐了……

……

那个账号大概发了六七条帖子，才把所有爆料发完。胡求之也终于哆哆嗦嗦起来,看至最后一条,两腿一软,扑通一下瘫坐在地。

完了,他想。他深谙在这个时代,互联网的一串情色爆料对一个学者的名誉和前途有着怎样毁灭性的打击。他若是社会画家,暂时避避风头或许还能东山再起,可他偏偏是美院教师。他奋斗一辈子积攒的名声、地位,他处心积虑经营的高昂润格,无疑要被这几条微博一举摧毁,碎成一地玻璃碴。

他这回真的不知所措了。

"你说你生性风流在圈里也算是路人皆知了,你要活得潇洒,非要乱搞也没人管得了你,但你怎么还行强迫之事?你怎么就不谨慎一点,现在被捅到圈外去了,你满意了?"陈院长指着在地上瘫成一堆烂泥的胡求之,一脸的恨铁不成钢,"这下好了,'美院教授''知名画家''女学生''自杀''变态日记',这么多标签够吸引全国人民来围观你了!不要说你,我陈计白这张老脸都要被丢尽了!"

胡求之举头望计白,低头看地板,双唇战战,说不出话。陈院长还是头一回见这位向来意气风发的好友如此颓丧,唉了一声,也骂不出来了。

"你想想看,最近是不是得罪什么人了?"陈院长冷静下来。

"没有啊,最近还是画画、上课。就算是和学生玩一下,也和原来一样的频率,没有过多,而且除了跳楼的那个,都很顺从。"胡求之总算开口,其实他刚才也一直在想这个问题。

"会不会这些女生中的谁有男朋友,你们的事被知道了,气急败坏之下要整你?"

"不可能,我找的大多都没男朋友,就算有的也绝对懂规矩,毕竟这种事被别人知道了对她们自己也没好处。"

"傅小娟呢？"

"她也没有，而且她还是个没开……"胡求之说到这儿突然刹住，觉得这既不光彩，说了也没意义，"不说了，反正不可能是她。而且你不是已经跟我确定没找到她的遗书嘛，那就算她家人要闹，也和我扯不上关系。"

"发现没有，那些照片显示的都是你家，看样子就是你自己装的监控拍的。你想想看，这些东西怎么泄露的？"

胡求之画画在行，却几乎不懂技术。他在家里安装监控的初衷是为了防贼，被拍到的床上嬉戏纯属附带产品。而且，他聪明反被聪明误，在卧室里装的摄像头恰好十分隐秘，否则早被那些女生发现并拒绝了。事已至此，他知道追究这些视频如何泄露、日记本如何被盗已然无用，索性不费神去想了。

见胡求之不说话，陈院长也明白"事已至此"的道理。他很想保住胡求之这块美院招牌，但今番出了人命，还在网上闹得沸沸扬扬，实在是救无可救。

陈院长看看手表，8点半了，第一堂课的时间都过了大半。

"快起来！今天别上课了，赶紧回家想想办法吧，"他叹口气，"我是管不了了。"

说不管，陈计白还是打电话找来两名保安护送胡求之到地下车库，让他开着院长自己的车回家。独自站在空荡荡的院长办公室，陈计白不禁自责交友不慎、用人不察，终酿成今日大祸。

若说昨天因为信息发布太晚，许多人还没见到消息，那么今早此事已经彻底发酵。从微博热搜到微信朋友圈，从主流大报到非主流自媒体,胡求之师德败坏、践踏女性尊严、逼人自杀的所作所为被网友口诛笔伐,转眼间他被推下神坛,声誉扫地。

昨天傍晚,左汉查到罗帷芳曾给胡求之寄过包裹,加上胡求之还有省博地下储藏室的钥匙,于是将怀疑的矛头直指胡求之。他和李好非约好今天9点之前在美院教学楼前见面,去会会这个胡教授。

8点40分,他远远就瞧见李好非已经站在教学楼门口等自己。可刚挥起手要打招呼,电话却响了,是卢克。

"喂,左汉,你对胡求之了解多少?"卢克开门见山。

左汉十分惊奇,不知这位刑侦支队队长为何突然问起了胡求之,而且刚好今天他自己要找的就是胡求之。"这人是著名画家,在全国都排得上名字的……"

"我不要知道这些,他是不是作风不好,是不是和女学生有不正当关系?"

"什么?难道昨天跳楼的傅……傅什么来着,和胡求之有关?"左汉终于明白为何卢克问他了。昨天美院学生跳楼事件闹得全省城沸沸扬扬,卢克还和他抱怨"大画师"的案子尚且令他抓狂,这突然又冒出个跳楼事件,他这个队长实在太难做。而想到胡求之在业内不良的风评,这样的联系又顺理成章。

"胡求之把人家女生强暴了,录音都发到我们公安局来了!网上都炸锅了!"电话那头的背景音呼呼地响,卢克应该是在车上。

"啊,这下有意思了……"左汉为自己没及时看手机吃到瓜默哀一分钟。

"怎么了?"

"我今天原本就准备找胡求之,我怀疑他和《渔庄秋霁图》被盗案有关。"

"什么？！"卢克吃惊地蹦起来，脑袋却撞在车顶。他顾不得疼，脑子高速运转起来。如果省博丢画和胡求之有关，那么胡求之就和齐东民，甚至赵抗美联系起来了。现在因为这个跳楼事件调查胡求之，那也算是能和"大画师"扯上丁点关系。又是两件事并一件，对焦头烂额的他来说未尝不是一件"好事"。

听到卢克说出自己的想法，左汉也感到兴奋，但同时又隐隐不安。难道"大画师"那首诗里的"阴龙"，指的是胡求之？画在胡求之手里？但不可能啊，赵抗美如此强势，胡求之是怎么做到的？

"我现在在去美院的路上，你在哪儿？"卢克问。

"我已经在美院了，还有李好非。"左汉道，"教学楼门口。你快点。"

"十分钟。"

两边会合，一行人风风火火地找到胡求之的办公室。同一个办公室的老师说，今天胡教授压根就没来。卢克向那老师要了胡求之的电话，打过去，对方关机。

"你们教务主任在哪儿？"

"行政楼七层，出了电梯左转第一间就是。"

卢克要了教务主任的电话，确认本人在办公室后，立即带着所有人杀过去。

教务主任接了院长的命令，无论谁来都尽量打太极、打官腔。但那时候陈院长主要是被各路记者纠缠，尚未想到警察这一层。卢克发现自己亮了证件也不好使，登时怒火中烧，吼了教务主任两嗓子,道:"我不跟你说,叫你们院长出来说话!"

主任一听要找院长,更是不敢把火往领导那儿引,只推说不知道,可能外出开会了。

"主任你听着,胡求之涉嫌强奸,现在是重要犯罪嫌疑人,你是要包庇他吗?"卢克能当上支队长,自然不只是一介武夫,要打官腔谁不会啊?

果然,主任只好带他们上到九层找陈计白。陈院长是个有分寸、明事理的人,一瞅是警方,全力配合,说胡求之已经回家,而且也承认他开的是自己的车。

"您车牌号多少?"卢克担心胡求之根本不会回家,而是畏罪潜逃,于是多留了个心眼儿。如果到他家找不到人,那么还能安排郭涛通过监控找。

陈院长不解其意,"嗯"了一声。卢克不耐烦给他解释,同样的话又问一遍。院长方才悻悻道:"覃A·8L968。"

卢克一秒不敢耽搁,带着一行人赶往胡求之住处。

可当他们赶到那栋价值连城的别墅后,却发现那里已经一个人也没有。

第二十三章
夏山如怒

众人于9点40分赶到胡求之家,原本个个一脸兴奋,却不料扑了空。卢克庆幸要了车牌号,立即通知技术科调查车子去向,同时往队里赶。

待众人回到队里,郭涛说:"很可能'大画师'出现了。"

所有人,包括卢克和左汉,俱是惊愕不已,这情节也跳转得太快了!

"我早该想到的,"左汉双手抱在胸前,目光斜向右上方呈思考状,"其实李好非已经提出过这个猜想,就是胡求之可能和赵抗美合作盗画,否则齐东民有省博地下室的一整套钥匙,还对内部结构如此了解,说不通。"左汉想起了在"破碎回忆"酒吧的某晚,李好非提出的那个令他惊讶的可能性。

"没错,"李好非道,"而且我们严重怀疑一个叫罗帷芳的人制作了《渔庄秋霁图》的高仿,并拿来作为齐东民换取真迹的赝品。而这个罗帏芳正是胡求之的学生。两个方面结合起来看，胡求之在盗画案中的嫌疑实在是太大了！"

左汉又道："大家还记不记得，'大画师'杀齐东民之前录的那个视频里，齐东民交代了盗画的目的、经过和结果，自然将涉及的人和盘托出。'大画师'故意隐去了内容，所以我们不知道具体情况，但'大画师'自己是知道所有细节的。他若听见胡求之在里面也有个角色，怎会不去找胡求之的麻烦！"

卢克点点头，也陷入沉思。没错，假设确实是胡求之提供了赝品，那么作为一个热爱艺术的人，"大画师"眼里不可能容得下胡求之的所作所为。而刚巧网上又爆出胡求之和女学生的不正当关系，还导致一个寻了短见，以"大画师"那"疾恶如仇"的性子，他下一个不杀胡求之杀谁？

"我现在怀疑，'大画师'那首诗里面的'阳龙'就是赵抗美，'阴龙'就是胡求之。"左汉道。

"对啊，我们好久都没有提起那首诗了！"卢克眉头凝起来，"按照诗里所说，两条龙都想得到宝贝，最后反而是被'阴龙'后发先至。难道说现在画在胡求之手里？"

"说不通啊，胡求之自己把真画留着了，拿什么和赵抗美交代？"左汉道。

"你们说，既然罗帏芳能造出一张假画，那她为什么就不能造出第二张？反正赵抗美也不专业，胡求之拿一张假画给赵抗美，一张放在省博，自己留着真的，这也不是不可能！"李妤非提出了第二个疯狂猜想。

连左汉都不得不承认，李妤非的脑洞已经开得只剩下脖子了，然而却又很有道理的样子。"实在是太疯狂了。"左汉道，"但又把一切说通了。因为以胡求之的财力，他是不会为了钱而帮赵抗美犯法的，他很可能是想通过帮他偷画，最终让《渔庄秋霁图》真迹流进自己兜里，他一定爱死这张画了。"

"如果事情真是这样，并且也被'大画师'发现，那他简直有一百个理由要杀掉胡求之！"卢克道。

"而且过了这么久，好像'大画师'也该作案了。"李好非似乎在自言自语。

这句不经意的话，居然起到了振聋发聩的效果，在场的人均起了一身鸡皮疙瘩。

"今天几号？！"卢克猛然问。

"6月28号。"李好非道。

"第一起案子4月30日，第二起5月29日，今天6月28，难道……"一种不祥的预感犹如黑色的毒汁，在卢克脑海里迅速蔓延，"前两起作案时间都是在月底，而且相隔一个月。如果'大画师'要继续作案，即便不是今天，不是按照我想的那个规律，那他很可能也在这两天作案，因为又到月底了！"

"你看到'大画师'了？为什么一上来就说可能是他？"李好非突然想起被晾在一旁好久的郭涛。

刚才明明是郭涛第一个提出来"大画师"可能出现的，可他们三个却当郭涛不存在，叽叽喳喳地推理了一通。

见沉浸在推理中的三人终于把注意力转到自己身上，郭涛叹口气，揉揉眼睛道："你们看，车子进小区的时候还是胡求之自己开。等出了小区，却换了个蒙面司机。"

卢克立即凑到屏幕前，看到了那个蒙面人。

那个他最熟悉的陌生人。

"按之前的经验,是不是又跟丢了?"卢克意味深长地看着郭涛。

郭涛点头承认。卢克这回也不怪他,这个对手的反侦查能力超强,是不会犯下这种低级错误的。

"小区监控查了吗?"卢克还有些不死心,"那人怎么带走胡求之的?"

"哎,小区监控在凌晨三点半被黑了,那之后什么都没拍上。"

"车子在哪儿跟丢的?"

"南三环外。那片刚好没怎么开发,棚户区、废弃工厂、烂尾楼,什么都有,就是没监控。"

"走,出门干活儿。"

众人赶到"大画师"最后消失的所在,并以此为起点展开搜索。卢克、张雷、刘依守各自带着些警员,兵分三路投入战斗。所有人连饭都顾不上吃,一直找到下午。

3点左右,郭涛给卢克电话,说是"大画师"发来了第三份视频,这次杀的果然是胡求之。卢克顿时变成泄了气的皮球。

他还是没能从"大画师"手里把人救下。

卢克留下八名警员继续出外勤,自己则带着左汉和李好非赶回局里。

郭涛见卢克他们三个回来,立即点开了视频。视频一开始是乌黑的背景,两秒后徐徐显出一个白色大字:

  夏

和上回的"春"一样,这仿佛是凶手谱写的"四季组曲"又揭开了新篇章的大幕。

他们发现,这次行刑的背景居然是一个类似烂尾楼的所在,毛坯房的特征十分明显。不知是否因为时间仓促,"大画师"并未像之前那样布置全黑背景。卢克急忙通知刘依守,让他们重点排查附近的烂尾楼和在建房屋。

另一个发现是:之前两个视频中,凶手总会问他的"猎物"许多问题,有如一场刑前采访或审问。然而这次,胡求之的嘴却被胶带一圈一圈牢牢缠住,只能嗯嗯呜呜地发出无意义的声响。

"大画师"剥夺了胡求之说话的机会。他以最后审判的姿态,用最简洁的方式控诉着胡求之的罪状,不容对方抗辩。

与之前一样,"大画师"对自己说的话进行了消音,只在画面中给出字幕——显然,那是他对胡求之的控诉。

字幕:"胡求之,你助纣为虐,贪得无厌,辱没艺术。你威逼利诱,奸淫妇女,枉为人师。我真想用一万种方法杀你,可惜你只能死一次!"

在"大画师"的控诉过程中,胡求之的身体不断挣扎扭动。然而奇怪的是,他的眼神中没有恳求,他只是恶狠狠地瞪着"大画师",仿佛那是文人最后的清高。更奇怪的是,与以往不同,这个环节很快便结束了。似乎"大画师"不愿对胡求之说半句废话,也不想听他说什么,只要将此败类杀掉而后快。

适才的消音也随着控诉的结束而停止,整个办公室里突然回荡起胡求之那沉闷而不甘被压抑的声音。那声音愈发急促奔突,像一阵强似一阵的癫狂抖动的闪电;那声音九曲八弯却有棱有角,犹如在地上别扭滚动的缤纷魔方。然而那声音始终憋在胶带里,无论如何都奔突不出,仿佛一只死在蛋壳中的雏鸡。

"大画师"拿来一根粗大的针管，提取他的"颜料"；又拿来一把利刃，砍下令他反胃的东西。

切换到下一个画面时，胡求之已经被一个深色麻袋包裹，用铁链倒挂着，只露出个头来。"大画师"拿出一枚打火机，点燃，往麻袋靠近。

麻袋呼啦一下着了……

不知过了多久，胡求之不动了，只有那团熊熊火焰活蹦乱跳，仿佛一个茁壮成长的新生命。

鹊华秋色寒林雪，山居早春万壑松。

视频的最后，又是那句熟悉的诗。

卢克颓然坐下，众人吞咽口水的声音此起彼伏。

"《万壑松风图》，"左汉打破沉默，"人是没了，等着血画出现吧。"

仿佛回答他似的，卢克的手机响了。不过这次找到的不是画，而是案发现场。

"卢队，杀胡求之的第一现场找到了，在白石庄以东1.4公里的一栋烂尾楼里！"电话那头的刘依守说话跟开机关枪一般，急切的声音连没拿着听筒的人都感受得到。

"好，保护现场，采集痕迹。"卢克吩咐一声，又让郭涛他们仔细研究视频里的信息，就带着左汉和李好非去了现场。

见卢克到达现场，痕检科张雷先开口了。"确定是第一现场，但目前来看，凶手没有给我们留下任何有价值的线索。"说着他摘下手套，"行凶之后，他很冷静地清理了现场。这是二楼，他从这里一直顺着楼梯清理到一楼大门，那儿还倒着一根拖把。而从烂尾楼门口到最近的水泥马路，整片杂草丛生，水泥路上又车来人往，根本没有留下任何有价值的足迹。指纹方面，我们也尚未找到。"

找到指纹是不可能的。刚才看视频时卢克就注意到，"大画师"全程戴着胶皮手套。他冲张雷点点头，对这个难得发现的第一现场仔细观察起来。

地上的血迹、油迹与毫无章法的焦黑色混在一起，还有星星点点的烧焦的碎屑。这片痕迹的正上方是一根突出的钢筋，上面有明显的磨损痕迹。显然，这就是"大画师"吊胡求之的地方，那痕迹是铁链磨出来的。

卢克又走到二层的边缘，俯视不远处狭窄的水泥路。张雷见他左看一眼，右看一眼，便对着他的背影道："没监控，最近的监控已经快到白石庄了。"

卢克也不是没想到，毕竟"大画师"一直善于避开监控，只是他心里总想确认一下。

"尽快完成痕迹采集，做完收队。"他说。

回到警局，卢克马上着手办两件事：一是研究"大画师"的第三份视频，二是以第一现场为基点，查找附近监控，试图勾勒出"大画师"前往烂尾楼并离开的路线。

然而研究了半晌，收获却少得可怜。

"大画师"今天上午刚刚劫走胡求之，下午就传来剪辑好的视频，没工夫像之前那样布置好黑色背景情有可原，毕竟他也不是无所不能的神仙。但他既然敢向警方暴露作案地点，自然也确定痕迹能在警方赶到前被抹得干干净净。

监控方面，鉴于他在劫走胡求之之后便马上找到那个烂尾楼，不难推出他一定早就选好了行凶地点,并就如何避开监控进行过踩点。

总之,分析来,分析去,除了证明"大画师"具有极强的反侦察意识和手段,案情并没有任何实质性突破。

下午5点20分左右,众人还在抓耳挠腮,瞪眼点鼠标,卢克终于等到了他"期待已久"的群众报案。

据位于南二环的碧漾游泳馆的清洁工报案,她在游泳馆后门附近的垃圾桶边发现了一个疑似装着烧焦尸体的编织袋。报案人强调,自己并不能确定那是一具人类的尸体,但看着很像,心里害怕就报了110。由于这一情况与胡求之案死者特征高度相似,接线员立刻通知卢克。卢克叫上法医丁书俊,一行人风风火火赶往碧漾游泳馆。

"什么时候发现的?"卢克省去所有寒暄,见了清洁阿姨就问。

"就在刚刚,5点过一点儿吧,大概十几分的样子,我见了就给你们打电话了。"阿姨语速很快。

卢克环顾四周,有些失望,但还是问道:"这儿有监控吗?"

"前门有好几个,就怕有人钻空子逃票嘛。后门是没有的,我们一般都把后门封死。"

"那您见到这里出现过什么可疑人员没有?"

"没有,从开始打扫到发现袋子,全程连个人影儿都没见着。我一般下午5点打扫一次,刚开始扫东边,等我扫过来,就发现这个编织袋了。本来还想着收起来卖钱呢,谁知道……唉!"

两人对话的过程中,丁书俊一直在检查袋中的烧焦物,确认是人体。

"死者右手食指和阴茎均被切割,极可能就是胡求之。尸体被焚烧时间不长，严格来说不能算是烧焦，应该是凶手见被害人已死，就自行把火扑灭了。可是尸体还是遭到了破坏，尸斑、尸僵、尸温等条件已经不能用来判断具体死亡时间。不过，死者角膜开始干燥，瞳孔透明度逐渐丧失但尚未浑浊，估计死亡时间应该是在五至八小时前。"

"差不多是今天中午或更早一些，符合胡求之的案情。"卢克在心中基本认定这一坨黑东西就是大名鼎鼎的胡教授了。他叹口气，转而问身边一言不发的左汉："你比我们都了解'大画师'的心理，你觉得他为什么这么干？我的意思是，虽然梅莎莎和齐东民也死得不轻松，但显然胡求之的死相最难看。"

"这不好说。死相难看这件事，一方面可能因为'大画师'仇恨胡求之，另一方面可能因为他就想换个和前两者不同的处决方式。"同时左汉兀自寻思，是否这次又是"大画师"认为胡求之必须以这种方式死，"除了死相比前两者都难看，这次的视频里，'大画师'还改变了审判方式，一句话都不让胡求之说。这里其实也有两种可能性。第一，也许'大画师'是胡求之的老仇人，只是刚好借助傅小娟跳楼事件把他推下神坛并杀害。第二，也有可能他们压根不认识，却是最近发生的傅小娟事件和省博盗画事件促使'大画师'对其下了必杀之心，甚至因为他的禽兽行径，不想让他死得体面。"

卢克点点头，不赞一词。这两种可能基本把所有可能都包含了，说了等于没说。就在这时，他的电话又响了。110接线员告诉他，南二环时代文创产业基地门口发现血画。

左汉知道这个基地，惊呼它就在游泳馆附近。于是一行人火速赶往文创基地，留下丁书俊的两位助手取证和处理尸体。

时代文创产业基地是余东市政府近年来大力扶植的文化产业基地。这里由上世纪留下的一片旧厂房改造而成,依然保留了原始的红砖和钢筋结构,是巧妙结合工业风和新鲜文化气息的杰作,目前入驻文化企业已达三十多家。

卢克一行人来到基地入口处的保安室,据说就是这里的门卫大爷报的案。他们刚走到门口,在那儿翘首以盼的大爷便主动迎了出来。

"哎哟,现在公安处理报案都这么神速的吗?"大爷兴奋得很。

卢克不接他的茬儿,单刀直入道:"您好,请问血画在哪里?"

"来来,跟我来。"大爷一边领着众人向门卫室走,一边絮絮叨叨,"哎哟,我最开始没想到那张画是血画的,但包裹里还有个小铁盒,看着挺漂亮的。一打开,妈呀,一个鸟儿!"

卢克和左汉停下来,面面相觑。

"哎,我说,你们还看不看了?"大爷迫不及待地在前面招呼,犹如一位急于向世人展示自己杰作的无名草根艺术家。

众人继续跟着他,少顷来到门卫室。只见略显逼仄的房间里,地面被一幅暗红的画和一个铁盒占满。

"《万壑松风图》。"左汉呢喃。他凑近看画面顶部一处手指大的小山峰。果然,在淡红色的山峰里,他看到四个深红色的小字:

夏山如怒

第二十四章
"大画师"的局

"大爷,这是哪家快递的包裹?您大概什么时候收到的?"卢克问。

"哪家都不是,两个小孩儿给我的。"

"小孩儿?"

"没错。大概只有五六岁的样子。"

众人瞠目结舌。卢克马上吩咐刘依守根据文创基地门口监控去找那孩子,然后和左汉一起把画卷起来,准备拿到队里仔细研究,这儿毕竟不是讨论案情的地方。

回到警局的时候,天还亮着。卢克迫不及待取出卷轴,拿到张雷的办公室里,三下五除二挪开了长桌上的瓶瓶罐罐,将血画展开。

"咱们的书画专家,"卢克转向左汉,疲惫的双眼因为勉强的假笑而挤出无数道鱼尾纹,"现在轮到你发光发热了。"

左汉早就开始打量这幅画，头也不抬地道："这就是《万壑松风图》，原图长什么样，之前已经给你们看过了。在分析'大画师'的临摹作品之前，我先简单讲讲原作吧。"

卢克摆出一个请的手势。李好非很机灵地把早已买好的《万壑松风图》原大复制品找出，并排放在"大画师"的作品边。

"《万壑松风图》是宋代画家李唐所作，和郭熙《早春图》、范宽《溪山行旅图》并称宋画三大精品。李唐是一位爱国主义画家，又生活在朝廷羸弱屈辱的年代，可想而知，他有多热血就有多郁闷。这张画作于宣和六年，也就是1124年，当初已经是北宋历史上最屈辱悲壮的岁月了，本来以爹自居的朝廷，反过来要做北方敌人的孙子。就在这幅画完成三年后，靖康之难发生，北宋灭亡。"

"等等，"李好非道，"不是讲画吗，怎么都上成历史课了？"

"又着急了，学学你们卢队长。"左汉笑道，"考考各位，北宋朝廷最大的特点是什么？"

"经济发达，文化繁荣。"李好非道。

"这是整个国家的特点，我问的是朝廷。"

"皇帝都多才多艺，不务正业？"张雷半开玩笑，但他觉得这个玩笑和本案非常相关，毕竟宋徽宗本人也是著名画家。

"这是一个特点，但更深层的特征是文人在朝廷里的地位被空前抬高。宋太祖赵匡胤'杯酒释兵权'后，宋朝文人就一直碾压武将，我们都知道这样是不行的。当初宋朝的 GDP 占全世界的60%到80%，但一个国家再富庶，没有强大的国防依然很危险。北宋声色犬马，过一天是一天，文官治国，而文人普遍有点小资情调，不少人还软骨头。这样一来，在边防上自然步步退让，以求安生。"

其实卢克也想让左汉快速进入正题，只是他知道自己的着急只会迎来左汉的嘲讽。

"那我进入正题。"左汉仿佛会读心术，"刚才说过，李唐是一位爱国文人，他对当时的乌烟瘴气是十二分不满的。《万壑松风图》里最重要的意象就是青松，而青松在中国传统文化里代表坚毅、高洁、坚贞不移，可以象征军人、革命英雄等等。比如我的偶像陈毅元帅就有一首诗曰：'要知松高洁，待到雪化时。'那你们想想，李唐在这幅画里一口气画了那么多松树，他想说明什么？他怒其不争，希望宋朝的文官们都能挺直腰杆去抗击外辱啊！你们再看这山石，之前的《富春山居图》和《早春图》，画家采用的皴法都是相对柔软的长线条，而这张里面，几乎都是短而刚劲的刮铁皴、马牙皴。笔法不同，用意不同。李唐既没有欣赏富春山的逸兴，也没有研究早春美景的雅致，他要表达一种坚贞的态度、咬定青山的力度。所以你看他在画山，其实他在寄托自己的爱国精神，这幅画早就超越自然界的形态了。"

卢克终于嚼出点味儿来，忍不住点头："所以，'大画师'选《万壑松风图》来临摹，是想表达对胡求之这个文人中的败类的厌恶和痛恨？"

"文人中的败类可以简称斯文败类。"左汉不忘损卢克一嘴，"我不清楚'大画师'是从一开始就盯上了胡求之，还是在作案过程中查出胡求之的恶行后临时起意杀他——毕竟《万壑松风图》是从最开始便选好要画的——不过卢队长的观点，我非常赞同，想必'大画师'也觉得把这幅画套在胡求之头上再适合不过。"

(《万壑松风图》，宋·李唐，纵188.7cm，横139.8cm)

众人点头。

"其实有人认为《万壑松风图》画的是春天,但我不这么认为。'大画师'能把它安排在'夏'的部分,想必也不这么认为。这张画里高山大壑,顶天立地,松林深远,密密层层,泉水丰沛,云雾缭绕。能画出这种大气象,画家心里想的,一定是万物蓬勃盛极的夏天。"

"那'大画师'这张怎么都没体现出那种蓬勃的感觉啊?你看这松树画的,蔫头耷脑、稀稀疏疏的,跟之前两幅血画比起来,实在有失水准啊!"李妤非这一席话,立即将众人的视线从原作复制品转向"大画师"的血画。

"这段时间你还真没白学,都会看画了。"左汉挪了两步,靠近"大画师"版的《万壑松风图》,"你说对了一半。这幅画确实把松树画得蔫头耷脑软绵绵,但这可不是他有失水准,而是刻意为之。其实本案中,'大画师'确实没有充足的时间作画。从胡求之被掳走到我们看到画,不过大半天时间。再减掉他杀人、处理尸体、制作视频等时间,那就更少。但《富春山居图》的案子已经说明,即便是潦草地临摹,'大画师'也有本事抓住原作的精髓,用最简单的笔法把原作意临出来。这幅血画里,山石部分虽然画得简单,可那种巍峨坚硬的质感已经表现得很好了。相比之下,象征文人的松树,却和原作的意味如此大相径庭,可见是'大画师'意有所指,'匠心独运'。"

卢克觉得这个一点都不好笑。

"来说说和整个案情相关的吧。"左汉跪到地上,指向画面最上方大山峰左侧的一座小山峰,"看见没,在这座山上,他用极小的字写着'夏山如怒',这里也是李唐原作落款的地方。宋代画家都习惯将落款隐藏在画面中，而不是去占用画面空白处。直到后来的朝代审美发生变化，我们才见到那么多在画面上方空白处题款的作品。另外，这座小山峰边上的另一座小山峰不见了，取而代之的是两枚血指印，我想这八成就是大画师砍下来的胡求之右手食指的指印。可见'大画师'作案真的很有系统性，个人风格也很明显，像是在按部就班地完成他的大作品。"

"他已经画了这么多张了，你就不能看出这是谁的风格吗？不是说字如其人吗？余东市有没有哪位画家的笔法与这些画中的任何一幅类似的？一点蛛丝马迹都看不出来？"

"我说过，'大画师'画什么就像什么，他极善于模仿他人，更善于隐藏自己！为今之计，与其看笔迹，倒不如再回到你们的刑侦手段，看看能否查出些什么。"

话音方落，刘依守风风火火地回来了，他带回了个匪夷所思的消息。

"知道'大画师'怎么把包裹成功递给门卫大爷的吗？"他努力抑制自己的气喘，"他戴着个雷欧·奥特曼的面具，乍一看就像是某个商家在做活动。有俩小男孩刚从附近的幼儿园放学，在一棵大树下等爸妈来接。这时'大画师'拿着个变形金刚走近他们，说他手里有俩小包裹，他们一人拿一个，看谁先冲到文创基地的门卫大爷那儿把自己的包裹递给大爷，就把那个变形金刚送给谁。结果这俩倒霉孩子，一个拿着血画，一个拿着胡求之的……那啥，就争先恐后地朝着门卫大爷狂奔而去。等他们回过头来找奥特曼的时候，奥特曼在树下留了俩变形金刚，刚好一人一个，皆大欢喜。"

众人听罢，又想笑又想哭，只觉泪中带笑，笑里含泪。不用想,"大画师"既然能切断警方通过快递公司查他的路径,自然不会给他们通过监控找到自己的机会。卢克例行公事地交代郭涛去查监控,然后继续琢磨案情。

约莫7点半,丁书俊从法医室里走出来,手里拿着个透明塑料袋,里边是一张A4纸:"又发现一首诗,和之前的类似,拿去看吧。"

左汉早知得来这么一出,但还是饶有兴致地接过来:"哎,我说,我建议今年年底你们可以给'大画师'出本诗集,然后排练个诗朗诵,这样年会就不愁没节目啦!"

"年会节目我已经想好了,叫'暴打外聘专家'。"卢克说罢也不理会左汉,扭头问丁书俊,"这次在哪儿发现的?"

"胡求之的胃里。"

"没创意。"左汉一边咕哝着,一边展开A4纸。这回"大画师"还是用苏东坡的字体写,不难看出,有些字简直和《寒食帖》的字如一个模子里刻出来的。经过简单断句,左汉轻声读道:

夏天如一只着火的飞鸟
从她的心头穿过
那火焰在她青春的身体里盛开
燃尽她血管下的不甘和污浊

她的身体如一只着火的飞鸟
从夏天的心头穿过
我看见漫山愤怒生长的碧绿的烈焰
那是迎接杀戮者的壮丽烟火

"真是一首好诗。"左汉称赞着，也不得不坦承，"我确实没法从这里面读出什么新的东西来，'大画师'无非又走了一波形式主义——还是A4纸，还是苏东坡，还是现代诗。"

"感觉左老师的业务能力急剧下降。"卢克皱眉，"根据前两起案子的经验，'大画师'习惯在现代诗里说明杀人原因。而从前半段的最后两行来看，我认为'大画师'这次杀胡求之的主要原因，并不是因为他参与盗画，而是因为傅小娟的死！"

"有理，有理。"左汉又将诗读了一遍。

卢克对左汉这两天的状态无语。看来这个外聘专家还是靠不住，不能有了左汉，就把所有希望都寄托在他身上，反而自己没了主见。

他拿出余东市地图，吸在办公室的白板上。

余东的道路规划，采用环形放射式路网，一共有四条环线。他用红色马克笔标出三起案子中血画的发现地：位于市中心小金湖湖心岛的省博物馆、位于东二环的奋进大厦，以及位于南二环的时代文创产业基地。好巧不巧，若是把这三个地方连在一起，恰好是个等腰直角三角形。

"你们说，这个三角形的区域，会不会就是'大画师'的心理安全区？"卢克用红笔将那个三角形区域围了起来。

"什么心理安全区？"左汉一时没反应过来，不过话一出口他就想到了，这概念他爸曾经说过。

"心理安全区是犯罪心理学概念。其实很简单，每个人都有属于自己的心理安全区——你的家、学校、公司、常去的购物商场，也就是所有你熟悉，因而让你感到轻松自在的地方。罪犯也有自己的心理安全区，毕竟杀人并非拍死只蚊子，罪犯往往会选择在自己熟悉的区域下手，大部分连续作案的凶手更是如此，这种选择往往是下意识的。"李好非刚从象牙塔里出来，不免卖弄她的所学，"以一个人熟悉的地点为圆心，扩大到五百至一千米，这就是一个心理安全区。当然，这也要看交通工具。如果你是步行，那么心理安全区就是刚才说的那个范围；但如果是骑自行车，就可以扩大到三公里；如果是开车，就可以扩大到五至十公里，甚至更远。"

"按照这个思路，"卢克接着李好非的话道，"'大画师'经常出没的地点可能在东部偏南，这里刚好是我市文化产业的聚集地，不仅有不少美术院校，还有大量画廊、书画工作室、文玩字画市场等，非常符合'大画师'的身份特征。"

众人纷纷点头称是，这大概是目前少有的向"大画师"主动出击的分析了。

"我认为你这个分析有问题。"左汉不合时宜地泼冷水，"你这三个点，标的是'大画师'摆血画的地点，而不是他杀人的第一现场，我想如果他要寻找安全感，应该在这个三角形范围内杀人才对。可现在唯一确定的第一现场都到南三环外了，前两起案子的第一现场虽不确定，但监控告诉我们，'大画师'的行动范围甚至包括郊区，可见心理安全区理论根本不适用于本案。退一步说，你们觉得像'大画师'这个级别的凶手，他还需要什么心理安全区吗？选在这三个人员密集的地点摆画，他不是寻找安全感，他是寻开心！"

李好非被左汉的话雷得外焦里嫩。

"那可说不准。"卢克针锋相对，"从监控中看，'大画师'行动敏捷,也就二三十岁的样子,绝不会超过四十岁。而我市这么多年也没发生过什么稀奇的命案,可见他很可能也是初次作案。无论心理素质多好,对一名新手来说,一个给他安全感的环境是至关重要的。另外,关于你说的区域扩大问题也能解释。他不是至少有个淮海牌老年代步车嘛,胡求之案他甚至还有陈院长的汽车,所以范围扩大一些也在情理之中。"

左汉还想说什么,但发现自己居然无话可说。那个红色的等边直角三角形在地图上太过醒目,像一个远古的符咒,令他两眼昏花,张口结舌。

其实从第一眼看到"大画师"写"画亦有风水存焉"起,左汉就坚信"大画师"的作案逻辑一定和中国画的哲学相关。但是一桩桩新的案件,一拨拨新的涉案人员,实在令他无力招架。他也居然很久没再往这个角度思考——这显然是一个重大失误。

"大画师"要画五幅血画,春夏秋冬,外加一个"长夏",这对应的显然是风水中的五行。再进一步,五行对应的一定是五方——东南西北中。现在市中心发生一起,东二环发生一起,南二环发生一起,这还不够明显吗?对于"大画师"这种对手,一个"心理安全区"怎么可能解释得通?

可他一直没和卢克提这点,因为他自己也没准备好怎么说。这些零零散散的猜测,即便说出来,对案子的侦破又有何用?即便下一次真是在西二环某处发现血画,那又怎样?那时人都没了。

今天他的脑子着实不在状态,现在不是思考案情的时候。他作为外聘专家能熬到这个点,实在已经仁至义尽。他并不知道现在是几点,只知道一定很晚。一看表,过8点半了——似乎也不算太晚。但他决意拎包走人,今天实在经历了太多。

卢克看出左汉的疲惫,决定让他先别干了。他明白,"大画师"终于杀到了余东市书画圈,这一定让左汉不好受。"也不早了,大家先回去休息吧,明天打起精神来研究案子。"他说。

可是除了左汉这个"外人",人民公仆们没一个挪动半步。

左汉心不在焉地给各位竖个大拇指,拿起包走人。

"喂,出来陪我喝酒。"左汉刚踏出公安局的门,便给曹槟打电话,"你再去通知连飞舟和崔勇,我通知苏涣。"

挂了电话,左汉又犹豫要不要拨苏涣的号码。虽然大多数人还不知道胡求之的死讯,但陈计白还是在警方的许可下,通知了和胡求之关系密切的几个学生,以便他们尽快更换导师,不致影响学业。胡求之是苏涣的导师,如此好色一人,时隔数年难得再次招了位男学生,想必对他是真心青睐,从他老带着苏涣参加各种活动便可见一斑。而苏涣好不容易成为胡求之这位全国著名画家的博士生,学业未半而导师没了,这种打击不可谓不大。

"喂,学长。"铃声响了好久,左汉才听到对方接起电话。

"左汉。"苏涣的声音带着些沙哑,显得非常疲惫。

"学长,想喝酒吗?"

"事情你也知道了?"

"我在帮警方做事,第一时间知道的。"

苏涣闻言沉默半晌,道:"谢谢关心,左汉,还是你最懂体贴人。但我真有点儿累了,想自己待着静静。"

"学长,咱也好久没聚了,今天我也不好受,你就当来陪我喝吧。"

听左汉这么一说,苏涣反倒答应了。其实他也想喝点儿,然后对着小金湖咆哮。

夜里9点半不到,左汉、苏涣、曹槟、连飞舟、崔勇五人陆续抵达小金湖畔的渌水串吧。

除了左汉,其余四人全是美院学生。自己学校的招牌教授出了这事,谁都开心不起来。胡求之不仅刚刚遇害,还在之前身败名裂,更是让整个美院和书画圈跟着被网民唾骂。无论是从失去一位当代名家的角度,还是从自己跟着沾唾沫星子的角度,都足够让这群文艺青年浑身不爽。这烤串还没上,每人已经先干掉了一瓶青岛啤酒。

今夜的月亮圆得毫无瑕疵,仿佛一枚被宇宙之手点亮的围棋棋子。月亮穿行到哪里的云絮,那云絮就被照得明灿辉煌,一如盛宴的酒器上鬼斧神工的雕花。远处的天边透出一两颗星,在月光懒照的所在暧昧地眨着眼睛,那是大多数黑暗道路前方的一点光明,给人以希望,却总是黯淡得让人失望。

"学长节哀。"左汉打破沉默。

苏涣无奈苦笑,将一瓶新的青岛啤酒打开,对瓶吹了两口。

"我读本科时就很崇拜胡教授,毕竟在当代花鸟画家里,他的水平是数一数二的。我知道他那些臭毛病,也能理解。艺术家么,总会有些臭毛病。论好色,他远不如毕加索,更是没有凡·高的疯疯癫癫,既然我们能容忍毕加索和凡·高,何必对他如此苛刻?何况那些要考他研究生的女生本来就出于自愿,我一个外人,又能说什么呢?我真不是替他说话,只是这几年把这事想通了。要说他这好色的毛病,我其实也差点成了受害者。"

"什么？"连飞舟惊道，"学长，你……你，他……该不会还对男的……"

苏涣笑着摇摇头道："你想哪儿去了。本科期间，虽然我也能算同届里的佼佼者，但和现在比起来还是差得远。胡教授的风流账太多，等着做他弟子的女生能组成一个连，我又不够优秀，所以能有我什么事儿？当时我知道他喜欢收女生，但还是不甘心。我拼了命地向他展示自己的努力和诚意，让他知道尽管我还不行，但我是同龄人中画得最好的，我有无限的潜力，日后能成为他的骄傲。后来他终于答应给我一年时间等待和准备，也作为我的考察期。然而好巧不巧，就在我大四那年，他打算收的一个女生嫁了位上市公司老总，有钱了，也不想画了，我也就顺理成章地补了这个空，不用再等一年了。"

"我晕，还有这档子事！"曹槟忿忿道，"学长，你画这么好，胡教授居然还要把你排在后面，真是天理难容！"

"也许这个世界本来就是不公平的，或者公不公平就看你从什么角度看这件事。从我的角度来看，我比她们画得好，还比她们努力百倍，我当然最有资格成为胡教授的弟子。但从那些女生的角度，她们为了达到这个目的，把自己的身体和节操都拿出来交换，我那一点努力又怎么比得上这种牺牲呢？"

"说到底，还是因为胡求之太不是人！"左汉恨恨地将绿色的啤酒瓶蹾在桌上。

连飞舟急忙用手肘推了推左汉，示意他别在苏涣面前乱说。左汉自知失言，当即闭嘴。

"没事的。我太容易因为艺术家的造诣而容忍他们的毛病，这自然是有问题的。"

"学长，别说你一个人，我们整个圈子不都一直容忍着胡的好色吗？"连飞舟忍不住表达自己的看法，"胡教授早年丧妻后就一直没有再娶，所以他首先不存在对不起家人的问题。那些女生呢，知道胡教授好这口，这胡教授还没开口呢，她们就自愿像付钱一样把自己的身体送到他跟前，换得他录取名单上的一个位置。一个愿打，一个愿挨，这除了道德上有问题，谁还能说什么？他没偷没抢，没杀人没放火，法律也拿他没辙。要不是这次逼死了傅小娟，我也不会对他们的私生活置喙！"

是啊，问题的关键就在这儿。若非强奸和逼死人，胡求之的所作所为还真是不少行业的普遍现象，只不过程度不同而已。

众人陷入沉默。

"连飞舟，你们山水专业也有几个教授干过这事儿吧？"见许久没人言语，左汉道。

"当然，但绝大多数教授都是很正派的。即便确实潜过女生的那一小撮教授，也就收过两到三个这样的女生，绝不像胡求之这般肆无忌惮。而且，那几位教授还真是负责到底，不仅对人家倾囊相授，还到处给她们找门路。比起胡求之，那可是良心多了。"

左汉，还有一直不发话的崔勇，都对此无法理解，他们只认定这些男女都不是什么好东西。

"其实不少人证明过，人的创造力和性欲是有关系的。"苏涣似乎要很严肃而学术地讨论这个问题，"弗洛伊德认为，创造力源于性欲及习得的社会规范的深层冲突，因为内在欲望无法尽情释放，性能量被转化为可以接受的形式：艺术梦幻及作品。他还认为，艺术家是一个让自己的情色愿望、非分愿望在幻想世界自由驰骋的人，然而他也有办法从幻想世界回到现实世界，那就是用独特的天赋将幻想寄托在某种现实事物上,制成艺术品。人们珍视这种艺术品,因为它反映了现实。"

"这是西方艺术家的价值观和哲学,但东方,尤其是中国古代艺术家,还是深受孔孟之道影响,在欲望方面非常隐忍克制的。然而,这并不妨碍他们成就伟大的艺术。"崔勇的观点和他不同。

"是,但地球越来越小了,时代也不同了。中国艺术家接触了西方艺术思想和艺术品,西方不少艺术家、哲学家也试图了解东方神秘主义。价值观的分野已经开始模糊了。"连飞舟道。

"既然胡求之是国画家,那我就说东方艺术。我不认为做东方艺术的人,他们的艺术成就和性欲成正相关。"崔勇继续,今晚这个闷葫芦的话突然变得特别多,"相反,东方艺术更注重对人的欲望的控制。伟大的东方艺术作品,大都是在心平气和,甚至禁欲的情况下诞生的。在中国艺术史中,社会道德标准要大于艺术标准,人伦要大于艺术伦理,违背人伦、孔孟之道者,绝不会被艺术史承认。你看秦桧、蔡京,哪一个写得不好?可是有人认吗?"

连飞舟发现自己还真是想和这闷骚的家伙好好辩论一番,道:"现在已经全球化时代了,不是那个抱朴守拙、裹小脚的时代了,美学在变、在发展,现当代画家受到西方绘画哲学影响是不争的事实,包括胡求之教授。世界上无数艺术家文学家都有一大笔风流账,为什么胡求之不能算作他们中的一员?毕加索说艺术绝不贞洁,纯情之人不该接触艺术,没有做好足够准备的人也不该接触艺术。他一辈子那些风流账我就不用多说了吧?音乐家李斯特也是个浪子,从伯爵夫人到公主,到天真年轻的崇拜者,他谁都能勾搭。门德尔松都说他时而像个大淫棍,时而像个翩翩君子。文学家也是啊,中有曹操、杜牧、郁达夫,外有拜伦、雨果、海明威,这一个个的,谁不是欲望强盛?我就认为,你对他们的伟大作品有多认可,就应该对他们的欲望有多宽容。"

是啊,艺术的道德标准,到底是什么?这恐怕不是他们几个还在上学的年轻人能回答的问题。

崔勇还要开口,刚刚还慷慨激昂、唾沫横飞的连飞舟却突然捂起肚子道:"哎,不行不行,肚子突然又疼了,我得去方便一下。"他边说边起身,一溜烟儿朝串吧室内厕所奔去。

"逃兵,尿包,有本事别走!"崔勇对着远去的连飞舟的屁股骂骂咧咧。

"肯定是啤酒太冰了。"曹槟道,"肠胃不好,老毛病了,就这样还敢跟风喝冰镇的。"

"这家伙,一个人住,也不好好照顾自己。"左汉摇摇头。

"他,一个刚毕业就去开工作室的,恐怕眼里只有钞票了,哪懂得照顾自己?其实他在山水画上这么有天赋,如果坚持下去,能否画史留名不说,但肯定能一辈子做同龄人中的佼佼者。但他现在为了挣钱,开个工作室天天画行画,给各种老板做定制的风水图,也太不求上进了,你说是不是自毁前程?"崔勇评价道,"问题是,他们家比谁都不缺钱,至于这么贪吗?"

苏涣忙道:"算了算了,连飞舟不比咱们笨,他应该有自己的想法。"

众人你一言我一语,不觉中把讨论对象从胡求之转向了连飞舟,情绪也逐渐摆脱了伤感或愤怒。

连飞舟小跑着回来,一身轻松,仿佛刚刚卸掉了沉重的装备。可他屁股还没坐稳,居然又拿起酒瓶就要吹。

"喂喂喂,你够了没有,逞什么能!"曹槟一把夺过他的酒瓶,"你脾虚,肠胃那么差,烤串和海鲜都要尽量少吃,更不该喝冰啤酒了。怎么,老寿星上吊——活腻了?"

"你给老子滚,又不是我媳妇儿,管那么多干嘛。"连飞舟又把酒夺回来,"今天好不容易出来喝,必须尽兴!"

曹槟立马又给他夺过去,但不说话,只是猫头鹰似的瞪着他。

"连飞舟,你别喝了,我给你叫瓶王老吉。"左汉推了推连飞舟的肩膀。

左汉发话,连飞舟倒是顺从得很。可谁知曹槟又道:"王老吉也不行,他肠胃本来已经受凉了,还喝这种寒凉之物,不是雪上加霜嘛。"

连飞舟正要对着曹槟发作,左汉却饶有兴致道:"曹槟,你似乎很懂中医这些门门道道啊,没事还研究养生?"

"我的天,我出身中医世家好吗?我爷爷就是老中医,祖上也几代行医,直到我爸才断了。"

"认识这么久了,你怎么没告诉过我啊?"

"你又没病,我无缘无故说这干啥?"说着曹槟转向一旁的连飞舟,"不像某些人,表面装得很爷们儿,每次肚子疼求人的时候就是个尿包。"

左汉费了好大劲才压制住连飞舟杀人灭口的冲动,继续问曹槟道:"那他得怎么调理?我帮着监督监督。万一以后真出什么问题,老板们找谁去买风水画啊?"

"好,那我就简单讲讲。脾胃为后天之本,主运化,生气血。现代人工作紧张压力大,十个里面有九个脾胃不好。像连老板这种下场,纯粹是自己作的。"曹槟说起养生来,那叫一个滔滔不绝,众人仿佛来到《养生堂》节目现场,"脾胃靠养,药物为辅。

只要保证每日三餐按时吃，每顿八分饱，不吃辛辣的，刺激的，坚硬的，不吃过热、过凉、过甜、过咸的，减少对脾胃的刺激，慢慢就好了。"

"这不能吃那不能吃，你不如叫我死了算了！"连飞舟发现，这样下来他只能喝白水，而且不能太烫，更不能太冷，最好精确到和他体温一样的那种。

"其实还有个方法，你可以去做艾灸。"像所有让别人烦的人一样，曹槟并没有发现自己很烦，"做艾灸也有个时间讲究，你最好在早上9点到11点做。首先，早晨人体与自然界的阳气逐渐转旺，在正午时分达到顶点，这期间做艾灸能够顺应天时。其次，已时脾经当令，因此在9点到11点之间进行艾灸，对治疗脾胃又有事半功倍的效果。这也是为什么现在社会上都流行三伏天做艾灸。道理是相同的，三伏天是一年中最热的时候，阳气的顶点，这时候做艾灸能够很快逼出体内寒邪，达到所谓'冬病夏治'的奇效。尤其是对于你这种脾虚的人，心、脾主夏，在即将到来的夏天做艾灸，可以给你以后省下不少麻烦。"

这"心、脾主夏"让左汉登时一个激灵。我怎么早没想到！

"曹槟你等一下，中医也讲五行对不对？我今天脑子有点迷糊，你清清楚楚给我解释一下！"左汉串也没心思撸，酒也没兴趣喝了，拉长了耳朵等着曹槟开讲。

"当然，"曹槟笑道，"《千字文》都背过吧，春生，夏长，秋收，冬藏。夏天是万物疯狂生长的季节，万物如此，人体也如此。人体五脏对应四时，具体来说，肝主春、心脾主夏、肺主秋、肾主冬。夏季对应两个脏器，是因为古人还有'长夏'一说，也就是农历六月。《素问·藏气法时论》曰，'脾主长夏'。一年之中，这段时间最为潮湿，大气压偏低，由脾所主。所以三伏天里千补万补，补脾最佳。"

左汉几乎没有把后半段听进去，各种案件细节在他脑子里叠加。他之前隐隐约约想到本案与五行的关系，但一直没有深究。其实五行不仅是简单的金木水火土。在中医中，它还对应肺肝肾心脾。在方位上，它对应西东北南中。在时间上，它对应秋春冬夏长夏。它还对应佛家五戒……

于是许多问题昭然若揭——他明白了为什么"大画师"要烧死胡求之，为什么那首他看不出信息的诗里写道"夏天……从她的心头穿过；她……从夏天的心头穿过"。他突然明白了很多东西，以及"大画师"的设计。

虽然左汉的突然离席让几位文青莫名其妙，但剩余四人还是继续没心没肺地吃着腰子。

左汉冲进警局的时候，刑侦支队的办公室依然灯火通明。李好非给所有人准备了方便面和咖啡，使这里弥漫着一股中西混合的味道。这一幕让左汉莫名动容。他的眼里有片刻的湿润，鼻尖有片刻的酸涩，但很快恢复如常。

"卢克，你们停一下，我有重大发现！"

夜已深了，钻入死胡同的分析又过于沉闷。左汉这一句话，似乎给每个人心里开了一扇透气的窗。他们刚抬起头，只见左汉已奔到白板前，擦掉了之前的内容，开始写写画画。

他在画一个表格。

他一边画，一边说卢克的想法肯定错了。卢克他们凑过来，脸上的表情也在不解、怀疑、惊讶、思索间转换。

大概十分钟后,一个条理清晰的表格出现在众人面前:

季节	长夏	春	夏	秋	冬
血画	《富春山居图》	《早春图》	《万壑松风图》	《鹊华秋色图》	《雪景寒林图》
五行	土	木	火	金	水
对应方位	中	东	南	西	北
佛家五戒	妄	杀	淫	盗	酒
对应数字	五	三	二	四	一
杀人方式	土埋	杖刑	焚烧		
案发时间	4月30日	5月29日	6月28日		
发现血画地点	市中心省博地下室	东二环奋进大厦	南二环时代文创产业基地		
发现尸体地点	市中心滨湖公园	东二环风能研究中心	南二环碧漾游泳馆		
死者	梅莎莎	齐东民	胡求之		
杀人原因	虚伪	杀人	淫乱		
血指印数	五	三	二		

看完这个表格,连卢克自己都不相信自己那所谓的心理安全区理论了。

左汉撂下马克笔,拜托李妤非给他来杯咖啡,同时让众人先看一遍,尝试自己理解。等咖啡上来,他很快吞咽两口,便热情洋溢地解释起来。

"这个表格已经十分清晰,以各位的聪明才智,相信不用我细说也能看明白。但既然已经列出来,我也不妨啰唆几句。

"'鹊华秋色寒林雪,山居早春万壑松'——这是'大画师'留给我们的路线图。'画亦有风水存焉'——这是'大画师'留给我们的题眼。各位都是坚定的马克思主义者，或许不相信风水学说，但既然本案嫌疑人'大画师'相信并很可能在按照这个逻辑作案，那么我们为了破案，也很有必要顺着这个思路分析对方的犯罪行为。

"五行是风水里面的重要概念，而金木水火土五行又分别对应五方、五脏等等。其他信息已经很清晰了，只有一点我稍微解释一下：这个'长夏'指的是农历六月份。因为一年只有四季，无法对应五行，所以中国古人就拎出了个'长夏'的概念，也就是一年的正中间，最热、最潮湿的时节。

"目前已经发生三起案件，我们一个个来分析。如我之前介绍过的，《富春山居图》体现了四个季节的变换，'大画师'将其作为整个案件的引子，对应衔接春夏和秋冬的长夏。其五行对应土，而梅莎莎的死法是土埋；其五方对应中，而血画和尸体的发现地是市中心的省博和滨湖公园；其五戒对应妄，即虚伪，而根据'大画师'的视频问答和留下的诗，可见梅莎莎被惩罚的原因是虚伪。另外就是画上血指印的数量。这我也稍微解释一下。五行的提法最早见于《尚书·洪范》，曰：'五行，一曰水、二曰火、三曰木、四曰金、五曰土。'因此土所对应的数字是五。

"再看第二起案件。《早春图》对应春季，其五行对应木，而齐东民的死法是被木棍打死；其五方对应东，而血画和尸体的发现地是东二环的奋进大厦和风能研究中心；其五戒对应杀，而齐东民被惩罚的原因是身上背着多条人命；且《早春图》血画上，血指印的个数也是三。

"再看最新发生的胡求之案。《万壑松风图》对应夏季，其五行对应火，而胡求之的死法是被烧死；其五方对应南，而血画和尸体的发现地是南二环的时代文创产业基地和碧漾游泳馆；其五戒对应淫，而胡求之被惩罚的原因是作风混乱并逼死了受害女生；且《万壑松风图》血画上血指印的个数，是二。

"以上分析说明，大画师已经做完的案件和五行各项元素完全吻合，因此这个表格的空白处也对'大画师'接下来的作案逻辑提供了强烈暗示。

"假设'大画师'继续作案，那么他一定会用金属制品杀死一个偷东西的人，画《鹊华秋色图》，在上面摁四个血指印，然后和尸体一起丢弃在西二环某处。如果到时候我们还没有抓住'大画师'，那么在第五起案子中，他会找一个和酒有关的人作为目标，比如一个做了什么坏事的酒鬼，用和水相关的方式处死他/她，比如淹死，画一张带有一个血指印的《雪景寒林图》，然后把血画和尸体抛弃在北二环某处。

"另外，就作案时间来看，'大画师'大约每隔一个月作案一起，已经发生的案件，杀人时间分别在4月30日、5月29日、6月28日，那么按照这个逻辑，关于接下来的两起案件，他计划中的作案时间很可能是7月27日和8月26日。

"这个由五行衍生出的表格，就是'大画师'要做的局。"

左汉终于讲完，他越讲越精神，越讲越快，直到最后戛然而止，长长吐出口气，抿了抿将凉未凉的咖啡。

办公室里经历了漫长的沉默。

卢克在咀嚼完所有信息后反应过来，禁不住鼓起掌来，接着所有警员都鼓起掌，甚至欢呼起来，沉闷了一夜的办公室像是被突然注入一剂强心针，迅速苏醒并且沸腾。空气里流淌着鲜活的物质，一个个疲倦的灵魂被各种新的可能性激发而升腾。

第二十五章
朝菌敢邀万象

"左老师，没想到你白天一蹶不振，晚上给我来个大爆发啊！看来你这书画专家真没白请，对我们理清案件思路提供了巨大帮助。找个机会，我请你吃顿好的！"卢克有种拨开迷雾见青天的感觉，但他同时也清醒地意识到，压在身上的那座大山依旧岿然不动，"不过现在我们还不能掉以轻心。我们只是摸清了'大画师'的作案逻辑和计划，却并不能真正预测和阻止他下一次的作案。我们不知道他具体要杀谁，不知道他要在哪里杀，因此我们无法做出任何预防措施。哪怕我们知道他的杀戮会用到金属器具，哪怕我们知道会在西二环某处找到血画和尸体，但到那时什么都已经晚了。我们必须阻止他，甚至提前抓住他。"

左汉点头同意，其他人则表情僵硬。这个卢队长就不能让他们难得的好心情多延续一会儿，净泼冷水。

刘依守揉揉惺忪的睡眼问左汉："这个表是很详细，但你能就此对下一起案件做些预测吗？哪怕提供一些线索也行。"

"你自己不长脑子，不会发挥主观能动性先思考一下再问吗？什么都依赖左汉！"卢克没好气。

"表格你也看了，目前能推出的线索就是，'大画师'接下来要杀的人和盗窃有关。但偷东西的人多了去了，谁会成为'大画师'的下一个目标呢？"左汉只是提出个引导性的问题，因为他自己也拿不准。

"不难猜，"卢克很快有了想法，"目前《渔庄秋霁图》真迹下落不明，这不就有个现成的贼吗？和我们一样，最近'大画师'对这幅画的关注程度越来越高，那这幅画现在在谁手里，谁就最有可能是'大画师'的下一个目标。"

"有道理！"刘依守兴奋道，"也就是说，我们只要找到了真正的偷画贼并对其严密监视，就可能逮住'大画师'！"

左汉却格外冷静："根据之前的分析，那个最终得到了画的'阴龙'，极可能就是胡求之。可现在胡求之已死，'大画师'不可能再杀一遍。"

"难道下一个是赵抗美？"刘依守惊了。

"不好说。我也认为就是胡求之最终得到了画。可如果'大画师'要实施清算，也许确实会去找始作俑者赵抗美。"李好非道，"不过现在《渔庄秋霁图》仍然下落不明，我认为应该先找到它再说，至少要去胡求之家里好好搜搜。"

"我们有必要把胡求之的宝库好好翻一翻了。"卢克道。

"另外，我认为还应该继续从赝品的角度来查。我们已经多次拜访胡求之做书画复制的那位学生，只是她现在还什么有价值的线索都没提供。本来今早我俩正要杀到美院去问胡求之本人呢,嘿,好巧不巧,他就被杀了。"左汉双手抱在胸前,"关于赝品的细节,现在只能去问那个学生了,虽然不一定能把她的嘴撬开,但必须试试。"

"胡求之都死了,她还有什么不能说的?"刘依守道。

"不是她说不说的问题,是她知道多少的问题。像她这个级别的角色,充其量不过一枚棋子,上面那些人可没有义务将大计划向她汇报。"说到这儿,左汉话锋一转,"然而与画本身相关的线索不多了,这个人我不会放过。"

卢克点点头,又对张雷和刘依守道:"咱明天再去一趟胡求之家,掘地三尺,不要放过任何线索。"

次日一早,以卢克为首的外勤小组来到胡求之别墅,这里昨天已被封锁。

昨天痕检科初步检查发现,现场少量区域有被清理过的痕迹,在这些区域并未采集到任何脚印和指纹。而在未被清理过的区域,却留下了不少杂乱的痕迹——可想而知,里边不太可能有嫌疑人的信息。尽管如此,张雷依然打算碰碰运气,此番把整栋别墅上上下下都采集了一遍。

左汉对卢克提到,胡求之家到处是监控设备,因此卢克一来就在各房间找摄像头。书房和客厅的摄像头颇为醒目,卧室确实也有,只是不大容易发现。随后他很轻易地找到胡求之的电脑,让郭涛打开监控文件。

"啊?"郭涛惊道,"胡求之家的监控录像全被删了!"

"什么?"卢克凑过来,发现郭涛打开的文件夹里空空如也,"会不会是被挪到别的文件夹了?"

"没有，我用软件扫描了所有大文件，里面都没有。"

"再努把力，看看能否恢复。"卢克又叫来正在采集足迹的张雷，"张雷，你先提取一下键盘上的指纹，别放过任何细节。"

郭涛给张雷让位，摘下手套道："昨天时间那么紧，我认为'大画师'不可能删掉这么多文件。"

"你都默认是'大画师'删的啦？"卢克笑道。

"那不然呢？胡求之自己？"

"不是不可能。一来，胡求之的丑闻是在他被杀前夜爆出来的，有可能他自己看到了，为避免警方来家里搜查证据，于是连夜销毁。二来，就算他不在乎性丑闻，但左汉他们因赝品的事调查罗帷芳，肯定也敲醒胡求之了。假设监控曾记录下任何与国宝失窃相关的信息，那他留着岂不等于送人头？一个教授会这么傻？"

"不管怎样，我先试试能否恢复吧。"郭涛也尚存一丝侥幸。

"什么情况，这摄像头被破坏了！"刘依守在远处骂骂咧咧。

"什么？"卢克暗叫一声不好，就近跑到一处摄像头，发现电线已被剪断。怎么刚才没注意到！随后他们逐一检查其余摄像头，发现它们已尽数被毁。

"咋不把这整栋楼给烧了！"卢克气得火冒三丈。

"卢队，过来看看地下室吧。"张雷手下的一名年轻警员远远喊道。

卢克跟他走下红木旋梯，打开墙壁上的开关，地下室里霎时亮起无数盏灯，犹如一片星的海洋。眼前古董、字画琳琅满目，有的挂在墙上，有的放在玻璃罩里，在射灯的映衬下，更显雍容华贵，充满高级感。众人仿佛来到一个国宝大展，只觉眼花缭乱，目不暇接。

"这老家伙还真是有钱，难怪要装这么多摄像头。"卢克穿梭在各种令他觉得莫测高深，却一看便知价格不菲的瓷器间。

"这儿的摄像头也毁坏了。"张雷道。

"这些宝贝都放置得这么好，地下室应该没有外人来动过，至少没遇上劫财的。"

"卢队，有个上锁的小隔间。"刚才那个年轻警员又喊道。

众人一齐过去，卢克让那警员用铁丝把门锁打开。

里面空间很小，但陈列的东西却让这些穿着警服的大叔和小伙子们不忍直视——各种颜色和布料的情趣内衣、鞭子等情趣用品，甚至还有好几张用过的卫生巾……

卢克的目光很快就被一幅小画吸引——一张方形的血画！难道"大画师"也来过这里？或者，这也许只是房子主人用暗红色颜料画的？

他紧了紧白手套，走上去拿起画来看。这画不大，外框约是半径50厘米的正方形。上面画着几枝蜡梅，煞是好看。虽然没有左汉在一旁讲解，但作为一个普通人，卢克还是能感受到这几枝花的美。他试着辨识画上的题款，繁体字让他颇不习惯，但好在写得不算潦草。只见题款道：

> 日暮诗成天又雪，与梅并作十分春。——丙申腊月，爱徒帷芳天癸写梅，求之于余东。

明白什么意思后，卢克险些当场呕吐，现在连国画画家都搞起资本主义那套下三烂的当代艺术了吗？这个小黑屋里不堪入目的场景实在和一墙之隔的那个地下陈列室判若两个世界。

但他的目光很快又被一个重要信息吸引——"爱徒帷芳"。"难道就是左汉正在调查的那个做木版水印的罗帷芳？"卢克想着，赶忙用手机将画拍下来，还专门拍了一张题款，用微信发给左汉，并告诉他这是在胡求之家地下室发现的。

这个暗室并不大，一个紧贴着墙角放置的保险箱很快映入眼帘。卢克搬开保险箱上堆放的未经装裱的画作，认出这是一个永发牌保险箱，高度大概60厘米。卢克在之前经手的案件中接触过类似的保险箱，它需要主钥匙和密码同时到位才能打开，除非有应急钥匙。当然，如果实在都没有，他们在破案需要的情况下，也能用切割机或者电钻暴力打开。

这里面是藏着警方需要的东西，还是仅仅放着一堆臭钱？打开之前，谁也不会知道。

"这，"卢克指了指保险箱，"带回局里。"

左汉那边，今天对罗帷芳的调查，起初依然毫无起色。

前阵子没有抓住罗帷芳的把柄，于是对方要么矢口否认，要么打太极。今天左汉丝毫不急，因为就凭警方发现的她和胡求之近来愈发频繁的通话，更重要的是那个顺丰快递信息，他们就有理由申请针对罗帷芳的搜查令。卢克说过，搜查令下午就能拿到。

"罗帷芳，我们对你老师的死表示遗憾。"左汉尽量让自己显得很遗憾，"我们虽然接触过几次，但你可能还不大了解我，其实我也是画画的。"

"哦，你也画画？"罗帷芳总算做了一次对话的参与者，而不是终结者。

"是，不过我没什么名气。说我母亲你可能知道，王蕙，全国美术家协会理事。她和你一样，也是画花鸟的。"

"什么，你是王蕙老师的儿子？"

"怎么，不像？"

"不太像，王老师那么有气质，你……看着流里流气的。"

坐在一旁的李好非不禁扑哧一声笑出来。左汉微不可查地咽了口唾沫，心说这见习警员就是见习警员，审人比自己还业余，难怪卢克要授权他这个"专家"来问话。

"画画的人，太端庄不好。比起那些按部就班的，我更喜欢徐渭和八大这样的画家。洒脱一点，个性一点，是非分明一点，会更接近艺术的本质，更有可能攀上艺术的高峰，不是吗？"左汉说着往椅背上一靠，两条大长腿交叠在一起，显出放松状，"我可不想一辈子画造型、抠细节，亦步亦趋地染颜色，那样追求的方向就错了，太浪费自己的生命了。"

罗帏芳并没有听出左汉前后两句话各有所指，只是觉得面前这警察——是的，她以为左汉是警察——能说出这一通专业人士才会有的语言令她颇感意外，不觉间神经也放松下来。

"你对画有一定的理解啊，而且作为王蕙老师的儿子也有人脉优势，为什么没见你在书画圈活跃？"罗帏芳好奇。

"我业余时间也画画，也偶尔和圈里的朋友走动走动。托我母亲的福，像陈计白院长、省博金馆长，还有美院那些你叫得出名字的教授，我们其实经常相互串门，你如果报我名字他们都认识。"左汉看出对方脸上首次露出讶异加羡慕的神色，说明她对自己的态度已经由消极对抗变为积极对话，"其实胡求之教授也是我们的老熟人。我上大学之前，他还经常来我家，只是后来他事业越来越忙,就走动得少了。"他心里明白,胡求之这么一个功利的人,他爸一走,哪会把时间浪费在他们家上。

果然还是名人的名字最能给自己贴金,在罗帷芳眼里,左汉已经浑身上下金光灿灿,哪里还流里流气?

"呃……你能介绍我和陈院长认识吗?"罗帷芳不好意思道。胡求之一死,她已经对自己的前途一筹莫展。毕竟她并不想做一辈子的复制品,如果没个大佬带,以后的路不仅会坎坷,更可能坎坷了还没有希望。

"呵呵,你可真够直接的。我无法左右陈院长或其他教授的决定,但我可以试着引荐。"

坐在一旁良久不言的李好非感到话题已经被扯远,突然开口道:"罗帷芳,我们很能理解你现在的境遇和感受,但胡求之的案子是我们两边都必须跨过去的坎,你也只有从这件事中彻底出来,才能过得更轻松,不是吗?"

此话一出,好不容易放松的罗帷芳登时再度警觉起来:"我都说过了,胡教授的事和我真没关系。"

"你先别着急,"左汉收起他的二郎腿,身子微微前倾,"我们并没有想把你怎样,我们来只是希望通过你,对胡教授的事有更多一层的了解,好尽快查出到底是谁下的毒手。你也不想让老师死得不明不白,对吗?"

罗帷芳沉默了。但不长不短的沉默过后,她还是矢口否认。之前的假画事件,她虽然不知全部真相,但警方三番五次找上门来就足够让她惴惴不安。为此她还专门去省博看了一次。当赫然挂着的那幅所谓《渔庄秋霁图》证实了她的猜想时,她整颗心都被攥紧了。而她这颗悬着的心还没落下,胡求之又突然身败名裂并旋即陨落,她就更是不敢坦白自己与这些事有任何牵扯。

她没有做过假画。

她没有联系胡求之。

她没有上过他的床。

她和他没有关系。

正在两人一筹莫展之际,左汉的手机突然震了一下。他拿起一看,是卢克的信息:

　　胡求之家里找到的,你看一下。

左汉看见两张血红的缩放照片,心头一凛,以为又是"大画师"留下的血画,于是急忙点开放大了看。但看到第一张的风格,他就认出那是胡求之自己的杰作。

难道胡求之也参与了"大画师"案?这是他的第一反应。然而这个想法很快被他自己否定。如果真是这样,那第三个死的也不会是胡求之。

他又点开第二张,那是落款的特写。虽然左汉也深深恶心了一番,但他也立刻明白,眼前这个罗帷芳不仅像其他女学生一样,和胡求之保持着不正当关系,而且他们的关系更亲密、更变态。两人能如此泰然地"雅俗共赏",用污秽之物挥毫作乐,那说明胡求之将自己更多的内心展示给了罗帷芳。

他犹豫再三,没有把图片拿给李好非看,而是直接将手机递给坐在对面的罗帷芳。

罗帷芳看到图片,瞳孔瞬间放大,一只手捂住了嘴。几乎同时,她感到鼻尖酸涩,眼帘氤氲,豆大的泪珠扑簌簌落将下来。

李好非好奇,是什么了不得的东西让这个向来高贵冷艳的罗帷芳突然绷不住了？她要从罗帷芳手里拿过来看，左汉见她的手伸过去，抢先一步收了手机。李妤非不知左汉有意保护她这个刚毕业的小姑娘的眼，偏要去夺。左汉立马收了嘴角的笑意，用冷冽的目光瞪了李妤非一眼。李妤非鲜少见左汉如此严肃，立刻怂了。

"李警官，你还是别看了。"坐在两人对面的罗帷芳突然说话。她很努力地拭去脸上的泪水。

"我无意讨论这些照片，我只想知道我应该知道的。"左汉沉声道。

"谢谢你。"罗帷芳的脸上是两抹酡红，左汉发现她确有几分姿色，她继续道，"其实告诉你们也没什么。的确，人都死了，还有什么不能说的。"

左汉不说话，只是以幽深的目光瞥了瞥身边的李妤非，然后略带警告意味地盯着罗帷芳。罗帷芳明白他的意思，又不打算说那些风流韵事了。她忖了忖，道："大半年前，胡教授就告诉我，让我用木版水印做两张《渔庄秋霁图》，而且还嘱咐千万只能自己做，不能让第三个人知道。"

"什么，两张？"左汉不解。

"你忘了我之前那个猜测吗？一张给省博，一张给某老板。"李妤非撇嘴。

左汉露出恍然大悟的表情。目前这只是猜测，没有证据。但罗帷芳的话，倒是进一步印证了这个猜测。

"我虽不知为什么胡教授叮嘱我只能一个人偷偷做，但也照办了。"罗帷芳一副我只是被逼无奈才挣了大钱的样子，"你知道，木版水印是一个流水线的工作，就算勾描晕染我还行，但仅刻板这一件，就够我受的了，那可是木匠活儿。"

"可你还是完成了，而且做得很出色。"左汉道。

"胡教授给了我五十万预付款，做成之后又给了我五十万。"罗帷芳明白，警方若要查她的银行转账记录，那是分分钟的事，索性坦白，"我没有一口气挣过这么多钱，做复制品没有，自己创作更没有，所以咬咬牙就答应了。毕竟从那时算起，我还有半年多时间。"

"那你现在知道他要拿这画做什么了吗？"

"我去过省博了。"

左汉侧身对李好非道："发条信息给卢克，就说查查搜到的东西里除了《渔庄秋霁图》真迹外，是否还存在一幅赝品。"

李好非点头，马上就办。

"不对啊……"李好非发完短信才感觉矛盾，"如果真迹还在，那说明赝品已经给那位老板了。一个月过去了，真迹和赝品不可能同时在胡求之家里。"

"对……"左汉沉吟，"没事儿，等着看他们搜出什么吧。再说了，即便搜出来，他们也看不出是真的还是假的。"

"好啦，你是专家就你行！"

"还有没有什么可以对我们说的？"左汉再次看向罗帷芳。

"真的没有了。我直到最近发现胡教授用我的仿品替换了省博的真迹，才明白他为什么说天知地知你知我知。如果我当时就知道他要做这事，你就算借我十个胆子我也不敢啊！"

"呵呵，我不仅没有胆子可以给你，我也没有钱。"

罗帷芳听出左汉话里的嘲讽，羞愧地低下了头。

"最近保持电话畅通，我们可能随时找你。"李好非冷冰冰地道。

虽然拿下了罗帷芳,但她提供的消息不过印证了之前的一些猜想,并无助于找到真画。两人虽完成了阶段性任务,却怎么也高兴不起来。

胡求之的葬礼非常冷清。

给他料理后事的只有他的亲弟弟和弟媳。学院领导为避风头,一个也没来。

书画圈里大量购入胡求之画作、平日与其称兄道弟的藏家也一个没来。实际上丑闻一出,胡求之的画几乎变成废纸。投资泡汤,藏家即便要来,也是来鞭尸的。

他的女学生们就更是没一个现身。丑闻爆出后,胡教授历年招收女学生的名单被好事者挂在网上,无论她们有没有和胡求之做过见不得人的勾当,做到什么程度,看客们都倾向于认为这里面没一个正经人。她们当初接近胡求之虽出于类似或不同的动机,但现在无疑都是受害者,怎么可能出现在葬礼上。

胡求之硕果仅存的三位男学生里面,前两位毕业数年,庆幸早淡了关系还来不及,绝不肯在此时露面。而还没毕业的苏涣却是来了。苏涣看上去格外憔悴,年轻的面孔被各种情绪铺满,也许有某种哀思,也许有对自己未来的忧虑,也许有不知如何正确评价导师的纠结。他不住地叹息,胡求之的亲戚见了,也是一阵阵叹息。

当然,来最多的无疑是本地记者,尤其是小报记者,甚至还有抖音网红和快手主播。

"直播葬礼,还挺别出心裁,"左汉嘟哝着,一脸嫌弃地穿过八卦人群,"想涨粉不如直播吃翔。"

卢克仿佛没听见,一脸严肃地跟在他后面。

"学长,你还是来了。"左汉站到苏浼身边。

"那不然呢?"苏浼苦笑,"我已经料到会是这么个情况,如果我不来,就更冷清了。胡教授无论做人怎样,在艺术上对我还是有恩的,我也真心佩服他的造诣。我否定他的作风,更不会为他开脱,但一码归一码,他最后一程我还是要来送的。"

左汉和卢克点点头,表示理解。

世态炎凉。胡求之风光无两的时候,各路牛鬼蛇神都来攀附,想尽一切办法和他建立关系。可他甫一倒下,兄弟、学生、同事、客户都争先恐后撇清关系,诺言契约沦为废纸,两肋插刀权当放屁。但苏浼不一样,他谴责胡求之的作风,但尚存一丝感恩之心。左汉注意到,这里唯一的一个花圈也是苏浼奉上的。

胡求之的弟弟和弟媳开始给他烧纸钱。这时苏浼也从双肩包里取出一个卷轴,向胡求之那巨大的照片深深鞠了一躬,然后走到火盆边将那卷轴展开。是一幅书法。苏浼的字左汉再熟悉不过,学的徐渭。

"这是?"左汉不禁问道。

"给胡教授填了首《声声慢》,今天烧了,算是送他一程吧。"

左汉惊讶之余,立马对这首词的内容产生了浓厚兴趣,非要拦住苏浼,让自己读完再烧。只见这上阕并无甚高妙,无非是怀念请业授课,表达感恩的场面话。但下阕倒让左汉感到惊艳,词曰:

世事谁能算尽,怕月冷,凡尘斥仙难驻。日坠星移,河汉永年曾慕。

朝菌敢邀万象,纵浮生,一帘春暮。叹佺偬,又何人、今夕共度。

尤其是"朝菌敢邀万象"句,简直胸襟无限,气象万千。看得出来,学长对胡求之还是感恩和怀念的,那种师生之情并没有因为胡求之的丑闻而轻易动摇,他更是没有因为丑闻而彻底否定老师。

是啊,艺术的道德标准究竟是什么呢?如果一个艺术家达到了很高的造诣,世俗的道德是否应该对他更加宽容?同时,无论外界评价如何,从艺术家自身的角度,如果他做到了一鸣惊人或登峰造极,那么即便浮生倏如流星,是否也可以随时不带遗憾地、豪情万丈地归去来兮?

随着一张张纸钱的添入,盆里的火越烧越旺。苏浼叹息一声,把卷轴一点一点拉入这纸的坟场。一个个沉重的汉字在火光里突然变得鲜活起来,跳跃起来,仿佛在经历了一场神秘宗教仪式后,突然复苏的灵魂。

"左汉,我好累。"苏浼说。

"学长,我也好累。"左汉说。

回到刑警队,看到那个紧闭的保险箱,左汉和卢克才想起,方才理应问问苏浼这位胡求之的得意门生,能否为他们破解保险箱密码提供一些灵感。现在谁也不知道这保险箱里是不是放着什么娇贵的宝贝,若是暴力打开,把东西破坏了谁来负责?

可时间不等人。他们在胡求之住所并未找到《渔庄秋霁图》

真迹，甚至连罗帷芳多做出来的那幅伪作也没有搜出。这出乎所有人的预料。那么，这个保险箱里，会不会就放着他们苦苦搜寻的国宝？

念及此，警方更是不敢暴力打开保险箱。左汉于是打电话给苏涣。

"学长，刚才有件事忘了问。警方在胡教授家里找到一个保险箱，目前钥匙已经能对上，但没有密码还是打不开。你觉得胡教授可能会用什么密码？"

"左汉，这你就问错人了，"那边的人浅浅笑了，声音里依然带着疲惫，"学习之外，我很少过问胡教授的私事。不可否认，胡教授确实对我还不错，但我去他家的次数，可能还没一些女同学多。"

"这不一样。那些女生在胡教授眼里，只是他的……呃，但谁都看得出来，他是真心实意地欣赏你、喜欢你，你是他打算传授衣钵的弟子，难道他就没和你谈过心吗？哪怕一次？"

"现在丑闻一出，我都不知道说这些是否让你们觉得可笑。"电话那头的人忖了忖，语气中带着些许不确定，"其实胡教授时常会聊起他过世的夫人。他提起亡妻的时候，我能感受到他脸上的幸福。当然，我不确定胡教授是否想向我证明什么，毕竟骂他圈内渣男的人，不在少数。"

"那学长的意思，是让我试试和他过世的妻子相关的数字？"

"可以作为一个思路，但并不那么靠谱。毕竟如果是特别贵重的东西，一般不会用容易让别人猜到的密码。"

"那也要试试。"左汉又问，"他亡妻的生日我们可以去查，学长是否还知道一些相关信息，比如，他们初次见面的日期、订婚或结婚的日期？"

　　苏涣似乎是被逗乐了，笑了几声道："左汉，我又不是八卦记者，怎么会问胡教授这么私密的问题呢？不过……他们结婚的日子胡教授还真是自己提到过，我印象很深，是改革开放那年的七夕，你们不妨试试。"

　　挂了电话，左汉马上让卢克去查胡求之夫人的生日，自己则先试了试19780707这串数字，并没有打开。他不气馁，查了万年历，当年七夕节在公历8月10日，于是输入19780810。还是不行。

　　"我来吧。"卢克示意左汉给他让出地方，他手里拿着刚刚抄下来的胡求之亡妻的生日，"就胡求之这老淫棍，我就不信他还能念着那个早就没了的老婆。"

　　话音落定，他也同时按下"确认"键。

　　"咔嚓"一声，保险箱开了。

　　众人错愕得良久说不出话。

　　"人啊，真是复杂的动物。"左汉摇摇头。

　　然而很快，保险箱里的东西让在场众人大吃一惊。

第二十六章
案中案

他又弹起了《潇湘水云》。

小娟出了事那晚,他本期待看到胡求之在自责和不安中来回踱步、苦思对策的样子,然而他还是高估了胡教授的良心。傅小娟尸骨未寒,胡教授便迎来了两位客人——周堂和刘清德——两个他怎么也想不到的人。

真假文人会面,免不了一边喝茶,一边"之乎者也"地说废话,即便最终目的都会落到他们共同的兄弟——孔方兄身上。话还没说开,两边都已聊得红光满面。特别是胡求之,丝毫看不出小娟之死对他有何影响。

商人想和文人套近乎,总要把自己包装得很有文化,却不愿承认文人需要的不是他们的文化,而是他们的票子。胡求之说了半天场面话也觉得没意思,直截问来意。周堂和刘清德准备让胡求之做他们私人公司的"首席艺术顾问",其实胡求之是事先知道的。虽说两边皆知来意,但周堂和刘清德却窃以为前戏没有做足。

周堂道:"好久没拜访府上,不知胡教授最近又收了什么好物,可愿让我们开开眼?"

胡求之道:"最近忙着学生毕业答辩的事,哪有工夫收东西?就上星期有个朋友给了张清人王时敏的山水轴,鄙人不好意思,拿两张自己的拙作换了。"

刘清德道:"王时敏可是清朝'四王'之首,现在市面价格不菲啊。胡教授作为今人,挥毫两张大作便可换得王时敏佳作,可见市场对胡教授相当认可呀。"

"哪里哪里,"胡求之谦虚道,"都是朋友,看面子多一点。"

"不知胡教授是否方便让我们也近距离一睹王时敏妙墨?"周堂道。

胡求之自忖,若不拿出点东西给他们开眼,此二人绝不肯善罢甘休。加上周副总和刘总监嘴边抹了蜜,教授颇为受用,一开心,便走到书桌旁的博古架,蹲下去,从最底层一个格子中的众多卷轴里抽出一卷,摆在案上。

周刘二人两眼放光,都期待着胡求之将卷轴展开。胡求之笑盈盈地解开捆住卷轴的丝绳,然后从书桌一头开始滚动,徐徐将画展开。

然而画心展开没多少厘米,胡求之脸上的笑容便逐渐凝固。他看见最上头首先出现了两道笔直远山,萧疏松散的笔法,不是倪瓒是谁!

周堂和刘清德的眼睛须臾不离卷轴,更是将一切尽收眼底。倪瓒的《渔庄秋霁图》是近期最炙手可热的作品,其画面构成对圈内人士来说更是烂熟于胸,两人见了那道远山,登时情绪失控。

"《渔庄秋霁图》!"周堂惊呼,旋即看了看胡求之,又看了看刘清德,正巧和刘清德四目相对。

胡求之已将画展开到此,实在骑虎难下,只能暗骂自己愚蠢。也怪他家顶级宝贝太多,收了什么都放在博古架上,连《渔庄秋霁图》也并未辟出专门地方安置。而且刚收的那幅王时敏山水轴和《渔庄秋霁图》尺寸相当,着实容易混淆,适才被周刘二人的奉承话说得晕乎,居然放松了警惕。

"呃……呃……哦!呵呵,我不是有个学生去荣宝斋学了木版水印么,她学成就做了张仿品送我,说是表达一下感谢。"胡求之是个人精,现场谎话编得还算利索,但此事牵涉重大,他眉眼间的紧张依然藏都藏不住。

周堂和刘清德又对视一眼,相互传递着复杂的信息。再精明的艺术家,在奸商面前都是纸老虎。他俩消息灵通得很,虽然《渔庄秋霁图》被调包的事被各方严密封锁,但两人作为圈内人还是听到了一点风声。胡求之这变化多端、无法自控的表情,显然证明他在撒谎。而作为为数不多拥有省博储藏室钥匙的人,他接近《渔庄秋霁图》真迹的条件,可谓得天独厚。

周堂和刘清德瞬间明白自己面前的是什么东西,有多重要,或者换句实在话——有多值钱。

胡求之感到百爪挠心,艰难地斟酌着接下来的每个举动。尽管很想,但他绝不能展开一截又把画收起来,否则此地无银三百两,更说明这就是真的《渔庄秋霁图》。

他努力控制脸部肌肉,让笑容慢慢回归正常:"我那学生也怪懂事的,看《渔庄秋霁图》热度高,就给我做了件仿品。瞧瞧,仿得还挺像那么回事儿。"说着假模假式地邀请二人凑近观摩。

胡求之只能寄希望于：要么周刘二人眼力不行，要么他们不知省博真迹被盗一事。然而他不知，二人心里早有了主意。

画面完全展开，周堂和刘清德一边对倪瓒的画风大发议论，一边夸赞胡教授的高徒妙手。此时的胡求之已经如履薄冰，哪里听得进半句奉承话，只是跪求这两位祖宗快点儿结束对话。周堂自然明白胡求之的灵魂是怎样被放在铁架上烤，于是大发慈悲，表示仿品看够了，其实宁可看王时敏真迹。

胡教授如死刑犯蒙了大赦，急忙将《渔庄秋霁图》卷起来。他还动了点儿小心思，故意将其随便放在书桌一角，而不放回博古架，以此证明这画在他眼里确实不值钱，他胡教授甚至连保护一下的欲望都没有。待王时敏山水轴一展开，占掉大半个桌面，倒真显得卷起来的《渔庄秋霁图》不是个东西。

品评完王时敏，胡求之要继续证明那两张画在他眼里不值一提，所以也不急收画，而是唤二人继续喝茶。但他又不想看着那两张没收起来的画难受，于是将喝茶地点改了。三人移步敞亮的客厅，胡求之为周、刘沏茶。

周堂喝着已经索然无味的大红袍，一边应付胡求之，一边假装用手机应付工作。他实际上在给刘清德发信息，言简意赅地把刚刚冒出的计划告诉对方。

三人又聊了一阵，刘清德突然说钱包好像落在书房，要回去取。胡求之隐隐感到不安，却无奈周堂拉着他唠个没完。他又不敢表现得过于在乎，于是只能如坐针毡地听周堂描绘他们小公司的大好前景。

刘清德入了书房，迅速抓起早被胡求之卷起来放在一边的

《渔庄秋霁图》，然后进入书房隔壁的卫生间。那里的窗户是开着的，不像书房，若要开窗则难免造出响动。

他一进卫生间，就把《渔庄秋霁图》从窗户扔到了外边的花园里。

"哎呀，对不住两位了，公司有点儿急事，这大半夜的非过去一趟不可。"刘清德火急火燎地从书房的方向出来。

"怎么了？"周堂站起来，那焦急明显能隔空传染。

"不打紧不打紧，我去处理一下就好了，不劳烦周总。难得来一次，您和胡教授多聊会儿。"刘清德说完，转头对胡求之道，"胡教授，哎呀不好意思了，我这事真有点儿急。我们做外贸的您也知道，时不常得被时差折磨一次。"

胡求之见他两手直搓，一副着急的模样，说了两句客套话就放行了。他要送送刘清德，刘清德却坚持不让。

刚一出门，刘清德便绕到刚才那个卫生间窗外的草坪上，将《渔庄秋霁图》拾起。不多久，他的奥迪便堂而皇之地出了别墅区。

十五分钟后，周堂收到一条短信，只有两个字——"搞定"。他于是对胡求之抱歉道："胡教授，内人管得严，不让晚归。这不，又来催了！"

"呵呵呵，"胡求之憨笑，"怕外面太多花花草草，不放心周总咧。"

"惭愧惭愧。"周堂认为胡求之这便算是放行，且说且起身作揖。刘清德有周堂善后，可以大摇大摆地将车开出别墅区。而周堂则不敢作片刻停留，慌慌张张地就走了。

胡求之关上大门，第一件事就是去书房查画。见原本放在王时敏山水轴边上的《渔庄秋霁图》不见了，他差点儿没当场晕死过去。

他顾不得做无用的翻找，直接去查监控。果然，只见刘清德刚进书房就直奔书桌，拿了《渔庄秋霁图》卷轴就往卫生间走。卫生间没安监控，他并不知道刘清德在里面搞什么鬼，只是出来的时候手却是空着的。胡求之赶忙去卫生间找，什么也没有。略一琢磨，又调出室外的监控。这一看，他全明白了，直接瘫坐在电脑前，眼冒金星。

周堂和刘清德相信，即便胡求之的监控记录下他们偷了画，由于《渔庄秋霁图》是失窃国宝，胡求之也绝不敢声张。

这两人吃定他了。

胡求之想想，便自己删掉了今晚的监控。玩弄女学生是大事，盗窃国宝则更是非同小可。万一警方来家里调查傅小娟的案子，却意外牵出《渔庄秋霁图》一事，那他胡求之岂非作茧自缚，罪上加罪？想到这，他索性寻出剪刀，将别墅上上下下所有监控摄像头的电线剪断。

"大画师"坐在电脑前，庆幸该存的视频都及时存了，包括刘清德精彩的魔术表演。

回想起来，这还真是一出好戏。赵抗美、胡求之、周堂、刘清德，竟都是老戏骨级别的演技。不到最后，几乎没人能想到真画会落在谁手里。论身份和能量，赵抗美和胡求之是稳压另外两人的。但命运有时就是如此奇妙。

世事难料，精彩精彩！

那么问题又来了：接下来，选谁呢？

他不得不承认，自己的确有选择困难症，哪怕只是在这些"大盗"之中选出一个更出众的。

他看看日历，距离下一次"创作"的时间其实还长。琢磨片时，他玩心大起。既然自己选不出来，那不妨让另外三人再斗一斗，自己先看个热闹。他很快便有了主意。

胡求之的保险箱里，并没有卢克他们预想的《渔庄秋霁图》真迹，但里边的东西也足以令他们震惊非常。除几个一看便知价格不菲的小尺寸古董外，还有一大沓银行卡，以及一个笔记本。一眼看去，最让人浮想联翩的无疑是那叠厚厚的银行卡。可翻开笔记本一瞅，胡求之的故事却变得更加扑朔迷离。

这个笔记本明显是个账本，或类似账本的东西。里面记录着日期，记录着一笔笔数额可观的钱，甚至很诡异地出现了类似于流程图的东西，仿佛那钱经过了很多道手。然而令众人不爽的是，那些明显表示人或机构的地方，却用大写英文字母代替，仿佛在看《维纳斯的诞生》的时候，猥琐男们急迫想要看个真切通透，可波提切利偏偏要让人家一手一个遮住重要部位。

胡求之不傻，怎么可能真的做个账本，他一方面有必要给自己一个提醒，另一方面却绝不能给无法预料的突击检查留下证据。

看到里面频繁出现的字母Z，卢克非常确定那人就是赵抗美。但他也并非武断之人，在没有确凿证据之前不会着急行动。何况这个账本里还有那么多字母"见首不见尾"，不查清楚就是不专业。他目前的核心工作是抓"大画师"，这个账本信息量如此之大，似乎该由隔壁经侦的兄弟负责。于是卢克立刻联系经侦支队长江耀。

江耀是何等火眼金睛,一看那些流程图就说八成是洗钱的套路,尤其是前几页,似乎当时胡求之自己都不太明白那些门门道道,记录得还较为详细,也就是到后边才非常写意地唰唰两笔。而还有一些则明显是投机倒把的炒作,极容易辨认。

见江耀如此熟门熟路,卢克放心地将材料交给了他。赵抗美这只老狐狸从来没留下什么把柄,若能从胡求之这里突破,未尝不是件幸事。

"卢队,"刚从胡求之家回来的张雷见卢克兀自沉思,打断道,"我们又在胡求之家详细搜查了一遍,在床底一个暗槽里发现了几串钥匙。此外我徒弟还发现,在未被嫌疑人清理过的区域,采集到一些较为新鲜的指纹和脚印。目前指纹比对已经完成,除了胡求之女学生的,还有两人,一个叫周堂,一个叫刘清德,分别是中艺公司的副总和出口部总监。"

"刘清德?"卢克听到这名字,觉得有些熟悉,忽然想到这不就是左汉的上司嘛,"这两人有案底吗,这么快就对上了?"

"他们不久前录的身份证信息。"

"好的,我知道了。辛苦。"

中艺公司出口部总监办公室,刘清德正偷偷忙着自家公司《渔庄秋霁图》主题手机壳的补货,突然电话铃响了。他一看是陌生号,以为是给他推荐贷款和豪宅的,直接掐断。谁知那电话又打了过来。

无奈接起,刘总监没好气地"喂"了一声。

"您好,请问是刘清德先生吗?"

"我是刘清德,哪位?"

"刘先生您好,我是市公安局刑侦支队队长卢克,之前我们打过交道。"

最近坏事做尽的刘清德一听是公安局的,登时挺直腰杆,犹如遇到天敌的土拨鼠,脑海里浮现出几个月前从自个儿眼皮底下带走左汉那人,忙笑呵呵道:"啊,呵呵呵,想起来了,是卢队长啊!不知您找我什么事啊?是不是左汉那家伙又犯事儿啦?"

鉴于"大画师"案的机密性,刘清德到现在还不知左汉已被公安局特聘为书画专家,以为他被"带走"是和卢克当时声称的什么杀人碎尸案有关。只是他一直没想明白,既然左汉和那种恶性案件相关,为啥依然有人身自由,而且上次居然还打电话问他古画复制的事。

"这次来找刘先生,和左汉无关。想必您也知道美院教授胡求之被害了吧?"

刘清德顿了一下:"呃,胡教授啊,……我,我听说了。"

"我们在胡求之家发现了您和贵司副总周堂先生的指纹,且是较为新鲜的指纹,所以想请问一下,您和周先生是否于近期去过胡求之家里?"

刘清德道:"哦,是啊,铁证如山嘛,我们当然要坦白从宽啦。"

刘清德的油腻做派让电话另一头的卢克如闻了臭鸡蛋的孕妇,忍不住要吐。但刘总监哪里看得到卢队长的厌恶,继续道:"我们在胡教授出事前不久的确去过他家,当时就是和这位老朋友叙叙旧,别的也没什么。您也知道,我们书画圈很讲究这些,大家有事没事,都得走动走动,交流一下近况,不能断了联系。"

"那您去的时候,有没有发现胡求之或他家里有什么异常?"

"没有,我们也就去书房和客厅坐坐,喝喝茶,聊聊天,哪会注意哪只水杯摆的位置错了,哪扇窗户本该关着但是开了,这是你们这些福尔摩斯做的事呀,啊,哈哈哈哈!"

卢克问了半天没问出个所以然,索性说拜拜,然后打电话给周堂,占线。

周堂正接着刘清德的电话。刘总监做事快人一步,立即将卢克的电话内容向周总汇报,讲了快半小时。和刘清德聊完,周堂看了看刚才接连打进来五个电话的号码,回了过去。

"喂,您好,请问哪位?"

"您好,周先生,我是市刑侦支队队长卢克。"

"啊,卢队长好!卢队长日理万机,不知怎么突然想起给我们这样的守法良民送温暖啦?"

卢克腹诽,看来这位副总的油腻程度大大升级,把他的肚皮和舌头拧一拧放锅里,定能炸出几百斤油条。

虽然觉得对方在浪费自己的宝贵时间,但卢克忍着没发作,把他想问的一一问了。可是周堂的回答犹如刘清德的复制粘贴,联想到刚才占线那么久,他也能猜到怎么回事儿。

然而,刚打发完卢队长,正想舒口气,一身轻松的周副总却挨了个结结实实的霹雳。

他很快接到一个电话,那头竟是怒不可遏的赵抗美。

"周堂!你个孙子!你和刘清德那不知天高地厚的狗杂种都做了什么好事?!"

周堂和赵抗美接触很少,每年也就在一些较大场合见面一两次。他们两家公司业务范围不同,虽然赵抗美也偶尔涉足艺品，但赵家主要做的是医药和房地产。而且周堂虽是中艺副总，但也只是在国企工作，哪像赵抗美，公司体量远超中艺不说，还都是他个人和家族的财产，所以周堂见了赵抗美，也往往和省内其他人一般毕恭毕敬。

然而两人也并非全无交集。赵抗美近年曾做过几笔艺术品洗钱，也有和周堂的私人公司合作，只是这种"小事"从不会由赵抗美亲自出面。工作中没有直接交集，合作上也无实际利益冲突，那这赵抗美到底发的什么火？他正兀自琢磨，电话那头的人又骂骂咧咧起来："你他妈的倒是说话呀，装什么孙子！"

以赵抗美的身份地位，他亲自给自己打电话本就不寻常，何况是以这样有失体面的态度。周堂不敢造次，只好试探着问道："赵总，您先消消火，我现在还没搞清楚状况，能否请您明示啊？"

然而这话传到赵抗美耳朵里，那就是周堂在揣着明白装糊涂，他更是火大："你个孙子，别跟我装蒜！你和刘清德那畜生在胡求之家里做了什么，你们俩自己清楚！"

周堂算是彻底明白了。

只听电话那头的商界大佬继续道："我警告你们两个，打狗还须看主人，你们知道该怎么做！"说罢电话直接被挂断，给赵抗美的愤怒画上了一个完美的感叹号。

周堂心里明白，赵抗美亲自来电话只是要表明自己的态度，他为保持自己的威严，剩下的事只会让手下来和他们对接。脑子飞速运转片时，周堂忙将此事告知刘清德。刘清德也万万没想到，原以为只是欺负了个窝囊的美院教授，谁知居然把赵抗美这头老虎的虎须给拔了。

然而若依着赵抗美的意思来，也实在不是他俩的做事风格。

没了胡求之这位合作多年的专业书画鉴定专家，赵抗美一时有些无所适从。首先，他本人虽在商场叱咤风云，但书画是一个需要极高修养的专业领域，他只能依赖专业人士。其次，即便是胡求之这样与他合作多年的人，都能在利益面前说背叛就背叛，暗地里扣下他赵抗美要的画，那新找一位合作伙伴，靠得住吗？

靠不住也得靠。

没用多久，赵抗美的手下帮他物色并谈妥了一位前覃省美院山水画专业的教授，叫吴天盛。这个吴天盛和胡求之比起来，名气要小得多，但因为相对年轻，可以说是潜力无限。而且胡求之的专业是花鸟画，吴天盛却从小主攻山水，在《渔庄秋霁图》的鉴定上，吴天盛想必不会输给胡求之。

虽然手下已让吴天盛知悉此次合作的目的，但赵抗美还是决定亲自会会这位教授。和周堂通话后没几天，赵抗美便准备好对方拿来的《渔庄秋霁图》，邀请吴天盛来他的私人庄园"做客"。吴天盛被一辆迈巴赫带着从美院一直开到庄园内部的高尔夫球场，起先还颇有些心潮澎湃，毕竟攀上个金主是所有想要走市场的画家的美梦。然而他很快发现，这位大金主不仅对他完全没有信任，还对他这个清高的文人百般羞辱。

这还没见到赵抗美，吴天盛就被守在一栋小楼入口处的三名保安搜身。鉴于本次对话的私密性，搜身的重点是录音录像设备，当然，还包括任何可能伤到赵抗美的东西。赵抗美交代了，要不厌其烦、往死里搜，好好给个下马威，于是众保安从头发丝到脚趾缝儿，除了某个敏感部位，几乎把吴天盛全身摸了个遍，恨不能再拉开他的裤子，看看里面是不是藏着雷。人工搜完还不算，几个测试金属的仪器对着他的身体又是一通乱扫，仿佛他血液里含有铁元素也是万万不行的。

结果,吴天盛的手机、手表、钱包被尽数没收。保安恨不得再卸下他的双手双脚,只捧着他的脑子和嘴去跟赵抗美谈事。在清高文人的坚决抗议下,吴天盛勒在腰间的皮带才没有被抽去。经过这么一折腾,原本还春风满面的吴天盛,瞬间盛极而衰。

见了看上去有些颓唐的吴天盛,原本跷着二郎腿坐在太师椅上的赵抗美立马站起来,假意迎上去寒暄,左一个"有失远迎",右一个"幸会幸会"。

"赵总太客气了,吴某一介小人物,怎敢让赵总躬亲迎接,赵总的保安们已经做得很好啦!"

赵抗美心里一句"我呸",此人居然敢对他的安排有意见,还当着他的面点出来,着实胆大包天。不过鉴于目前人才稀缺的形势,襟怀宽广的赵总也不去因这点小事和他计较。

"哼,一定是这帮狗奴才有眼不识泰山,给吴教授添堵了。"赵抗美佯怒,"还请吴教授不要和他们一般见识,回头我让他们全部卷铺盖走人。"

由于之乎者也和官样文章是两人共同的长项,于是他们难免又花了不知多少分钟,举行了一场上下五千年寒暄客套句型知识竞赛,时间长到足以让两人一人一句完成《长恨歌》加《琵琶行》加《春江花月夜》的接龙。

遇到知音固然妙不可言,然而商人一刻值千金,赵抗美终于决定进入正题。

"吴教授,这次请你来的目的,想必你已经知道了,这……你应该没问题吧?"

"没问题,赵总不就想做书画鉴定嘛,这算是吴某的长项。"

"好，爽快人！不过吴教授，咱明人不说暗话，我赵抗美是个商人，我要投资的东西，包括书画，只要我不对外公布的，都属商业机密。你应该知道怎么做吧？"

"嗯，知道，当然知道。"

"好。只要吴教授遵守我们之间的协议，守住嘴，物质上的条件都好说。"

闻言，吴天盛的脸上再度明媚起来，仿佛不久前赵抗美给他脸上扣的好几个屎盆子，终于臭尽甘来，滋养得他满脸桃花开。

这时赵抗美打个响指，立在一旁的三个手下次第呈上三个卷轴。赵抗美起身，朝吴天盛比了个请的手势，两人移步前方的书桌。

见第一幅画被展开，赵抗美道："今天想请吴教授帮我鉴定三幅新收的画。这第一幅，是弘仁的山水轴。"

吴天盛一看，很是喜欢，再细细看了一分钟，肯定道："真迹无疑。"

赵抗美当然知道是真迹，不想浪费时间，示意手下展开第二幅。

"这是石涛的山水轴。"赵抗美介绍道。

对于石涛，山水画家就没有不喜欢的。吴天盛的表情几乎是欢天喜地，因为这显然是一幅石涛的精品，质量甚至比省博挂着的那幅还要高。赵抗美醉翁之意不在酒，自然也不关心吴天盛说什么，只是随便对付完他夸自己"慧眼如炬"的奉承话，就过了。

而在第三幅立轴徐徐展开的时候，赵抗美眼睛一瞬不瞬地观察着吴天盛的反应。对方的表情自然云谲波诡。看到《渔庄秋霁图》的第一眼，吴天盛立刻瞪大了眼睛抬头看向赵抗美。而赵抗美却面无表情,似乎在等对方先开口。

吴天盛不知是开口好,还是闭嘴好,但还是选择试探一下:"这……这不是最近在展览的那幅么?"

"是不是,就得看吴教授怎么说了。"赵抗美的回答更是比余东电视台的天气预报还模棱两可。他自然不会向吴天盛说明此画的来历。

吴天盛知道对方城府深沉,手段高明,想必也问不出什么,索性继续看画。他躬身靠近细看,越看眉头凝得越紧,后来想到真迹还在省博展览,心下释然。这本就该是赝品,他想,随即直起身子笑道:"赵总太会和吴某开玩笑了。吴某可不是住在山里哦,也知道《渔庄秋霁图》真迹就在省博。但是这幅仿作嘛,在用微喷技术制作的高仿里,算是品质上乘了。"

"什么?!"赵抗美没把持住,惊呼一声,不过他很快恢复大老总的镇定,笑道,"呵呵,那是那是,和吴教授开个玩笑。朋友昨天刚送我一幅高仿,说让我这个得不到真迹的老头子挂着解解馋,呵呵。"

吴天盛不明所以,也跟着"呵呵"两声,房间里荡漾着尴尬的气息。

"那么,如果《渔庄秋霁图》真迹摆在吴教授面前,吴教授应该能认出来吧?"

"当然。"

"省博此次开展以来,吴教授可曾去过?"

"惭愧惭愧,吴某近两月琐事太多,至今未曾观展。不过这幅在上博展览之时,吴某倒是去过多次。"

闻言,赵抗美的脸上一片晦暗。

337

怪事年年有，今年特别多。刘清德失踪了。

刘清德媳妇儿见他出门迟迟未归，电话也关机，心下着急，立马报警。然而对于判定人口失踪，一夜未归显然不够，否则酒鬼们早把全世界的警力耗尽。

翌日上午，刘夫人自己也不去上班了，就守在中艺公司门口等。直到正式工作时间过了半小时，她才六神无主地跑到中艺几个大领导那里找人。谁知从总经理顾总到平日往来较多的周堂，大家只以刘清德领导的身份安抚几句，便把人给打发了。他们更多的是抱怨刘清德怎么可以一声不吭就旷工，完全不把公司制度和部门业绩放眼里。

刘清德消失后第三天清早，中艺公司的保安在一楼电梯口附近看到一个精美的卷轴，以为是哪位员工丢了什么公司的书画作品。他没敢打开看，想着交给公司里什么人，让他们找到相关同事。

这时两个和左汉关系甚好的出口部小姑娘恰巧走到电梯口，保安见了，就将卷轴递给她们，问是不是她们出口部的货在运输时丢电梯口了。对中艺这样规模的艺术品进出口公司而言，这也并非什么稀罕事。俩姑娘没多想，直接打开看是哪个部门的货。

谁知，眼前的画作风格即便算不上惊悚，也可以说是别出心裁，标新立异——哪有整张全用暗红色来画山水的？而且这不正是最近大热的《渔庄秋霁图》嘛！两人于是发挥平日里最擅长的八卦技能，你一言我一语，几乎将太阳系范围内所有会画画的人都怀疑并否定了一遍。

周围的人越来越多，两个女生高声问这是哪个部门的东西。

见半晌没人回应，她们就给此画拍了几张照片，发到中艺公司全体员工的大群里。见俩人带头拍照，围观群众也纷纷举起相机，拍得不亦乐乎。

除了逢年过节，全体员工排队复制粘贴祝领导节日快乐，中艺的大群还从未如此热闹过。周堂给车熄了火，打开微信，见公司群在对话页面罕见置顶且有上百条未读信息，信手点进去翻看。随着一条条"这该不会是血吧"的猜测，他越看越慌，直接滚动到这一切的肇始。

他看见了一张暗红色的《渔庄秋霁图》。

周副总理智尚存，当即拨通保安队长的电话，让他马上把画收起来并驱散人群。谁知他刚下车小跑到保安室，就见保洁阿姨一路尖叫，花容失色地从垃圾桶边狂奔出来。

"死人啦！死人啦！"

这一吼不要紧，从公司大门口到一楼电梯口，凡是长着耳朵的纷纷跑去看，相信如果电梯隔音差一点，已经坐上去的人听到也一定会选择跳楼去看。此情此景中，只有阿姨是不给社会添乱的最美逆行者。

听了这叫声，想起昨晚收到的那个文件袋，周副总知道恐怕是刘清德的音容笑貌要重现人间，于是两眼一黑，倒在保安队长宽阔的怀里。保安队长职责加身，不知先看那个已经死了的，还是先救这个快死不死的，恨不能自己也两眼一黑，和周副总躺在一起。

听到报警说刘清德死了，卢克把刚入口的咖啡喷了刘依守一脸。这明明前不久才聊过天的大活人，怎么说没就没了？

由于刘清德是左汉的顶头上司，他立即将此事告知了左汉。左汉迷迷糊糊地接起电话，听到消息后又是腾的一下坐起来，如遭雷劈。他虽不喜欢刘清德这厮，但还远不至于盼着他这么早就奔赴极乐。更何况，生活中如果少了一个吐槽和八卦的对象，那将失掉多少乐趣！他急忙顶着个鸡窝头，和卢克分别赶往中艺大楼。

警方还没到，五六个保安已经勉强把坐在垃圾桶里的刘清德团团围住。此时中艺员工已经认出，眼前这位就是那个叱咤风云的出口部总监，很礼貌地发出了一声惊叹之后，几乎齐齐举起了手机拍照。真是奇怪，这年头为什么会有人敢把别人尸体的照片放在自己的手机相册里。

相册里尸体最多的丁书俊率先抵达现场。他白净的肌肤、斯文的面相、颀长的身形立刻引起一群姑娘的尖叫，到底还是活人更好看。丁书俊厌恶地睥睨这群摄影大师，向保安亮出证件，便去翻动刘清德的尸体。

"立刻驱散群众。"丁书俊皱着眉对保安道。

"没办法啊，我们就是个小保安，哪里赶得走？"

"那去叫你们领导来赶。"

保安想起刚才晕过去、不知醒来没有的周堂，只好去打终极大老板顾总的电话。顾总说他五分钟就到，保安才稍感心安。

这时卢克带着刘依守、张雷、李好非来了，左汉也紧跟着赶到。瞧见暌违两月的左汉，出口部的女同事们开心得不得了，活蹦乱跳，一口一个"左汉宝宝"，如同一群叽叽喳喳的小麻雀。

左汉却不会这般没心没肺。他认为刘清德千古，他应该显得心情沉重才是，即便哭不出来，那也绝不能开心得跳起来。更何况他目前在中艺公司,还是卢队长金口盖章的"杀人碎尸案嫌疑人",他只能回小姑娘们以一个悲天悯人、欲言又止而又不失风度的眼神。

这时顾总经理也喘着粗气跑过来,表明身份后,被卢克拉到一旁握手。卢克其实没心思和他握手,哪知这位老总更没有心思,一边握着卢克的手,一边对着人群吼道:"刚才谁在群里发的《渔庄秋霁图》?画现在在哪里?"

闻言,卢克和左汉同时瞪大眼睛,默契地看向彼此。保安队长把周堂扔给传达室收报纸的阿姨,拿起画就小跑着去找顾总。

卢克抢先一步夺过画,展开一看,是一幅血红的《渔庄秋霁图》。

几人正诧异间,从不远处跑过来的丁书俊又对着卢克和左汉沉声道:"死者被砍掉了双手。"

"什么?!"卢克和左汉异口同声惊呼。

难道……是"大画师"?

第二十七章
云中真假辨他无

看到血画和刘清德的尸体,虽然在场的警员心里马上想到"大画师",但左汉和卢克很快否定了这种可能。见现场群众太多,两人又默契起来,左汉看着卢克摇摇头,卢克看着左汉点点头。

"收拾东西,归队。"卢克命令道,"张雷,你留下来采集痕迹。"

"没问题。"张雷应一声,又转向顾总,"您好,麻烦让您的员工回去上班,他们正在破坏现场!"

顾总自然巴不得警方马上接过这个烫手山芋,旋即要求所有员工上楼工作,并且不得议论此事。然而楼可以上,众人的嘴却与刘总监同在。

"杀刘清德的肯定不是'大画师'。血指印的数量不对,凶手居然按了五个,简直就是瞎搞。"刚从中艺公司大楼出来,坐上警车,左汉便迫不及待说出自己的想法,"而且这次画的不是《鹊华秋色图》。'大画师'这种完美主义者绝不会随意改变自己的计划,尤其是计划的核心内容。"

"没错,肯定不是。还真多亏有你画的那个表,我们才能迅速排除'大画师'作案的可能性,否则不知要花多少时间走弯路。不过……难道现在都已经有人模仿作案了?"卢克皱眉,"'大画师'案的影响越来越恶劣,我们必须抓紧时间了。"

"问题又来了,这次不是'大画师',那又会是谁?"

"不管是谁,这人对'大画师'的案子肯定只是道听途说,一知半解。除了你刚才说的问题,'大画师'也从不把血画和尸体放在同一个单位。"

"作案时间也不对。"

"什么都不对。"卢克无意再去证实这个他们两人已经达成共识的信息,话锋一转,"你回到局里,好好研究一下这张血画。即便不是'大画师'本人,他也犯了罪。我这边安排其他人去查刘清德的社会关系。这次咱们必须把凶手给揪出来!"

二十分钟后,警车开回公安局。丁书俊和他的助手将尸体搬回法医室解剖,卢克则跟着左汉去物证室研究血画。

"这幅画与'大画师'作品最大的不同,是十分忠实于原作,恨不得一比一复制。之前我说'大画师'画得像,是指神似。我认为'大画师'也有能力临摹得一模一样,但他的几张仿作中,更多是选择'意临',那是要充分理解原作笔墨精神之后才能达到的境界。哪怕是与原作几乎一样的《早春图》,也能看出'大画师'因太熟悉原作而展现的轻松。而这个人,与其说他是在临摹,倒不如说是在制作,亦步亦趋,线条很紧,我不认为这是什么艺术品。"

"可是他能模仿到和原作几乎一个模子里刻出来的,那也需要很深厚的功力,这点你不否认吧?"

"那是自然。此人的画风严谨,功力深厚,非常学院派。我怀疑是美院老师或学生,要么就是社会上的学院系。"

卢克沉吟半晌,只说了一个"好"字。左汉继续看他的画。

"我感觉此人对画的理解远不如'大画师'。虽然他的绘画功底极其深厚,技术层面无懈可击,但他似乎还没明白,中国画,或者说中国画信奉和遵守的哲学思想,极重视一个'藏'字。"

"藏?"

"对。"左汉继续道,"看'大画师'的画,你会惊叹于他在理解原作精神基础上的再创作。他一方面强调原作的特色,也就是原作想要强调的风格;另一方面,原作想要隐藏的,想要让观者自行领悟的,他也会刻意藏得比原作还深。这也是我这几个月深入分析之前三张画后偶然发现的。"

"说回眼前这张画,我看他画得和原作没两样啊。也就是说,原作藏得怎样,他应该也藏得怎样吧?没有什么个人的发挥。"

"实际上并非如此。一幅画摆在眼前,它首先给你一种气质。比如之前的《万壑松风图》,给你一种壁立千仞、正气长存的气质。"左汉指了指眼前的血画,"《渔庄秋霁图》原作,是给人一种荒寒萧疏的气质,而通过这种自然的表象,暗示画家孤独的心理、与庙堂疏离的志向,同时也把这种心理和志向藏在了自然表象的背后。说白了,就是透过自然的状态,来表达人心。如果这张让真的'大画师'来,他只会让这种自然的萧瑟表现得更加夸张,让你把更多的注意力放在画面塑造的气氛里,从而把人的情感藏得更深，而当你终于发现这种情感后，你的震撼也就会更大。这就是为什么我说'大画师'往往真正理解了原作的精神。可是这张给我展示的气质是：虽然努力模仿原作，但后面那个人总巴不得跳出来，蠢蠢欲动，告诉我他功底是多么的深厚，一点都藏不住。可见这是一个既小心翼翼，又在世俗面前心浮气躁的人。"

"人都说'字如其人'，原来画也如其人。你这个看画识人的本事，还真挺像我们平时给嫌疑人做的心理画像。"

"异曲同工。"

"那，说回案子，你认为你能凭借这张画揪出画画的人吗？"

"这个我有信心。都说了，此人是学院派，我排查的思路很清晰。而且你别看他临摹得很像，其实还是可以看出一些个人用笔习惯的。一个画家画得越久、越老练，他经年形成的小动作就越是难改。我只要从上次搜集的那些作品里有针对性地比对一下，相信就能有个结果。"

"好。但你这句话给了我一个启发——为什么'大画师'没有你说的这些小动作？"

"这也是我刚想明白的问题。说不定'大画师'还真是个年轻人，反而没了那些根深蒂固的用笔小动作。他的笔法固然好，但我认为他厉害的地方是对书画哲学的理解，那种形而上的东西，而不是技巧。他把更深刻的东西搞通了，就一通百通，远胜过辛苦画了一辈子的技术派。"

卢克点点头。他有太多事情要忙，也没工夫再继续听左汉的艺术课，交代了句"随时沟通"，便把左汉一个人留在物证室。左汉整理了个学院派画家的名单，让李好非去文体活动室取。这次他要自己来。

翌日5点多,窗外晨光已经熹微。左汉趴在桌上睡了一宿,流出一大摊口水。他擦掉口水,立起身来,披在身上的一件衣服顺势滑落。他扭头一看,是件警服,不知谁在他睡觉时披上的。其实他小时候的梦想不就是披上这身警服么?他笑笑,又自己将蓝色制服披在肩上,感到一丝莫名的幸福。

视线转到桌上,他发现眼前多出一个紫砂壶,一个保温壶,以及一粒小青柑茶叶。他总算明白是李好非给他送来的东西。

他给李好非微信发了条"谢谢",泡好茶叶,戴上手套,继续他的工作。现在他只是想在头脑最清醒的时候,确认自己昨夜的判断。

桌面上离他最近的,是两张吴天盛的作品。

吴天盛被公认为省美院中年山水画家的扛旗手,一颗冉冉升起的艺术明星。他从小接受的就是非常正统的美术教育,高中在省美院附中就读,大学从本科到博士一直都在美院,只是期间去美国加州艺术学院深造过两年,拿到博士学位后,直接留在了省美院山水画系任教。他扎实的专业功底是毋庸置疑的,正好符合左汉对这位假"大画师"的判断。虽然现在没有任何证据证明吴天盛就是杀掉他总监大人的凶手,也完全看不出吴天盛有什么作案动机,但画骗不了人。

想到这,左汉信心满满地站起身,打算做点运动。他取下披在肩上的警服,却发现上面赫然写着卢克的警号,看来这家伙良心未泯。他的嘴角不由自主地向上扬起,想都没想就把警服穿上了。还挺合身。

左汉打完一组陈式太极拳，活动开筋骨，走出物证室上厕所。经过卢克办公室，发现卢队长居然也一宿未回家，而且不知何时已经开始工作了。他不由同情起卢克未来的媳妇儿。

见到穿着自己制服进来的左汉，卢克眼前一亮："哎哟，小伙儿挺帅啊。"

"主要靠脸。"

"这身警服完美弥补了你自身条件的不足，"卢克难得调侃，"怎么样，考虑一下，如果愿意做我同事，那你就穿着。如果还是不愿意，那你给我。"

左汉脱下来给他。

卢克吸吸鼻子，接过自己的警服。他知道左汉这是心疼他一晚上没有外套，挨冻生病。但左汉不说，他也不说。

"怎样，有怀疑对象了吗？"

"有，美院山水画系的吴天盛。"

"那咱今天就去会会他。"

俩工作狂对了表，不过清晨6点出头，只好按捺兴奋，各自找点事做。

8点整，卢克和左汉来到美院教学楼，找到山水系教研室。恰巧吴天盛第一节并没有课，他只是起了个早来办公室写论文。两人暗暗庆幸，一前一后走过去和他打招呼。

"您好，是吴天盛吴教授吗？"

"我是。"

"您好，我是市局刑侦支队长卢克，这位是我同事左汉。"

闻言，吴天盛的嘴角微微抽搐。卢克和左汉相视一笑，妙处

347

难与君说。

"哦,呵呵,是警察同志啊,不知找我有什么事啊?"吴天盛在短暂的心虚后,很快恢复镇定。

"是这样,"卢克掏出血画照片,"我们在调查一起案子的时候,发现一幅用受害者鲜血画的《渔庄秋霁图》,就是这张,不知吴教授有没有印象?"

"好吓人啊!"吴天盛仿佛被吓尿了,"我对《渔庄秋霁图》确实很熟悉,但像这种行为艺术,可就不在我研究的范畴了。"

"我听说吴教授的传统绘画功底极深厚,您看这幅临摹作品是个什么水平?"左汉边说边举起手机,展示出一张用滤镜将暗红色转为黑白的照片。

吴天盛认真地看了看:"有较强的临摹能力。"

"那么,和吴教授比起来呢?"

"呵呵,这个嘛,我就不好发言了。我又做运动员,又做裁判员,哪能客观嘛。"

"如果让吴教授亲自临摹一张《渔庄秋霁图》,以吴教授的速度,大概需要多久?"

"这张画构图空灵,笔画不多,半天时间就差不多了。换了谁来临摹,应该都是这个速度。"

左汉点头表示同意。

卢克又道:"吴教授,因为此画涉及一起凶杀案,我们想请您这位山水画专家帮忙寻找线索,您能否帮我们看看,这像是谁的手笔?"

吴天盛冥思苦想半晌,只搪塞个"看不出来"。

"您认识赵抗美吗?"卢克突然问。

闻言,吴天盛的表情又一阵风吹草动。他断没想到对方能来这么一个突然袭击,支支吾吾半天才道出一个"不认识"。

卢克和左汉走出教学楼,互相挑了挑眉毛。

"是他没跑了,吩咐郭涛查证据吧。"

"要不你来当这个队长?"卢克拍拍左汉的肩,哈哈大笑。

第二十八章
魂断雨夜

从窗户向下看去,吴天盛望着两人轻快的背影,擦着额头的汗珠。他哆哆嗦嗦拿起电话,打给赵抗美。

"赵总,刚才警察来找我了,问血画的事情。"吴天盛的声音里充满担忧,"他们怎么这么快就怀疑上我了?"

"什么?"赵抗美也难以置信,"你不是说完全按照原画临摹,不带个人风格的吗?"

"是啊,我非常肯定里面没有我的个人风格。会不会是留下了指纹,或者送画的时候被监控拍下了?"

"我的人不可能被警察追踪到。倒是你,不是说戴着手套画的吗?"

"是呀,我全程戴手套画的,不可能留下指纹的。而且您不也说了,您的人会最后检查一遍画,确定上面没有我们任何人的指纹吗?"

赵抗美沉吟半晌，觉得事已至此，再废话也没用，道："这样吧，你今天请个长假，就说病了，到我的地方去避避风头。我给你开医院证明。"

"好，听您安排。"

"一会儿我让白季联系你，他会选一个没有监控的地方，你们在那儿碰头。"

吴天盛虽担心事情败露，但转念一想，如今自己已和赵抗美成了拴在一条绳上的蚂蚱，就算警察怀疑到自己头上，赵抗美也绝不会见死不救，遂稍稍心安。

两小时后，白季带着吴天盛来到北四环外一个村庄。这村庄位于余东市边缘，背靠大山，民风淳朴。尽管这个所在看上去乏善可陈，毫无特色，但赵抗美在这的地儿却别有洞天。

整个村庄地势起伏，民居这里一簇，那里一簇，并非连成一片。赵抗美买下的两个院子紧挨着大山，相互连通，并无邻里，独占一方清静。推门穿过外表不算起眼的院墙，却又见一扇自动开合的大铁门。从铁门进去，方才露出这个院子的真容。

吴天盛见这样一个穷乡僻壤还有亭台楼阁起伏错落，月季垂柳高低呼应，一时惊叹。不过他的目光很快又被院内保安吸引。他们一个个戴着墨镜，穿着黑西服黑皮鞋，表情肃穆，十步一岗，杵在院里，大煞风景。但他转念一想，赵抗美让这么多人来保护他一个，说明对自己足够重视，不由美滋滋的。

吴天盛在院中这里走走，那里看看，好不惬意，恨不能对着一堆假山席地而坐，当场写生。可这毕竟只是农村小院，而非黄石国家公园，半小时后便看无可看。

又过了许久,他发现赵抗美并未如约前来,哪怕连个关心的电话都没打,更令他心里发毛的是,无论他逛到哪里,那些黑衣保安的目光似乎都片刻不停地跟随着他。吴教授这才意识到,极有可能是赵抗美担心自己把他们的秘密泄露出去,因而将自己软禁起来了!

想至此,他急忙拿出电话打给赵抗美,没想到对方直接拒接。被这么一拒绝,吴天盛心里更是十五个吊瓶,七上八下。他不肯坐以待毙,试图突围,于是找了个最近的保安搭讪。

"你好,我想问一下,赵总他人大概什么时候过来?之前约好了在这里见面,但他到现在还没出现呢。"

那保安并不说话,只露出一个似有若无的微笑,表示听到了。

见状,吴天盛继续试探:"如果赵总今天比较忙,要不我先回家,等他方便的时候再过来相见。"说罢,他带着一脸谄笑就要往门口走。

这时,刚才还矗立如雕像的保安,突然伸出手臂挡住吴天盛的去路。吴天盛见了这粗壮的胳膊,心说这哪是什么保安,分明就是打手,急切的心霎时凉了半截。

此时的吴天盛急如热锅上的蚂蚁,原本赏心悦目的假山水池,忽然变成了刀山火海。他心里开始咒骂赵抗美,杀人便杀人,还非得多此一举,画什么血画。现在好了,自己一个前程似锦的美院教授也给牵扯进来了。

好在后来,赵抗美亲自给吴天盛打了电话,说自己今晚过去。吴天盛此时早没了游园的雅兴,兀自躺在某间屋子的罗汉床上胡思乱想。一向清高的他也终于想明白一个道理,自己虽在美术界有一席之地,但对于赵抗美这号人物而言,不过是棋子一枚。不要说被限制自由,就算赵抗美要让自己死,都不是不可能。他之所以找到自己,无非因为合作已久的胡求之死了。难不成胡求之就是赵抗美杀的?那既然他连胡求之都能杀,自己岂不是更可能被随时丢弃?

他就这样愁肠百转、假设推理了一下午,险些儿构思出一部波澜壮阔的文学巨著。这时赵抗美突然出现在门口,巨著无缘面世,吴天盛收了二郎腿,一下坐起来。

"吴教授啊,对不住对不住!今天有太多会要开,本来说马上和你商量对策,可白天实在抽不开身,现在特来赔礼道歉。要不,咱喝两口去?"赵抗美笑容可掬地道。

吴天盛却没有放松警惕,单凭对方将自己软禁一事,可见此人心怀鬼胎。他只是跟着客气道:"赵总说哪里话,现在警察都问到我头上了,我出去也不知如何是好,有赵总罩着,我这心里也踏实嘛。"

赵抗美看他还算识相,继续邀他共进晚餐。吴天盛确实也饿了,两人便去了餐厅。在白季安排下,几名厨师从下午3点就开始准备晚餐,此时已经琳琅满目铺陈一桌。吴天盛看到,桌上除了珍馐肴馔,还摆着两瓶飞天茅台。其中一瓶已经打开,将两人位置上的两盏酒杯斟满。

赵抗美自然地坐到主座,并伸手示意吴天盛在他边上的位置坐下。两人又客套几句,赵抗美开始给吴天盛敬酒。

"吴教授,之前招待不周,今天赵某希望一并补上。这第一杯,首先感谢吴教授赏脸和赵某合作,祝愿我们合作顺利!"

吴天盛看这两杯酒并非两人落座后才倒出的,担心赵抗美在酒里做什么手脚,踌躇着不敢喝。

赵抗美瞅他那样,继续道:"赵某干了,吴教授随意。"说罢一饮而尽。

吴天盛被对方这做派惊到,同时思忖,如果里面没有毒,自己又不喝,那岂非驳了赵抗美面子?横竖一个死,他也断断续续将杯中酒饮尽。

"好酒量!哈哈哈!"赵抗美言不由衷地给吴天盛点赞。他才不会那么弱智地去给一个将死之人喂毒药,这年头没人把法医当傻子,他更不会。

两人你一口我一口,你一杯我一杯,两瓶飞天茅台不觉消灭殆尽。赵抗美招呼立在一边的手下再拿两瓶过来,而吴天盛一听登时蔫儿了,仿佛那两瓶已经入肚,挥挥手说句"赵总我不行了",便趴在桌上呼呼睡去。

赵抗美也喝得微醺,对边上的人道:"小白,接下来你安排吧,我先睡一觉。"

从美院回来,左汉甚至没有继续研究《渔庄秋霁图》血画,因为他和卢克已经笃信,吴天盛就是这幅血画的作者。但经过一整天对吴天盛的调查,两人也达成共识:这位教授绝没有动机也没有能力完成对刘清德的谋杀。那么,他后面一定有人。

他们都下意识地想到赵抗美,可是没有证据。

晚上,左汉独自去"破碎回忆"酒吧喝酒,心里想着吴天盛的种种,居然没心思搭理一拨又一拨的漂亮小姐姐。他越想越觉得不能这么轻易放过吴天盛,于是打电话给卢克,让他务必盯紧吴,且明早必须再找他一次。卢克一口答应,左汉放心结了账,无视还在跟踪他的三人,独自回家去了。

谁知半夜3点,卢克一通电话将左汉吵醒。左汉本在梦里的神奈川泡温泉,却意外遭遇地震。惊醒后,他看见了手机屏幕上恼人的名字。

"喂,卢队长,你打电话能分个时间段吗?这会儿连特殊工作者都下班了你知道吗?"

"吴天盛死了。"

闻言,左汉困意全无:"怎么回事?!"

"吴天盛喝得烂醉躺在路边,结果被一辆金杯撞死了。交警初步判定是意外,你信么?"

"鬼才信!"

"要不要和我一起去现场抓鬼?"

"你说呢?"

"我在你家楼下等你。"

左汉怎么也不会想到,给他说这话的人不是要给他送花,而是要带他去看尸体。但他并没有抱怨生活的不公,而是非要看看生活想要给他看什么鬼。

"好雨知时节呀,"左汉道,"刚才下得这么大,什么痕迹都冲没了。现在咱要出现场,雨却停了。难不成连老天爷都要给咱出题,看咱是不是福尔摩斯?"

左汉兀自在车上发表议论,却并没有撩动卢克来搭理他。卢队长本来研究案子已到深夜,刚睡了没半小时就接到电话。他坚信此时若不心无旁骛地开车,下一个撞死人的就是他自己。

到了现场,已有数名交警在咔嚓咔嚓拍照,而面如冰山的法医丁书俊也已经开始研究他永远的好朋友——尸体。

"哪个是肇事者？"卢克听说本案是肇事者自己报的案，知道那人肯定没走。

"就是他。"一位交警指着不远处被控制起来的郑小伟道。

卢克走过去，看见一个半大孩子，倒吸一口凉气。这位幕后黑手真是丧尽天良，连这么个小帅哥的大好前程都要毁掉。

"你叫什么名字？"

"郑小伟。"

"今晚怎么回事？"

"我已经给他们说过了。"

"再说一遍。"

郑小伟见眼前这人不怒自威，只好乖乖服从："我白天睡得很饱，晚上睡不着，就想趁着大雨天，出门开个黑车拉拉客，挣点钱补贴家用。生活不容易啊！"

"兄弟，这可是金杯，你开金杯拉客？"

"我倒是想开玛莎拉蒂，我也买不起呀！"

"你大爷的，死人了，严肃点儿！"平日里最不严肃的左汉却是怒了。

郑小伟也不搭理他，兀自口若悬河，简直比兰州拉面师傅还能扯："我开到这条路，正想着很快就能上四环呢，他大爷的，这醉鬼居然躺在地上等死。这土路坑坑洼洼的，又赶上那么大雨，我就算开着灯也看不清呀！我真是冤死了呀！哎哟喂！"

"仔细研究路面痕迹，看车子是径直开过，还是中间有停留。"卢克对左汉命令道，"还有，检查一下受害人的脚印，看他是自己寻开心半夜从城里一路走到这鬼地方的，还是被人开车送来的。"

　　左汉知道卢克这是在和对面这位年轻影帝飙戏，果然，对方愣了一下，不过很快继续喊冤，还不断强行拉出窦娥等历史名人进行攀比。

　　左汉把自己当成痕检科科长张雷同志，配合地说了声"是"，便走到前方假模假样看起来。郑小伟起初还心惊肉跳，但瞅见路上一片泥泞，料想这些警察"警"是可以把他给警了，却也察不出个所以然，于是越发有恃无恐。

　　半小时过去，如假包换的张雷总算来了。他虽没有采集到任何可疑车辙，却发现金杯的后座被清理得很干净，立即向卢克汇报。

　　"为什么你的后座这么干净？"卢克问已经在一旁打了几十个哈欠的郑小伟。

　　"警察叔叔，我要去做生意啊，不清理得干净点儿谁上我的车呀？"

　　"那你为什么留着副驾驶不清理？"

　　"这年头打车的谁坐副驾驶啊？尤其是那些小姑娘和大妈，在她们眼里，我们这些司机全都是咸猪手，都要把她们拖到荒郊野外干什么天怒人怨的事儿，敢坐在后座就算是对你们警察治安工作的信任了，谁还会坐副驾驶？"

　　"可你擦得也似乎太认真了些。"连张雷都看不下去了。

　　"这位警察叔叔，您是不知道，昨晚有个醉鬼——他大爷的，怎么又是醉鬼——那个醉鬼把我这儿当成马桶，在后座乱吐一通，连我自己都快被熏死了，我今天费半天劲才清理干净。他娘的，死的为什么不是他，他娘的！"

357

"看我不把你小子的背景查个底朝天！"面对影帝，卢克认输，恶狠狠丢下一句话便离开了现场。

遗憾的是，尽管郑小伟的背景已被卢克查了个底朝天，警方还是没能发现他和任何势力有什么关系。

7月21日，正当警方一筹莫展之际，刘清德的案子居然有了突破。郭涛和张雷顺藤摸瓜，根据中艺公司附近的监控，锁定了抛尸和放血画的嫌疑人。

没想到，赵抗美居然安排白季亲自执行任务。中艺大厦位于繁华地段，周围处处监控，饶是白季谨慎再三，就算白季会飞檐走壁，也难逃"天眼"的捕捉。

将白季捉拿归案后，卢克和他的同事们欣喜若狂，毕竟这是数月以来，他们打的为数不多的一场漂亮仗。左汉也终于再次见到这位曾欲杀他，却反被他羞辱的倒霉蛋。

而且这次胜利尤为重要。对于前几起"大画师"的案子，虽然网上也有些照片甚至谣言，但都很快被警方澄清或者删帖，并没有在社会上造成恐慌。毕竟公众对几起孤立杀人案件的恐慌程度，远不及一个连环杀人案。然而在刘清德案中，由于现场目击者过多，而且相关照片火速被传到网上，一时间流言蜚语四起，警方是无论如何要给公众一个交代的。现在案子有了眉目，卢克他们总算可以给市民吃颗定心丸了。

可是面对诸多疑点，他们不敢懈怠，马上开始对白季的审问。

白季对自己的犯罪事实供认不讳，也承认伙同吴天盛作案，但一切仅止于此。当被问到犯罪动机时，他的解释是，吴天盛和刘清德有几笔生意没谈拢，刘清德还利用吴天盛的某个把柄要敲诈他今后的绘画作品，吴天盛不甘自己的前途被一个奸商垄断，于是起了杀心。他不知从哪里听说连环杀手的事，就计划雇佣白季杀掉刘清德，然后嫁祸于那个连环杀手。

看白季说得有鼻子有眼，而且神态自若，即便卢克和左汉知道他在瞎扯也拿他没办法。甚至当卢克说出赵抗美的名字，想诈一下的时候，对方脸上依然云淡风轻，只说不认识。

"你等着，我总有一天要让你主子和你一起蹲号子！"卢克恶狠狠丢给白季一句话，离开了审讯室。

见卢克灰头土脸地出来，左汉真心替他着急："你以后问话能不能别这么直男，你该问他左爸爸的袜子好吃吗，看他的脸绿不绿。"

卢克的脸由红转黑。

虽然取得小小胜利，但国宝《渔庄秋霁图》依旧下落不明。根据警方手里掌握的线索和做出的推断，真迹要么在胡求之那儿，要么在赵抗美那儿。他们在胡求之的住处什么也没找到，因此除非真画被"大画师"偷走，否则一定在赵抗美手里。然而左汉坚称"大画师"绝不会干偷画的事，如此一来，最大的嫌疑人就是赵抗美。

"报告卢队，"郭涛敲了个门，走进卢克办公室，"我们发现这些天赵抗美频繁联系一位美国艺术品藏家和一位香港代理。之前他们就有零星的联系，但这段时间更频繁了。而且，赵抗美还订了7月28日飞香港的机票。"

此话一出，卢克以及在卢克边上临时办公的左汉都呆住了。若国宝真在赵抗美手里，那他这些动作极可能意味着他要和境外人士非法交易!

"不行,绝不能让他出境!"左汉第一个急了,他太明白这幅画的珍贵,这可是一张足以印在任何一本中国绘画史上的作品啊!

"这奸商还真会挑时间。到月底了,正好也是'大画师'要继续作案的时候,他这是想忙死我们!"卢克指出了一个其他人都没有想到的问题。

"是啊,还有'大画师'呢,他也该行动了。"左汉突然如霜打的茄子。

山穷水尽,想到经侦那边好多天没联系了,卢克立马给经侦支队队长去了个电话。

"耀哥,上次拜托你们去查的胡求之的经济情况,现在有眉目了吗?"

电话那头的江耀道:"有点意思了。我们发现他有好几笔和海外账户的往来,又是银行,又是基金会,看路数肯定是洗钱了。但因为需要海外机构配合,我们一时半会儿没法给出明确的结论。"

"有没有发现他和'大画师'案中的任何人有交集?尤其是,赵抗美?"

"赵抗美倒是没有,但有一笔似乎能和刘清德扯上关系。"

"麻烦深入查一下,拜托兄弟了。"

"这不用你说,我们就干这个的。"

挂了电话,卢克看着左汉长叹一口气。千头万绪,他们感觉自己快疯了。

又过了两日,卢克依然没有查到赵抗美的任何把柄。也正常,如果三五天就能搜出扳倒赵抗美的证据,赵抗美这么多年也白经营了。可是眼下赵抗美去香港的日期逐渐逼近,他不能坐视不管。

他要赌一把:一赌真画的持有者就是赵抗美——因为在已经死掉的胡求之家里没发现真画,二赌"大画师"下一个要杀的就是赵抗美——因为他的下一个目标将死于"盗"。

想到此,他给赵抗美的秘书去了个电话,说有重要的事情要和赵抗美当面商量。

上午10点40分,卢克、郭涛、李好非和左汉四人,来到赵抗美公司宏美制药大厦总部。这是一栋方方正正的现代大厦,造型虽不奇特,却被贴满闪亮的黑色玻璃,仿佛一块被精心打磨过的乌金石。

被赵抗美寒暄一句"有何贵干"之后,卢克开门见山道:"赵总,您是大忙人,我就有话直说了。我们现在在调查一起波及省内书画圈的连环杀人案,这个杀手已经杀掉了包括美院教授胡求之在内的三个人。"

刚说到这儿,赵抗美就摆出惯有的一脸威严,打断他道:"你给我说这些干什么?"

"这些都是公安内部的高级机密,我们也不想说。如果不是因为此事和您有关,我们绝不会登门打扰。实不相瞒,我们得到情报,这个杀手将会在27号动手,而且下一个杀戮目标不是别人,就是您。"

"哈哈哈!"赵抗美引吭大笑,"你们开什么玩笑?我赵抗美经商多年,做人做事本本分分,有谁会想杀我?再说了,我的保镖人数比你们刑警队的编制还多,想杀我,呵呵,恐怕没那么容易!"

卢克和李好非强忍怒意。左汉心想等他被干掉就不会有这么多话了。郭涛左看右看,观察周围的监控安装情况。

"我们对您的实力毫不怀疑,但保护每一位公民是我们警察的责任和义务。鉴于我们获得的情报纷纷指向您这边,为确保万无一失,我们恳请您接受警方的保护。"

"呵呵,你们要保护就保护,我不拦着。你们要守在我家门口也行,守在我公司门口也行,随你们。怎么样,满意了吗?我的时间很宝贵,你知道,如果一个总裁把他的时间用来操心保安们操心的事,那这公司也就完蛋了。"

"赵总,"卢克继续道,"还有一件事我们希望您能配合。我们注意到您订了一张7月28日飞往香港的机票,这个日期和'大画师'——哦,不是,那个杀手——预告的作案日期太靠近了,我们强烈不建议您这么做。我们希望您能取消这次行程。"

"什么?"赵抗美露出愠怒之色,"真是荒唐!你们警察也管得太宽了点,都管到我的生意上来了!我让你们进行所谓的保护,是给你们公安机关面子,算是感谢你们多年来对我的照顾,但你们也别得寸进尺,给脸不要脸!我就一句话,香港我必须去!"

众人没想到,这个赵抗美居然如此不把警方放眼里,苦苦劝说无果,只好悻悻而去。

赵抗美看他们走了,也着实松了口气。他心里明白,警方不单纯是因为什么人身安全才来找他,他们的目标肯定是《渔庄秋霁图》。

这幅画兜兜转转,当真是得来不易。

第二十九章
又慢一步

《渔庄秋霁图》的真迹的确在赵抗美手里。是的，赵总经过几番折腾，终于如愿以偿地拿到了如假包换的名家手笔。

那是一个平平无奇的下午，赵抗美和他的秘书同时收到一段没头没脑的视频。虽然画质不算高清，但赵抗美还是很快分辨出，画中的主角正是胡求之，而拍摄地点应该就是胡求之的别墅，他去过一次，有些印象。他看到胡求之正在招待两个人，一个他很快认出，是中艺公司的副总周堂；另一个他想了半天，实在想不出。但聪明的赵老板很快从对话中得知此人姓刘，并且和周堂是一伙儿的。

正当赵抗美对这个视频逐渐失去耐心的时候，第一波高潮来了——胡求之居然从他的博古架上，拿出了一幅《渔庄秋霁图》！

面对这一幕，赵抗美先是愣了片刻，很快，一个疑问涌上心头：胡求之刚给自己送了《渔庄秋霁图》，那视频里这张是什么？

他倒回去，反复听了胡求之和周、刘二人的对话，并琢磨了三人表情，发现周、刘明显并不相信胡求之"学生送礼"的说辞。那么，如果视频里的这张是真迹，那他赵抗美现在拿着的又是什么？

赵抗美含怒看到了视频的第二波高潮。这个发视频的人剪辑功夫了得，将不同房间发生的事情略一拼接，整个故事脉络竟交代得明明白白。当看到周、刘二人鬼鬼祟祟，带了画逃之夭夭时，当看到胡求之后来欲哭无泪的样子时，哪怕原作者倪瓒自己掀开棺材板告诉赵抗美，胡求之先前给他的乃是真迹，赵总也是绝不相信的。

于是，在秘书查清那个姓刘的具体身份后，赵抗美亲自下场，给周堂打了个气吞山河的电话。

然而，本以为这一番威胁已经足够吓得周堂他们骨断筋折、灵魂出窍，赵抗美却怎么也没想到，两人居然还敢再耍小动作。

周堂和刘清德无疑对赵抗美的实力和狠辣产生了严重误判。他们认为胡求之已死，赵抗美相当于瞎了，于是铤而走险，将艺流公司制作最精良的一幅《渔庄秋霁图》微喷高仿当真迹交给了赵抗美的人。

在亲耳听到吴天盛指着周堂归还的画说那是赝品时，赵抗美竟一时觉得自己产生了幻听。这已经远远超越他对人类正常行为的认知了，毕竟迄今还从未有人敢在他的亲口威胁下阳奉阴违。先是被胡求之背叛，现在周堂、刘清德又把他当猴耍，赵抗美倘若还能做忍者神龟，那他也就不是赵抗美了。

送走吴天盛，赵抗美的脸立马阴沉下来。他就近抓起一只价值不菲的茶杯，摔了个粉碎。

"简直不知天高地厚！不给他们点儿颜色瞧瞧，还当我赵抗美混这么多年白瞎咧！"他对着身边穿黑西服的手下咆哮，"把白季给我叫来！"

齐东民死后，白季接替他担任赵抗美的头号打手。他比齐东民年轻五岁，可那股狠劲却有过之而无不及。只是齐东民混迹江湖多年，地位难以撼动。如今齐东民已死，赵抗美全力扶持白季，原来齐东民的小喽啰们便自然归到白季麾下。

除了在左汉这朵奇葩身上栽了个奇葩的跟头，白季做事确实干净利落。他很快找到一条能完美避开监控的路线，在刘清德独自出门的某个夜里将其抓住，并掳到赵抗美在北四环外某个村庄购置的一个隐蔽去处给杀了。

当然，赵抗美也明白，刘清德不是个小人物，他一失踪，警方大张旗鼓地找人那是迟早的事。赵抗美泄愤归泄愤，也不想因为一只该死的苍蝇让警察找到自己的头上。他听胡求之说过，警方在抓一个自称"大画师"的杀手。胡求之在省博工作时，曾无意间听看门大爷说，有个杀手杀了人还要拿人血画画，还要摆出来。赵抗美听了新鲜，又听说自己儿子赵常的前女友梅莎莎正是被杀的那个，于是动用不少资源打听到"大画师"案的一些边角料。原来此人每每作案，除了用受害人的血画画外，还会在画上题款"大画师"并按上血指印。

"一条命也是死，两条命也是死，不如都记在你的功劳簿上吧。"赵抗美露出阴恻恻的笑容。

某天夜里周堂回家，正要开门，却见门缝里塞着个薄薄的文件袋。他躬身去捡，但见那袋子背面写道：

周堂，你好自为之。

周副总的心漏跳半拍，两只手哆哆嗦嗦去拆那个文件袋。当他看到里面的几张照片时，只觉两腿一软，险些儿瘫坐在地。他急忙扶住门把手，从公文包里翻出速效救心丸，也没计算倒出来多少，一股脑儿全塞进舌头底下含着。

公文包里是数张刘清德尸体的照片，可以看出他死前遭受了某种虐待，周堂不忍直视，后背不一时便冷汗涔涔。他当时没想到的是，赵抗美居然并不满足于这种威胁，次日竟还把刘清德的尸体放在中艺公司楼下。当听到保洁阿姨冲出来喊时，他第一时间便想到了刘清德。他光看照片都得配合服用速效救心丸，人家送货上门，让他验货，他不当场晕倒都对不起赵抗美的良苦用心。

之后周堂终于堂堂正正认怂，拨通了赵抗美的电话。

夜里9点，宏美制药集团总部大楼业已灯火阑珊。赵抗美早早让秘书先行回家，自己则点了份外卖，埋头处理收购覃州酒业的文件。收购流程到了最后阶段，他不想出什么差错。

收拾完东西，关了办公室大门，赵抗美已是筋疲力尽，甚至因为一些麻烦而颇为烦躁。待他走到专用电梯口时，四下空无一人，他正准备打个电话，手机响了。他一看来电显示，不由冷笑一声。

"赵……赵，赵总，我知道错了，我马上把画给您送去，再也不敢耍心眼了，还请您大人有大量……"周堂哪里还有一个大企业副总的姿态,简直比赵抗美的狗腿子还不如。

"周堂周总,我已经给过你们机会了,可惜你们不识好歹,把我说话当放屁。"

"赵……赵总,我们,哦不是,我,我再也不敢了,您大人不记小人过,以后咱们合作机会还多。"

"合作?你觉得你还有资格跟我谈合作?你手里有什么了不得的资源和条件?周堂,我赵抗美做事素来雷厉风行,我可没耐心和你这种人耍心眼儿。我告诉你,我赵抗美连前公安局长都敢杀,谁让他挡了我的道!你撒泡尿照照你自己,你算个什么东西?"

说完这句,赵抗美突然觉得有点不妥,想是今天又累又躁,兼看四下无人,这嘴也不觉松了起来。他下意识四处看了看,没人,有个摄像头倒是无妨,明天一早就让人删了。至于周堂……应该不会把这电话录音吧?量他也不敢。

周堂闻言大惊,但也不敢多想多说,只顺着赵抗美的话道:"是是,我不是东西,我有眼不识泰山。只要赵总您一句话,我周堂肝脑涂地,在所不辞。"

赵抗美道:"我会让下面的人和你联系。你要是再敢打小算盘,下次照片上的人就是你!"

在生命遭到威胁面前,周堂只能乖乖将画完璧归赵抗美。

这《渔庄秋霁图》仿佛被上了诅咒一般。胡求之和刘清德咎由自取,为它丢了小命,连吴天盛也糊里糊涂地把命赔了进去。

说到吴天盛,其实赵抗美最初只想把他软禁起来,等这阵风过去,就让他正常工作生活。毕竟以后再做艺术品投资,还有不少可以用到他的地方。然而赵抗美越想越觉得此事没那么简单。他们模仿那个连环杀手,干好了确实可以甩锅给他,但同时也要做好承包他之前所有人命债的准备。而现在警方已经神速找到吴天盛，抓住了他们的尾巴，显然他们做得并不够好。假以时日，警方肯定把他赵抗美也给揪出来。

赵抗美做了那么多见不得光的勾当却依然稳如泰山，全要归功于"谨慎"二字。他对公检法的工作逻辑了如指掌，总能在最关键的节点与关键证据切割。相较于他所有产业的恢弘楼宇，没有哪块砖头是不能舍弃的。

可怜的著名画家吴天盛，本以为要在赵抗美的平台上大展拳脚，却火速领了盒饭。

卢克与赵抗美的会面结束后不久，宏美制药大厦门口便多出不少便衣警察。

初见赵抗美，手里没有铁证，卢克并不敢明确点出《渔庄秋霁图》一事，只能含糊其辞地说，赵总被一个神秘杀手盯上了，别到处乱跑。两边都揣着明白装糊涂，这样是不可能谈出实质内容的。赵抗美知道警方不能拿他怎样，更是不会给什么好脸色。但警方还是决定尽全力保护好这位公民。尤其是，马上就到27号了，他们不敢对这个"大画师"的头号目标有丝毫马虎。

然而，事情再次朝着他们完全没有预料到的方向发展。

7月27日，警方推测的"大画师"行凶的日子，卢克的邮箱收到了"大画师"寄来的一份视频。看到收件箱里落款"大画师"的邮件，卢克的心登时提到了嗓子眼儿。下载视频的每分每秒，对他来说都如被油煎火燎。他叫来左汉他们，众人已经准备好再次目睹血腥的场面。

"快，问一下我们的便衣，赵抗美是不是在公司。"卢克着急道。

然而令他惊喜又不解的是，赵抗美依然好好活着。

焦急的等待中，那个视频终于下载完成。卢克第一时间将它打开。

众人本以为视频中首先会出现一个大大的"秋"字，可他们见到的，居然是一段监控视频。而且视频里的场景他们不仅熟悉，还去过，正是胡求之家。

既是"大画师"发来的，众人不敢怠慢，眼睛都一眨不眨地观察着视频中出现的所有细节。这段视频里共有三个人物，除去主人胡求之，还有周堂和刘清德。由于先前在胡求之家里采集到了周堂与刘清德的指纹和脚印，因此这样的组合并没有让卢克他们惊讶。他们现在要做的，就是搞明白这三个人在干什么，以及"大画师"发这段视频的用意。

于是他们看到了胡求之和周堂、刘清德的倾情演绎。卫生间的情况看不到，但"大画师"体贴地衔接了一段胡求之屋外的画面，只见刘清德从地上捡起一个卷轴，然后离开了。

一阵错愕和沉默后，李好非首先开口："假设那张就是真迹，则真相就是这样的：齐东民偷画后，将它拿给胡求之。按照他们的计划，胡求之应该把画给到赵抗美，结果胡求之打算私藏国宝。然而国宝意外被周堂和刘清德发现，两人在胡求之眼皮子底下把画顺走了。"

"电视剧都不敢这么编啊。"刘依守撇嘴。

李好非继续道："结合刘清德和吴天盛相继被杀的事实，有一种可能是：赵抗美在胡求之死后，转而与吴天盛合作，吴天盛自然看得出赵抗美得到的是赝品。赵抗美通过某种方式，知道真画最终落入周堂和刘清德手里,一怒之下杀了刘清德,以此威胁周堂交出真画。而协助赵抗美用刘清德的血来画画的吴天盛,因为已经被我们怀疑,而被赵抗美先行杀人灭口。"

"我去,可以啊小姑娘!"刘依守听得一愣一愣的,莫名觉得很有道理,"你这么一说,之前很多我们没连起来的逻辑线,全都连起来了!"

"你这么些年警察白做了,以后多向见习警花学习。"左汉揶揄道。

卢克等人也带着一脸惊艳之色看着眼前这个才跟了他们没多久的见习警员,暗叹真是长江后浪推前浪。李好非自己倒是没觉得有什么,毕竟案子也没结。

左汉托着腮,一边琢磨一边道:"如果事实确如你所推测,那么此时真画肯定已经由周堂交到赵抗美手里。而赵抗美火急火燎地去香港,无疑是为了把画卖给美国人。看来咱们盯住赵抗美的方向是对了。"

"别忘了,这只是推测。"李好非道。

"难道'大画师'这会儿给我们发视频的用意,是暗示他即将杀的人是赵抗美?那我们得立刻加强对赵抗美的保护了,毕竟今天之内,他随时可能行凶。"卢克的眉毛拧了起来。

"先别急。你以为'大画师'这么看得起警方?"左汉代替"大画师"向卢队长抛出一道鄙夷的眼神,"我们刚才是脑补了太多的画面,但你回到视频本身看看,其实它所展示的信息非常简单——胡求之偷了画,而周堂和刘清德也偷了画。如果给这个视频起个赤裸裸的名字,那就是《三个小偷的故事》。你们想,经历了这一番血雨腥风,视频里还有谁好端端在喘气?"

"周堂!"屋子里的人异口同声。

左汉面露满意之色,对着卢克默念了一句"孺子可教"。

尽管左汉说得很有道理,但卢克绝不敢掉以轻心,对众人道:"赵抗美是本省商业巨头,周堂又是一个国企副总,这两人谁出了事都非同小可。我们现在马上去找周堂,赵抗美那边已经有多人保护……这样,刘依守,你叫上五个人,专门守在赵抗美九层办公室的门口,不要管他怎么侮辱警方,你们守着就是,保护他的安全才是最重要的。"话虽这么说,但卢克心里已有了判断:这次"大画师"的作案目标八成就是周堂。

今天周五,这个点周堂应该还在单位上班。左汉提供了他们这位副总的办公室座机号,结果是周堂助理接的,说周总今天还没来上班,也并没有出差。卢克又问周堂的手机号,可打过去的时候,周堂居然关机了。众人心底突然生出一丝不好的预感。

他们打电话给周堂夫人,对方说自己平日里早起送孩子上学,周堂都是后一步出门的,所以也不知他去了哪里。卢克吩咐郭涛马上查周堂离开家后所有能拍到他的监控,同时带上其余人马赶赴周堂家。

敲了半天门,没人应。正要回局里,周堂夫人赶回来了。她说接了卢克的电话后就眼皮跳个没完,心里不踏实,索性请假回家。她开门将一众警察迎到屋内,一切完好如初,没有丝毫打斗迹象,甚至看不出有任何外人来过的蛛丝马迹。

"周堂上班开车吗?"卢克问。

"开。"

"可以带我们去车库吗?"

"好的,跟我来。"

一行人来到车库,周堂夫人远远瞧见自家车位空着,说周堂肯定已经出门。卢克四处观察监控摄像头,希望之后能通过这个途径找出周堂,甚至"大画师"。

待他们走到空着的车位前,卢克和左汉心里的那只靴子终于落地。只见空空的地面上放着一张 A4 纸,上面用纯正的胭脂色写着一个英文单词——Hi!

他们又慢了一步。

第三十章
《鹊华秋色图》

周堂既已被"大画师"抓走,实在是生机渺茫。

坐在回警局的车上,卢克一声不吭,兀自沉思。尽管事态已经发展至此,他们还是不能放弃寻找周堂。他给郭涛电话,让他马上查周堂小区车库的监控,严密追踪周堂那辆车的去向。同时,由于"大画师"一定会在今晚抛尸抛画,他们必须预测可能的地点,提前布控。

"你说今天'大画师'会在哪儿表演?"卢克问。

"你指摆他的血画?"左汉的脸色显然不太美丽。

"对。"

"就前三起案子来看,第一幅血画放在省博,位于小金湖的湖心岛上,从地理角度来看正是整个余东的市中心。第二幅血画的摆放地奋进大厦,正巧是在中轴线上,位于正东二环。"左汉打开手机地图,指出提到的两处,继续道,"然后你看第三幅血画的摆放地,那个文创产业基地,不也是在正南二环,余东的纵向中轴线也经过这里。所以说,'大画师'下一个摆放血画的地方就是……"

"正西二环,横向中轴线和西二环的交会点,"卢克夺过左汉的手机,对着地图道,"金安商场!"

左汉表示同意,补充道:"根据以往经验,抛尸的地点,其实就在摆画地点不远处,往往就是临近大楼或者只隔了一个街区。"

说话间警车已经开回局里,卢克直奔郭涛工位检查他的工作。然而就这么会儿工夫,郭涛实在没法顶着那一千多度的近视眼,把"大画师"的行车路线完整勾勒出来。

这时,经侦支队长江耀找上门来,胡求之的经济问题已经查了个七七八八。

"你们不是在胡求之家里找到几串钥匙吗?我们联网查到他名下在我市共有五套房产,除了他自住的别墅,我们还分别去了另外四处,都可以用你们找到的那些钥匙打开。其中两处商品房,里面所有房间都堆满了现金,因为我市空气潮湿,有些放在衣柜里的纸币都发霉了。目前我们还没法算清他到底放了多少现金,总之很多。"

卢克等人都瞪大了眼睛,唯独左汉没有露出惊诧之色,他淡定地道:"这里面有不干净的钱是肯定的,但即便胡求之靠自己的能力挣钱,他的财富也少不了。经过前几年市场炒作后,他一张山水画的市价在一千万左右,他只要出手十张,那可就是一个亿。所以你们也别太大惊小怪,是贫穷限制了你们的想象力。"

李妤非白他一眼道:"如果是合法收入,那他为什么不直接存银行,还买房子存现金?"

"我不也说了，里面肯定有不干净的钱嘛。你说得没错，如果你们去查他的银行流水，必定能发现一些大额资金流入，那是正规机构向他买画时打给他的。但很多私人买家、藏家，或是能做假账的机构买家，很可能就会按胡求之的要求给他现金，因为这样他就不用纳税了，双方都能省点儿。再加上江耀队长之前说的，这里面可能存在大量洗钱所得。如此想来，要装满两屋子的钱，也并不难吧。"

"城市套路深啊！"李好非感叹。

"偷税漏税都不算什么套路了，他们还有骚气得多的操作。"江耀道。

"你指洗钱吗？"

江耀点点头："我们现在还没有查清胡求之涉及的所有洗钱案件，但有几起已经非常明朗了。你们都比较关心赵抗美，那么我就举几个和赵抗美多少有些相关的例子。

"三四年前，赵抗美大量购入胡求之的画，这是公开信息里查得到的。至于这些钱的来路正不正，我们还得大胆假设、小心求证。然后接下来我们就看到Ａ画廊和Ｂ艺术品投资公司你争我斗，给胡求之的画炒出了一波上涨行情，让他的润格从十万一平尺涨到一百万一平尺，迄今甚至到了一张四尺作品一千万的地步。而公开信息显示，去年到今年赵抗美在拍卖场或各大画廊陆续出售了不少胡求之的画，并于不久后将部分收益转到关联方，比如之前还你争我斗的Ａ画廊和Ｂ艺术品投资公司。

"我们又顺藤摸瓜查了查，发现那两家已经是'老对头'了，经常为一个东西拼个你死我活，但两三个月后都同时有大笔资金入账。而且，他们还同时与一家境外机构联系密切，我们怀疑那是一家专业洗钱机构。

"同样的开头,还有一种做法是,赵抗美提前将黑金支付给A和B,让他们用这些黑金在明面上支付出去,从而将钱洗白。但是这第二种情况,只是我们捕风捉影的假设,暂未形成完整证据链。所以呢,这么操作一波下来,赵抗美挣钱了,A画廊和B艺术品投资公司挣钱了,不明跨国洗钱组织挣钱了,胡求之不仅挣钱还抬高了身价,可谓皆大欢喜。"

众人听得一愣一愣的,只觉得三观尽毁,四大皆空,五脏六腑七窍生烟。

这时郭涛跑了过来,向卢克汇报道:"卢队,'大画师'今早埋伏在周堂的奥迪车附近,周堂刚接近车子,就被'大画师'打晕。'大画师'把周堂放在车里,开车奔西边去了,我们最后看到他,是在西三环外接近湿地公园的地方。那个公园还在开发,整个区域都没有监控设施,想必也是'大画师'早就设计好的路线。"

卢克知道会是这个结果,对痕检科张雷道:"张雷,带上你的人,去周堂的车最后消失的地方,追踪车辆行驶痕迹。湿地公园还在开发,主要都是泥路,今天不下雨,你懂的。"

张雷领命去了。接下来,卢克得考虑在西二环的金安商场布局。

"现在我们要把重点放在金安商场及其邻近建筑物,就那个范围,大概需要警力……"卢克微微闭上眼睛算着,眉头紧皱,"现在我们的人分得太开了,张雷和刘依守都不在,郭涛还要坐家里盯监控,要不,让丁书俊也去商场巡逻?"

"就丁法医这个小白脸儿,如果真碰上'大画师',那岂不是分分钟被一刀封喉?"左汉笑道。

"要说在人身上动刀子,'大画师'跟丁法医比起来似乎还嫩点儿。"卢克道。

"卢队,既然现在已经明确'大画师'这次要杀的人不是赵抗美,那我们为何不把放在赵抗美那边的人撤了,来支援金安商场?反正就算我们不在那儿,赵抗美自己也有不少保镖。"李好非建议。

卢克正有此意。当前周堂失踪,主要矛盾已然不是赵抗美的安危。

"可是,明天赵抗美就要带着《渔庄秋霁图》飞香港了,他那是要把国宝卖给美国人!你们人民警察就不能想办法阻止吗?比如禁止出境什么的?"左汉还心心念念他的国宝,见大家只顾周堂和赵抗美这两个人渣的死活,登时急了。

此话倒是提醒了卢克,他也才想起还有这茬儿,气得直拍桌子。

就在此时,仿佛连老天爷也看不下去了,卢克居然接到了赵抗美亲自打来的电话。

"喂,卢队长啊,我赵抗美。"

"赵总您好,今天一切都好吧?"

"还好还好。"赵抗美不想多废话,"卢队长,我今天突然身体抱恙,决定暂时不去香港了。正好你们警方也希望我别去嘛,我就好好配合警方啦。"

今天赵抗美的态度尤其好,致使卢克甚至觉得对方不是赵抗美,可声音和电话号码不会骗人。他顺着话头问道:"赵总,身体没大碍吧？"

"哎，没事，就是感染了风寒，但我这个年纪经不起折腾，所以香港我就不去啦。看你们那天挺在乎这事的，就特地来告诉你们一声。"

卢克心想，那天赵抗美还对自己生意的重要性大书特书，怎么可能因为一个小小的风寒而取消，一定是他得到了什么消息，于是问道："赵总，您是不是得到了什么消息，或者收到过什么东西？"

此话一出，对方断然否认，刚才的和谐气氛霎时终止。卢克看他的态度，心里已有七八分明白，于是客套了句"好好休息"就挂了。

"赵抗美自己决定不去香港了。"卢克对众人道。

没想到刚才还纠结的难题就这么迎刃而解，众人长舒口气。

"你们说，会不会是'大画师'也给他寄了什么东西，威胁他，让他尿了？"左汉猜测。

"很有可能。"卢克道，"我们警方没有铁证，不好捅破那层窗户纸，说《渔庄秋霁图》就在你手里，我们禁止你出境。但'大画师'可不管那么多，他有的是野路子让赵抗美认尿。"

虽然对此没有定论，但毕竟先前顾虑一扫而空，卢克也不想在这个问题上过度纠结，于是命令刘依守立刻带赵抗美那边的所有人到金安商场听候安排。

左汉的猜测并没有错。赵抗美的确收到了"大画师"的威胁邮件，是昨天夜里2点半发出的。今早赵抗美查邮箱的时候，这是唯一的未读邮件。邮件中写道：

赵抗美：

　　你好，你可以叫我"大画师"。我是目前警方正在抓捕的一名连环杀手。我听说你拿到了《渔庄秋霁图》，还要在28号飞去香港和美国人交易，我实在不认为这是一个好主意。

　　我最近杀过三个人——你儿子的女朋友梅莎莎、你的走狗齐东民、你的顾问胡求之。要不是给你写信，我还真没发现原来这几个人都和你有点儿关系。他们三个都死得很有意思，我在附件中放了几张他们的照片，供你欣赏，还请赵总多多批评指正。

　　言归正传，我写这封信是想告诉尊敬的赵总，如果你执意要去香港把《渔庄秋霁图》卖掉，如果你觉得自己的命还不如一张画值钱，那我保证，就算追到天涯海角，也要让你成为下一张照片里的人。愿你好自为之。

大画师

　　读完文字，赵抗美冷哼一声。混迹江湖多年，威胁他的人车载斗量，但他们要么已经死了，要么生不如死，只有他自己还好好活着。不过此人的话倒是勾起了他一丝兴趣，毕竟他对齐东民还是有些旧情的，于是点开附件中的图片，发现里边居然真的是那三人。

　　然而，那些照片着实过于恐怖。三人明显皆被虐杀，且死相一个比一个触目惊心。尤其是胡求之，如果不是还有一张他面容尚存的照片，赵抗美已经认不出他了。

　　亲眼见了这种手段，赵抗美想到自己居然尝试过嫁祸"大画师",真有点哭笑不得。他不得不承认,他见过的狠角色不少,但像此人这样又有狠劲,又优雅冷静的,似乎还没碰到过。那三人的照片可不是闹着玩的,赵抗美相信,只要自己不按那人说的来,他一定会想尽一切办法也将自己虐杀。

如果那人要明着和他干,赵抗美是绝不会放在心上的,可如今敌在暗,他在明,只要那人铁了心想取他性命,无论他的安保措施做得多好,也总能被钻空子。这样一来,他将永远活在被杀的恐惧中。以如此成本换一张画的利益,赵抗美用脚指头想都觉得不值。

在局长的大力支持下,卢克将局里能调动的几乎所有警力都集结到金安商场附近,并很快作出部署。金安商场所有出入口、垃圾桶,及其东南西北紧邻的四个街区全都有警力把守。由于担心浩大的声势引起群众恐慌,卢克还特地要求仅保留四分之一人员穿制服。

一切安排在下午3点多已经妥当。卢克能想见,此时此刻,说不定周堂正在遭受"大画师"的逼问和毒打,又或者一切已经结束,"大画师"正在制作那个让他们每次都毛骨悚然的视频。想至此,他给张雷打了个电话。

"张雷,让你们查的车痕,有结果了吗?"

电话那头的张雷气喘吁吁地道:"没有。那辆奥迪开进湿地公园后,很快又开出来了,他肯定也知道那儿不宜久留。湿地公园附近的规划还很乱,不少城中村、烂尾楼和废弃工厂。可气的是,路面都是水泥路,车还多,我们没法跟。"

卢克直接骂了一声娘。

"卢队你别急,我和郭涛一直协调着呢。他那边如果在监控里发现什么,都会第一时间告诉我,我们就赶过去。"

卢克看看手表,心里已经默默祝周堂安息。

等待的时间显得格外漫长。一开始街上热闹些还好,10点半后,人群逐渐散去,街道愈发寂寥起来,夜巡的警员也纷纷打起哈欠。

卢克让李好非给所有人点了咖啡,希望今晚都打起精神。对于这次行动,他比以往任何时候都有信心,因为他们已经无限接近"大画师"计划的实施地。而像"大画师"这种完美主义者,绝不会因为某些变故就轻易改变自己的计划,因而这次几乎等于瓮中捉鳖。左汉陪着卢克坐在金安商场东侧门边的两个硕大垃圾桶旁,一口一口喝着香草拿铁,丝毫不介意垃圾桶中飘出的阵阵气味。

从下午算起,他们已经守在这儿好几个小时了,即便是最八卦的长舌妇,聊到此时想必唾沫也已耗尽。两个男人索性席地而坐,肩并肩沉默着。卢克从口袋里掏出盒香烟,取出一根,递给左汉。

"我不抽。"左汉真不抽,只是卢克忘了。

卢克不说话,直接把那根烟塞进自己嘴里,熟练地点着,吞云吐雾起来。

"就你们掌握的情况,近几年,余东还有人吸毒贩毒么?"左汉轻声问道。

卢克一个激灵:"你又想左局了?"

"我在想真相。"

卢克叹口气，四下看看，转身对他耳语道："不瞒你说，这几年我也在留心，但没什么收获。左局的事情闹这么大，你觉得要真有个你说的幕后大佬，他还敢冒出来么？"

"你真在查？那上次问你为什么不说？"

"我怕你多想。关键是，我们确实没有任何新的发现，我身为刑警队长，揪着已经定案的案子不放，你觉得合适吗？"

"如果你给我提供一点儿这些年找到的蛛丝马迹，说不定你们看不见的东西，我能看见。"

"我知道你天赋异禀，但我们也不是吃素的，你要相信我们。"卢克踩灭还有好一段的烟，"而且警队有警队的纪律，你不要异想天开。"

左汉知道，他们的对话又进入了和之前一样的死胡同，索性不再提。"你走吧，我想一个人静静。"他说。

"我得在这蹲点。"

"你得统筹大局，我蹲就行。'大画师'来了我敢和他拼命，你敢吗，我愿意为祖国的事业献出我自己……"

"好了好了好了，我走。"说罢，卢克起身去统筹大局。

左汉望着辽远的夜空，此时月亮几乎已要升至中天。月亮走得很快，边上的云彩也流得很快，仿佛一个寂寞的旅人走入黑暗的山林，将手电筒照进淙淙的小溪，照出不眠的流动的鱼群。

这月亮亮得惊心动魄，即便没有人间的灯火，它也定能照彻整个大地。有时候人间的事物就是如此多余，比如这灯光，圆满的月的清辉已足够衬出人类的孤独，又何必把世界用霓虹装扮得这般热闹，将那可怜的孤独衬托得更加深入骨髓？又比如，一日吃三餐，一夜睡一床，人人皆可满足。可为何总有赵抗美、胡求之、刘清德、周堂这样的人，分明已经过得很好，却贪得无厌，终于一步步走向万劫不复的深渊……

无聊的夜晚，最易胡思乱想。

凌晨3点，周堂那被套上其他车牌的奥迪，缓缓驶上二环。

由南向北走了一段，它从一个口出来，上了辅路。没多久后，它开始在一片上世纪七八十年代的老楼间拐来拐去。寂静的夜里，只有轮胎碾压地面沙石的声音，以及被吵醒的野猫慵懒的叫声。

余东市西边的发展速度明显落后于东边，当东边的天际线被早就拔地而起的中心商务区越拉越高时，西边的人们还在忙着给他们的平房和小楼写大红的"拆"字。

他开过一片又一片写着"拆"字的区域，道路越发难走。这里偶或窜出杂草的水泥路，和刚刚经过的宽敞柏油路比起来，实在不像一个城市的东西。不过看着车灯映照的一个个"拆"字，他想，一切旧的脏的，丑的坏的，很快也要被这个城市请出去了，这个世界总归会朝好的方向发展。

这么想着，墨黑的奥迪缓缓停在一个破旧的社区图书馆后门。这个社区图书馆建于上世纪八十年代中期，在当时算是少有的社区级图书馆，然而此刻的它已然如同一位耄耋老人，丧失了所有往日的风采。窗明几净、藏书浩瀚的市立图书馆新馆就建在五个街区之外，新书迭出、善于营销的新型书店在周边次第开业，这座风光一时无两的小图书馆，此刻正展示着它苍白的面孔，在拆与留的边缘苦苦挣扎。

在朗月清辉的照耀下，图书馆的墙体白得有些瘆人。他带着卷轴走到紧闭的图书馆后门门口。在那儿酣睡的一只野猫被惊醒,警觉地看着他,随即软软"喵"了一声,自行让开几步。

他拆开丝质捆绳,将画徐徐展开。

血红的《鹊华秋色图》。

他满意地笑了。

图书馆不远处,是原市活性炭厂厂址,这座工厂并没有图书馆那顽强的战斗力,早早被写上了"拆"字。活性炭厂,真是没有什么地方比这儿更适合安放周堂的尸体了。他绕到车后,打开后备厢,将那个巨大的麻袋取出,拖到空旷的工厂中。从车后门到工厂内,留下一道清晰的血迹。

周堂被整个儿从麻袋里倒出来,脸色苍白得如同一张新出厂的宣纸。

7月28日凌晨5点,在金安商场附近巡逻了一夜的警方连只可疑的野猫都没有发现,原本还意气风发的卢克再度焦躁起来。他知道,"大画师"一定会在这个刚刚过去的夜晚下手,如果他们到现在还没有发现他,那么大概率是对方已经作案成功了。

他正要去和左汉说话,110那边打电话过来,说在他们附近的社区图书馆后门发现血画,报案的是一位收垃圾的老阿姨。卢克顾不得心里的失落和愤怒,让左汉马上查看地图,他对那片复杂的将拆未拆的区域也不甚熟悉。

七八分钟后,卢克带领十余警员来到社区图书馆后门。收垃圾的阿姨说,画边还压着一张死人的照片,她不敢乱收,就第一时间报了警。卢克一看,果然是周堂。

卢克明白,既然血画在这里,那么周堂的尸体一定就在附近。他将左汉留下,也让张雷、刘依守等另外五人守在这里,其余人员全部以此为圆心搜查周堂的尸体。

张雷马上组织痕检科同事在周边采集痕迹,左汉也戴上手套,在刘依守和李好非的协助下开始研究这张新的血画。没有意外,这次的画是《鹊华秋色图》,图上落款位置用赵孟頫的娟秀字体写着"秋山如妆",字后排列着四枚血指印。

这无疑是"大画师"的手笔。

大概一刻钟后,卢克他们找到了周堂的尸体。被废弃的活性炭厂在这个寂静的清晨显得格外空旷,周堂的尸体则突兀异常。

几乎在看到尸体的同时,卢克的手机"叮"地响了一声。他看见屏幕提示自己收到一封新邮件,邮件名是"秋山如妆"。

视频也到了。

第三十一章
大海却依旧沉默并且湛蓝

卢克安排丁书俊留在活性炭厂检查周堂的尸体,自己则给李好非打电话,让她叫上左汉和郭涛立即返回警车,研究"大画师"最新的视频。

回到车上,李好非从包里拿出那台为看画专门买的笔记本电脑。卢克登录自己的邮箱,开始下载视频。

"看血画有什么发现?"卢克问左汉。

"基本印证了我们的推测。这幅新的血画,落款是'秋山如妆——大画师',有四枚血指印,不出意外的话应该是周堂的。因为《鹊华秋色图》的作者赵孟頫本身就是一位大书法家,所以'大画师'此次写字用的就是赵体。而《鹊华秋色图》也临得相当有水准,用笔很活,绝不像吴天盛那样一比一复制。"

"你确实预测得很准,"卢克看着蜗牛般的下载进度条,"只可惜,我们始终慢人一步。"

"一定会抓住这家伙的,别担心。犯罪分子也有愚蠢和狡猾之分,咱这回碰到的毕竟是个高手中的高手。"左汉拍拍卢克低垂的手,"说回这画,赵孟頫本是宋太祖赵匡胤十一世孙,但宋朝灭亡后,他接受了元朝皇帝礼敬,在灭掉自家朝廷的元朝当官,这在许多深受儒家思想熏陶的中国文人看来,是十分令人不齿的,是变节。把周堂和刘清德对我们中艺公司的背叛联系起来,'大画师'用周堂的血来画《鹊华秋色图》,还真是恰当。"

"但他这次杀周堂,主要还是因为偷盗。"

"我也就那么一说,"看下载进度条还在龟爬,左汉索性多说一些,"不过这'大画师'还真是神人一个。他居然改动了赵孟頫原作的布局,纠正了原作的一处错误。"

卢克虽然疲惫,却也被他勾起了兴趣:"什么意思?"

"《鹊华秋色图》你也看过了,应该有印象吧?"

"和案子相关的画,我当然都刻在脑子里了。"

"好,那你看看'大画师'的这张仿作。"说着,左汉展示出手机里的一张图片,那是他刚刚拍的血画,"在原作中,左边半圆形的鹊山和右边三角形的华不注山是在黄河的同一岸边;而在'大画师'的作品中,两座山却被河水隔开。"

卢克一看,确实如此,微微点头,示意左汉继续说下去。

"其实'大画师'是给这幅千古名画纠正了一个大错误。"左汉说着,将手机里存的《鹊华秋色图》原作打开,"第一个发现这个错误的是乾隆皇帝,而且他发现了不止一处错误。乾隆十三年,也就是公元1748年,乾隆帝巡狩济南,闲时登上城门楼赏景,发现这一带景色似曾相识。他欣然一笑,回想起这是《鹊华秋色图》中的景色。于是他非常任性地命令飞骑去京城禁中取来，对着鹊、华二山展卷对观。这一开始他还赞叹不绝，可仔细对照却又发现有些地方不对劲。原来，赵所画《鹊华秋色图》的鹊、华二山方位有误，本应鹊在黄河北，华在黄河南，可画中两座山却在同一岸边。对此乾隆大为恼火。他觉得，两座山的方位都没搞清楚，如果打起仗来把这当作地图，那还不出大事？随即下旨将此画收入大内。"

"那还有一个错误是什么？"

"其实也是同一个问题。赵孟𫖯在《鹊华秋色图》的题跋中写道：'华不注最知名……其东则鹊山也。'实际上，鹊山是在华不注山的西边。也就是说，赵孟𫖯的题跋写错了。当然，'大画师'并没有打算抄写这段题跋，所以他只是改动了河水的方位和流向。"

"看来，他不仅是个技术流，而且是个学究啊。"

几人有的没的说了一阵，视频方才下载完毕。李好非迫不及待点开，让卢克和左汉都凑过来。车内的空气有一瞬的凝滞，李好非几乎能听见自己的心跳。

黑色的画面中，最先出现了一个白色的"秋"字。大约三秒后，画面切换到"大画师"审问周堂的场景，其背景依然是黑色幕布，自上而下的白色节能灯光线。看来这次"大画师"有充足的时间来和周堂周旋。

与先前一样，"大画师"将自己裹得严严实实，声音也被消去，所有他本人的声音都用字幕替代。

字幕："周总，你好。"

周堂："你是谁？"

字幕："我是谁并不重要，我只需要你交代一些事情。"

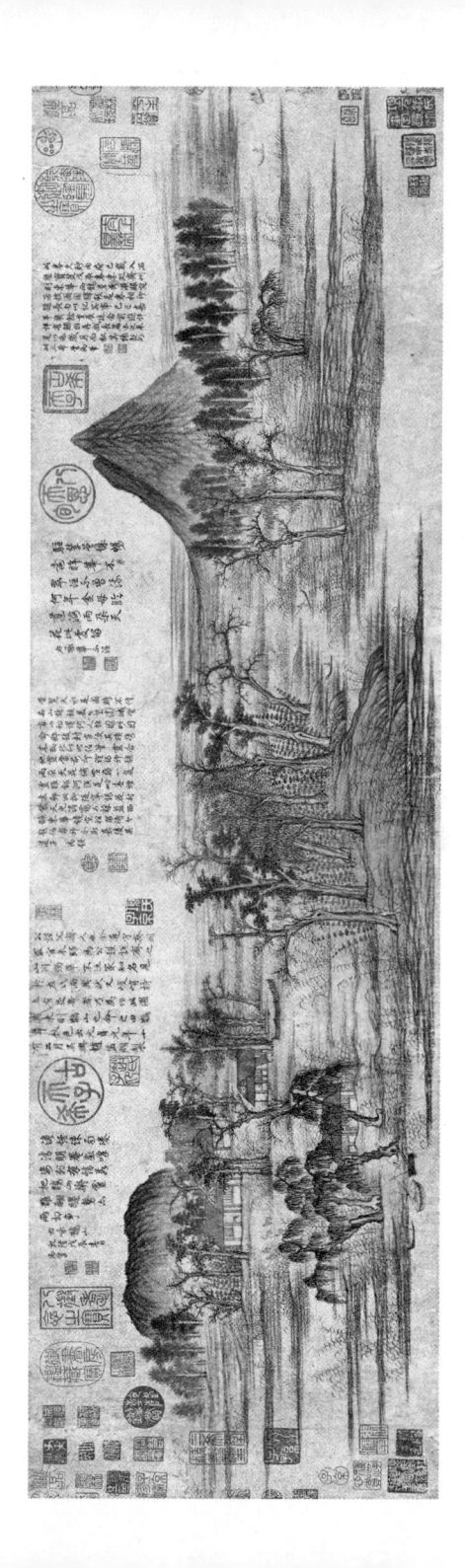

（《鹊华秋色图》，元·赵孟頫，纵28.4cm，横90.2cm）

周堂:"笑话,我连你是谁都不知道,凭什么向你交代事情?"

字幕:"就凭你的命现在攥在我手里。"

周堂:"呵,光天化日,朗朗乾坤,我借你十个胆,你还真敢杀了我?我告诉你,我们企业的背景你去了解一下,我要是出什么问题,你吃不了兜着走!"

字幕:"我当然知道你企业的背景,但我就更要为国除害了。这么多年,你贪污受贿、中饱私囊、猥亵下属,这些做得少吗?我是不是应该给你们顾总和纪委马上发一点材料?"

闻言,周堂原本不屑的面孔突然紧绷起来,却是不赞一词。

字幕:"我还可以告诉你一些信息。梅莎莎、齐东民和胡求之,这三个人你都知道吧?他们都是我杀的。哦对了,前不久你还带着刘清德去过胡求之家呢。"

周堂:"你……你,你到底是什么人?"

字幕:"这你就没必要知道了。我不是什么好人,但也没你那么坏。好了,我劝你还是配合一点,我没工夫和你磨蹭。如果你说得好了,我可能让你死得轻松一点。如果你不愿配合,那我只好在边上煮一锅火锅,把你的肉一片一片割下来丢进锅里,煮熟了让你自己吃。"

这时周堂往画面左侧看去,露出惊骇之色,很可能那儿真摆着一个火锅。

周堂:"反正横竖一个死,我宁可死得清清白白,也不要沦为后人的谈资!"

字幕:"清清白白?你是不是对'清清白白'这个词有什么误解,别人不知道的事情就不存在吗?而且你也别天真了,仅我手上有的材料,就够你把牢底坐穿了。"

周堂:"有你这样谈判的吗？你不开出足够吸引我的条件，我凭什么告诉你？"

字幕:"哦？你想让我开什么条件？"

周堂:"放了我。"

字幕:"你倒是看看眼前这摄像头，再想想我手里掌握的材料。我就算放了你，你也混不下去了吧？"

周堂:"那总比死了强！"

字幕:"你如果这么理解活着的意义，那我勉强答应你。"

两人又聊了一阵，周堂居然真的在"大画师"的循循善诱下说了许多事情，首先就是他和刘清德在胡求之家窃取《渔庄秋霁图》真迹的经过。

字幕:"我看了你们精彩的盗窃表演，十分受教。不过，我想知道你们偷了画之后到屈服于赵抗美之前，把画放哪儿了。"

周堂:"并没有多复杂，就在我家保险柜里。"

字幕:"你们也真是有恃无恐，料定胡求之不敢声张就乱来。不过可惜，小鱼吃虾米，大鱼吃小鱼，你们没料到还能得罪赵抗美。"

周堂:"要知道是赵抗美授意偷的画，我们也就不会打主意了。"

字幕:"我看未必，要不刘清德也不会死了。提到刘清德，我们进入下一个话题，说说你们在中艺公司干的勾当吧。"

周堂:"这个我无可奉告。"

字幕:"我既然能这么问，就说明我知道内幕。你藏着掖着也没用，倒不如爽快一点说出来，你的下场也许会很不一样。"

周堂:"你威胁我……好吧，告诉你也罢。三年前，我和刘清德在外面开了家公司，从事艺术品相关投资。我俩也算各有所长，我资源多，刘清德业务能力强，到目前为止，公司运转良好。"

字幕："说重点吧，你知道我想听什么。"

周堂："没有什么小公司是不靠挖大平台墙脚就能立起来的，在这点上你还真别瞧不起我。我们在中艺工作这么多年，为中艺开发和培养了这么多画家和作品资源，你让我两袖清风白手起家做，我不甘心！这些可都是我们两人开发的资源，凭什么要留给中艺的其他人？他们做了什么？"

字幕："你错了。你有没有想过，如果你不是打着中艺这个国有企业的旗号，摆出这个大平台，最开始那些画家为什么要跟你？你真以为一个人的面子能有多大？"

周堂："我不跟你解释，你一个外人懂什么！总之我就是气不过！"

字幕："我不需要你的解释。你如果真牛，完全可以把合约到期的画家签走，或者开发新的画家，而不是把中艺已经签下的画家用不可告人的手段解约，然后签到你个人在外面开的公司。你也知道中艺是个国企，那么你更应该知道，这些资源本属国有，而你却利用职权将他们转移到自己的腰包！"

周堂一时哑口无言。

字幕："接下来，跟我说说你们和X合伙洗钱的事情吧。"

周堂："你……你怎么知道？你到底是谁？"

字幕："同样的问题，我之前如果没有回答，你应该自觉不问第二遍。"

周堂："好……那我就告诉你。"

这时，甚至连周堂的声音也被消去，两秒后更是黑屏。屏幕前的卢克和左汉同时一惊，面面相觑，难道"大画师"又要像上次隐去齐东民省博盗画始末一样，隐去这段洗钱内容？他为什么要这么做？要保护谁？还是说，想要亲自除掉里面的人？

但很快，黑屏上出现了一行行白色的字幕，显然是周堂的陈述。而他们也终于知道"大画师"这么做的原因——不想让警方现在就知道幕后大佬。因为这里面但凡涉及那人名字，全都被字母X替代了。

字幕（周堂）："X老板黄赌毒生意全做，挣了不少黑金，他需要将这些黑金全部变为合法收入，因此他提前一两年在市场上以每张八到十万元不等的价格购入胡求之的作品……这样这些黑金就以艺术品投资的名义被洗白了。"

这和之前经侦支队调查出的问题一致。

字幕（周堂）："去年，X更是在这个基础上做了个大手笔。他用上亿美元拍下一幅外国画家的名画，将黑金洗白，同时证明他手上有价值数亿人民币的艺术品。这还没完，他用那幅画作为抵押，又从银行借出数亿人民币的流水投资别的项目。"

左汉风驰电掣般按了暂停键："他说的不就是赵抗美吗！去年赵抗美用1.8亿美元在英国拍下一幅凡·高的《向日葵》。那也不是凡·高最好的向日葵，还有人说中国买家人傻钱多，但他们哪能领悟赵老板的精明？他回国后就靠抵押这幅画直接从银行贷了3亿多，变成他新投资的本钱。而且这笔1.8亿美元的黑金也顺利洗白了。"

卢克皱眉道："可这'大画师'也够狡猾的。他删掉周堂的口供视频，只留下这些很虚的数字和字母，甚至连《向日葵》也被模糊成了'外国画家的名画'。即便我们知道只有赵抗美能对号入座,还是不能将他绳之以法,因为这不是铁证。"

几人郁闷了半天,按空格键继续播放。

字幕:"好,周堂,谢谢你的配合。我给你个机会,有什么遗言想说的?"

周堂瞪大了眼睛,看着眼前那个被黑色衣物包住全身的人,仿佛在分辨一团浓重的黑雾。

字幕:"你不说就算了,我没有时间。你是个贼,先是你的眼睛看了不属于你的东西,再是你的手拿了不属于你的东西。既然这样,我打算把你的眼睛和手都废了。现在给你个选择的机会,要我先废哪个?"

周堂:"你要干什么?我警告你,你别乱来!我家人会报警的!"

字幕:"你还有胆提警察?呵,我告诉你,你的罪行现在警察也略知一二,就算落到警察手里,你这辈子也毁了。不如我帮你来个痛快的。"

周堂:"你滥用私刑,警察也不会放过你的!"

字幕:"我的事就不劳你操心了。既然你不说,就由我替你决定吧。如果先眼睛,你就看不到自己的手被砍断了,那得多遗憾啊。所以……还是先砍手吧。"

于是在周堂的恶语咒骂中,"大画师"从画面外拿来一把砍骨刀,靠近周堂,并俯身在他耳边呢喃了一句。

字幕写道:"我要砍你的手了。"

……

最后的画面中,周堂的脸色苍白如纸。他的血是自己流干的，在他意识尚存的情况下。

  鹊华秋色寒林雪，山居早春万壑松。

  "终于结束了，"左汉缓缓吐出屏了半天的一口浊气，"我这小心脏是越来越受不了'大画师'的视频了。周堂还是我们公司领导，真没想到，他是这下场。"

  李好非却道："'大画师'有一点说得没错，就算周堂落到我们手里，他也绝没什么好下场，我们会让他身败名裂。对于他这种有社会地位的人来说，那才是生不如死。"

  卢克没说话，只是轻轻叹一声，用两只手掌使劲揉搓眼睛和太阳穴，显得十分疲惫。

  回到局里，卢克坐下听取张雷等人的汇报。

  "我们初步检查了抛画和抛尸的地点，暂未发现有价值的指纹。"张雷刚才找了半天也没找见自己的劣质香水，于是翻出花露水中的战斗机——六神，往自己身上喷了几下，"这次的足迹和之前几起'大画师'案中采集到的少量足迹类似，可以确定的是，抛尸和抛画全部由一人完成。我们在活性炭厂附近发现周堂的奥迪车，车牌已经换了。驾驶座被清理过，没有发现痕迹。后备厢里发现血迹，嫌疑人应该曾将尸体放在那里。"

  郭涛接过话头道："嫌疑车辆于今天凌晨3点2分驶入西南二环，并由西南二环向北开行至西二环。上辅路后不久，嫌疑车辆开入附近的待拆迁区域，那儿没有安装监控。后来'大画师'在社区图书馆后门停下来放画，之后又开了两百米左右，消失在监控区域，应该那时直接去了活性炭厂。最后他将车抛弃在活性炭厂门口，步行离开第二现场。可是我看了周围多个监控，均没有发现'大画师',他就好像凭空蒸发了一样。"

"大画师"的拼图,又完成了一块。倘若不出意外,应该只剩最后一块。在已经标有三个红圈的地图上,卢克又圈起了今天发现血画的社区图书馆。这里离他们重点巡逻的金安商场只相距三个街区,可他们原以为"大画师"会在位于正西二环的金安商场及其周围一个街区范围内抛画,这个判断使他们与"大画师"擦肩而过。想到此,卢克狠狠将红色马克笔摔在地上,骂娘。

"太奇怪了,"左汉皱眉,"像'大画师'这种完美主义者,如果前三起案子都是在精准的地理位置,比如正东,那么他没有理由在这一起突然放弃自己的标准啊。难道他选择这个图书馆有什么深意?"

"这也是我无法理解的地方。从被害人周堂的角度,虽然他从事的艺术品和书籍都与文化相关,但非得把他的案子做在一个图书馆,似乎也显得牵强。金安商场里还有影剧院呢,也属于文化产业,为什么不在那里?"卢克眼睛一瞬不瞬地盯着眼前的余东市地图,"从放血画的地点来看,几起案子分别是在省博、奋进大厦、时代文创产业基地、社区图书馆。如果说'大画师'非要找和文化相关的地方,那么其他地点还说得过去,可是奋进大厦这个写字楼里的公司,可以说和文化产业没有半毛钱关系。而从抛尸地点来看,分别是湖心公园、风能中心、碧漾游泳馆和被废弃的活性炭厂,这一连串的地点之间更是毫无逻辑!更加诡异的是,如果'大画师'为了抛尸方便,选择废弃工厂这种地方完全可以理解,可是公园、游泳馆这样人员密集的场所又为何会被选上?像他这类注重仪式感的嫌疑人,其所有选择一定有用意。"

左汉也一时猜不透这个"用意"是什么,不敢轻易接话茬儿,当卢克看向他的时候，他也只能尴尬地避开对方的目光。

讨论没个结果，卢克和左汉立即赶到法医室找丁书俊。

此时丁书俊正在周堂身上一通忙碌。左汉见到这位肥胖的领导的裸体，本身已经腻到反胃，更何况丁法医正在为他检查，原来法医才是真的勇士。

"一个坏人没死的时候，所有人都说他们黑心肝。只有你知道，其实谁都有一颗红亮的心。"左汉下意识觉得说个冷笑话能缓解自己的恶心，却险些儿适得其反。他吞了吞口水，想把胃里蠢蠢欲动的东西压制下去。

"不得不佩服你，居然还有心情开玩笑。"丁书俊扬起他雪白的脸，放下手术刀，"如果是我领导这下场……"他发现他领导就在场，貌似说什么都不对，索性不说。

"说说吧，都发现什么了？"卢克跟在左汉后边进来。

"周堂的死因是失血过多，应该就是双手被砍造成的。除了眼睛和双手处，他没有别的生前伤。"

"这次有诗吗？"左汉问。

"有，被小助理拿去清洗了。这次'大画师'把诗包在一个塑料袋里，在周堂活着的时候塞到他肚子里去的。只是进入胃的时间比较久，塑料袋上都是胃液和消化了一半的食物，我想你应该不会急着看。"

左汉自然急着看，但他更没有品鉴胃液酸味的雅兴，索性发扬绅士的耐心。好在他们没聊多久，那个袋子便被拿了过来。"大画师"真是个讲究人，包得很好，里面的A4纸并没有受到任何污损。

"又是苏东坡。"左汉发现"大画师"写诗用的字体还算是一以贯之,想必除了欣赏苏轼的字,更是欣赏他的文采。他见"大画师"这次采用的纸张和墨水与之前相似,便开始阅读内容。经过简单断句,一首诗如下:

> 哲人说这是杀戮的季节
> 但这分明是诗人和画家的季节
> 我不明白
> 为何最缤纷的颜色和杀戮有关
>
> 我像所有不懂杀戮的孩子一样
> 不懂诗也不懂画
> 甚至不懂什么是幸福
> 直到有人偷走我最心爱的红色枫叶
> 贴在我够不到的他的窗棂上
>
> 我站在人间的海岸往回看
> 世界献出她所有的色彩
> 大海却依旧沉默并且湛蓝
>
> 那个瞬间的奇妙视野让我长大
> 杀戮是宿命
> 不是选择

"这次他写得可够多的,"左汉将纸递给卢克,"难道'大画师'真知道你们年底有诗朗诵节目,上心给你张罗了?"

卢克着实想冲上去将左汉暴打一顿,但还是先韬光养晦,不耻下问地问他有何观感。

"观感嘛……就是我越来越喜欢这个'大画师'了。你没发现吗,他除了打打杀杀,真的是有一颗纯洁的心灵,这可不容易。现在的诗人为了挣钱都开始画画,而画画的为了让自己更值钱都开始写诗。来回来去,都逃不开一个'利'字,哪儿还有几个纯洁的人?可是心灵不像孩子般纯洁,能写出好诗、画出好画吗?"

"我现在不是请教你成为著名诗人和画家的秘诀,我问的是你看出了什么。"

"我看出了'大画师'是个纯洁的人。别看他做事的方式复杂,可他的思维方式却简单直接,他认定的理,一定会为之义无反顾。当然了,我还不好说这'大画师'到底是我们目前尚未见过的某个老头子,还是那个视频里天天见的年轻人。心灵单纯和年龄无关,你看泰戈尔都一大把白胡子了,还能在诗里自称孩子。除了这,我暂时没别的想法。"

"还有一种可能性,之前也讨论过,就是一个老人和一个年轻人合作。"卢克说着举高A4纸又看起来,"'甚至不懂什么是幸福,直到有人偷走我最心爱的红色枫叶。'这句话是否暗示了什么?你说,会不会是'大画师'小时候有被人偷走珍贵东西的经历?"

"就算有,对我们的用处似乎也不大。谁还没被人偷过东西呢?而且这种私人的陈年旧事,除非当时上了报纸,否则现在根本查不到什么。"

"好吧,至少点明了本次杀戮的原因。"

又是一次近乎徒劳的对话。卢克摇摇头,落寞地离开法医室。

第三十二章
两个被世界抛弃的人

他即将完成自己的作品,却并没有丝毫欣喜。这世上坏人太多,终究得靠公检法来解决,哪是凭他一己之力能消灭干净的?

目前警方已经撒下天罗地网,他明白,自己很难在这样一个年代杀了人还逃之夭夭。人要为自己的选择负责。他并不害怕被警察抓住,也不眷恋一个漫长的生命。和广阔的宇宙和无穷的时间相比,再长的生命都无足轻重。

他只是希望活得有价值,成为一名真正的画家,不求留名青史,也不求在世的时候就走进卢浮宫,但他要努力让自己满意。当然,让自己满意的方式有很多种,他选择了这条短暂而绚丽的路,也许意味着放弃另一条漫长而厚重深沉的。

像樱花那样突然热烈地绽放又突然消逝,或是像梅花那样挺过严冬默默将幽香延续到下一个春天,到底哪一个才更接近人生的终极价值?日本人极力推崇樱花,而中国传统画家却画了几千年的梅花，几乎绝不画樱花。不同民族对这个问题的回答已经跃然纸上。落实到行动上，前者似乎倾向于在历史的某个节点突然震惊世界，而后者则选择起起落落地绵延不绝。

作为一个个体，他根本无力回答这个问题。但如果这不是一个民族或全人类共同的问题，而是一个私人选择题，那么对他来说，只要落下的每一笔都值得，无论活成什么样子，他都会满意。他想要永恒，可是人生和历史的选择，有时不正是因为一时脑热？他可谓一时脑热地选择了短暂的绚烂，但他没有后悔。这一笔，值得。

虽然和自己的学生在胡求之案中闹出些许不愉快，但他并没有放在心上。毕竟她在他眼里还是个小姑娘，尽管她强调自己已经过了二十。

他最近总是频繁约她到自己的住所，给她讲画，为她弹琴。这是他见过的最聪明的女生，什么东西一点就会，将来定是栋梁之材。他恐怕自己的日子不多，总想把知道的一切倾囊相授。当然，是艺术方面的。

这个学生的心灵太干净，她应该成为一位震惊世界的艺术家，而不是第二个杀手。她疾恶如仇的善良品格，应该转化成鼓舞人心的作品，而不是被狭隘而扭曲的仇恨所裹挟的行动。如果自己没能在最后帮她摆正人生的轨道，那就不配让她叫自己一声老师。

她刚刚吃了他做的晚饭，很简单的家常菜，却让她感到幸福。她是一个孤儿，没有人比她更明白什么是幸福。

饭毕，他盘腿坐在落地窗前，再次弹起《潇湘水云》。这是一首变化万千的曲子，作于一个山河动荡的年代，却更像是一段云水苍茫、奔腾归寂的人生。无论是开始那飘逸忧郁的泛音,还是之后反复交织的按音、泛音、散音,都让他深深着迷,沉吟至今。人这一辈子也是这样,每个阶段都应有不同的美好作为注脚。无论在哪里结束,结束不是重要的,美才是。

想着,他不禁暗笑自己未老先衰,仿佛进入耄耋之年,在总结自己的一生。自己最近是怎么了?他摇摇头,笑着停下正在轻揉琴弦的修长手指。

"怎么停了?"她挪到他面前问。

"你的茶已经沏好很久,我不敢辜负。"

她不说话,只是开心地看着老师捧起自己沏的茶,慢悠悠喝下去。他的每一个动作,都仿佛一件艺术品。

"最近和你聊了很多,你都记住了吗?"

"记住什么?"

"记住我对你说的每一个字,它们都是我想让你记住的。"

"哈哈,老师的教诲,我当然铭记于心,几乎倒背如流。"

"我没有和你开玩笑,我们聊艺术和人生的时候,我还是希望你严肃。"

"哦。"

"你一直说自己长大了,我相信你。我也相信,你有能力照顾好自己,还有孩子们。"

她终于听出这话里的古怪意味。事实上,这些天她一直觉得老师有点奇怪,居然主动频繁让她来上课,还说了许多形而上的东西。之前即便他想说,也总会将那些大道理融入书画教学,甚至日常琐事。像这样直白而大量地告诉她,似乎从来没有过,仿佛两人再也无法相见似的。

"老师，你最近是怎么了？"

他有一瞬的愣神，但很快抿了口茶，朝她笑道："可能突然发现你这小姑娘长大了，为师不得不努力卖弄了。"

她莞尔："老师不也没大我几岁？"

他笑笑，没接她的话。然而她却突然沉声道："老师，对不起。"

"小丫头，怎么突然给我道歉了？"他带着开玩笑的口气。

"老师，这么多天我一直在想，是我害了你，我一直在自责。你本来可以……"

"别说了。"

"你别打断，听我说完！"她坐直身子，郑重道，"老师，你如果不让我说完，我浑身不舒坦。这么多天我一直在想，要不是我年初突然告诉你自己的遭遇，你就不会下决心杀他，你就不会去调查他，就不会查出这么多坏人，就不会做这个局，杀这么多人，就不会从一个前途无量的艺术家变成被警察通缉的'大画师'，这一切都是我造成的！而我那天居然还质问你，逼你杀人，我真是太自私了！我不光自私，还把老师给害了，是我毁了老师的一生！……"

说到这儿，他锐利的目光扫向她，逼视她的瞳孔。她本要滔滔不绝地继续说下去，把这些天胡思乱想的所有内容尽数吐露，但面对他突然锋利的目光，她张口结舌。时间和空气凝滞，她疯狂颤抖的双唇突然失去推力，像一根刚弹完尾音的不甘寂寞的琴弦。

"你说完了吗？"

她依然沉浸在惊吓中，忙不迭点头。

"他是个禽兽,早就该死。"话音刚落,他发现她的眼里露出惊异的光芒,显然在等待他解释这句话的意思,"其实早在几年前我就想杀他,只是时间很容易冲淡仇恨,我几乎原谅他了。但我没想到他居然还把你……这触了我的逆鳞,我绝不能原谅。新仇旧恨加在一起,不用你说,我自己也能判断要怎么做。"

"老师,之前他做什么了?你为什么觉得他该死?"

"这是另一件事了,很遥远,遥远得仿佛是上辈子的事情。今天我不想说,你也别问。如果哪天我想说了,我会告诉你这个故事的。"

她点点头,微笑。

"你……喝过酒吗?"过了一会儿,他突然问。

虽然觉得莫名其妙,但她也答得落落大方:"当然。老师想喝吗?"

他也微笑,起身从冰箱里取出一瓶15年的Bowmore单一麦芽威士忌和一瓶冰红茶。她也配合地去厨房洗了两只玻璃杯。两人再度来到窗前,纷纷盘腿坐下。

低头,是恢宏绚丽的城市;抬头,是光辉灿烂的星空。

"这是我妈回国的时候带的。她知道我爱喝酒,就会给我带些。之前还会带一瓶几千几万的,可能想作为给我的某种补偿吧,但我说这样几百的就很好,人应该学会知足。"

"我最近看了老师推荐的纪伯伦。他有一句话:'你不能吃得多过你的食欲。那一半食粮是属于别人的,而且也还要为不速之客留下一点面包。'"

"对,做人有三种境界:第一种,出发点只有自己,心里毫无他人,这是万万做不得的。第二种,出发点还是满足自己的基本需求,但会想着帮助他人。纪伯伦属于这第二种,事实上孔子的'达则兼济天下'也属于这种。第三种,完全无我,只有别人。这恐怕只有真正的圣人和神才会做到了。你要好好带孩子们,我不指望你做第三种,但你绝不可做第一种。"

"我绝不会。"她对灯发誓,然后吐吐舌头,笑眯眯和他碰杯。

就这样,他们谈论了一晚这类空虚而又不空虚的人生大道理,不知不觉都醉了。

"老师,你为什么还是杀了胡求之,而不是那个人?"借着醉意,她终于问出这句话,捅破了两人这段时间悉心呵护的窗户纸。

"你早就想问了对不对?"他笑道,眼神迷离空泛,两腮微红。

她点头,重重地点头,仿佛已经在酒精的作用下失去了对头的控制。

他侧了个身,不知是不想看她,还是想看这座让他又爱又恨的城市。

"我的性格有两面,这你知道。一方面,我是个感情充沛的人;但另一方面,我也很擅长压抑自己的感情,让自己冷眼看这个世界。长这么大,我似乎没有对任何一个女生动过心,更没有想过和谁发展一段延续一生的感情……"说到这儿,他感觉身边的人微微颤了一下,便下意识地侧眼看向她。两人四目相对,"喝了酒,今天我就不是你的老师,只是你的朋友。咱们也别玩躲躲藏藏的游戏,你一直喜欢我,对不对?"他笑了笑,像一位宽容的兄长。

她又重重地点头,并趁势靠近他,依偎在他右肩上。他自记事以来没有和女人如此亲近过,于是,条件反射般缩了半个身位。她借着酒意,不管不顾地拉住他的胳膊,依然靠上去。

两个被世界抛弃的人,就这样相依着,看着这个灯红酒绿的、热闹喧阗的,却装不下他们的世界。

"就一次。"他害怕自己的时间真的不够,今晚姑且做一回真正的大哥,宠一宠这个比他还可怜百倍的小妹妹。他叹口气,继续道:"我给你说过,我不会杀胡求之,因为他的那些学生是自愿和他做交易。我虽看不惯,但不会妨碍他们的自由。但有一天,他又糟蹋了一个女学生,而且是强迫的。"

"什么?!"她从他的肩膀上抬起头,讶异地看着他。

他摸了摸她的头,示意她别惊讶,而自己却做了个深呼吸,仿佛还没有做好翻开这段记忆的准备。

"我今天喝多了,如果我说了什么,你就当耳旁风,忘掉,好吗?"事实上他本就很想找人倾诉,说这话全是骗自己。

她没有任何表示,只是目光迷离地看着窗外的虚空。

他也目光迷离,不知是对她还是对另一个不相信事实的自己说:"那个女生叫傅小娟,是个农村学生,很朴实,但是内心很有力量。和其他花枝招展的女生不同,她走进胡求之家的时候,看到那些奢华的摆设显得很局促。但当胡求之给她讲画的时候,她却异常专注。我看得出来,只有真正热爱艺术的人,才会有那种纯粹得不容打扰和亵渎的模样。我当时的情绪即便在此刻也依然新鲜,几乎和我第一次看到维米尔《戴珍珠耳环的少女》时的感受一样,那种纯净的生命力给我的震撼,比《蒙娜丽莎》强一千一万倍。

"可是胡求之醉翁之意不在酒，接下来的事情你也猜得到。小娟从来没有做过那种事，更何况玷污她的还是自己景仰的教授。你知道的，她们农村人还是很保守的，这样的事对于一个农村女生来说简直是天塌了。

"之后的几天，我一直在暗中观察她。她一直神不守舍，看着很让人心疼。我也是个孬种，我除了能在纸上宣泄一番，从来不会表达自己的情感。有好几次我都想冲上去跟她说点什么，但我没有。我不知道那是一种怎样的感觉，我确定那不是爱，但也绝不是怜悯。在胡求之面前她或许是个弱者，但在我眼里，她很强大，很耀眼，她对艺术不可亵渎的向往和追求让我自惭形秽。

"那件事过去几天后，她和胡求之在教学楼的走道上偶遇。胡求之非但不心怀愧疚地避开她，反而主动和她说话。也不知这狗日的对她说了什么，小娟浑身都在颤抖！看到那个背影，我心里很受触动。那个发抖的背影就像经历了暴风雨的飞鸟落下的羽毛，无声坠落在我心底最柔软的地方。我清晰记得小娟斩钉截铁地向胡求之表达她要留名画史的雄心，那雄心和我眼前瘦小惊惧的身体形成了鲜明的比照。她伟大而纯粹，像凡·高笔下骄傲的向日葵，无论画者多么羸弱，那心灵都如金子一般熠熠生辉。

"在那一瞬间，我确信自己被某种感动击中了。没有比高贵的灵魂更伟大的艺术品，没有比人更杰出的造物！

"我甚至快要做出决定：放弃自己所有的恨和所有因恨而生的计划。我要回归初心。总之，我站在那里，想了很多很多，甚至连他们走了我都没有察觉。现在回想起来，当初看见胡求之出现，我真应该无论如何先冲上去干死他！可在这种念头刚冒出来的时候，我又忍了，理由真是荒诞啊！理性，理性，我告诉自己理性很重要。可一个搞艺术的要他妈什么理性!

"后来我终于鼓起勇气,去花店里买了花准备送给小娟。我已经逐渐明白自己内心的真实想法,那一路我走得很激动,很焦躁,很幸福,很忐忑,充满了令我愉悦和难熬的所有情绪。然而等我回去,面对的却是她跳楼的现实。她真的跳下去了,从很高很高的楼顶,在胡求之对她说话之后。我永远都无法原谅胡求之,哪怕现在他死了,我都恨不能用一万种方法再让他死一万次!"

他说着,不知何时喘起了粗气。她为他递上酒杯,他无意识地抿了一口。

"可是……可是等胡求之一死,我就无数次地骂自己真是没用,我真是全世界最蠢最蠢的人!如果我早几天和她说话,哪怕只是聊聊艺术,她很可能就会有一个漫长而辉煌的人生,她一定会比当代任何画家都有资格留名画史!"

她惊讶地发现,一向看似冷血的老师,哭了。他面对宽大的落地窗,哭得绝望、无助而沉默。他的眼神空洞,不知在看身下恢宏绚丽的城市,还是在看头顶光辉灿烂的星空。

她释然地笑笑:"老师,我理解你。你的选择是对的,胡求之比他该死。"

他转过头来看她,无意擦掉眼眶里的晶莹,道了一声"对不起"。

"应该说对不起的人是我。其实杀不杀那个人也无所谓了,我要求老师给我报仇,本来就是没有道理的,何况我现在也想开了。"

他没有答话。他本可以说下次一定会杀掉那个人,可是这个世界的变化突然让他惊恐,他不敢给任何人以任何承诺。

"老师,我会很坚强。"她微微笑着。

他也笑了,他知道她会。但他还是忍不住最后叮嘱:"人活在世上,坚强固然是重要的,但你更应该努力放下自己的仇恨,专注于自己的使命,做不依赖于任何人的、真正丰富充盈而有力量的人,一个因为自己的才华而值得被今人尊敬、被后人记住的人。我们不必对空虚的生命负责,但要对生命的空虚负责。"

她抬头看向他,看到那将干未干的晶莹泪珠融入窗外的浩瀚星河,璀璨异常。

第三十三章
月有阴晴圆缺

"大画师"案拖了太久，就连市公安局宋局长也坐不住了。几个月来，尽管公众并未对"大画师"案有真实全面的了解，但网上捕风捉影的八卦着实不少。省厅给市局一次次施加压力，都被宋局生生扛住。可眼看"大画师"已经连续成功作案四起，警方却还没快抓住对方的意思，宋局再也无法护犊子，让卢克立军令状，如果一个月内不能抓住"大画师"便直接引咎辞职。

"切，一个月，那时候'大画师'想杀的人都杀尽了，抓不抓住他还有什么意义？还说不护犊子，我看他八成没死心，还想把自己宝贝女儿嫁给你，哈哈哈哈！"左汉一屁股坐在卢克办公桌上，趁着他的队长办公室里没别人，吊儿郎当道。

"你瞎说什么！"卢克对着左汉的屁股低吼。他已经感觉火烧眉毛，根本没心思理那个突然塞到面前的屁股。

左汉用眼睛的余光看见卢克正假惺惺地翻着材料，摇头叹道:"哎呀,只可惜人家姑娘瞧不上你,穷也就算了,居然每天比国家元首还忙……"

"你说够了没有,说够了滚回去干你的事,再浪费时间我打人了!"卢克说着站起来,目露凶光。

因背对着卢克,左汉并没有看到凶光,却实在感到脊背发凉。他出于动物的本能退避三舍,转过身来对着卢克正要开始长篇大论,却听见有人敲门。

"进来。"卢克声音很大,似乎顺便警告左汉休再放肆。

来人是郭涛。

"卢队,我们已经按你说的观察赵抗美好几天了,他确实没有再与香港和美国那边联系,你看……我们还要再盯吗?"

卢克沉吟半晌,道:"别盯了,我去和他摊牌。"

说着,卢克拉上一脸莫名其妙的左汉,再度造访宏美制药集团总部。

"哎哟,瞧瞧这是谁来了,卢大队长!"赵抗美阴阳怪气地寒暄。

面对眼前的商界大鳄,这次卢克异常强势,上来便道:"赵总,我们最好尽快结束对话,我没有时间和你周旋。目前《渔庄秋霁图》下落不明,警方手里已有足够的证据证明它现在何处。我善意提醒你,自己交出来和我们说出来,是两个不同概念,两种不同结果……"

赵抗美发现今番这枚小警察没有用尊称"您"而用了"你",像蟑螂进了裤子里一样不爽:"哎,我说你,卢队长,你这话什么意思?你进门前不看看这楼的牌匾吗?你以为这是你公安局啊?"就在这短短一段话里,他说的每个"你"字都重读,赵老板仿佛化身一位德艺双馨的小学语文老师,表面上在教书,其实在教他做人。

左汉也不想跟着学习做人的道理,于是帮腔道:"赵总,我提醒你一个事实,目前和《渔庄秋霁图》遗失案相关的人——齐东民、胡求之、刘清德、周堂——他们全都死了,这画可不是什么吉祥物。有个连环杀手已经追踪这画很久,如果他知道画现在在谁手里,你说,他会怎样?我想你这样的人物,应该不缺钱吧。对你来说是一张画重要,还是自己的命重要?"

卢克觉得左汉已经把意思表达清楚,两人扭头便走。

赵抗美的脸已经略带猪肝色。

半只脚踏出门外的时候,卢克不咸不淡地来了句:"赵总,我们公安局门口每天快递很多,门卫大爷记性不好。"

话音还在远处飘荡,两人的身影却不见了。

赵抗美怔怔望着重归寂寞的门口,思绪难平。他还从未在任何人的威胁下将吃到嘴里的肉吐出来,这甚至和利益无关,纯粹出于一个强者应有的姿态。然而当前形势让他不得不思忖再三。无论是卢克还是"大画师",任何一方单独威胁他,他都不会轻易屈服。可如今明里的人、暗里的人都把他盯死,腹背受敌不说,还可能因此而耽误他的集团挣大钱。为一张画,何苦来哉?他难得为一件事纠结了一天。

卢克在次日收到一个包裹,上面没有写任何寄件人的信息,甚至连快递公司都没有,只有卢克的名字和电话。打开一看,不是《渔庄秋霁图》还是什么!

经左汉初步鉴定,是真迹。左汉又叫来省博金馆长和第一个认出假画的美院国画系主任薛康林，两人均确定此为真迹。金馆长不停鞠躬，不停甩着他稀疏的头发，嘴里是千恩万谢，一口一个再造父母。左汉生怕这老家伙好心办坏事给自己折寿，急忙劝止。

终于，虽然"大画师"尚未抓捕归案，但国宝失而复得，也算大功一件。

现在，整个刑侦支队的工作重心都放在抓"大画师"上。

左汉的任务就是成天泡在物证室，研究那四幅风格迥异的血画和"大画师"留下的诗。他想到，中国画和西画不同，它最重要的元素是线条——无论是山水、花鸟还是人物，所有画种在线条这个问题上都是相通的。

无论他们画的是花鸟还是山水，吴昌硕和齐白石那金石气十足的线条都能让人一眼认出它们的作者。在中国画的语境里，与其说造型是一个艺术家的风格，倒不如说线条即风格。线条就是中国艺术家的签名。

他虽没有十足的把握，但形势逼人，只能试试看。他让卢克将上次没有征集来的本市人物画、花鸟画的画家和学生的作品及照片，也按上次一样的数量要求征集过来。卢克此次雷厉风行，要求各单位和个人必须两天内全部提交警方要求的材料。左汉大喜，同时也祈祷"大画师"真的在这拨人里面。

一天夜里，为破案几乎抓破头皮的左汉决定出门透透气，于是叫上曹槟等人，再度相约渌水串吧撸串喝酒。

这时候，左汉愁"大画师"的案子，曹槟愁毕业论文的开题，苏涣愁导师刚去世还要与学院分配的新导师磨合，连飞舟愁经济不景气波及书画投资，崔勇愁自己探索的新画风接连被导师和同学否定。几人各怀心事，愁云惨淡，居然许久无人开口，纷纷闷闷喝酒。

左汉靠在椅背上，半仰着看天。今夜的月亮弯得妖娆，像一只小狐狸眯起的眼睛。月光黯淡，星光却明朗，一闪一闪的，像是无数个婴儿在一起呼吸。

"夜色真好。"曹槟道。

世人皆知英国人热衷谈论天气，这乃是岛国风云莫测的缘故。但左汉并不同意这种说法，而是觉得英国人定是待在一个无聊的小岛上感到持久的无聊，只能下意识地蹦出此话，以显得人与人之间并不尴尬。这和中国人爱互相问"你吃了吗"是同种逻辑。事实上"天气真好"和"你吃了吗"听在左汉耳朵里，几乎等同于"我和你无话可说"。

五个人确实无话可说，但他们已经毫无互动地喝掉一箱。若一直这么安静地喝下去，别人可能以为边上坐着一群失去了新陈代谢功能的哑巴。

"天气这么好，要不，咱办个诗会怎么样！"曹槟又道。

可是众人似乎深陷自己的烦恼和思索，竟没一个人哪怕"嗯"一声。曹槟好容易调动起来的表情瞬间凝固，真是尴尬儿子做棺材——尴尬死了。

好在老板上了最后一拨羊肉串，招呼大家慢用，所有人的思绪终于被拉回滚滚红尘。左汉意识到今天出来本是为了放松，还想那"大画师"作甚，于是开口和曹槟说话。此举逐渐带动了旁人，于是这个安静得不正常的桌子总算融入聒噪不堪的露天烧烤摊。

"要不今天咱举办个诗会吧,怎么样?"曹槟不死心,像个价格没谈拢的钉子户。

"你看看今晚的月亮,这么细这么弯,不是写诗的好时节啊!"崔勇道。

连飞舟也附和:"是啊,古人咏月诗词,写得好的大都在咏满月,而这残月……"

"今宵酒醒何处?杨柳岸,晓风残月。"苏涣马上吟出一句十分应景的词。众人正是坐在杨柳岸边。

"无言独上西楼,月如钩。寂寞梧桐深院锁清秋。"左汉也助阵。

"好句子肯定是有的啦,但不得不承认,在数量上还是没法和那些咏满月的相比。对于不顺意的人来说,看到圆满的东西,终究比看到残缺的东西更令人伤感。"连飞舟道。

无人反驳。他们真心觉得,如果今夜面对着的是一轮满月,他们一定会郁闷到想作诗。可惜不是,世界上又少了五首烂诗。

"哎,你们发现没有,前几次咱出来时,好像几乎都是满月之夜啊。"曹槟道。

经他这么一说,众人想想,似乎的确是这么回事儿。但这句话对于左汉来说,震撼力却尤其大。他依稀记得,之前数次出来喝酒,都是在"大画师"作案前后,难道……

他立即放下手中所有吃的喝的,掏出手机查看万年历。随后的发现把他惊得舌抟不下。他毫无征兆地站起来,却半晌无言,众人都不解地看着他。

"你们吃着,我得先撤。"左汉说话间,抽出两张纸巾将油腻的手和嘴擦净。

"人有悲欢离合，月有阴晴圆缺，此事古难全啊。"苏涣叹息一声。

左汉头也不回地冲向警局。

此时卢克正对着一堆资料冥思苦想，专注异常，让人误以为此人分分钟能进账几个亿。但在左汉眼里，他就和古希腊雕塑《掷铁饼者》一样，看似要把人砸死，但你等半天他还是一动不动。左汉明白，今晚他又得推一推这尊一动不动的雕塑了。

"卢队长，你快下令马上开会。"

卢克从一堆纸中抬起头："为什么？"

"惊天大发现！"

也许是到底太信任左汉的缘故，卢队长闻言没有多想，直接走到大办公室召集全体开会。

"好，人都到齐了，我没什么好说的，你们左局指示我喊大家来开会。"卢克道。

众人明白此"左局"非彼左局，卢队长这是在嘲讽左汉。左汉给这位队长翻了个傲娇的白眼儿，摆出一副厅长的架势道："感谢卢队长的隆重介绍，我话不多说，先和诸位分享最近的一些想法，抛砖引玉。"他很好地把握了最近领导们的话风，低调地抛玉。

卢克腹诽，恨不能马上搬来宋局打假。

只见左汉捡起一支红色马克笔，在之前画的那个表格中吭哧吭哧地忙活。不一会儿，案发时间下出现一排红色小字，表格被进一步丰富：

季节	长夏	春	夏	秋	冬
血画	《富春山居图》	《早春图》	《万壑松风图》	《鹊华秋色图》	《雪景寒林图》
五行	土	木	火	金	水
对应方位	中	东	南	西	北
佛家五戒	妄	杀	淫	盗	酒
对应数字	五	三	二	四	一
杀人方式	土埋	杖刑	焚烧	刀砍	
案发时间（公历）	4月30日	5月29日	6月28日	7月27日	
案发时间（农历）	3月15日	4月15日	5月15日	6月15日	
发现血画地点	市中心省博地下室	东二环奋进大厦	南二环时代文创产业基地	西二环社区图书馆	
发现尸体地点	市中心滨湖公园	东二环风能研究中心	南二环碧漾游泳馆	西二环原市活性炭厂厂址	
死者	梅莎莎	齐东民	胡求之	周堂	
杀人原因	虚伪	杀人	淫乱	偷盗	
血指印数	五	三	二	四	

添加完内容，左汉马上道："大家可以去查万年历，非常凑巧，之前的四起案子均发生在农历每月十五，也就是月圆之夜。虽然按照公历来算，30、29、28、27这样的等差数列也恰巧构

417

成一定规律，但对'大画师'这种基于传统文化来思维的人而言，我认为他选择每月农历十五，也就是月圆之夜作案，更合情合理。"

卢克眉头微皱，左汉所说不无道理。以史为鉴，他首先想到这对阻止下一次杀戮意味着什么。

"你查过没有，本月的日期，是否也符合这一规律？"

左汉显然做足了准备，道："当然查过。可是在本月，这两个日期并不重合。农历七月十五那天是公历8月25日，而非26日。看来我们得押注了。"

"这需要押注吗？只相隔一天，每天都一级戒备！"

看着卢克那狂跩酷炫吊炸天的模样，左汉露出了类似于慈祥而欣慰的笑容，卢克虽然胸无点墨，却是好汉一条。

不过左汉还是低估了这位警界精英。虽然卢克和李好非一样，基本对书画艺术一窍不通，更是没有左汉的传统文化修养，但这只是因为他们之前鲜少接触而已，事实上两人都很擅长学习新知识。

左汉老早就将一堆研究五行、八卦、风水的书籍和文献堆在自己的临时办公桌上，只是卢克作为一名党员，起初始终表示不屑一顾。可随着"大画师"杀的人越来越多，案子越发错综复杂，他也淡定不下来了，遂抱着研究嫌疑人心理的想法，终于开始偷偷阅读这些被他认为是"封建糟粕"的东西。这一看不要紧，他很快对其中一些内容产生浓厚兴趣，甚至沉醉起来，也发现自己越发理解嫌疑人的犯罪心理和思路。

自打左汉这只鲶鱼突然打乱众人今晚的工作，警局男男女女的工作热情也诡异地高涨起来。李好非甚至又给所有人叫了咖啡，大有今夜不要睡觉的意思。卢克是其中最兴奋的一个。现在每发现一个关联点，就离破案更近一步。

这个表格中，一个很重要的元素就是血画和尸体被发现的地点。"大画师"煞有介事地将二者分不同地方来放，一定不是想要锻炼身体。从前三起案子来看，血画的摆放地点都在余东市中轴线上，位置很正，只是第四起案子中的社区图书馆"歪了"，略微让人费解。

如果一条规律与事物的发展有出入，那么说明它是错的，该另行总结一条规律了。

卢克将四个发现血画的建筑物的照片，分别吸在表格中长夏、春、夏、秋四栏中。

再看四个抛尸地点——滨湖公园、风能研究中心、碧漾游泳馆、活性炭厂，虽然都满足抛画后就近抛尸的原则，但他为何不选择其他临近地点，而偏偏选了这四处？既然"大画师"故意将抛尸和抛画的地点分开，那么如果抛画内含深意，说明抛尸地点的选择也一定有某种道理。

卢克又将四个抛尸地点的照片，分别吸在刚才四张照片的下方。

现在八张照片已在各自所属栏目就位。卢克姑且认为第四起案子中出现了小意外，比如"大画师"看到他们在金安商场的警力，怵了，无奈摆偏。那么"大画师"原本就是计划将抛画地点选在正中、正东、正南、正西、正北二环。好，此事先放一边。现在的研究重点，就是下面那一排抛尸地点，他不相信这些地点是随意选择。卢克将自己的想法说给左汉听，左汉也拿不定主意。

419

又经过一番冥思苦想，卢克突然记起某本书上对五行的一段阐释，看着下排那四张照片，他萌生了一个诡异但又令他自己觉得非常可信的想法。

"左汉，"他转头看向身边也盯着白板思索的左汉，眼里喷涌着兴奋的泥石流，"你记不记得，五行对应的五气是什么？"

"卢队长要考我？"

"难道记不清了？"

左汉哪里会忘，道："五气乃风、暑、湿、燥、寒。具体到对应五行，风对应木、暑对应火、湿对应土、燥对应金、寒对应水。"

"很好！"卢克倒真像一位听到学生说出正确答案的老师。左汉气极反笑，怎么感觉像是到酒吧调戏小姑娘，却被对方反攻了。

卢克拿起红色马克笔，将刚才那五气分别标在抛尸地点一栏里，包括尚未发生的第五列。这时候，各种关联再明显不过。饶是左汉不愿承认，卢克确实指出了一个他没有想到的点。老祖宗的做人哲学诚不我欺，教会徒弟，饿死师傅。

"滨湖公园被小金湖包围，常年气候湿润，这对应了湿；风能研究中心太明显了，对应了风；碧漾游泳馆看上去像湿，但游泳馆的生意多在夏天，对应暑；而活性炭厂也不难理解，活性炭本身就是干燥剂的重要原料。"卢克洋洋洒洒说了一通，"所以第五起案子的抛尸地点——当然，我希望他最好不要成功——这次的抛尸地点一定和寒有关，而且在正北二环附近。"

说完，卢克就听到身边传来啪啪啪的掌声。左汉确实感觉卢克让自己茅塞顿开一次，由衷认为孺子可教，但没再多说表扬的话,怕卢队长骄傲。

喝了好心人李好非的咖啡,众人现在是想睡也睡不着。凌晨2点半,大办公室里依然灯火辉煌,一众人民警察在各自的岗位上艰苦奋斗,谱写了一曲让左汉无语凝噎的英雄赞歌。

左汉虽然最困,但看看迎头赶上的卢克和李好非,想想自己好歹是左明义的儿子,只能一边咬牙切齿一边咬牙坚持。

"困了就去睡,左专家本就是来帮忙的,累坏了专家的身体,本队长罪大恶极。"卢克道。

"你关心我啊?"

"脸皮真够厚的。"

"关心我就给我涨费用啊。"

"卖一张画就超我一个月工资的人,至于这么贪财吗?"

左汉发现在这句话中,卢克充分体现了他的自知之明,于是满意地点点头,决定不再占他便宜。

可是一旦停了俏皮话,左汉只觉自己的战斗力急剧下降。这怪不得他,其实他一整天都在埋头研究典籍和卢克征集到的画作,脑力消耗巨大,虽然表面嬉皮笑脸,其实已在硬撑。

卢克发现抛尸地点的秘密之后,左汉把所有思绪都集中到抛画地点上来。如果只发生了前三起案子还好说,可是第四起案子的抛画地点并非在正西二环。左汉依然坚信,以"大画师"的完美主义行事风格,他不可能"歪"。如果他的目的地真是金安商场,那即便发现金安商场被警方严防死守,他也一定会带着血画闯进去。

那么,如果"大画师"遵循的不是正东南西北的规律,又会是什么规律呢？

他盯四张抛画地点的照片久了，上下眼皮不停打架，只觉得眼前五颜六色缤纷一片，催他睡觉。

可就在即将合眼的一刹那，一个念头闪过他的脑际，令他突然虎躯一震，两眼一瞪。

"五色！果然五色令人盲啊，我之前真是瞎眼了！"左汉的一声惊呼，差点儿让余东市警察队伍损失惨重，因为是个人都可能被他吓出心脏病，"正北二环附近有没有外观是黑色的建筑？"

卢克的表情说明他现在非常蒙，更是不知如何回答他这个莫名其妙的问题。

"五行还对应五色。土对应黄、木对应青、火对应赤、金对应白、水对应黑。你们直接看四张抛画地点的照片就可以看出来。"说着，左汉一一指着照片解释，"省博是一栋土黄色历史建筑，奋进大厦被深蓝色的外玻璃包裹，时代文创产业基地是上世纪工厂改建，外观依然保留砖红色，而这个不在正西二环的社区图书馆，外观是白色的，这就是为什么'大画师'不在金安商场抛画的原因，金安商场的外观是金色的！另外，按此推理下去，第五起案子的抛画地点一定是正北二环附近的一栋黑色建筑物！"

这个想法合情合理，卢克面露喜色。

很快，左汉将目前已推出的所有线索重新排列，得到一个接近完整的表格。

季节	长夏	春	夏	秋	冬
血画	《富春山居图》	《早春图》	《万壑松风图》	《鹊华秋色图》	《雪景寒林图》
五行	土	木	火	金	水
杀人方式	土埋	杖刑（木杖）	焚烧	刀砍	
对应数字	五	三	二	四	一
血指印数	五	三	二	四	
案发时间（公历）	4月30日	5月29日	6月28日	7月27日	
案发时间（农历）	3月15日	4月15日	5月15日	6月15日	
五方	中	东	南	西	北
五色	黄	青	赤	白	黑
发现血画地点	市中心省博地下室（土黄）	东二环奋进大厦（深蓝）	南二环时代文创产业基地（红）	西二环社区图书馆（白）	
五气	湿	风	暑	燥	寒
发现尸体地点	市中心滨湖公园	东二环风能研究中心	南二环碧漾游泳馆	西二环原市活性炭厂厂址	
死者	梅莎莎	齐东民	胡求之	周堂	
佛家五戒	妄	杀	淫	盗	酒
杀人原因	虚伪	杀人	淫乱	偷盗	

这个表格一出，下一起案子的大多细节已经明朗。

"所以，"左汉的困意一扫而空，"'大画师'将会在公历8月26日，抑或是农历七月十五，即公历8月25日，谋杀一个和酒有关的人，杀人方式和水相关，例如将其淹死，并在正北二

423

环附近一栋黑色建筑物抛画,然后将在附近某个和寒有关的地点——比如,从事冰箱、空调、冷冻水产等相关行业的公司或市场——抛尸。他将给我们留下一张血红色的《雪景寒林图》。"

"没错,没错,我们已经十分接近'大画师'的完整计划了!"卢克笃信这一点,而此刻他终于想起刚才左汉的问题,"快,郭涛,马上调取正北二环建筑群图片!"

郭涛领命,立刻奔向自己的电脑,不少人也兴奋不已,前去围观。

此时,卢克展示了他作为一位领导者的冷静,无数思考的碎片不断在他脑海里重组、拼接。他甚至已经隐隐猜到某个结果,因为他前不久刚去过那里。

"卢队!"不远处传来郭涛兴奋的叫声,"正北二环恰好有一栋巨大的黑色建筑物,你猜是……"

"赵抗美的宏美制药大厦。"

与卢克并排而立的左汉也沉声提示道:"赵抗美最近刚刚完成对覃州酒业的收购。"

"天呐,'大画师'的下一个目标是……赵抗美!"李好非惊呼。

第三十四章
《雪景寒林图》

其实北二环附近的黑色建筑物不仅仅宏美制药大厦一栋,但这座方正大楼是最黑、最高、最显眼的,而且恰好稳稳扎在正北二环那个点上。更令人浮想联翩的是,赵抗美最近刚刚收购了前覃省的知名酒企覃州酒业,并声称要将其做到全国知名,声势造得很大,恨不得一觉醒来就干翻茅台。

倘若赵抗美遇害,其负面影响定会比之前任何一起案子都大得多。虽然梅莎莎是著名影星,但她的香消玉殒只不过让粉丝和吃瓜群众伤心一阵,很快就被其他热点淹没。胡求之和周堂更不用说,他们再厉害,也仅限于小圈子知名。齐东民,呵呵,估计群众都盼着他早点归西。

然而赵抗美是一个掌握着巨额财富和社会资源的知名企业家、前覃省首富、制药界一哥。他如果有个三长两短,那么无论是宏美的股价,还是他名下产业提供的就业岗位,各路蠢蠢欲动的利益方，都可能成为巨大的不稳定因素。想到这，所有人不禁捏把汗。

眼看即将天亮，卢克逼着众人睡觉。各警员趴在办公桌上勉强睡了两三小时，新一天的工作又开始了。

警方将重点保护对象定为赵抗美，并立即将此事告知他本人，要求其接受警方保护并予以必要配合。虽然卢克没有详细阐释"大画师"的精巧布局，以及警方从中推出的赵抗美是下一目标的结论，但他们随便拿出几个唬人的证据，再来一句"根据可靠情报"，就足以令刚刚被"大画师"私底下威胁过的赵抗美服软。

想到那封恐吓邮件，想到最近发生的种种，想明白一切利害关系，即使警方不通知，赵抗美也已经被吓得不轻。这年头，不怕没法，怕不讲法的；不怕没命，怕不要命的。尽管不愿在卢克面前放下身段，但赵抗美不会拿自己的命开玩笑，毕竟他有钱有势没活腻。

"卢队长，"赵抗美居然和善得仿佛卢克是即将付给他十个亿的甲方，"您看，既然警方已经有了可靠情报，下一个被杀的可能是赵某，那么能否请贵局加派警力保护我这个守法公民，不要给嚣张的犯罪分子以任何可乘之机？"

"可以。"

"哦，对了，鄙人自己也有一个不错的安保团队。我有个小小的提议，可否由警方牵头，双方共同制订一套安保方案，确保万无一失？当然了，在犯罪分子胆敢行动之前，鄙人也相信警方一定会雷霆出击，先发制人，将犯罪扼杀在摇篮之中！"

为了体现警方的素质，站在一边的假警察左汉忍住没吐。

"赵总，你这个提议很好。保护每一位公民的人身财产安全是警方应尽的义务,我们也很高兴你愿意配合。我们可以马上着手拟订安保计划,你有什么诉求也欢迎随时和我们沟通。"卢克跟着打起了官腔。

左汉回顾他们的三次会面,两人谈话中"你"和"您"使用的转变,不禁令他对这两位能屈能伸的大丈夫肃然起敬。

"卢队长,根据您这边的情报,这个凶手可能在什么时候行凶?随时吗?"

"不是的,最有可能在8月25日、26日两天。因为事关重大,哪天我们都不可掉以轻心。我建议从今天开始就对你实施二十四小时保护。"

"好嘞!鄙人正有此意。"赵抗美显得格外满意,"鄙人有个提议:本楼的十层,也就是这间办公室正上方,是一间行政套房,我平时在那里午休,有时候工作晚了也在那儿过夜。我有意从今天起就住在套房里。如果警方不嫌弃,能否就在敝司展开安保工作?一来公司本身安保条件比家里好,这点我有十足的信心。二来我家房子大,留给凶手下手的机会更多,而且老被警察围着在邻居那边影响也不好。最最重要的是,我家所在的别墅区离市区较远,每天往返公司和家里,路上的不确定因素太多,很可能给凶手可乘之机。您看呢?"

"这不是问题,赵总方便就好。我们的最终目的就是保证你的安全。"

"谢谢……我还有一个担忧。"赵抗美今日突然变得十分啰嗦,左汉已经毫不掩饰自己的鄙夷,"因为我夫人和我住,我儿子在隔壁小区也有一栋自己的房子,所以如果我住到这边,我们一家三口就分别住在三个地方了。我担心我把自己保护好了,凶手下不了手，会想到危害我的家人。所以……我建议让他们两个也和我住一起，这样你们也一并保护了。"

"如此当然最好。还是那句话，只要你们方便，警方一定会在警力允许的范围内全力提供保障。"卢克说得铿锵有力，给人以某种信心和宽慰，"不过以我们对这位凶手的了解，他如果认定要杀一个人，必定是出于某种特定的原因，所以基本不会波及其他人，哪怕是目标的至亲。"

听了这话，赵抗美不知该喜该忧。

赵老板说到做到，将夫人和儿子都接到公司过夜。他们白天各忙各的，晚上到宏美制药大厦睡一觉。而赵抗美则真是将小心谨慎发挥到极致，身边时时刻刻都有自家保镖和警察两拨人同时保护，甚至新招了不少健壮的保镖和打手。

不过，说到底凶手没有真正威胁到赵抗美夫人和他儿子赵常，他俩没过几天便感觉无聊了。他们都有自己丰富的夜生活。赵夫人喜欢和别墅区里的其他富婆打麻将跳舞，而赵常则需要走街串巷地泡吧和泡妞。没了梅莎莎这个女友之后，他反倒多出一个营的炮友，就连左汉都偶尔在"破碎回忆"酒吧里见过他几回。左汉当时还想，他老子八成没告诉他正在这家酒吧里监视一个警方的人，因为那人当时正帮助警方查他老子盗取国宝的丑事。

总之，赵夫人和赵常住了没几天就嚷嚷着没意思，更是受不了三人挤在一个套房里，数日后便抛弃赵老板而去。

卢克很快将左汉列出的余东市花鸟和人物画家、学生的作品收齐。才收到一半的时候，左汉便看起来，现在已经看完总量的六分之一。但在余东市，花鸟画家在国画三个画种中人数最多，因此当所有人的作品都堆在公安局文体活动室时，场面着实可以用浩如烟海来形容。

左汉已经叫苦不迭，李好非更是不胜其苦。之前她夜以继日地学习了历朝历代山水画家的名字，现在不得不再次记忆更多的人名和作品名，以免左汉口述画家风格时再度吃瘪。

工作虽则枯燥，时间却异常紧迫。左汉对人物画不很熟悉，所以他自身也有大量课要补。相比之下花鸟算是他的长项，毕竟他母亲可是当代花鸟名家。

幸运的是，这回他抓住了一个核心问题——线条。这样一来，画的种类并没有成为阻碍因素，很多归纳个人风格的程序也只是例行公事。为加快进度，看到线条笔力太弱的，他就果断筛掉，无论什么画种，什么风格。

前三天，两人一无所获，但到了第四天，当看见美院院长陈计白的材料时，左汉震惊了。

陈计白在去年将他早期的课徒稿结集出版。该书整理了多年来他给学生讲古画临摹课时的示范作品。左汉发现陈计白临摹手段一流，很多地方几乎可以做到乱真。而且，那本课徒稿甚至可以视作一本画语录，收录了不少陈计白对艺术的真知灼见，有些居然也涉及艺术哲学问题，只不过往往点到为止。

还有一个令他震惊的人，竟是苏涣。但这既是意料之外，也在情理之中。左汉见过不少苏涣的作品，在美院这拨人中功力了得。而这次从查案的角度来审视，又是令他眼前一亮。苏涣不愧是美院同龄人中的翘楚，学得太到位了。

怀疑到身边人苏涣，左汉"举一反三"，很快又怀疑到另一个身边人连飞舟。警方第一轮收集画作的时候，征收对象均为山水画家，美院山水专业的连飞舟自然包含在内。但在彼时，左汉并未将线条作为主要判断标准。他更多的是看画家整体上临摹得像不像，理解得深不深。可若单看线条质量，年纪轻轻的连飞舟其实并不输给很多老头。他是山水班里书法练得最刻苦的，非常明白国画到底应该怎么学，甚至连苏涣也在一次出来喝酒时夸他会学。别看他为开画室挣钱而创作了不少俗画，其实他的绘画功力早就远超同龄人。还有一点就是，连飞舟因为开画室，自大三上学期起就自己在外面住了。独立的居所，无疑也是"大画师"作案的必备条件。而在他的这几位兄弟里面，没有住校的，除了苏涣这个余东本地人，就是连飞舟了。

胡思乱想一通，左汉两眼一瞪，虎躯一震。这脑洞是否开得太大，居然还怀疑到自己最熟的兄弟上了。想到此，他不禁脸一红，羞愧不已。

许久，平复了心绪，左汉着重拿出三人的作品继续研究。他发现，无论是陈计白、苏涣，还是连飞舟，他们临摹作品中的用笔都有不少个性成分，不像"大画师"，可谓毫无个人特点。陈计白的画里有齐白石的影子，这不奇怪，因为他本人就师承齐白石一脉。苏涣的用笔则有很强的徐渭遗风，这也不奇怪，徐渭诗书画俱佳，据说还是《金瓶梅》的真正作者，向来被苏涣推崇。连飞舟的用笔能看出沈周、黄公望、吴昌硕、八大山人等多位名家的风格，但这依然不奇怪，因为但凡好好学的山水学生，都会临摹这几位，左汉自己也不例外。

虽则尚无定论，但因三人均与左汉相识，不免让他心里生了疙瘩。筛选工作预计还有两天才能结束，他不知道还会不会有什么意想不到的事发生。

当夜，左汉约了苏涣去"破碎回忆"喝酒。苏涣欣然应约。

苏涣随便点了一款叫"球状闪电"的深蓝色鸡尾酒。左汉见了，索性给他加了另一款名叫"三体"的鸡尾酒。这酒呈浓重的橘红色，三粒大葡萄在酒中载沉载浮。而左汉自己还是"老样子"。

涛哥将一瓶温好的石库门端来，给左汉杯里倒了些许，又将酒瓶放进同时端来的一大碗热水里继续温着。

"看来你和这家老板很熟啊，别人都是年轻服务员端酒，你却是老板亲自服务。"

"我倒希望是年轻貌美的来服务呢。"

"这酒也是他专门为你备着的吧？"

"对，我自己喝酒的时候，基本只喝石库门。"

"我喝黄酒的话，还是会稽山多些，更容易买到嘛。"

左汉笑笑，没有接话。

"难道这酒里有故事？"

左汉又笑笑，看来还是苏涣比较懂他，另外那三个真是太粗枝大叶了。于是他将毒贩杀害左明义和迟嫣，并写下恐吓血字的事告诉苏涣，同时也大胆吐露，自己并不相信幕后真凶已经被绳之以法。这次他还没喝多，所以讲得很平静，并没有像上次告诉李好非时那样哭得撕心裂肺。而且他对苏涣一直有着莫名的好感，把心里的秘密说给苏涣听，似乎让他得到了某种慰藉。

苏涣默然倾听，眼眶不知何时开始氤氲。他把喝了一半的鸡尾酒推到一边，拿来一盏桌上闲置的玻璃杯，兀自将热水里的石库门取出，给左汉满上，又给自己倒了满满一杯。

"兄弟，我陪你喝。"他碰了一下左汉还放在桌上的杯子。

左汉看向苏涣,苏涣也刚好在看他,朝他笑了笑。左汉看到苏涣的双瞳在努力忍住什么,心里有一股暖意升腾。两人将酒喝下。

"学长,你父母呢?好像很少听你提他们啊。"虽然自己不是美院学生,但左汉还是习惯跟着曹槟他们喊苏涣一声学长。

"看来真是家家有本难念的经啊,没想到你父亲牺牲的背后,还有这样一段故事。"苏涣在说自己之前,还是忍不住一番慨叹,"我爸妈是做生意的。我们家很早就在欧洲有生意,但我爸妈还是在余东陪我到高考结束。高考结束后,他们本想带我去英国深造,因为我想学的是中国画,就留下来读了美院。他们也是看我成年了,有了照顾自己的能力,才放心去忙事业。"

"看得出来,他们还是为你做了很大牺牲啊。"

苏涣苦笑:"这么多年过去了,不说也罢,毕竟我已经很明白自己的人生目标了。有了目标并决定为之奋斗的那一刻,人也就真正独立了。"

"学长家是不是特有钱啊?"左汉斜视着苏涣,嘴角挂着一抹坏笑,"生意都做到欧洲去了呢。"

"呵呵,你啊你……换了别人我肯定不说。我家境还算可以,基本能说要什么有什么吧,除了没人能替我修炼成徐渭那样的大师。"

左汉很能理解苏涣的话。他家里也不缺钱,但那个相似的目标还是让两人都活得很有压力。他们再次碰杯。

"学长,你虽然是学花鸟的,但毕竟读到博士了,对山水的认知肯定比我强。我一直很想听听你对历代山水画的理解。"左汉话锋一转,聊起下一个他感兴趣的话题。

"我们的课程里确实也有山水，但谈到认知，我可不敢说比你强。"苏涣兀自喝了口石库门，"而且你这个议题也太泛泛，我都不知从何谈起。"

"那这么说吧，你都喜欢哪些山水画家？"

"其实历朝历代都有我非常喜欢的山水画家，毕竟每个人的面貌和内涵都不一样。作为爱画之人，很难说只喜欢一种。比如花鸟这块，徐渭的飘逸和吴昌硕的厚重我都很喜欢。至于山水，宋画的精雕细琢和倪云林的逸笔草草，难道你不是都喜欢？"

此话难以反驳，左汉只好笑笑："那学长最喜欢的山水画家肯定是黄宾虹吧？"

"对，这我也和你提过多次了。黄宾虹毕竟是传统山水的集大成者，至今实在没什么人可以超越他了。"看左汉点头表示同意，苏涣继续道，"当然，既然提到黄宾虹，我同时想到一个很值得思考的议题，就是那些'跨界'画家的画。比如，讲起黄宾虹，我们大抵会把他定义为一位山水画家，可他的花鸟作品也风格独具，趣味天然，甚至超越历史上百分之九十几的花鸟大师。这也说明，中国传统绘画其实并没有真正意义上的门类区分，无论画的内容是什么，画的本质都是画家的修养、认知、线条、水墨。"

"学长这话倒是让我醍醐灌顶。我看过齐白石和吴昌硕'跨界'画的山水，用笔还是满满的金石气，不输他们的花鸟画，甚至不输很多山水大师。只是当时我仅是震撼了一下，并没有从这个角度深入思考。"

"如果你想让自己对山水的理解有一个新的角度，或达到新的高度，确实可以研究一些花鸟或人物名家的山水作品，甚至是书法家的绘画作品，相信一定收获很大。"说着，苏涣举杯，示意两人该喝一口了。

"我看学长的花鸟画，发现学长在一些画里的用笔习惯颇有些黄宾虹的影子啊？"

苏涣笑了："东施效颦而已。而且大家不都学过么，你，连飞舟，都有过练习。不过我确实很喜欢黄宾虹的花鸟，也因此大量研究了他的山水作品和艺术理论。他高超的墨法就不用说了，最让我受益的是他的太极图理论。用笔一波三折，构图中圆形较多，笔画之间相互顾盼照应。相信这点你比我理解得要深得多。"

左汉摇摇头笑了。虽然他主攻山水，但绝不会认为自己理解得比苏涣这个美院学霸深。两人又聊到许多画家，左汉不得不承认，学院派确实功底扎实，不但知道得多，而且颇有个人的见解。

"学长，其实我早就想单独约你出来，跟你说说掏心窝的话了。"

"他们几个确实太吵了。"

"每次听你聊画，我都很受启发。学长，其实我一直很崇拜你，相信你也能感觉得到。"

"我能，"苏涣只是微笑着，忽略左汉的肉麻，"不过你应该有更好的崇拜对象，更高的目标。我做你的好友就不错，我们相互学习启发。"

"你就是我的目标，我一直想成为像你这样的人。"左汉端起酒杯，和苏涣的杯子一碰，"学长，我相信你。"

苏涣的眉毛一挑，似乎觉得这话莫名其妙，不过还是笑着干了杯中酒。

左汉的内心仿佛米友仁的云山，朦朦胧胧一大片。他决定明天抽空去美院会会陈计白。

然而令左汉没想到的是，陈计白居然在前几天就飞去巴黎，参加一个艺术交流活动。左汉心里不禁暗暗佩服这个陈老头，学校里学生跳楼，教授被杀，刚出了这么大的事，居然风雨不动安如山，还有心情和外国友人探讨艺术。

他最后又给连飞舟打电话，约他今晚8点左右在"破碎回忆"喝酒。一听左汉这次是单独约自己，电话那头的连飞舟兴奋异常，满口答应。

连飞舟号称左汉头号迷弟，实非浪得虚名。左汉7点半就到了"破碎回忆"，却发现连飞舟同学已然等在那儿了。见左汉出现，连飞舟喜上眉梢，起身挥手。

两人坐定，连飞舟点了杯莫吉托，左汉点了瓶石库门。见左汉点了瓶石库门，连飞舟忙取消了他的莫吉托，也点了瓶石库门。

连飞舟把温好的石库门倒入左汉的玻璃杯，刚好半杯。左汉见了，也把自己这边的石库门往连飞舟杯里倒，刚好半杯。

"你特别爱喝石库门？"

"我爸喜欢。我……也还行吧。"

"哦。"连飞舟住嘴。作为好友，连飞舟对左汉父亲的事迹自然一清二楚，听左汉提起父亲，自知失言，不由一脸纠结。他这还是第一次见左汉喝石库门，嘴上没说什么，心里却记下了石库门。

见对方怂得像个做错事的孩子，左汉只是笑笑，也不愿再讲故事。

"你最近身体怎么样？"左汉碰了碰连飞舟的杯子，先喝为敬，"记得上次曹槟把你臭骂一顿，我还说要帮着监督你的饮食，之后忙起来也忘了。"

"还是老样子，所以你得多监督我啊！"

"你还嫌电话不够多呢？你知不知道，在这几个兄弟里面，我就和你电话最多了。"

"那每次也都是我打给你啊，你什么时候主动给我打过？"

"也不是没有吧，比如给你介绍生意的时候。"

"我现在不缺生意，我缺的是人文关怀。"

"快拉倒吧，我不和你的历任女友争风吃醋，这浑水应该让你的下一任来趟。"左汉给自己斟满一杯，转移话题道，"最近忙什么呢？"

"画画呗，现在未完成的定制已经累计三十张了。最近还签了三个美院学弟，能力都不错，我也不会有那么大压力了。"

"可以啊连飞舟，走资本家路线了！再发展下去，把学院每年的优秀学生都提前签下来，你自己就可以不用干活，躺着数钱了。"

"你以为优秀学生都傻呀，除非家境堪忧，否则谁会这么早把自己卖了？换了你，你会吗？"

"那不好说，看你开什么价了。"

"我用全部身家签你，怎么样？"

左汉有四分之一秒的感动，随即撇嘴道："可能还差点儿。"

连飞舟也不恼，给自己斟满一杯，如喝水一样咕噜咕噜喝起来。

"这样也好，"左汉说，"你不要天天浪费时间画行画。从工作中解放出来，多思考自己要追求什么样的艺术。"

"你说的我都懂。我这不也没真耽误什么嘛。"

"是，我知道你心里有杆秤，就连苏涣学长都还夸你呢。但钱这东西，贪不得。你现在只挣一点，还能清醒地知道自己要什么；但等你挣了大钱，你大概舍不下那种挣钱的快感了。"

"有了左汉老师，妈妈再也不用担心我的学习。"

左老师马上开始查岗："最近在看谁的画？"

"国画方面就是弘仁，上次出来喝酒时说过，后来又看了不少石涛的画。但其实最近我开始重新研究西画了，尤其是抽象。我说过，弘仁的画已经有一些现代意识了，我希望在中西艺术之间做一些对比研究，甚至进行融合的尝试。"

左汉眸子一亮，赞叹不已："你小子，简直就是个天才。"

"天才的毕加索也要炒作吃饭啊，所以，我卖点行画不算过分吧？"

"说不过你。我不配说才华横溢的连老师。"

"左老师的才华，那可远在连老师之上啊，不然两位老师怎会如此惺惺相惜。"

"快别商业互吹了，咱边上没有投资人。"

"我可等着左老师给我招商引资呢。"

"别闹了，你家什么条件，还用得上我？"

"那不一样，我爸妈的资是我爸妈的资，左老师的资才是我自己的资。"

左汉不接这茬儿："你爸妈最近怎么样？"

"还在外面挣美元。"连飞舟眉毛一皱，鼻子一缩，"却留我在这儿喝西北风。"

"这么多年了，你不感觉孤独吗？"

"还行，我身边其实一直挺热闹的。"

想到连飞舟韭菜一样勃发的女友们，左汉点头，又道："你现在和对象住？"

"各住各的，我还住工作室。"

左汉几乎脱口而出，要吐槽连飞舟这分明谈了个假恋爱，却终于憋住，问了个重要问题："所以，你常年一个人住？"

"是啊，尝试过和别人挤一张床睡。但很无奈，只要边上有人，我可以数羊数到天亮。"

"你这样也不是办法。"

"那你去我那儿做客呗。"连飞舟兴奋起来，"市中心，全景落地窗，包你满意。"

"我倒是有点兴趣。这一说，我好像还真没去过你那儿，要不明天就去参观？"

"左老师我自然是欢迎的。只要左老师开口，别说参观了，要挤我的床都可以。但那之前你得给我点儿时间收拾啊。现在实在是太乱了，不知道的还以为波洛克刚提着颜料桶在我那儿发过酒疯呢。"

左汉被逗乐："我就喜欢搞突击检查。万一里面真有个艺术大师呢？谁知道你怎么一个人应付那么多画债的。"

"要不怎么说我是天才呢。你就是懒，否则你也可以。"

"我不是懒，我是不贪财。"左汉正色道，"兄弟，我相信你。"

连飞舟一愣，道："放心吧，我不会掉钱眼里的。"

聊了一夜，左汉更加迷惑。

目前，左汉还有不到四成的画没有看完。虽然效率极大提高，但离"大画师"下一次作案的时间也越来越近了。

卢克那边，尽管赵抗美被定为重点保护对象，但警方依然没有停止筛查其他和酒有关的目标，毕竟谁也承担不起判断失误的后果。然而在多次扩大筛查范围和多次排除之后，卢克发现，只有赵抗美最有可能成为凶手的下一个目标。酒、艺术圈、正北二环、黑色建筑——并没有多少人可以同时被贴上这么多标签。最重要的是，《渔庄秋霁图》被盗案所有的关键人员都死了，只剩下这始作俑者赵抗美。

同时，经侦支队也从胡求之保险柜里的材料中揪出了越来越多问题。赵抗美确实涉嫌众多洗钱操作，尤其是艺术品洗钱。江耀将他们发现的问题汇总给卢克后，两人一起去找了宋局长。宋局对此早有心理准备，并没有大惊小怪。他的意见是，赵抗美实力太强，牵涉太广，最好等证据收齐再做充分打击。目前的主要矛盾在"大画师"，这个节骨眼上，警方必须全力应对。

连日来，左汉的心仿佛被放在滚油里熬煎，他总觉得自己没能用专业知识帮卢克尽早抓住"大画师"，对目前发生的一切负有不可推卸的责任。虽然嘴上还是贫个没完，但在内心深处，他早把这当成了自己的事，忧虑与日俱增，每天寝食难安。

8月23日，所有画作筛查完毕，左汉终于确定四名嫌疑人。除了他不大相信的陈计白、苏涣和连飞舟，还有他老妈的好朋友、上次在心元山庄招待他和李妤非的人物画家杨守和。好家伙，四个人他全认识。

左汉之前看过杨守和的作品，并不喜欢他的风格。但这次细看之下，发现此人的画线条质量很高，平时一定没少练书法，于是果断将其纳入嫌疑人范围。

当然，极有可能"大画师"压根儿不在他调查的对象之列。每当看画疲乏之时，左汉都会忍不住想，说不定真有这么一位世外高人，天赋异禀，年轻有为，却从未混迹书画圈，只是默默关注这个他认为污浊不堪的城市。

还是很有可能的。

这实在是一场赌博。就像卢克只能赌"大画师"的下一个目标是赵抗美，左汉也只能赌"大画师"在他列出的嫌疑人名单之中。人海茫茫，线索零散，他们差的就是一个确定。

将自己这么多天的工作成果汇报给卢克后，左汉和卢克商量了一个计划，打算探探这四人的虚实。

左汉先给陈计白打电话。

"陈院长好，我左汉啊，您出差回来了吧？"

"哦，呵呵，左汉啊，我昨天就回啦，这次没去几天。"

"您辛苦啦！"

"别看我年纪大了，但身子骨硬朗得很。你打电话给我，该不会只想送关怀吧？"陈计白不用想，就知道左汉肯定要问他关于案子的事。

"那我就直说啦。陈院长，我想约您后天晚上出来吃个饭，您有时间吗？"

"后天不是中元节吗？哪有中元节约吃饭的？"

"哦，后天居然是中元节啊，我都没看农历。不过我这段时间特忙，只有那天晚上有空，不知您是否介意出来吃一顿啊？"

"左汉啊，如果你有什么话想对我说，有任何问题想问，随时可以来学校找我，或者就这样电话沟通也行，不一定非要吃饭的。咱俩的交情，用不着搞这种形式主义。"

"陈院长，我也没别的意思，只是单纯想请您吃顿饭，就当感谢您这段时间的大力支持吧。"

"那咱能换个时间吗？"

"可是我最近确实太忙了。如果您出门不方便，要不咱俩就在您家小区门口的饭店里吃？我其实就想和您聊聊天儿。"

"每到中元节，小区门口的街边都是烧纸的，怎么吃得下去啊？左汉，不怕你笑话，我这把老骨头还挺信这些东西的。既然没什么要紧的事，咱为啥不改天呢？"

尽管左汉认为自己已经口吐莲花而且口吐象牙，可陈计白依然坚决不同意。左汉莫名有些怅然。

然后他又给杨守和打电话。

"杨叔叔，我左汉啊。"

"哦，左汉啊，这么久没联系，怎么突然想到给你杨叔电话了？"

"杨叔，很感谢您上回招待我和我同事啊，那小姑娘对您的山庄可是赞不绝口呢。"

"咳，看你说的，配合警察办案，这不是我们每个公民应尽的义务嘛！"

"杨叔，您后天晚上有时间吗，我想请您出来吃顿饭。"

"后天？左汉，你没看黄历吧？后天可是鬼节啊，哪有鬼节约饭的？"

"哦，原来后天是鬼节啊！看我，都忙忘了。不过杨叔，我最近确实是忙得不行，也只有后天晚上有时间，您看能勉为其难出来见见吗?"

"你小子是不是有什么事想说啊?如果太忙,直接电话里给你叔说,叔能办到的一定全力去办,根本不用你请客。你看你杨叔是那种需要请客才给办事的人吗?"

"杨叔您误会啦,这次还真没什么特别的事儿,我就是突然想和您聊聊天儿,纯闲聊,没别的。"

"那着啥急,等你这阵子彻底忙完了再找你叔不迟。我是真信这邪,鬼节夜里从不出门。"

掰扯半天,这位"全国著名"人物画家还是拿封建迷信当挡箭牌,令左汉捶胸顿足。

之后,左汉又分别给苏涣和连飞舟电话。令他兴奋的是,这两位反倒是一口答应了,想必年轻人也并不惧怕牛鬼蛇神。四人匆匆试探完毕,只有苏涣和连飞舟通过。左汉给他们俩再次打电话,说自己那天突然有了任务,只好改天再约。

左汉将四人电话测试结果告诉卢克。卢克考虑再三,在警力紧张的情况下,依然派出四人,分别监视他们这几天的活动。

时间终于到了8月25日。经过左汉的一番强调,卢克心里也更倾向于"大画师"会在今天作案,而非他们原本推测的26日。

由于此二日尤为重要,市局派出所有警力,甚至还向省厅借来大量警力,在赵抗美公司附近布控。除宏美制药大厦外,北二环区域内所有黑色建筑物都有警力把守。另外,附近一家制造冰箱的家电企业办公室,以及卖冷冻水产的两家菜市场、五家超市都能看到严阵以待的警察。

赵抗美从早上开始就坐立不安,看不进去文件,也听不进去汇报，索性停掉工作，和警察大眼瞪小眼。赵抗美所在办公室内安排了四名警察，门口还站着两名，大厦各出口也布置了大量警力，这让他稍感安心。除非"大画师"把整栋宏美大厦给炸了，否则他实在想不到对方能怎样下手。

一整个白天无事，到了晚上七点多，赵夫人风风火火地来了公司。

"哎呀，今天这日子，一个人待家里真是怪瘆人的，我还是过来和你睡吧。"赵夫人在两名保安的护送下，踩着恨天高走到赵抗美跟前。

"什么叫一个人，不还有保姆他们吗？真没出息。"赵抗美居然还能打情骂俏。

"哦，是我没出息咯。也不看看你自己这排场这阵仗，有本事你把这些人都撤掉，换两个保姆保护你？"赵夫人嘴上针锋相对，身体却像刚面世的鼻涕一样甩到她老公身上黏住，眼中秋波流转，风韵万般。

站在一旁的四名警察不禁佩服大老板的格局，小命都被威胁了，居然还有心思调情。

晚上10点35分，赵抗美和赵夫人准备去楼上套房睡觉，卢克又换了四名警员到他们所在房间的四个角落把守。四人只希望他们不要进行什么不可描述的活动，以免大家尴尬。好在赵总也没有当众表演的癖好，反倒觉得被人看着睡觉不大习惯，加上警报尚未解除，夫妻俩好半天才睡着。可怜四名警员，人家可以呼呼大睡了，他们真正的挑战却是刚刚开始。谁都知道，夜里才是"大画师"最有可能下手的时间。

赵抗美虽则睡着了，却是做了一夜的噩梦。之前"大画师"

邮件里那些"前人"死状的照片,成功变为他做梦的素材。他一整晚翻来覆去,仿佛在闭着眼睛和怪兽战斗,险些儿将赵夫人打成重伤后踢下床。

翌日天明,一夜没睡好的赵抗美见东方泛起鱼肚白,开心异常,所有安保人员也稍稍松了口气。

然而卢克和左汉反而更感不安——这意味着他们可能出现误判,保护了错的人。即便不是这样,那他们也至少还有一天要担惊受怕,因为"大画师"作案的安排还可能是按照公历。

难道,他打算在今晚下手?这样想着,两人也来到赵抗美的办公室。

虽然卢克曾提醒赵抗美,连续两日都不可松懈,但赵老板度过这第一晚,已如去鬼门关走过一般,不说生死看淡,至少不再恐慌。

为庆祝扛过第一晚,赵抗美决定泡壶好茶。昨儿没有正经工作,办公桌上的文件已然略成规模,离实现全球首富的宏图伟业又放慢了整整一天之久。秘书端上紫砂壶,徐徐倒出里边刚泡的绿茶,霎时清香四溢,一如春日重返。赵抗美乐呵呵啜上一口,尽扫昨日阴霾。啊,新的一天,必须从好心情开始!他翻阅文件的手也不觉轻快起来,仿佛一台快乐的点钞机。

秘书刚退下,正要给老板夫妇订饭,却收到一个陌生号码拨来的电话,说是赵抗美的快递到了。秘书不疑有他,乘电梯下一楼,走到保安室,在一堆快递包裹中翻找半晌,才看见一个长形的写着"赵抗美收"的包裹。上楼,秘书刚带着快递出现在门口,守在一边的卢克和左汉便同时一惊——这个包裹的形状让他们产生了某种极不好的联想。

然而赵老板的心却是大得很,颐指气使地让他美丽的女秘书打开。秘书如拆男友送的生日礼物一般,姿态优雅不紧不慢,却见里边滑出个卷轴。

卢克的心立刻提到嗓子眼儿,三两步羚羊也似奔上前去就要将画展开,惊得女秘书大叫一声,花容失色。卢克顾不得怜香惜玉,抓住卷轴的顶端,摁住另一端,用力一滚,一幅血红的画卷便迅速展开。

"《雪景寒林图》!"左汉惊呼。

奇怪!

每个人脑子里都闪过很多疑惑和猜想。

卢克知道"大画师"肯定已经成功作案,可如果死的人不是眼前的赵抗美,那又会是谁?赵抗美意识到事情已经结束,庆幸自己没有死掉,甚至没有成为凶手的目标。可问题在于,如果和他没有关系,为何凶手要把血画寄给自己?

"快,那个快递员!"身经百战的卢克第一个反应过来。

门口的刘依守听令,立刻往电梯口冲去。卢克同时给守在楼下的警员打电话。

血画被完全展开后,众人发现里边竟夹着一个小小的优盘。卢克和左汉都明白,这必定就是"大画师"拍的视频了。

可到底是谁被杀了?!

心急如焚的卢克不待赵抗美同意,冲到他办公桌前,将优盘插入电脑主机,打开文件夹,打开视频文件。很快,屏幕中黑色的背景里慢慢浮现一个惨白的"冬"字,随即众人看到了令他们始料未及的画面。

(《雪景寒林图》，北宋·范宽，纵193.5cm，横160.3cm）

赵抗美看到画面中被绑在床上的自己那白白嫩嫩的儿子，再看一眼地上的血画，登时晕死过去。

卢克顾不得已经不省人事的赵抗美，冲下楼去和刘依守一起追那个"快递员"。

第三十五章
"大画师"的故事

8月23日夜,女学生再次来到他家。

他知道,这样的相聚日后恐怕只会越来越少,说不定这便是最后一次了。

门从里面被打开,她还没看到他的脸,便开心地喊了一声"老师好"。他见了她,露出一个温暖的微笑,将她迎进门。她像进了自己家一样,轻车熟路地脱了鞋,穿上一双刚好合脚的绿色拖鞋。

今晚得把她的痕迹全部清除掉,他想。可是,小区监控又怎么办?

她已经陪孤儿院的孩子们吃了晚饭,于是两人直接坐到窗边喝酒。他们中间隔着一方金丝楠木短腿茶几,茶几上是一只装着热水的大碗,碗里温着一瓶酒。

"今晚我们再喝酒。"他相信自己已经没有太多东西可以教她。其实所有的教学无非是一种思维方式的传授，只要有了正确的认知方式和思维方式，具体的知识和技法都可以通过时间和实践逐渐获得。以后的事，就靠她自己了。在剩下为数不多的相聚时光里，他希望两人只是漫无目的地喝酒聊天。

"老师，你怎么突然喜欢喝酒了？"她盘腿坐在他准备的圆形草垫上。

"我不是突然喜欢喝酒，我一直喜欢喝酒。只是之前不知道你能喝。"

"老师是嫌我小吧？"她噘起嘴，半晌又道，"其实我虽然能喝，但我并不十分喜欢喝。我还是喜欢让自己时刻保持清醒。"

他浅笑："以后你就会发现，人不喝酒的时候，是最不清醒的时候。世人在清醒的时候骗别人、骗自己，不敢批判成功，不敢承认失败，不敢坚持正义，不敢大声疾呼。可一旦他们喝醉了，他们会多长出一只眼睛，终于看见真实的自己，并且敢于向全世界吐露自己的想法，大声地吐露自己的想法，大声地告诉世界，你们他娘的和我一样，很操蛋。"

"哈哈哈，"听到最后，她笑得前仰后合，"老师，你还没醉呢，怎么今天这么可爱？"

他没有接话，取出温在水里的酒："石库门，喝过吗？"

她摇摇头："什么酒？"

"黄酒，很好喝。一种酒一个故事，你多喝一点，故事就多了。"说完，他给两人满上。

"我有酒，你有故事吗？"她一脸俏皮模样，向老师敬酒。

"你搞清楚，这是我的酒。"他大方地和她碰杯，两人不顾黄酒的度数，一饮而尽。

449

"你想听我的故事吗?"他说。

"老师还有我不知道的故事?"

"我有。"

"想起来了,之前老师提到过,但那时不肯说。"

他再次给两人满上,然后将身子转向窗外的城市,似乎在思考从何处说起。忖了半晌,他突然道:"你放心,我这次一定会杀赵常。"

闻言,她又欣喜又讶异,不知老师为何没来由提起这件一度让他们之间产生不愉快的事。

她几乎很少说"赵常"两个字,因为这令她恶心,一种生理和心理上的恶心:"老师,为什么突然提起他?上次我也说了,把老师逼成现在这样,我已经无比愧疚。老师不用觉得替我报仇是一种负担,即便你杀完五人就洗手不干,留着赵常,我也绝不怪你,因为我本就没有资格。但我会用我自己的双手报复他。"

"你瞎说什么呢?趁早歇了这心思!"

"我说真的,我已经想很久了,也想得很清楚了。"

"呵,上次和你谈心后,虽然你表现得乖巧,但我就知道这事儿没完。"

"对!此仇不共戴天!"

"这么看来,为了让你不杀人,我这次是非杀他不可了。"

"从他把我玷污的那天起,他离死神的距离只会越来越近。"

"你一个小姑娘,就不能想些美好的东西?"

"我一个小姑娘,最美好的东西都被他毁了,我想不到什么能更美好。"

"比如,你的老师?"他说完,居然被自己给逗乐了,然后微红着脸,抿了一口石库门。

"我知道你不喜欢我。"

"有一个疼爱自己的哥哥,也不错,不是么?"

她白了他一眼,给他倒酒。他的酒杯刚满上就被他端起来,一饮而尽。他要开始说自己的故事了。

"别看我现在个头还算高大,其实我小时候长得白净文弱,发育得也晚,看着总比同龄人小,所以在学校时经常被人欺负。我是那种学习好的乖学生,但这种孩子总会被学习不好的流氓同学关照。我要么被他们勒索零花钱,要么被他们围起来骂,甚至扇巴掌、拳脚相加都不是没有过。我知道这是一种暴力和侮辱,但我很能忍。每次被他们欺负的时候,我就在心里暗暗发誓,我一定也要让他们感受同样的屈辱。而且等我长大了,我还要靠自己的能力拥有比他们更高的社会地位,更多的钱,那才是最好的复仇。"

"老师,你家境不是很好吗?为什么还会被欺负?"

"你记住,霸凌和家境无关,你有那次经历不是因为你家境不好,而我家境好也并不意味着我就可以高枕无忧。不公平是相对出现的,但是是绝对存在的。"

"所以我们要消灭不公平。"

"你错了,正是大量的不公平,维持了这个世界的持久平衡。无论什么时候你都不可能消灭不公平。不要想着消灭什么,这种思维方式也许是错的。你以后的日子还长,多想想怎样让不好的变得更美好,而不是马上将不好的消灭。"

"不讨论这个了,老师继续给我说你的故事吧。"她又给他斟满。

他也未必想讨论什么公平正义，摆摆手，又喝了一大口，然后看着她的酒杯，示意她也得喝。

"我一直到初三还是没发育起来，看上去就比小学毕业时高了一点点而已。但那时候我周围的人都开始或者完成长个了，不管男生还是女生，几乎都比我高，我于是更加成为大家羞辱和欺负的对象。我一直还是那个心态，告诉自己要忍，我不给老师说，不给家人说，连日记都不写。

"可是有一次……"他顿了一下，"初三上学期的一天，我在放学回家的路上，突然被我们学校高一的三个男生抓住，连拖带拽地拉到附近一个没人住的待拆迁平房里。我拼命反抗，可是他们打我，我很疼，不敢再自讨苦吃。他们一路上还不停扇我耳光，说我长得像女生。说实话，我那时候确实长得秀气，比好多女生都俊。后来我从他们的话中得知，他们刚翘了半个下午的课，在网吧看了黄片，一个个欲火焚身。所以我刚被拖进那个房子，他们就把我……"

说到这，他喉结一动，用了好几秒努力让自己平复下来，喝了口石库门。

"我很疼，疼得大哭。但相比身体的感受，我心里更是难受和屈辱，我不明白为什么三个男生居然能对我做出那种事。后来我一直密切关注他们的生活，发现他们其实都有了女朋友，其中一个现在已经结婚，我才知道那个十几岁的自己只不过被他们当成了发泄的工具。"

至此，她的震惊已经让她失去语言能力。她没想到，一向少言寡语的老师居然经历过比自己更深的痛苦。

"那……老师和别人说了吗，哪怕是和家人？"良久，她才字斟句酌道。

"当然没有。但我不是因为不好意思,而是因为那时候我觉得那不是我做人的风格。"他叹了口气,"那时候,我觉得只要我能做的,我不想寻求任何人的帮助,我要自己去做。"

"那我也要自己去做。"她没有意识到,她已经跑题了。

"我们不能自己去做,我当初就应该报警。"

"你以为警察会抓几个高一学生吗?抓起来干吗,枪毙吗?"

他叹了口气。一次又一次,他试图改变这位学生偏激的思维方式,但现在看来收效甚微。些许转变是有的,然而本性难移,需要时间。说到底,她若非早年遭遇了那种事,又怎会发展至此。

"你不要把任何事情都往极端里想。我当初也连续几个月睡不好觉,但这么多年过去了,说实话,我已经不在乎了。"

"可是我在乎啊!"

"就是因为你在乎,所以我在乎。"他深深吸口气,然后抿了一口不知何时被她再度斟满的酒,"你知道当初那三人里,为首的是谁吗?"

"难道我认识?"

"赵常。"他说得很平静。

"什么?!"她的瞳仁中满是震惊,不由握紧拳头,双手的骨节苍白。然而她顿了一下,声音里竟有几许快意:"这下好了,杀了他,我们的大仇都得报!他不死,简直天理难容!老师,最后一次你一定要杀掉他!"

他不赞一词,只是继续喝酒,而且丢给她一个眼神,示意她也跟着喝。这姑娘,怎么喝酒老得别人提醒。

经过前些日子的冷战,她已经有了分寸,知道自己不宜为老

453

师做决定,更不能逼他做决定。当然,老师已在今晚喝酒前给过自己承诺,所以她放心。

"我这次,一定杀赵常。"他再次强调了自己的承诺,"但我不是为了自己,我已经放下了,我是为了你。你能不能答应我,永远不要动杀人的心思?"

她可不愿做这种承诺,赵常终究还没死。她表情僵硬,用酒杯掩饰自己唇角的不自然,抿一口,说了句没有任何意义的"看情况吧"。

他叹口气。

"你还想继续听故事吗?"

"当然。"

"你也知道,我一直和爷爷奶奶住,爸妈在我还不懂事的时候就去国外做生意了。虽然我没有和他们提起那件事,但初中毕业后我就坚决要求换学校,我之前的学校是全余东最顶尖的,我爸妈十分不理解。但我很坚持,就是因为我不想再和那帮人一个学校。

"也就是在那时候,我开始真正喜欢上画画,也把从初一后就断掉的国画课捡了起来。我相信艺术的世界是最纯净的,我也只有在画画时才能静下心来。同时我感觉自己开始长个儿了,就下定决心要脱胎换骨。从高中到大学,我努力锻炼身体,不仅练肌肉,还寻找各种格斗技巧的资料来学习,甚至请了几位武术和散打老师。效果很明显,我不仅身体素质变得比一般人强很多,而且外貌也发生了很大变化,脸部棱角也越发分明。我在余东的街上见过他们几次,可他们居然已经认不出我了,至于他们还记不记得当初对一个孩子做的那件畜生不如的事,我就不知道了。"

"除了赵常,另外两人是谁?"

"他们是谁不重要,我已经分别揍过他们了。那是在我大二的时候。当时他们两个都出国留学,年底回来过圣诞假期。具体过程我不想多说,总之他们都得到了应有的惩罚。我觉得差不多了,事情过去那么久,没必要欺人太甚。现在他俩已经在加拿大定居。"

"那老师没收拾赵常?"

"赵常是赵抗美的儿子,你以为那么容易收拾?那时候我只是个大二学生,更何况我的重心是自己的学业,而不是去报复谁。你也应该把这个定位找准,不要本末倒置。"

"可是老师,在你十几岁的时候,不也认为有仇必报吗?"

"没错。在那段几乎每天被人欺负的日子里,对我来说,不依赖于他人的自我正义就是生存的全部意义。我要一点一点把他们施加给我的暴力和屈辱全部还回去,亲手还回去,为此我宁可牺牲其他所有。当一个孩子被霸凌的时候,自己的感受才是最真实的,那样的伤痛才是伤痛。别人的伤痛,不过是同情心泛滥。我当初就是这么想的,所以我没有告诉任何人,我要自己解决。"他换了个坐姿,似乎坐累了,"君子报仇,十年不晚。可是真拖了十年,我发现我对他们的仇恨已经慢慢淡了。回想起来,那时候的我可能因为刚刚经历了屈辱,正憋屈得要死,所以想法很极端。"

"老师的想法不极端,他们犯了罪却没有受到惩罚,不要说对你不公,即便对社会,甚至对他们自己,都不公。他们需要有人给他们上一课,告诉他们做人不能为所欲为。"

"好啦,"他不想继续讨论"公平正义",几千年来人类最伟大的哲学家和政治家都没能讨论明白的问题,他们两个年轻人在这里喋喋不休,不免显得滑稽,"你先别急着说自己的想法,多看看书,从亚里士多德和孔孟老庄开始,大量地看。"

"我在看。"她显然有些敷衍,"老师,你还有故事吗?"

"我没有更多故事了,即便有,一些故事也只能说给自己听的。"他喝下杯中酒,看着她的眼睛,将杯口朝下。

一滴晶莹顺着窗外的黑暗坠落。

"我再给你弹一遍《潇湘水云》吧。"

她微微颔首,两腮红润。石库门在她的身体里真正发挥了作用。

这会是最后一遍吗?

他起身到不远处取来古琴,然后对着窗外音符般起伏的楼宇,盘腿而坐。泛音响起,一片朦胧的雾气从他修长的手指间升腾,这个小小的世界开始氤氲。

城市的上空,一轮越来越圆的朗月孤悬。

第三十六章
最后的审判

农历七月十五夜里,赵抗美在宏美制药大厦的套房里辗转反侧,他儿子赵常却在酒吧里和数位美女快活。这些小年轻的哪里在乎什么鬼节,只要有了钱,他们自己就是鬼。

1点40分左右,喝得醉醺醺的赵常在两个朋友的搀扶下打了辆出租。他朋友给司机交代几句,便让车开走了。

赵常没有注意到,一辆车已经从远处跟上了自己。

下了出租车,赵常一路颤颤巍巍从小区门口走到自家门前,在包里翻找半天,才找到钥匙将门打开。而就在开门的瞬间,一个手刀从他背后呼啸而来,砍在脖子上,赵常应声倒地。

赵公子喝了酒,浑身燥热,正准备要和一屋子辣妹大战三百回合,就感觉倾盆大雨从天而降,被浇了个透心凉。他睁开惺忪的睡眼,只见边上站着个黑衣人。虽然黑口罩蒙住了大半张脸,但那双眼睛里射出的浓重杀意无法掩盖。

赵常想到警方反复提及的那个想找他们家麻烦的连环杀手，顿时一个激灵，完全醒了。他发现，他的四肢竟被绳子牢牢和床的四角绑在一起，这是他多次梦想对辣妹们做的事，可眼下被绑的居然是自己。

在赵常惊骇的目光中，黑衣人搬来个摄影支架，上面放台小型摄像机。他不禁暗骂一声。那支架还是他为和美女们拍一些亲密视频刚买的，这下倒好，被人家直接取用了。

"赵常，我们又见面了。"黑衣人道。

"我们认识？"赵常一脸惊讶和狐疑。

"算是老相识了。"

"妈的，你是谁！"尽管赵常有种不祥的预感，连声音都发颤，却努力想显出强势。

"我是谁，待会儿我自然会提醒你。但在那之前，我还是想先和你好好沟通一番。"

"你……你想干什么？"

"杀了你呗。"

……

两人的对话持续了很久。结束后，黑衣人依然兴致盎然，而赵常却已经蔫头耷脑。黑衣人关掉录像机，摘掉黑色口罩，走近俯视赵常。

赵常并不觉得自己认识眼前这人，但他不得不承认，这是一张十分俊美的脸。这张脸白皙干净，却眼眶微陷、鼻梁高耸，棱角分明。当这张脸由上而下无限逼近自己的时候，一股灼热的鼻息蹿到赵常的脸上，抓挠着他敏感的毛孔，让他竟有一种血脉偾张的狗血感觉。

黑衣人发现了赵常的反应,也是一愣,却还是抬起头来,冷冷一笑:"看不出来啊,赵公子还好这口。"

"放……放你妈的狗屁,老子就是喝多了。"这话不假,赵常一直认定自己只稀罕软妹子。

"看来我还是准备不足,本该叫上三个壮汉,轮流给你快活,直到你再也起不来床。"说着黑衣人的双手已经抱在胸前,嘴角挂着一丝飘忽的笑意,从容地睥睨着赵常,犹如一位举止优雅的士大夫,和刚说出的话极不协调。

听到"三个壮汉",赵常心头一凛,年轻时干过的某件蠢事顿时涌上心头。那是他第一次干出如此出格的事,和别的男人一起也就算了,居然连对象也是个男的。虽说他长大后风流成性,阅女无数,但谁的第一次都不是说忘记就能忘记的。

"你……你是……"

"想起来没有?"看着赵常的面孔已经越来越像《亚威农少女》里的怪异造型,他顿觉一阵恶心,"看来即便到现在,我也还算对赵公子的胃口啊。"

"你……你叫什么名字?"

"轮得到你来问我吗?"他眼底流露出更深的厌恶,"你们赵家还真是心大,你爸就算不觉得你是我的目标,在这个节骨眼上,至少也该给你安排两个保镖吧?说到底,还是赵抗美他心里只有自己。哎,亲儿子真的这么不重要吗……"

赵常深深意识到问题的严重性,可对方在片刻后,竟开始主动帮自己的双手松绑。两只手被松开后,赵常心中欢喜,正要自己动手解开双脚的捆绑,却只觉后脖颈又被重重一击,两眼一黑,很配合地再度昏死过去。

他将赵常绑到一把椅子上,然后挪到卫生间的浴缸边。一切准备就绪,他戴上口罩,给摄像机找了个好的角度,按下拍摄键。

赵常是爱酒之人,家里收藏了两面墙的名酒,从葡萄酒到白兰地,从威士忌到伏特加,从黄酒到白酒,市面上能买到的最稀有年份的酒,几乎都有收藏。然而这些酒恐怕是等不到真正的品鉴之人了。他塞住浴缸的出水口,将客厅那两面酒墙上的名酒一瓶瓶搬来,一瓶瓶打开,一瓶瓶往浴缸里倒,姿态从容,仿佛在准备一场献祭死神的盛宴。

酒香很快盈满浴室,赵常不知何时再度醒来,当看到自己又被绑到一张椅子上,而那个黑衣人居然在一瓶瓶打开珍藏多年的名酒,还暴殄天物地胡乱倒了小半缸,只感觉眼前的水缸在上涨,心里的血槽却已经滴空。

"你他妈疯啦!你知道这些酒值多少钱吗?这是个疯子吧,疯子吧!"赵常活像一条正在发疯却踩到一块香蕉皮的疯狗,疯上加疯。

"就是这些值钱的酒,才配得上赵公子这值钱的命啊。"他语气森冷。

"你想干吗?!"不知为何,虽然眼前这人生得一副好皮囊,可说出的话却总能让赵常不寒而栗。

他没心情继续和赵常拉家常,只是继续倒酒,优雅得像是一位正在宴请宾客的外交官。尽管赵常刚才还心惊胆战、义愤填膺,可看他好整以暇地倒了半天酒,居然神奇地开始打瞌睡。这令他很无奈。他本来就是要通过这个缓慢的过程来延长赵常的恐惧,谁知赵公子竟这般"视死如归"。

他于是狠狠给了赵常一耳光:"别睡了,死了以后,你有很多时间睡。"果然,这话让赵常再也睡不着了。

终于,就在连"大画师"自己都感到无聊的时候,所有酒倒完了,浴缸也装了大半缸。各种形状的精致酒瓶堆满一地,琳琅满目,美不胜收。

他从身边的洗手台上拿来赵常刷牙用的玻璃杯,从浴缸里舀了小半杯酒,递到赵常面前道:"来,赵公子,尝尝这世上各种各样的好酒,掺在一起会不会让你快活似神仙?"

"妈的,这能喝吗?"

"能不能喝不是问你吗?"说完,他直接捏住赵常的下颌,把这琼浆玉液径直灌将下去。赵常躲避不及,呛得满脸赤红,生不如死。

好容易恢复正常,赵常却又开始骂骂咧咧,一口一个"干死你"。赵常的话直接激怒了他。他原想给这畜生一个机会,留下两三句遗言,现在看来是没这个必要了。他脸不红心不跳地搬起那把椅子和它上面的赵常,将赵常头朝下,塞进浴缸里。

赵常前一秒还惊异于此人力大如牛,后一秒就开始挣扎呼救,椅子被他扭得和浴缸撞个没完没了砰砰响。他受不了这噪音,将赵常如抓猫一样提起来。赵常这回呛了不少火辣辣的酒,感觉食道都要被烧灼成灰,连咳嗽都快咳不出声响。什么狗屁名酒,这简直就是一加一加一加一小于一,难喝死了。

半晌,稍稍顺了气,赵常正想再次开骂,对方的手却"不小心"松了。

一次又一次。酒精飞溅,酒香四溢。

最后，只剩那波澜壮阔的酒海中咕嘟咕嘟冒出一串气泡。

8月26日，宏美制药大厦，赵抗美办公室。

赵抗美被医护人员抬出去后，左汉继续看"大画师"留给他们的视频。他对赵抗美的晕倒无动于衷。作为一个对国宝动了歪心思的人，赵抗美不值得半点同情和怜悯。不要说他死了儿子，就算是他自己死了，左汉也要为社会庆幸。

赵常："你……你想干什么？"

字幕："杀了你呗。"

赵常面色一滞，可能是联想到他爸这些天的警惕，以及听闻的最近发生的一系列可怖事情，焦急地道："你不要杀我，你要多少钱尽管说，我家有的是钱！你有病啊！我和你无冤无仇，你为什么要杀我？你是不是穷疯了，想要报复社会？！"

字幕："冷静一下，你说的话真是一点逻辑都没有。"

赵常："要你妈的逻辑啊，你麻利儿把老子给放了！"

字幕："赵常，你记不记得自己手上有几条人命，做过多少龌龊事？"

赵常立刻不吱声了。

字幕："那我帮你回忆一下。前年6月，你喝得烂醉如泥，开车撞死一名永春街上的清洁工。他们家人索赔五十万，却在你们威胁恐吓之下，以五万草草了事。你为了自己不坐牢，还让齐东民的一个小弟替你背锅，给小弟的钱甚至多过给死者的。"

赵常本已颓丧的双目突然睁大，道："那天事发深夜，我们都处理得很干净，你是怎么知道的？啊，是不是那个死人的婆娘告诉你的？妈的，看我回头不把他们家给推平了！"

字幕:"前年10月,类似的事情在不远处的育新路发生,你还是用了类似的办法,已经害了人,却不让死者家属声张。去年5月,你结识当红女星梅莎莎并和她确定关系,后来她在路上被酒鬼骚扰,你知道后,马上叫齐东民招呼小弟把酒鬼痛打一顿,结果人被你们打死。你这个始作俑者照旧锦衣玉食,三个小弟却被推去顶罪。今年1月,一名梅莎莎的粉丝在网上向她高调示爱。但两周后,这名外省粉丝被车撞死,当时以交通肇事罪结案,但其实也是你的手笔。"

赵常:"你……你……你是怎么知道的?你到底是什么人?!"

字幕:"我是什么人,一会儿我自然会告诉你。"

赵常:"你以为自己是警察啊,你有什么资格威胁我!我告诉你,就算是警察现在站在我面前,我也不带怕的!"

字幕:"我不是警察,至于你怕不怕,和我无关。你都是一个要死的人了,别浪费时间耍嘴皮子了,多回忆回忆美好时光吧。"

赵常:"我爸一定不会放过你的,他现在肯定就在赶来的路上!你识相的就马上放了我,再跪下来叫三声爷!"

字幕:"呵,你和齐东民连说话都这么像。我再帮你回忆个事儿。四年前的秋天,你和齐东民在南城杨庄的玉米地头见到一个十七岁小姑娘。你一时兴起,就让齐东民按住她,让你糟蹋。人家拼命挣扎不让你得逞,你就让齐东民把人打成重伤,再让你奸污。你自己完事后,还想让齐东民也来。好在齐东民良心未泯,看不下去没依你。想起来没有?"

赵常:"你怎么知道得这么清楚?难道……难道你是那贱女

人的亲戚？"

字幕："我要知道的，自然能知道。当然，就凭你这恶贯满盈的记录，肯定还有许多是我不知道的。我其实很有兴趣听一听，就是不知你有没有兴趣讲了。"

赵常："你这样绑着我，让我怎么讲？"

字幕："不讲就算了，我不是在求你，也没兴趣揭更多人的伤疤。就刚才这些，已经够你死好几回的了。"

赵常："你……你到底想干吗？你别乱来，我爸不会放过你的！"

字幕："那就让你爸试试。"

说到这儿，赵常四肢张开被绑在床上审问的画面戛然而止，一秒后被切换到另一幅画面，赵常被捆在一张椅子上。

左汉见状，知道"大画师"要对赵常动手了。只见他不断从卫生间进进出出，将一瓶瓶酒搬进来、打开、倒在浴缸里。雷同的动作延续了好长时间，左汉不耐烦，甚至按了快进。直到看见"大画师"将赵常连人带椅扔进浴缸里，左汉的心才突然被揪起来。很奇怪，尽管他知道赵常已经死了，但他的心还是被揪了起来。

画面的最后，依然是黑底白字的一句诗。这句诗，现在已经是字字滴血：

　　鹊华秋色寒林雪，山居早春万壑松。

"大画师"已经把他想要杀的人，全部杀完了。

一身快递员装扮的他，在宏美制药大厦前打了电话、丢下快递后，便淡定地将车开走。

今日雾霾浓重，路上行人中戴口罩者甚多，因而他戴口罩并不显得突兀。况且与之前不同，今天的他戴了一副白色口罩，很难立刻让人将他与"大画师"联系起来。即将离开之际，赵抗美的秘书甚至没到楼下，更别说打开包裹看见里边的东西，这就让他的行动更加从容。

离了赵抗美的老巢，他开着快递小蹦蹦在同一条路上直行。大概开了三百米后，他停在一家名叫"物华电器"的余东市知名连锁电器商城门口。这家商城主打电冰箱、空调等家用电器销售，是物华电器集团在余东市的旗舰店。而同一栋楼的八层，恰好是前覃省知名空调企业大雪空调在余东的办公地。在口罩的遮蔽下，他的嘴角冷冷上扬，跳下车走到后车厢。这个放满快递包裹的小车厢里，有一个巨大的纸皮包裹尤为醒目。这个包裹和他几乎等高，他从车厢里搬下来，似乎还颇费了些工夫。

他看了看周围的行人，又看了看商城入口处和街道边的摄像头，决定就把赵常的尸体放在马路牙子处。这儿停满了私家车，行人都在三五米外的地方走路，他正好将包裹搁在车与车间的空隙，既不那么显眼，又比较容易被警方发现。

可令他没想到的是，就在他临走前，不远处站着的一个穿警服的男人竟朝他这边看来，那目光里包含着诸多内容——怀疑、警惕、果决。他心头一凛，怪自己刚才没多观察。

已经做了那么多起案子，以左汉的学识和智慧，想必早该猜到他的布局。这么一想，他苦笑，自己若能和左汉并肩战斗，而不是站在对立面，该有多好。

收回思绪，他不急着走，而是从兜里掏出手机，假装和客户打电话。

见不远处的快递员并没有匆匆赶路,而是在那儿优哉游哉地打起电话,那警察原有的疑虑被打消不少,本要上前询问快递员,却先在半途停下来,目不转睛地凝视对方。

"……哎,好,那您看我是等您下来,还是就放在物华门口?您要是能马上出来,我等等也没问题……哦,不用等了啊?好,好,那我就先送其他包裹了,多谢您体谅啦!嘿嘿!"快递员说。

警员的眼神柔和许多。也对,这可是家电商场,给这儿送个大件也并非怪事,认真看看纸箱,那上边写着某品牌电热水器的大字,疑虑几乎消除。正以为快递员收了手机就要将小蹦蹦开走时,却见他不紧不慢,又跳下车来,将那硕大的包裹往里挪了挪,仿佛生怕客户多走两步路。这年轻人还真是尽职尽责呢。

令这位警员没想到的是,七八分钟后,原本还驻守宏美制药大厦门口的刘依守,却火急火燎地带了一拨人开着警车从眼前呼啸而过。而十多分钟后,本应陪着赵抗美的卢克也亲自下楼,冲到自己面前问有没有看到一个行为异常的快递员。

他猛然想到刚才那个尺寸巨大的包裹,对卢克指了指马路牙子。两人和另外三名便衣冲过去。

看见那个长方形的硕大纸箱依然静静躺在两辆豪车中间,卢克心中有数,小跑过去,亲手将纸箱撕开。一阵暴力拆装后,他签收了一个极其安静的赵常。

"喂,书俊,来北二环物华电器,收尸。"卢克淡淡说完,对着二环的喧嚣放声咆哮,目眦欲裂。

二环路上,车如流水马如龙。

第三十七章
万物归一

这是"大画师"最长的一个视频,因为搬酒瓶的全程都录在里面了。卢克回到警局的第一件事,就是将此视频从头到尾过一遍。虽然了解了诸多令人震惊的真相,但赵常已死,法律也没能赶上制裁他。警方现在能做的,就是尽快找出"大画师"的破绽,将其从茫茫人海中揪出来。

"卢队,"卢克刚准备看第二遍,丁书俊便从法医室里出来了,"和视频内容一样,赵常死于窒息。你们也看了过程,我就不详细说明了。我们还在赵常的胃里找到一个小塑料袋,里面还是一首诗。"

说完,众人下意识地环顾四周。

"左汉在物证室研究血画呢,过会儿你直接拿给他吧。"卢克眉头紧锁,"现在没工夫再去拜读'大画师'的大作了,我们各司所长。"

丁书俊点点头，转身前往物证室。卢克继续满脸凝重地一段一段研究视频。张雷在分析"大画师"留给他们的各种物件，包括快递包装、小蹦蹦车等。郭涛在研究"大画师"逃离的监控录像，分析他消失在某个小巷子口之后的逃跑路径。而刘依守则在出外勤，郭涛指哪儿打哪儿。

虽然忙上忙下，热火朝天，但众人的心早已凉透。为什么凉透，他们都清楚。可他们不知道，事情其实还可以更糟。

左汉独自站在物证室内。他前方的地面，整齐摆放着"大画师"的五幅血画。李妤非被他硬推出去，分外不爽，但她知道左汉此刻心情不悦，需要安静，而且在书画方面，自己确实没什么真知灼见可以提供。

这张《雪景寒林图》，大画师临摹得十分潦草。但这并不意味着不像。"像"与"不像"只是外行对一张临摹作品的评价，对于一个懂画的人来说，真正的像绝非一比一的描摹。

他还没看多久，思绪就被敲门声打断。

"请进。"他说完，发现来人是丁书俊，便道，"是从赵常肚子里又挖出来一首诗吗？"

"那么美好的事情，怎么一被你描述，就让人觉得……"

"你是法医，你还能觉得恶心？"

丁法医只是笑笑，白净的脸蛋加上一副无框金属眼镜，看似一位人畜无害的腼腆书生。书生很识趣，伸出手拍了拍左汉的肩膀，走出物证室。

左汉紧了紧白手套，拿起纸看起来。同样的A4纸，同样的廉价墨水，同样的苏东坡字体。

忖了半晌,他收回思绪,决定先看内容。这次"大画师"写了许多字,不但用了更小的笔,而且居然写到了反面。他轻轻读道:

我终将遇见这样一场雪
它来得很晚
但我笃信它不可期的到来

它会下得很大
像是在无数的苦难中压抑
却在一声淡淡的晚安后
决堤的泪水

它终将覆盖一切的色彩
以保护的名义
将它们占有和吞噬
包括和它一样的白

我没有勇气用指尖的温度
戳破它意义的窗纸
它将一切无分别地盖住
我不知我手下被盖住的
它是想保护
杀戮
还是埋葬

我没有勇气用矫捷的步履

跟从雪地上悠长的足印
它将一切无分别地盖住
我不知我要跟从的足印
将把我引向家
远方
还是万丈悬崖

我终将遇见这样一场雪
它以轻的名义
嘲笑着夏夜暴雨的沉重

夏夜的暴雨冲不掉的污秽
就让冬天的雪来掩埋

到最后一首诗,"大画师"不再解释他杀戮的原因,这些似乎已经不再重要。左汉读罢,呆立良久。他读出了"大画师"的信念和迷惘、坚忍和脆弱、压抑和爆发、残酷和善良。他似乎完全不了解"大画师",又似乎完全了解。他也曾经历彻底的悲伤和迷惘,以及悲伤和迷惘之后前途未卜的选择。只有经历过那种选择的人,才会读懂"大画师"。

你到底是谁?他捧着纸的手微微颤抖。

墨香丝丝缕缕,在他鼻尖潆洄流转。又一阵愣神后,他意识到不能再这样耗下去。"大画师"已经彻底完成作案,但这件事还远没有结束,他依然逍遥法外!突然攥紧的神经让左汉后背沁出一片薄薄冷汗,他暂时放下A4纸,重新回到五幅血画前。

五幅画摆满一地,不难发现"大画师"展示了迥异的临摹手法。在和原作神似的基础上，《富春山居图》笔墨比原作更加润朗绵长，在有意强调原作的优点和特色，体现了他对原作重点特征和精神的深刻理解，比一般画者高出一座喜马拉雅；《早春图》则几乎与原作一模一样，每个细节纤毫毕现，栩栩如生，体现了"大画师"在临摹上深厚的功底、高超的技巧；《万壑松风图》由于原作笔迹过于繁复，而"大画师"作案时间太少，他采用提取原作符号和意象的方法，在笔画上做了很多减法，却在气势、元素上分毫不减，这体现了他超群的提炼和再创作能力；《鹊华秋色图》中，"大画师"自行修改画面构图，将原本赵孟頫画错的地理问题纠正过来，将被画在黄河同一岸边的鹊山和华不注山用一片大水隔开，体现了他尊重事实而不迷信前人的科学态度，以及对书画背后历史的深度考究。

将目光移向最新的这幅《雪景寒林图》，左汉乍一看，发现其临摹手法与《万壑松风图》很像，皆属于概括性很强的临摹作品。但显然，《雪景寒林图》并不局限于跟随或者升华原作的笔意和精神，而是加入了不少"大画师"自己的理解，或者说，自己的风格！

想到这儿，左汉不禁跪下来，俯身钻研此画细节。

往小的笔画说，"大画师"勾线时，不是从头到尾，而是积点成线，一波三折，这体现了虚实的辩证。这幅仿作所有笔画，一勾后必有一勒，左一笔后必有右一笔，上一笔后必有下一笔。而且笔笔藏头护尾，无往不复，无垂不缩，正是太极S形轨迹，将太极图回环往复的规律体现在所有笔画中。

往大的构图说，《雪景寒林图》原作山石本就取圆不取方，而"大画师"的仿作则更是处处见圆融。每块小的山石左右各一笔,勾出一个旋转的太极图,所有小太极图相互堆叠包容,形成的峰峦亦如一个个更大的太极图。而从整张画面来看,左半边墨色浓重,右半边留白较多,所有山石树木融容共生,笔画和结构跳跃中见宁静,稳定中有变化,俨然一个巨大的旋转的太极!

黄宾虹!难道真是他?或者,他?

但也未必,黄宾虹实在太出名,圈内学他的人不在少数。左汉心乱如麻,希望心中那个猜测不要成真。

时间如风中的秋叶哗哗飞旋而下。不知过去多久,左汉将视线从《雪景寒林图》上挪开,重新看着全部五张血画。

杀局毕现,只待揭开谜底。

五张殷红的血画,是相生相克的五行,是相斥相融的太极。

一笔破白,笔笔生发。一瞬孕生,四季自成。道生一,一生二,二生三,三生万物。

万物归一。

他的目光重新聚焦在《富春山居图》上。这是一切的开始。是五行的中心。是杀戮的序曲。是无尽时间和生命的赞歌。

一切已经走到尽头,该回到最初了。他想起五个月前和曹槟在省博第一次看到《富春山居图》真迹时,他说"画亦有风水存焉",不料这竟成为之后一切故事的题眼。而那幅画本身,竟是"大画师"整组作品的画眼。

他重回这个画眼,而这画眼的画眼,则是秋山前那一汪风波动荡的湖水。

此时此刻,他一直没有想明白的问题,也逐渐明朗起来。

"大画师"为何要将四个渔夫四艘船全部画在这个湖中,按东南西北形成一个封闭而生生不息的循环?

他从一开始就在提醒众人,无论别处画得多好,不要看了,看这个湖足矣,这里有他想提炼的所有意象。

而只有对这些意象大彻大悟后,才能进一步领悟"大画师"真正想要表达的思想——大相无形。看画不可被固有具象框住,须跳出画外,看画不是画。"大画师"本身也并非在画一张图。和天地大道相比,技法和形式实在是雕虫篆刻。他画的不是工匠作,他画的是没有线条约束、没有水墨粉饰的人生大道、宇宙哲学。为此,他可以抛开一切技法,一切模式,一切对前人的迷信崇拜,包括一幅千古名作的原有布局。

左汉将所有形象屏蔽在意念之外,聚焦秋山前那一汪湖水。如果这湖本身也是一幅画,那么它的画眼,又在何处?

似乎是要回答他的疑惑,湖边的亭子从整个画面中跳脱出来。"大画师"用最为浓稠的血液勾勒出了这个湖畔亭台。

是它么?

在黄公望的原画中,亭上站着全画唯一的读书人,他正和湖中的一位渔夫对望。他是庙堂之上的渔夫,渔夫是江湖之中的读书人。他们都在审视自己的另一种可能性。而水中渔夫经过亭子,象征到庙堂走了一遭,随后将自己放入更大的江海,依然做个渔夫。可以说,这亭子是一个舞台,它演绎了中国古代文人不同人生阶段、不同状态下的自己,隐喻了他们所有的憧憬、努力、沉浮和释然。

那么在"大画师"的布局中,真正的核心区域在哪儿呢?

他不由得想到了市中心的小金湖。那是一切故事的开始,所有案发地点的正中心,是《富春山居图》中那个风波动荡、气象万千的湖。而亭子……小金湖畔正有一个余东市最为著名的亭——离亭！

难道离亭就是画眼，还藏着"大画师"在《富春山居图》中埋下的最后一个秘密？

虽然已经提前推出"大画师"的五行布局，但警方最后的守株待兔并没能成功抓到"大画师"。如今杀戮尘埃落定，是否应该放手一搏，亡羊补牢，收之桑榆？

想到就做。左汉冲出物证室，冲出公安局大楼，打了辆车前往离亭。

第三十八章
画外有画

渡头杨柳青青，枝枝叶叶离情。夏日的离亭远离了它在诗里的意象，游人如织，热闹非凡。左汉试图分开密不透风的人墙，挤入亭内，可惜蹭出一身汗来也未能如愿。他在亭前叹口气，举头望向这并不高大，却承载着太多故事的亭子。在这些故事里，有男欢女爱离愁别苦，也有天灾人祸国计民生。

"利涉大川。"

这是亭上能看到的唯一墨迹。他不禁想起数月前的离亭诗会，想起金馆长对黑白无常两位诗人解释为何此处没有楹联，为何写了"利涉大川"。想着想着，他看见亭边一株古松龙姿凤仪，心有所动。正愣神间，又见一群野鸭怡然游向亭来，数对鸳鸯穿游其间。

这一刻，仿佛《富春山居图》活了过来。他感觉自己已是画中人。

"利涉大川。"他的目光再次聚焦这孤零零的四个字。是真的内含深意吗，还是自己想多了？左汉搜肠刮肚，想不明白这四字究竟能和本案扯上什么关系。

水？木？

"利涉大川"四字曾多次出现在《易经》中，具体有多少次，左汉没有专门数过，但他知道有好多次。

忖了半晌没个理会，他索性拿出手机问百度。然而，当屏幕显示出这个词的几个出处后，左汉只恨自己没好好把文化基础打牢，没早些想到那一层联系。

同时，他也感觉天塌了。

"利涉大川"，是《易经》六十四卦的一个常见卦辞。但在诸多卦名中，有一个却极其扎眼：

"亨，王假有庙，利涉大川，利贞。"

"利涉大川，乘木有功也。"

这是第五十九卦——涣卦。

苏涣，这是左汉最不希望面对的嫌疑人。若无此事，他会是自己一生的好导师，好兄弟。

在血画中暗示自己的身份，换了别的凶手，左汉定会评价一句"嚣张"。可在苏涣这里，他发现自己竟什么话都说不出来。

离亭内外，人潮人海。左汉木然立在"利涉大川"的牌匾之下，像一叶穿越了所有时间和空间、繁华和寂寞之后，不知接下来要驶向何处的扁舟。他默然接受着无数行人无意识的碰撞，留下两行清泪。

对不起……尽管内心挣扎得让他行将窒息，但左汉明白，他们已属于两个阵营。无论对方有多少理由和苦衷，自己没法动摇自己坚守的原则。

艰难下定决心，他拿起手机就要通知卢克抓人。突然，他感觉手里震了一下，随即一个陌生号码给他发了条短信：

　　查邮箱。

虽然是个陌生号码，但左汉有种预感：短信提到的事一定非同小可。他甚至肯定，这就是"大画师"发来的。就是他发来的。

左汉没有多想，就地打开手机里的邮箱APP。稍一刷新，系统便提示他有两封未读邮件。而最新的一封，标题令他毛骨悚然：

　　画外有画

他知道，他还没完。

视频本身画质不高，且已经过压缩，因此下载过程并不费时。户外噪音太大，左汉找出口袋里的降噪耳机。

不知为何，他兀自捣鼓和等待了半天，却鬼使神差地没再给卢克打电话，似乎下意识地将这当成了"大画师"和自己之间的事情。

这封邮件附有两段视频，左汉先打开的一段，似乎是周堂在家门口看到一个信封，从里面拿出几张模糊不清的照片，顿时被吓到吃药救命。但左汉琢磨半晌，实在搞不清这是什么意思。

他不能花更多时间来研究这段莫名其妙的视频，不待多想便点开第二段。居然是赵抗美。只见赵抗美举着手机在电梯口高声大骂，四下无人，那无疑在骂电话那头的人。听了一段，他很快发现原来被骂得狗血淋头的可怜虫正是周堂。

477

然而这并非重点,直到听见赵抗美的一段话,左汉才终于由一个看客,变为当事人。

"合作?你觉得你还有资格跟我谈合作?你手里有什么了不得的资源和条件?周堂,我赵抗美做事素来雷厉风行,我可没耐心和你这种人耍心眼。我告诉你,我赵抗美连前公安局长都敢杀,谁让他挡了我的道!你撒泡尿照照你自己,你算个什么东西?"赵抗美说。

听到赵抗美说"前公安局长"时左汉竟有片刻的呆滞。待彻底反应过来,他开始浑身剧烈颤抖,手机都险些拿不稳。他脑海中不断有鲜红色的回忆汩汩上涌,一会儿是父亲殉职的画面,一会儿是"逆我者亡"四个硕大的血字。

这么多年过去了,尽管他从未放弃追寻父亲被害的真相,但在内心深处,他已经想通了,父亲是因扫黑除恶牺牲的,他走得光荣。自己虽然没了父亲,但自己是英雄的儿子,身上流淌着英雄的血液,无论父亲健在与否,他都为自己是左明义的儿子而骄傲。

可是,当看到赵抗美嚣张地说出那句话的时候,左汉多年来悉心呵护的伤疤却还是再次被撕开,猛烈地被撕开。他仿佛看到自己身上突然裂开的大口,英雄的鲜血流淌出来,地狱的魔鬼在狞笑,有恃无恐。

一阵凉风吹来,双目猩红的左汉稍稍回过神。他环顾四周,人山人海依旧。实在过于失态了,他想,他得努力平复情绪。然而周围的人依旧高谈阔论,争先恐后,笑靥如花。世界一如往昔。

他刚要抚平自己狂乱的心跳和满心满脑的仇恨,竟再次收到一条短信：

　　我会取他性命。

虽然已经猜到他的意图，但真见了这行让人胆寒的字，左汉的心里还是不免一阵波澜。

他恨赵抗美。若不是赵抗美这个黑恶势力头子，余东百姓就不会屡遭不公，他父亲就不必夙兴夜寐、枕戈待旦，直至最终牺牲。若不是赵抗美，他会和其他孩子一样，有一个完整的家庭，开心地看着父亲一个个兑现他给自己的所有承诺——买齐奥特曼模型、和他一起攀登珠穆朗玛峰、把他训练成格斗高手、亲自为他穿上第一套警服。若不是赵抗美，此时此刻的左汉，绝不仅仅是什么外聘专家，而是一名堂堂正正的骄傲的人民警察！

他！恨！赵！抗！美！此时此刻，他的心底有个声音在真真切切、反反复复、咬牙切齿地说，让"大画师"杀了赵抗美也好，杀了他，不但父亲大仇得报，余东市民也从此少一敌人。虽然交给法律惩罚才是正途，可是搜集证据、抓人、走法庭、行刑……多么漫长的过程！赵抗美如此神通广大，谁知道后面会发生什么？黑恶必除，除恶务尽，让赵抗美尽早归西，有什么不好？！

他心中的乱麻在纠结、挣扎、咆哮，一次次绑着他的灵魂去撞击那世界尽头的通天高墙。

要放他去杀赵抗美吗？要告诉卢克吗？

他一时不知如何选择。

作为完美主义者，他本不愿在自己的杀戮作品圆满完成后，再多杀一人。但在那晚，当左汉平静地说出自己父亲牺牲的故事时,他的心彻底动摇了。他早已从监控中得知真相,可这真相有着太悠久的岁月,各种证据或已随着时间消失殆尽,要制裁恶人,那样一段视频恐怕过于轻盈。但他知道,那是左汉的心结。他自己中途走错的人生已经充满隐瞒和辜负,他只想为兄弟做最后一件事。只是,这终究不在他完美的计划内。

画外有画。他这样说服自己。

"画外有画"是他的启蒙老师在第一堂国画课上就告诉他们的道理。当时那群奔向少年宫,想拥有一技之长的孩子们,尚不能理解这四个字背后更深的含义。但老师至少让他们明白了这个概念最浅显的一层意思。

"你们刚开始学,画东西都不敢碰到纸张的四边,形象全都窝在画面的中心。但是画山水的人,要眼前有江山,胸中有丘壑,要大胆,大胆地从画面中心把线条延伸开去。你画半棵树,其实另外半棵在画外;你画半座山,其实另外半座在画外。你们试试看。"老师说。

"当然,这是今天你们应该知道的。但等你们学到了下一个阶段,老师会让你们去看看八大山人和齐白石的画。八大山人的鸟不碰到画的四边,但你们会看到整个天空;齐白石的鱼虾不碰到画的四边,但你们会看到整个大海。"老师又说。

如今,那位老师已经杳无音讯,就像天空中曾经的一缕云絮,就像海面上曾经的一朵浪花。

他又想到自己创作这件"作品"的初衷——无论框架多么完美,被行刑者都是未知。它需要在严谨的法度中制造意外,像所有真正的杰作一样,像断臂的维纳斯,像被涂改的《兰亭序》。五起案子各有意外,但整件大作品呢?画外有画,是意料之外,也是情理之中。

想好一切，他将赵抗美和周堂的某次电话录像发给左汉。他一方面认为左汉有权知道一些真相，另一方面也希望左汉能在他杀赵抗美时给自己行个方便。

这么多次了，他知道，左汉已经盯上自己，否则定不会约自己中元节吃饭。之前在第五个作案地看见警察，他毫不怀疑左汉已经完全推断出了自己的整个计划。只是"利涉大川"的秘密，不知他是否已经揭开。

随缘吧。他依然记得，在完成第一起案子后的那次聚餐上，他还让左汉注意《富春山居图》中的四季和点景。

他双手插入口袋，站在市人民医院顶楼的天台上，看着逐渐暗淡的天空。

十五的月亮十六圆。人间尚且光亮，这撑得满满的皎月却已然无声冒出，在忽远忽近的天际冷冷低悬。

他的瞳孔也像那忽远忽近的天际上那轮忽远忽近的月亮，清澈却森冷。

发完那条短信，他将手机关掉，塞进口袋。脚下的城市繁忙得像清扫落叶的秋风，眼前的一切忽然变得失焦、迷离。

"左汉，给我行个方便。"他自言自语，轻不可闻。

左汉正在警察局。

他虽然纠结，甚至巴不得赵抗美现在马上立刻就死，但挣扎良久，他还是选择将录像交给卢克，并建议警方以雇凶杀人的嫌疑立即控制正在医院养病的赵抗美，而非婆婆妈妈地让经侦支队摆出证据。谁都知道，此举并非要给赵抗美难过，相反，却是对他的一种变相保护。

卢克看完视频亦是极度震惊和愤怒。甚至可以说，他的愤怒程度丝毫不亚于左汉。从警以来，他一直深受左明义的栽培和呵护，他如今能做到刑警支队长的位置，也离不开左明义的指导帮扶。赵抗美杀了左明义，已经和他的杀父仇人无异。

但是卢克理智在线，他知道什么必须做，而什么绝不能做。

"去人民医院，马上出发！"卢克命令道。

若单纯为了赵抗美的安危，卢克根本不必如此着急。因为此时此刻，刘依守、李妤非这两个警方的人正守着病床上的赵抗美。尽管卢克认为在犯罪发生的二十四小时内，集中所有警力抓捕"大画师"才是他们的首要任务，但早上他还是留了个心眼。

然而此刻，去医院已经不仅仅是保护赵抗美那么简单。它已经和抓"大画师"的任务完全结合在一起。

众人来到市人民医院。赵抗美昏迷后一直在这里治疗。医生刚换了药，推门出来，门外坐着的李妤非和刘依守同时站起来对他颔首。医生也客气地点头，同时伸出手来示意他们请坐。

两人目送医生离开，刚要坐下，就见卢克带着一群人风风火火地从另一头的电梯口往这儿冲，心下诧异。

"你俩怎么在外边不在里边？"卢克当头一顿责骂。说话间，张雷和左汉已经趁着刚走的医生没把门关严，抢媳妇儿似的冲进病房。

"赵夫人在里面守着呢，非把我俩赶出来不可，说想和老头子留点私人空间。还说现在这光景，看了警察就烦。"刘依守委屈道。

卢克不想和他争辩，瞪了两人一眼后径直走进病房。映入眼帘的，是呼呼大睡的赵抗美和坐在一旁抹眼泪的赵夫人。见状，卢克大松一口气，还好来得及时，没让"大画师"再次得逞。现在有这么多警力围着保护赵抗美，就算对方吃了熊心豹子胆，能够飞檐走壁，应该也不敢放肆了。

"赵总还好吧？"虽然已经眼见为实，但卢克还是出于礼貌寒暄了一句。

赵夫人抬起头来，见是他，努力压制自己的悲伤愤怒和不愿说话的心情，道："医生刚检查过，说他没事，只需要好好休息。"

然而话音方落，几乎就在众人的心刚刚放下的瞬间，原本还睡态安详的赵抗美，竟突然剧烈咳嗽起来。他双手着急地捂在胸前，脸色骤变，继而呼吸急促气短，几近衰竭。不待众人从震惊中反应过来，一旁原本还峰峦起伏的心电图，居然变成了一条直线！

"医生！医生！这里有情况！"左汉第一个反应过来，冲出门去朝着刚才那个医生离开的方向大喊。

面对此情此景，连卢克都慌了。哪怕是一群持枪歹徒正在和他巷战，他都没有慌过。可现在他面对的是一个医疗问题，一个他可以说一窍不通的领域，而且眼前这个人不能死，起码不能现在死，不能就这么不明不白地死。

赵夫人也一下站起来，花容失色地奔到赵抗美身边，双手握着赵抗美的胳膊使劲晃着："老头子，老头子，你怎么了呀？！"

她这一晃，没有把赵抗美晃醒，却把卢克晃醒了。卢克立即上前制止道："千万别晃，已经去叫医生了，等医生来救！"

赵夫人好容易从癫狂中稍稍镇静，恶狠狠地瞪着卢克，仿佛是警方把她这个恶贯满盈的老公和上梁不正下梁歪的家庭害成今日这般。

卢克并不在乎对方的恶意，急切地问道："刚才赵抗美有没有什么异常？"

"没有。"赵夫人道。

"那房间里有没有什么异动，或者有没有人来过？"卢克不死心地继续问。

"不就来了刚才那个医生嘛。"

卢克心头一凛："医生来做什么？"

"说是换药，顺便检查。"

"你看着他换的吗？全过程都看着吗？我的意思是，他有没有什么奇怪的举动？"

"他说是来检查的，其实也没怎么动老头子，可能看他好不容易睡着，不想惊动。但药应该是换了。"

"什么是应该？"

"哎呀！"赵夫人终于被问得不耐烦了，仿佛说完最后两句便绝不开口似的道，"我刚没了儿子，丈夫也变成这副模样，你说我还有心情观察医生怎么换药吗？我一整天都魂不守舍的，连午饭都吃不下，你还想让我认真看医生换药然后给你再描述一遍？"说罢，她赌气似的一屁股坐在椅子上。

卢克也没工夫再搭理这女人，目光直接甩向吊瓶——那分明是一个几乎见底的瓶子，哪像是刚换的？

很快他又想到了什么，立刻摸了摸玻璃瓶下方的莫菲氏滴管，摸到一个凸起。他凑近一看，居然是个针孔大小的孔洞！

真相呼之欲出，赵抗美的静脉，很可能刚刚被注入了大量气体。

"快！抓住刚才那个医生！他是'大画师'！"卢克一边大喊，一边身先士卒，逆着刚刚赶来的一群医生狂奔。

在场的其他警察也很快反应过来，看着卢克的背影拔腿就跑。而这群突然狂奔的人中，左汉是冲得最猛的。他只希望证实"大画师"不是他想的那个人，尽管此刻答案已经昭然若揭。

左汉火箭般的速度让卢克都惊讶万分。在他还没有反应过来的时候——大概只是他出发后的十秒内——左汉便冲到了他前面，然后将他甩得越来越远，远到他只能看见左汉疯狂挥臂的背影。

左汉冲到门口时，警方已经封锁了医院的大门。因为刚才李好非见众人都只顾往下冲，却没人想到更快更有效的办法，便给守在医院门口的同事打了电话，说是卢队的命令，立刻封锁医院所有出口。

守在门口的小警察并没有拦住左汉。左汉虽然慢了几步，却还是第一时间认出了刚出医院不久的那个背影。他已经脱了白大褂，却依然戴着口罩。

左汉看见他如一道闪电般跨上摩托，踩了油门，随时准备汇入璀璨的车流。这时他也扭头，看到了左汉。四目相对，左汉突然定住，脚底好似灌了铅。

两人沉默地对视着。周围的光影有如飞速轮回的四季，周围的喧嚣有如更加深刻的寂静。仿佛就在这段短暂的时间内，宇宙已经完成了无数颗恒星的诞生和湮灭。

"学长！"

左汉几乎已经力竭,这一声,似乎要将他的灵魂抽空。

他听得出来,左汉的声音里隐隐带着哭腔。他的心弦为之一颤。到底还是知道了,他们之间的一切,似乎也该在此刻画上一个句点。

"为什么?!"左汉的哭腔愈发浓重,呐喊已经嘶哑。

他没有回答左汉的问题,只是摘下口罩,露出俊美却写满疲惫的脸。他遥望着左汉的眼睛,似乎也用尽全力地吼了一声:"对不起!"

左汉还想再吼些什么,却发现自己什么也吼不出来。而就在左汉无所适从的时刻,他踩了一脚油门,迅速消失在流光溢彩的街道上。

街道似乎也正被愈发浓重的夜幕吞噬,无论它表面上多么灿烂辉煌。

卢克跑上来搭住左汉的肩膀,眼里带着询问。此时两人都正喘着粗气,只是左汉还挂着一脸颓丧。

"是苏涣。你们可以抓人了。"轻声留下这句话,左汉便返身往回走。

卢克没有半点踌躇,马上做出部署。在这个信息社会,只要嫌犯暴露了真实身份,就几乎没有逃出警方天罗地网的可能。

左汉呆呆立在空旷的医院门口,仿佛一尊被严重风化的远古雕塑。

"怎么了?"李好非见他不对劲,小跑着上前拍了拍他的胳膊,关切地问了一句。

"你他妈的别管我!"左汉朝李好非怒吼,眼中一片猩红。

李好非吓得不自觉往后退了两步，本想再走上前，看到左汉那凶神恶煞的模样，只好逃之夭夭。

　　不知过了多久，左汉感觉兜里的手机震了一下。强烈的第六感告诉他这是谁发来的，于是他以最快的速度掏出手机，只见被锁屏的手机上亮着一行字："苏涣给你发来了一条信息。"

　　他尊敬仰慕的学长，他亦师亦友的学长，居然在这时候给他发信息了。他仰天苦笑。

　　手机解锁后，他见苏涣用微信传了一份 word 文档，页面背景是一张典型的花笺，米黄的底色透出一股难以捉摸的文人气。这封信很长，但标题只有单刀直入却莫名有种淡淡温情的三个字——致左汉。

　　他也不知是什么力量拖着他木讷的身体，缓缓走到不远处医院大门口的石阶边。他感到自己被绝望抽空了力气，倚着那仿佛无限高的大理石圆柱，一个字、一个字地读起来。

　　读着读着，他哭了。

　　他似乎失去了太多。可是这些他已经永远失去的人，似乎又给了他更多。父亲、迟嫣、学长……他不明白为何命运要带给他这些他喜欢、仰慕，甚至依赖的人，然后再将他们一个个从自己身边夺走。

　　读到最后，他的双肩不再因哽咽而剧烈颤抖。他突然恢复了平静，鲜有的平静。他感觉从心口，从双目，从四肢百骸，涌出一股宏大磅礴却无声无息的力量。

　　他熄灭屏幕，擦干泪水，挺直腰背，面对眼前这灯红酒绿的、火树银花的、将黑夜照彻的城市。

　　他要靠自己把心中的阴影照亮，要活出自己想要的该有的样子，要将自己或许轻盈的生命押在天平上正义的一边。他暗下决心。

他要做一名警察。

尾声
致左汉

左汉：

我是苏涣。

给你发这封信的时候，甚至从我开始计划杀戮的时刻，我们已再回不到过去了。尽管我想，但我们再不可能是觥筹交错的朋友。现在你是警方的人，而我，却沦为一个你可能看不起的罪犯。

我曾想过做完就收手，如果一切顺利，说不定一辈子都能逃过警方的追捕，甚至心安理得地做个艺术家。但随着计划的逐步展开，我的那点心思却屡次受到自己的质疑。人我要杀，可我自己，也应该为自己的行为负责。

我本想通过这封信，将五起案子的详细经过告诉你和警方。但你觉得这还有意义吗？提笔前我思来想去，决定放弃了。以你的聪明，想必早已看透我的计划。何况我不是来无影去无踪的神仙，你们想查到一些线索，必定是能查到的。如果以后警方非要我说，我也愿意配合。

也许你有兴趣知道我的作案动机。那么我就通过这封信，讲一点我的故事吧。

其实我并不像看上去那样过得顺风顺水，也绝没有看上去那样云淡风轻。有件事我骗了你。我的父母并非在我高考结束后才出国做生意的，他们在我很小的时候就出去了。小时候，我关于他们的记忆，只是一些漫漶的照片、电话那头假装兴奋的声音，还有每次短暂回国时藏在一堆昂贵礼物背后的生疏笑脸。

我不仅骗你，我连自己都骗。我从小就在冷冰冰的单人床上幻想，他们一直和我住在一起，他们关心我的生活和学习。当时许多小朋友都抱怨父母天天逼自己写作业，无时无刻不监督自己，还说羡慕我不仅父母不在身边，还很有钱。看来不同人对幸福的定义真的不一样。或者，幸福的意思就是拥有自己所没有的东西？

当然，小时候偶尔也会有人说我父母不爱我，那些人都被我揍了，同时我自己也往往被打得鼻青脸肿。我没有想到，已经多年没人关心过我的家庭，那天你却突然问起。我有些猝不及防，只好说出那个让我自己也能好过一点的谎言。我很抱歉。

关于我的童年，不得不说，实在是糟糕透顶。也许你怎么也想不到，除了父母长期的缺席，我还长年累月遭到同学的欺凌。恶语侮辱、恐吓毒打、敲诈勒索，这几乎是我从小学到初中的家常便饭。可我并没有将这些告诉我的父母和老师，我天真地想靠自己赢回尊严。

愤怒积少成多，直到初中发生的一次可怕经历——我请求你，千万不要问我那是什么事——那以后，我的内心彻底沦为了恶魔。我从未如此确定地想要复仇。

上高中后,我在各方面开始变强,再没人会欺负我,我甚至开始意识到我家有钱,有社会地位,我会拥有光明的未来,我心中理应充满优越感。然而少年时期的遭遇我没忘,不敢忘,我满眼看到的是弱者面对的不公,我希望帮助他们,同时惩罚那些有罪之人。

而惩罚这件事,要做就得早做。若我日后有幸得到了更好的名声、更多的金钱、更高的地位,我不敢保证这些不会成为束缚我手脚,甚至腐蚀我灵魂的东西。现在的我虽怀有成为一代宗师的理想,却好在两手空空。除了我关心的人们,我没有什么可以失去。

至于为什么选在今年下手,请原谅我不能在这封信里和你说,这是我和另一个人间的约定和秘密。你可以把我理解成一个多年来一心寻求报复的杀手,只是刚好在今年,在这个时间点做好了各方面的准备。难道不是吗?再早几年,不用说我的"犯罪手段稚嫩",我更是画不出这个水平的画。

我可以向你透露的是,在这整个杀局里,我唯一的必杀之人是赵常。起初我只想杀他一人,但在对他近年的所作所为做了深入调查后,我已经出离愤怒。如刚才所说,我满眼看到的是弱者面对的不公,正如初中时代的我所面临的那样。而这世上的蛆虫绝不止赵常一个,我杀他一个也是杀,杀几个也是杀,那我为何不做个大局,多除掉几个?

我本要一上来就杀了赵常,但查他的过程中发现是梅莎莎的摇唇鼓舌导致赵常雇凶杀人,而她的罪行刚好符合"妄",所以她成了第一个要付出代价的人。世界上害人的方法很多,有的动手,有的动口,但两者的罪恶是一样的。至于其他人,比如齐东民,胡求之,如果我不杀掉他们,今后又有多少善良无辜的人要被他们祸害?

"朝菌敢邀万象,纵浮生,一帘春暮。"你说你喜欢这句,其实这也是我经历了一番挣扎后认定的东西。

想必我们都会认同,追求艺术就是追求永恒。人的一生只要璀璨过,完成了自己都无法复制的艺术品,那么就算生命短暂也值了。王希孟画完《千里江山图》后不久便逝去,王勃写完《滕王阁序》后不久便逝去。他们死时不过二十左右,可他们完成了多少人一辈子都完不成的杰作,成为艺术史和文学史绕不过的经典,让千秋万代传颂。我每每疑心,上天派他们来到人间,就是为给世人留下这么两件作品。这是一个艺术家最大的荣耀。

而这便是短暂与永恒的辩证法。极短的个体生命,却创造了极长的艺术生命,这是宇宙大爆炸一般的张力,令人动容和神往。

决定做一名杀手后,我也不甘做一名落入俗套的杀手。我知道这样的杀局不是艺术,无法让我永恒;可我却选择艺术地完成它,让自己与永恒再接近一厘米。

我从小热爱东方艺术,也对世界各地的艺术抱有强烈的好奇心。我醉心于对各种形式的研究,达·芬奇的黄金分割让我称奇,故宫的绝对平衡也震撼我的灵魂。形式是造物者的语言,形式感是造物者的呼吸。我希望我的杀戮也能充满强烈的形式感,因为这或许是我留在人世间的最后一件作品。

中国艺术的密码,全部从太极、两仪、四象、五行、八卦中衍生而来。所有伟大的艺术品,不过是对它们拙劣的排列组合。我想,即便我穷其一生也无力辨明这座文化大山山脚的一片树叶。这个想法令我沮丧,也让我兴奋。

而放眼世界,一切优秀艺术的通用规则,是要在严谨的法度中制造意外。意外即是自由的表达和处置,可以是艺术家有意为之,也可以不以艺术家的意志为转移,这些途径都可以创造美。但好的艺术品一定首先是艺术品,遵循了艺术的规则,即美的规则,不是绝对的自由和胡乱的意外。所有真正的杰作,无不如此。

在这件作品中,我想把中国艺术的密码,与人类艺术的规则融合。这无疑是拙劣的手笔,但我资历尚浅,只能做到这步。我借鉴五行理论,提前设计好了人数、原因、死法、时间、地点,却恰恰没有提前选好人。也就是说,除了赵常,其他人都是我确定计划后,随着调查的展开,临时选择的。不过,我能确保他们死得不冤。我的初衷并非杀戮,而是惩恶扬善。

也许你质疑我的立场,更否定我的方法,但你应该认同,艺术终究是向善的。

我本想通过惩罚这些逍遥法外的恶人,唤起人们对正义的渴望,对真善美的信心和坚守,但行至半途我才明白,我这样为艺术而艺术地做局,至多让置身事外的看客们认为我是个变态或者疯子,他们终究要继续麻木地生活。

也挺好。

做了这个杀戮的决定,也许我的人生注定短暂,注定留不下什么永恒的作品。但我的整个生命就是一次艺术的尝试,以我自认为对的出发点——公平正义、真善美。如果这个尝试注定将我拖入万丈深渊,那么我要抢在命运的步子前,冲向艺术的自由国度。

必须和你坦白,虽然我亲手杀了胡教授,但杀他是最让我痛苦的事之一。我对他又尊敬又愤恨。当我看到他恶狠狠地瞪着我这个学生的时候,我真的很痛苦。我不敢,也没有资格审问他。我甚至塞住他的嘴,不敢听他骂我。如果当时你们仔细研究了那段视频,会发现他一直愤怒地瞪着我。当然,他也有权对一个"白眼狼"这么做。

左汉,除了有幸成为胡教授的学生,我这辈子还遇见一件幸运的事,就是能有你们几个好朋友、好兄弟。我时常感到我们五人就像《富春山居图》里的渔夫和书生。我把四个渔夫画在一个湖里,那是闲云野鹤的你们,而我自己则更像是亭子上的书生——貌似和你们在一起,却只能独自眼睁睁地看着你们,艳羡着你们的自由和快乐,梦想着有一天能放下一切包袱,和你们真正融在一起。

尽管如此,左汉,我还是要说,在我眼里,你不是一群兄弟中的一个,而是我最要好、最珍惜的那个。我天生不大会说漂亮话,或许有时还让人觉得高冷,但请你不要怀疑我对你的欣赏、信任和发自内心的喜欢。你不仅才华横溢,还是一个浑身散发着近乎天真的正义感的人。你这样的人,搞艺术,必将成为一代大师;做刑警,必定造福一方百姓。我有很多次想在深夜里把你叫出来喝酒,就我俩,喝到天亮,喝到吐,借着酒精告诉你我平日不愿吐露的陈年往事,说些平时没脸说的话。但我现在做了错的事,辜负了你的信任,已经不配做你的兄弟。我对不起你。

左汉,我乐意栽在你的手里。我不会逃,也明白自己逃不掉。我很快会去自首。但如果警方没有马上抓到我的话,我还想再去和一些人道别。我承认我还有放心不下的人,但说这些为时已晚。

左汉,你不知道我有多想和你成为一辈子的朋友、兄弟,隔三差五地约你出来,一边喝酒,一边探讨艺术和哲学。我有很多思考和发现想与你分享,也有很多困惑想向你提出,可是我最后的机会,却只剩下这一封信。

　　纸短情长。

　　也请你不要笑话我大言不惭地自称"大画师"。我这一生也许就骄傲过这么一回,而且,它显然是一个错误。

　　我不是"大画师"。我只是一个在画里迷失的孩子。

珍视你的
苏涣

后记

没有想到《画语戥》能被印在纸上出版。这和在纸上画画还不大一样。画好了展览给人看，却总有撤展的时候；一撤展，仿佛一切就结束了。而写出一个故事并被印出来，无论书今后存在与否，那个故事便仿佛弥散在空气中，或者存在于某人的记忆里，并没有真正消失。所以尽管捧过看过不少别人的书，但见自己的书行将付梓，还是能预见拿着它也许会令我上头。

为了避免这种无意义的上头，继续清醒地生活，我决定不用自己的名字，而是取了个马甲，沙砚之。简单介绍一下这个笔名的来历吧。我小时候最早学的是山水画，而沙砚的偏旁分别是"水"和"石"，正是中国传统山水画的基本要素。古人云"十日一水，五日一石"，说明作画不随意下笔，却也道尽山水画的层层铺染，良苦用心。而"沙砚"两字的右边，分别是"少"和"见"。少见，是一种对自身的提醒。世界广大，学海无涯，在天地与文明面前，即便一代宗师恐怕也只是小学生，何况我这个真正的学生。我想提醒自己对艺术的初心，以及自身的浅薄，于是便有了这两个字。然而一位好友甚至觉得这还不够"装腔作势"，进一步劝我再"之乎者也"一番。

有缘看完这个故事的朋友也许会发现，这并不是一本专注推理的小说。每位作者都有自己创作的原点，有人因为想到看到一个让自己兴奋或感动的故事，有人因为脑子里突然蹦出一个有趣的梗或点子，有人可能就想写本悬疑作品，具体内容容后再议。在《画语戮》还是一片混沌的时候，我只是画画有感，突然想写一部关于艺术的小说。它可以是悬疑，可以是奇幻，甚至可以是言情。最终选择悬疑，也许是因为当初的某个时刻，我自己也被一个尚且朦胧的五行杀局的精致形式感所折服，于是大腿一拍，写。

至于写得怎样，作为一位新人作者，我不敢奢望从读者口中听到多少褒扬。我只能说我尽力了，不仅尽力写，而且尽力改过。若偶能博君一笑，甚至同感于书中人物的悲欢，我将荣幸之至。若有好的建议，我更将加倍珍惜。

现在故事已经完成，作者的使命便告终结，我需要写接下来的故事了。

新的故事自然还会围绕书画，但也许我"夹带私货"的毛病将变本加厉，会融入更多诗词的元素。我生于上世纪九十年代，那是一个诗歌的时代。当时的国人读诗写诗，追捧诗人，纯粹火热得像个孩子。而当时的我还是一个会尿床的孩子，并没有感知诗歌的特异功能；如今一场大梦醒来，只发现自己被一堆光怪陆离的价值观和符号标签裹挟。

和许多为了培养一门特长，或是带着其他功利心而从小报班的孩子不同，我即便到了而立之年，还在坚持每周穿越半个京城学画，并没有因为它对我的工作无用而随即放弃。本书中的许多认知，便是课上所得。写作本书的过程中，我也查阅了大量古代文献和今人的学术论文，但由于本书并非学术论文，遗憾不能一一罗列和致谢。幸运的是，为写作本书而进行的学习研究，也让我有了诸多自己的感悟和认知。比如，书中借鉴了蒋勋先生《富春山居图》讲座的部分观点，但也加入了我个人的一些观察研究所得。这种创作过程中的海量阅读和意外发现，也许才是写作本书让我最兴奋的地方。

如梦似幻，有幸出了本书，我要感谢重庆出版社和华章同人，感谢我的编辑王昌凤老师，感谢你们没有对一本新人新作甩来嫌弃的白眼。感谢周浩晖、雷米、寒川子、边江等悬疑前辈，我从各位身上学到了很多很多。其实我还要特别感谢刘慈欣老师。他甚至不知道我在写作，我也明白这不是一本科幻小说。但工作中有幸推广《三体》外文版，让我知道即便如此名扬四海的作家，私下里也可以活得如此清醒、谦逊、自律，这样的品格，和三体世界一样震撼了我，让我受益终生。

感谢所有给我鼓励和建议的友人，这本书也沾染着你们的气息。感谢我的父母，当初把我带到少年官的时候，因为别的班贵，只好让我去学画画。

最后，也是最重要的，感谢至今依然在给我授课的左汉桥和张迟两位恩师。我从你们学养的大海中借来一滴微不足道的水，写成了这本小说。

沙砚之

2021年7月于存远堂

左老师
国画圈装X指南

PART I

左老师国画小课堂

1. 中国画的三大画科是什么?

传统中国画分为人物、山水、花鸟三大画科。

人物画出现得最早。顾名思义,其画面主体是人。历史上的代表画家和作品有东晋顾恺之《洛神赋图》、五代顾闳中《韩熙载夜宴图》、北宋张择端《清明上河图》、南宋梁楷《泼墨仙人图》(左老师最喜欢这张)。

山水画出现较晚,却使中国画达到巅峰。画面主体就是山山水水,花草树木,即便出现人和车马房舍,也是作为点缀,即所谓"点景"。传统山水画理论的集大成者是宗炳,可惜此人没有作品留存。而传统山水画创作的集大成者是近现代画家黄宾虹,

> 无论是唐伯虎那种一人占据一整张纸的仕女图,还是乌央乌央全是人的《清明上河图》,都属于人物画。

晞髪兮連蜷跬步兮
驕蹇沐日浴月清且
閒蔭松柏兮飲石泉
過崆峒兮論道室洪
崖兮拍肩忽步雲兮
捋嘯隨白雲兮往還
仙之人兮癯也醉也
不可以擬議庶幾有以
太璞之不斷兮有以
全其天
　　　　臣劉綸勲敬題

游戲遂成減筆
素素年傳及茲
匪襲吳裝飄逸
墨何縕愁衣袂
略擬王墨淋漓仙
眉貽其神蓋全
客胡為來者畫
師時復中之然
吾自留真面出
哉狡獪如斯
　　　　臣于敏中敬題

仙乎何要束西
目聊發衣衫曾識未凈翅
巾袖中帶得烟霞氣濡筆有
化工不求形貌似堂是雲中行
彷彿見如此
　　　　臣觀保敬題

宣和傳六法人
物工難致嘉
泰郎畫師溦
墨何縕愁衣袂
降圖形不向酒家眠
翻墨瀋兆求省略具鬢眉
非關草、稱減
華悅悵落紙皆
雲烟米家墨戲
蓮房信手芳石
山水奇蕪澤
天筆運飄、逸韻轉欹賊
　　　　臣金玉松敬題

嶺崎筆格傳風漢萎拓衣
絕擬散仙應是星精南極

落腕呼之出雲端迴隔凡阿誰真面
目聊發衣衫駭賊饒肩凍蕭踈
短髮彩會應鹽雲海骨未露寒曉
意嘗得昔年
模適不經丟玄曩
逭由来興到天
來聞旺徑骨脫
悵人物点戲作
　　　　臣王杰敬題

金帶鮮不受
英圖无乃自寫
高隱進人識
　　　　臣沈初敬題

織圖寧緣筆誤色歎混傳梅賊米法奇
偕創吳裝習畫劉漫戲評草、異彩
煥琅函

宋梁楷潑墨仙人

地行不識名和姓
大似高陽一酒徒
應是琼臺罷仙宴
淋漓襟袖尚模糊

南宋　梁楷　《潑墨仙人圖》

作品大量留存。左老师称其为"东方凡·高和莫奈",其身世像凡·高,风格很莫奈。千百年来,山水画名家如璀璨群星,实在难以列举。名作包括《千里江山图》《溪山行旅图》等。

　　花鸟画是内容最丰富的画科,常见题材有花鸟虫鱼、走兽飞禽等,基本上只要画面主体不是人物和山水,那就是花鸟画了。其中大众最熟悉的题材是梅兰竹菊。和其他画类似,花鸟的画法也包括工笔、写意和兼工带写。历代花鸟画大家有徐熙、黄筌、赵佶、齐白石、潘天寿等。左老师最喜欢的是徐渭、八大山人和吴昌硕。

除经济基础外,由于有个不务正业的皇帝宋徽宗,传统花鸟画在宋朝达到巅峰,画家们手拿至尊VIP,笑得春风得意。

▲ 明　徐渭　《水墨牡丹图轴》

2. 如何快速判断一幅画是不是好画？

作为一个艺术门外汉，最容易装 X 失败的情况就是夸一张画"画得好像"或者"画得好漂亮"。所以，如果您去参加某个画展，切忌随意发表类似言论。左老师的建议是，如果实在说不出"气韵生动""骨法用笔"等词汇，那就将双手抱在胸前，闭嘴。

> 然后露出一抹淡笑，让人搞不清你是在赞扬这张画，还是鄙视这位艺术大师。

若您看不懂线条是否灵活、老辣，更看不懂气韵到底生动还是淤堵，那快速判断一幅画好不好，还真得看它像不像。但答案与您想的也许相反。一般来说，画得特像客观事物的，往往是三流画作，那种恨不得把人的毛孔和黑头也画出来的，甭管他的画卖多贵，他都没搞明白艺术的本质是什么。当然，也不是画得越不像就越好（抽象等作品另当别论）。

真正的好画，往往介于像与不像之间。这个像，说明画家对客观事物有了准确的观察和认知；这个不像，说明画家加入了自己的理解和思考。

比如，凡·高的向日葵并不像照片，但您也不至于将其认成鸡冠花，那就说明这向日葵一半是客观自然，一半是画家自己。假设您参观一个画展，看到里面画的牡丹啊，菊花啊，一朵朵"栩栩如生"，恨不得每个花瓣都跟真花似的，那您千万别脱口而出"哎呦画得可真像真漂亮哎"，因为那大抵是张俗画。

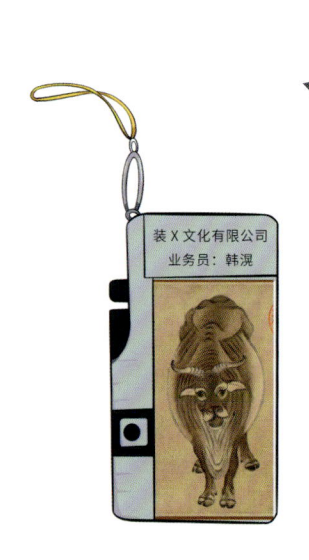

▲ [荷兰] 凡·高《向日葵》

您应该劝这位画家去购买单反，那拍出来更逼真，还省事儿。

装X文化有限公司
业务员：韩滉

3. 想学画画，需要童子功吗？

相信不少同学时常听到诸如"某某，自幼学习……"之类的说法，顿时被吓得直接给这个某某一键三连，并发弹幕献上年度最火单词yyds。的确，诸如钢琴、武术、舞蹈之类似乎确实需要从小练起，仿佛晚学一年，便错过人生重大战略机遇期，要在沦为凡夫俗子的道路上万劫不复。所以，现在家长给孩子报班也是打开二维码当张嘴，拼实力内卷，一会儿卷成驴打滚形，一会儿卷成天津麻花形。

左老师不是钢琴大师，更非武林高手，不了解三百六十行各自都有什么独门秘笈。但可以肯定的是，童子功在书画领域并非必需，甚至什么时候开始学也不算晚。齐白石27岁学画，此前是个木匠；"文人画最后的高峰"吴昌硕30岁学画，且照他自己的说法，认真学起来已经是50

▲ 齐白石《大富贵亦寿考》

▲ 吴昌硕　《沈香亭牡丹图》

岁的事情。可见画画并非下腰劈叉，非得在毛没长齐时就开始学，更不用担心有人让你在 90 岁的时候来个劈叉表演。

然而要真正有所成就，即便初始啥也不学，也需有些准备。在左老师看来，这些准备至少包括几点。首先，看书不辍，广泛涉猎，积淀文化修养。其次，游历山川，开阔胸襟，培育艺术创作所需的灵气。另外，勤加思考，明辨正误，树立正确的美学价值标准。

说到底，先要让自己活成一个明白人，知道什么是美的，什么是真的，什么是善的。

艺术家需要"眼高手低"。有道是取法乎上，仅得其中；取法乎中，故为其下。古人虽不明言，但接下来铁定要告诉您，"取法乎下，啥也没得"。上来就学颜真卿，和上来就学田某某，结果是绝不一样的。

艺术的技术层面，最多只需十年苦练便可成为大师；造个齐白石的假，也能混口饭吃。而纵观历史，其实没有那么多真大师，主要就是因为大多数人的修养不到位。对于一个腹有诗书之人，即便五六十岁开始学画，也足以一飞冲天。而对于修养不够，以丑为美，或者以小美为大美者，即便日夜笔耕不辍，也只是一辈子重复、加深自己的问题和错误，着实可怜。所以，与其着急把孩子塞到哪里学画，不如先加强文学功底，多看大师展览，多出门旅游，广增见识，别让各种"学习"和城市的人情世故磨灭了未来艺术家们的灵气。

> 挣钱需要快节奏，可艺术不是赶投胎。

4. 中国十大传世名画是哪些作品？

中国画历史悠久，佳作恒河沙数，神品也是灿若繁星。若有好事者非要选出十张最佳，实在有些强人所难。然而，目前确有"十大传世名画"一说，也不知是何人所选。虽然这十张并非皆为左老师的心头好，但客观而言，确实张张画中第一流。它们是：

东晋顾恺之《洛神赋图》：十张中唯一真迹不存的，目前有四

种摹本。人物造型翩若惊鸿，线条如春蚕吐丝，细而有力，目随笔动，纵享丝滑，真乃祖宗级无上神品。

唐代阎立本《步辇图》：大红配大绿，野兽派看了也要跪。

唐代张萱、周昉《唐宫仕女图》：举报作弊！这并不是一张画，而是两人各自画的好几张，包括《挥扇仕女图》《虢国夫人游春图》《簪花仕女图》《宫乐图》《捣练图》。

唐代韩滉《五牛图》：古人画牛的巅峰之作。

◀ 五代 顾闳中 《韩熙载夜宴图》（局部）

五代顾闳中《韩熙载夜宴图》：南唐后主李煜要监视韩熙载，因为当时没有照相机，作为间谍的画家含泪营业，被迫青史留名。

北宋王希孟《千里江山图》：天才少年的绝响，青绿山水至高无上的典范。

北宋张择端《清明上河图》：画家用无数个人头，单枪匹马将风俗画抬上大雅之堂。

元代黄公望《富春山居图》：十张中唯一的不设色水墨作品，用水最佳作品，水墨画最后的体面，评选者仅存的良心。

明代仇英《汉宫春晓图》：是挺好的，但放前十是不是戏给多了。

清代郎世宁《百骏图》：首创中西合璧技法，助大清攀上宫廷绘画顶峰。

纵观这十张传世名画，几乎张张精雕细琢，左老师不禁为历代写意画家鸣不平。神如八大山人、徐渭、石涛，在此竟无立锥之地，不免让人疑心此榜之公正。另外，榜单中人物画占据一半还多，似乎也大为不妥。

被迫营业，青史留名。

5. 我国存世第一幅山水画是哪张？

目前，我国存世第一幅山水画是隋朝画家展子虔的《游春图》。这并不意味着此图是画史上第一幅山水。之所以说"存世第一"，是因为《游春图》最命硬、最能熬，在改朝换代和兵荒马乱之后，把在它之前的作品全熬没了。（当然，也有专家质疑此为宋人仿作。）

《游春图》，绢本，属青绿山水，现存北京故宫博物院，2017年曾在故宫的"千里江山"展中亮过相。此图不仅是存世第一幅山水画，还是迄今存世最古的画卷，具有极高的史料价值。

山水画从隋代起发生了较大变化。之前的画有"人大于山""水

▲ 隋　展子虔　《游春图》

> 要不怎么说它能熬呢？寻求长生不老的，建议贴一张在家里，时常膜拜，可能比服用千年的灵芝万年的龟管用。

不容泛"的特点，如在顾恺之《洛神赋图》、敦煌壁画和许多古代墓室壁画中，主体都是人和动物，而山往往只有人脚大小，且排列整齐死板，如同锯齿。但到了隋代，山水逐渐从人物故事的背景独立出来，夺取画面主权，之后更是一发不可收，成为中国画的巅峰。

左老师认为，从表面上看，中国画家自隋代之变开始明白了层次、远近（西方曰透视，中国古人从没这么曰过），也有了更加成熟合适的艺术表现手法。但从本质来看，山水画的独立，说明中国古人对人与自然之间的关系，有了更细致的梳理、更明确的认知，在自然的伟力面前，也更加坦然地接纳自己。毕竟，甭管之前有多少圣贤大呼要敬畏自然，直到隋代，古人才真正乖乖将自己画成蝼蚁，安排在高山之下、江海之中。

6. 国画"六法"指的是什么?

"六法"是传统中国画创作思路、评价标准的系统总结,首次提出于南朝齐时画家、理论家谢赫的《古画品录》。左老师不愿灌输太多理论知识,但"六法"却不得不提,因为这是中国古典绘画艺术的关键理论。其重要性怎么说呢?

> 如果画画是养猪,那么"六法"的意义就是告诉您什么是猪。

在某种程度上,知道"六法"比认识"笔墨纸砚"还要紧。所以,无论是艺术圈小白还是装 X 界大佬,将"六法"加入知识储备,无疑具有重要战略意义和现实意义。那么,"六法"具体指什么呢?

第一，气韵生动。这是对国画作品的总要求和最高要求。国画要有气有韵，而且生动活泼，否则即为一张"死画"，具体技法再逆天也没用。但对于普通观众而言，没有许多年的观画和创作，要看出一张画是否有"气"殊为不易。但左老师就一个要求，千万别在展览时对着一张看似漂亮逼真的画夸它"气韵生动"。

第二，骨法用笔。排除"气韵生动"这种虚无缥缈的标准，骨法用笔可谓居于绘画技法要求之首，这再次说明了中国画对线条的重视。一张画甭管看起来多漂亮，只要线条笔力弱，那永远不能称之为一幅好画。

> 左老师曰过，在中国画语境中，线条就是画家的签名。

黄宾虹 《舟入溪山重》

第三，应物象形。就是说画要与客观对象形似，注意，是形似，不是一模一样。西方画家直到一千多年后才慢慢画得"不像"，足见我们祖先之牛。古人将造型放在笔法之后，足见谁更重要。

第四，随类赋彩。就是说色彩要与客观对象相似，注意，是相似，不是一模一样。同学们是否发现，与西方画家不同，我国古人对色彩似乎很不重视，至少认为色彩离艺术的本质并非最近，甚至"五色令人盲"，必要的时候不用色也罢。

第五，经营位置。指的是构图和构思要好，已经放在这么后面了，可见它离艺术的本质就更远了。当然，好的构图至少让画面看着均衡、舒服。

第六，传移模写。就是说画画要临摹。这是在讲基础，并非创作，谢赫将其排在最后也理所应当了。

7. 山水画的作画步骤有哪些？

左老师认为，相对于人物和花鸟画，山水是最容易入门的画科，想学国画的宝宝不妨从山水入手。为什么这么说呢？因为人物和花鸟都讲究精准，难以修改补救。

一笔下去，脸歪了也整不了容；荷花画成了牡丹，无论如何补救，您也不好意思落款"出淤泥而不染"。

而山水画不一样，画错了将计就计，总能掩盖过去。因此，对于下笔没自信、造型能力不强的新手，山水画是相当友好的。

把大象装进冰箱分三步，画一张山水画则分五步，为勾、皴（音cun）、擦、点、染。

勾就是勾出山的外形轮廓，这一步基本奠定了一张画的构图。这里左老师要着重强调书法用笔的重要性，勾不是描，但大多数"画家"都在描。

皴就是画出山石的脉络纹理，这一步很大程度上决定了作品的风格。如，披麻皴的山看起来秀润多姿，斧劈皴的山看起来霸气硬朗。古今画家创造出了许多皴法，包括披麻皴、折带皴、雨点皴、卷云皴、解索皴、乱柴皴、荷叶皴、斧劈皴等。不报菜名了，感兴趣的同学乖乖去学。

擦就是依据皴的纹理擦出山的阴阳，大量侧锋干笔的运用，还能让山显得更加粗糙有质感。

▲ 明末清初　石涛　《云山图》

点就是在山头，或者山中必要之处用变化多端的小点体现山上草木，造成郁郁葱葱的感觉，是丰富画面的利器。

染就是用淡墨或颜料染出山的阴阳、层次、润度，是水墨画家展示真正技术的时候。好的画家如点石成金，烂的画家如糊墙拖地。

当然，在真正的创作中，许多步骤都是穿插交替的，也没有必然的先后之分。比如可以边皴边擦，或者先染后点，或者点染之后，再皴再擦，反复折腾，就像您和您对象在一起的时候。

8. 能否快速梳理历代最著名山水画家，方便我装 X？

  中国画历史悠久，但山水画是较晚赢得独立的。之前提到过，早期山水往往作为人物画的背景，或者作为地形图出现，不能称其为独立画科。直到南朝宋画家王微的《叙画》一文面世，才宣告山水画在理论上真正独立。顺便提一嘴，这个王微是个学富五车的全才，书画、医学、音律、术数皆精，诗才据说力压"三曹"之二，值得被更多人记住。而在实践上，山水画的独立恐怕要到隋唐时期，至少在现存作品中，最早的作品是隋画《游春图》。而在左老师看来，隋唐时期的山水还相对稚嫩，单看艺术成就，没什么拿得出手的画家，因此跳过。

  五代四大家：荆浩、关仝、董源、巨然。五代的历史存在感不强，但这个时期的山水首次达到高峰。正是在这时，山水分出了南派和北派，其影响绵延至今。其中荆浩、关仝属北派，董源、巨然属南派。

▼ 五代 董源 《潇湘图》

依左老师愚见，虽北派画家作品气势雄强，但真正领悟水墨真谛的还属南派画家，几乎所有朝代皆如此。

北宋三大家：**董源、李成、范宽**。董源占了个大便宜，可以在五代和北宋之间来回横跳，而且都算大家。当然，作为南派山水的开山鼻祖，他也实至名归，感兴趣的宝宝可以去找《潇湘图》和《夏景山口待渡图》。李成风格偏向文秀，而范宽则霸气雄强，古人有"东挂李成，西挂范宽"之说，谓之一文一武。代表作分别为《晴峦萧寺图》和《溪山行旅图》《雪景寒林图》。

南宋四大家：**李唐、刘松年、马远、夏圭**。李唐是北派画家，首创"大斧劈"皴法，其创作的山石立体感强，代表作《万壑松风图》《采薇图》。刘松年的风格则是清新典雅型，常画园林小景，人称"小景山水"，但不是左老师的菜。马远和夏圭要划重点。他们的画，线条硬朗，同时深谙水墨之道，可谓铁汉柔情。二人皆善画山水边角之景，人称"马一角、夏半边"，通过一角使人窥见山之壮阔，在山水造型和构图上极富开创性，又暗合老庄大道、极简主义。强推《踏歌图》《溪山清远图》。

元四家：**黄公望、王蒙、倪瓒、吴镇**。黄公望不用说，画中墨皇，国画巅峰之一，溢美之词左老师在《画语戮》中几乎用尽，代表作《富春山居图》《快雪时晴图》。王蒙也是一代大家，首创解索皴、牛毛皴，影响甚大。但他也不是左老师的菜，感觉笔道子过

▶ 宋 马远 《梅溪放艇图》

◀ 南宋 夏圭（传）《临流抚琴图》

▲ 元　倪瓒　《紫芝山房图轴》

于繁复，看得密集恐惧症都要犯了。倪瓒，国画史上不得不提的男人，诗书画三绝，画风逸笔草草，独创三段式构图，空灵潇洒。若和王蒙过招，可谓以少胜多，无招胜有招。吴镇，这位和其他三位放一起感觉有点牵强，虽画得好，但少了点个性。

明四家：沈周、唐寅、文徵明、仇英。这四个里面，沈周成就最高，其他三位也就还好，难和宋元名家比肩。沈周线条沉稳厚重，善于用水，代表作有《庐山高》。唐寅就是"江南第一才子"唐伯虎，大众知名度最高。左老师也很喜欢唐寅，曾临摹过多张他的作品。唐寅对古人的总结非常

▶ 明　沈周　《庐山高》

好，风格也鲜明，清新秀丽，是大多数人看一眼就能喜欢上的那种。文徵明算是中规中矩，风格不太鲜明，但功底好。仇英最擅长的是工笔重彩人物与青绿山水，确实画得好，但不是左老师的菜。左老师只是简单认为，艺术不应该如此小心翼翼，治学需要严谨，创作则需随性、随兴。感兴趣的同学可以去搜沈周和仇英的作品，如果觉得仇英画得比沈周"漂亮"，那您得再提高一下。

清四王：王时敏、王鉴、王原祁、王翚。 其实没什么好说的，四人无论是技法还是构图都系统总结了之前历代大师，画得有板有眼。但清代这几位官方盖戳的画家和前面几个朝代的大师比，那就像拿清代家具和明式家具比，拿中世纪宗教画和莫奈比，拿你家马桶和杜尚的马桶比。他们画得好不好？好。可艺术家最重要的是什么？个性，风格。四王最大的问题在于太守规矩，太规整。

他们就是画得太好了，全都给整成了网红脸。

哪怕略有不同，那也是大抵一样。

当然，对于国画入门时学习技法和构图，他们的大量作品是不赖的参考。

清四僧（明末清初）：原济（石涛）、朱耷（八大山人）、髡残（石溪）、渐江（弘仁）。若清代只有四王，那在画史中集体消失也算不痛不痒，但好在还有四僧能给颜面尽失的大清挽尊。若说个别朝代的画家集体形成一座高峰，那四僧可谓个个独特奇绝，一人就是一座高峰。

石涛用笔多变，水墨淋漓，有名句"搜尽奇峰打草稿"。

八大山人个性最鲜明，用笔和构图将极简主义发展到极致，堪称"清代倪瓒"。

> 其代表性的翻白眼的小动物，更是广大社畜吐槽老板必备表情包。

髡残其实没什么研究,左老师个人认为他居于四僧之末,但也高于四王。

弘仁的作品也具有鲜明的个性和现代意识,像是拼图,而且繁简疏密对比强烈,是空间艺术的大师。

近现代,最值得被记住的是中国传统山水画的集大成者**黄宾虹**。黄宾虹学养深厚,笔法、水法、墨法、造型等各项指标,均达到一个传统画家可以达到的巅峰,作品更是气韵生动,冠绝古今,是被各种拍卖严重低估的画家,拍出齐白石两倍也不为过。除黄宾虹外,还有张大千、傅抱石、李可染等,均逊一筹。而其余诸公,恐怕更逊。

◀ 黄宾虹 《西桥烟霭》

左老师 国画圈艺人指南

▲ 齐白石 《牵牛花》

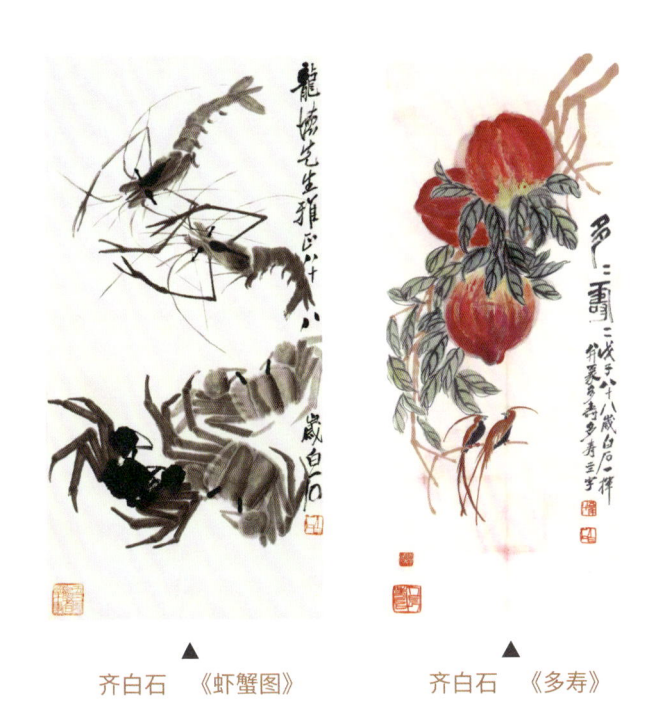

▲ 齐白石 《虾蟹图》　　　▲ 齐白石 《多寿》

明末清初　八大山人　《鱼》

9. 拍卖会上，价格越高，画就越好吗？

一般而言，书画拍卖的价格确实和作品的艺术水平有很大关系，这无须赘述。除此之外，拍卖价格还会受诸多方面影响，比如死人的画一般比活人的贵，名人的画一般比不那么有名的贵，经济活跃期的画比经济萧条期的贵，知名拍卖行的画比街头摆摊竞价的贵。

但那些都是土豪们的游戏，左老师希望您明白的是，不应让市场价格影响您对艺术品价值的判断。对艺术理解不深的吃瓜群众，很容易受到价格或口碑的影响，从而对一幅作品做出理所当然的判断。举个例子，不知何时起，所有人都在说齐白石的虾画得最好，于是在大众嘴里，虾便成了齐老爷子的代表，谈及齐白石必言虾。然而从专业角度，齐白石的艺术高度并不在虾，他的花卉、蔬果都比虾好，甚至很多其他动物作品也比虾画得好。

说到齐老爷子，就再举个例子。在保利 2017 年秋拍中出现过两件重量级拍品，一件是齐白石的《山水十二条屏》，一件是吴昌硕的《花卉十二屏》。齐白石无疑是拍卖行的宠儿，更是国民认知度极高的艺术家，10 个吃瓜群众可能有 9 个听过齐白石，但未必有 2 个听过吴昌硕。然而就艺术高度而言，吴昌硕是盖过齐白石的。吴昌硕有句广为人知的名言："北方有人学我皮毛，竟成人名！"吐槽的就是齐白石。而他也并非在吹牛皮，因为连齐白石自己都曾赋诗一首，表示愿做吴昌硕门下走狗，吐槽起自己比吴昌硕还狠。可见在明眼人心里，都知道吴昌硕成就更高。然而那次拍卖的结果是，齐白石的十二条屏拍出 9.315 亿元的天价，而吴昌硕的同形式作品，竟只拍出 2.093 亿。

左老师 国画圈装 X 指南

要知道，两人均是以花鸟见长的画家，吴昌硕的花鸟本身已经高于齐白石的花鸟了，可齐白石相对不擅长的山水，却打败了吴昌硕的花鸟。这就好比两个文化人正用文言文吵架，弱势的一方却突然用不太熟悉的腿法踹了强势一方，并且因此获胜，真有点莫名其妙。当然，两位和众多其他画家比，都高出了好几个层次，都是伟大艺术家，左老师本人也尊吴齐二老为近现代花鸟之首，多有临习，不敢得罪，狗头保命。

当然，拍卖行业还有众多运作方法，或曰炒作方法，不少还在呼吸却价格超高的大艺术家都乐此不疲。左老师无意吐槽谁，就是建议真心学习艺术的同学，尽量不要受拍卖价格影响，而是应该真正培养自己对美的感知和认知，建立自己的评价标准。

至于各种炒作手法，《画语戮》中的赵抗美老师和胡求之老师已经给大家露了两手，左老师不再赘述，狗头保命。

PART II

《画语戮》金句

- 没有比高贵的灵魂更伟大的艺术品，没有比人更杰出的造物。

- 世界献出她所有的色彩，大海却依旧沉默并且湛蓝。

- 朝菌敢邀万象，纵浮生，一帘春暮。

- 我宁为一朵真正凋零的花恸哭春天，也不愿把着一朵仿造的玫瑰感谢春天。

- 形式是造物者的语言，形式感是造物者的呼吸。

- 完美是所有完美作品的缺陷。所以维纳斯要断臂，《兰亭序》要有涂改，《富春山居图》要被烧成两段。在错误出现之前，所有艺术杰作都和真正的不朽无缘。

- 一切优秀艺术的通用规则，是要在严谨的法度中制造意外。

- 一滴浓墨滴在湿透的纸上，没有人能完全控制这个黑点将以怎样的方式晕开。这是多么有趣，多高的境界，像是我们常常以为很有把握，却偶尔感到变幻莫测的人生。

- 在中国画的语境里，与其说造型是一个艺术家的风格，倒不如说线条即风格。线条就是中国艺术家的签名。

- 画山水的人，要眼前有江山，胸中有丘壑。

- 没有骨气，并不妨碍一个人成为大多数行业的精英。但在艺术领域，放弃了人的尊严，绝不会成为真正的艺术家。

- 要做一个顶级艺术家，需要丧失理性，因为他们的直觉会最终成为一种艺术理性。

- 聚众喝酒也是一种仪式，仿佛找几个互叫哥们儿的人碰一碰酒杯，自己的灵魂便不再孤独。

- 对安全感的需要并非弱者的专利。有些时候，人对陪伴的渴望，比对独立的渴望更为深刻。

- 玻璃虽是透明的，本质上却是一堵墙。这透明的墙让他仿佛在拥抱这座城市，也仿佛在拒绝。

- 没有任何一副躯体能承担所有真相的重量。这个世界之所以还过得下去，正是因为人们只知道部分真相，或者全然无知。

- 证据不是真相。它们听起来是一个东西，但其实是两个。

- 灯的星辰以密集的排布相互照耀和冲撞，以虚弱的繁华和热闹掩饰黑暗的冷峻。而宇宙也是一个放大的城市，所有繁华和热闹都被无限稀释，露出它们原本的模样。

- 真假文人会面，免不了一边喝茶，一边"之乎者也"地说废话，即便最终目的都会落到他们共同的兄弟——孔方兄身上。

- 混书画圈的和写悬疑小说的很像，明明白白两大装：装X加装神弄鬼。

- 人一生的奋斗，就是为了能自由地管理欲望。

- 我们不必对空虚的生命负责，但要对生命的空虚负责。

- 有了目标并决定为之奋斗的那一刻，人也就真正独立了。

- 面对生存的残酷却无计可施，是所有幸运儿的第一课，也是所有不幸者的最后一课。

扫码看高清书画大图

加华章同人小姐姐微信，备注"《画语戏》"
邀请进读者群，和作者互动赢各种福利

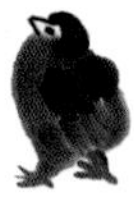